地球上线

4

莫晨欢 著

The Earth
is Online

天津出版传媒集团
天津人民出版社

冰冷的风将她的黑色皮衣吹得猎猎作响，她仿佛不觉得冷，也不觉得高，就这么站在塔顶静静地看着月色。

过了许久，她低声呢喃了一句『一齐去睇月光呀』，慢慢收回了手。

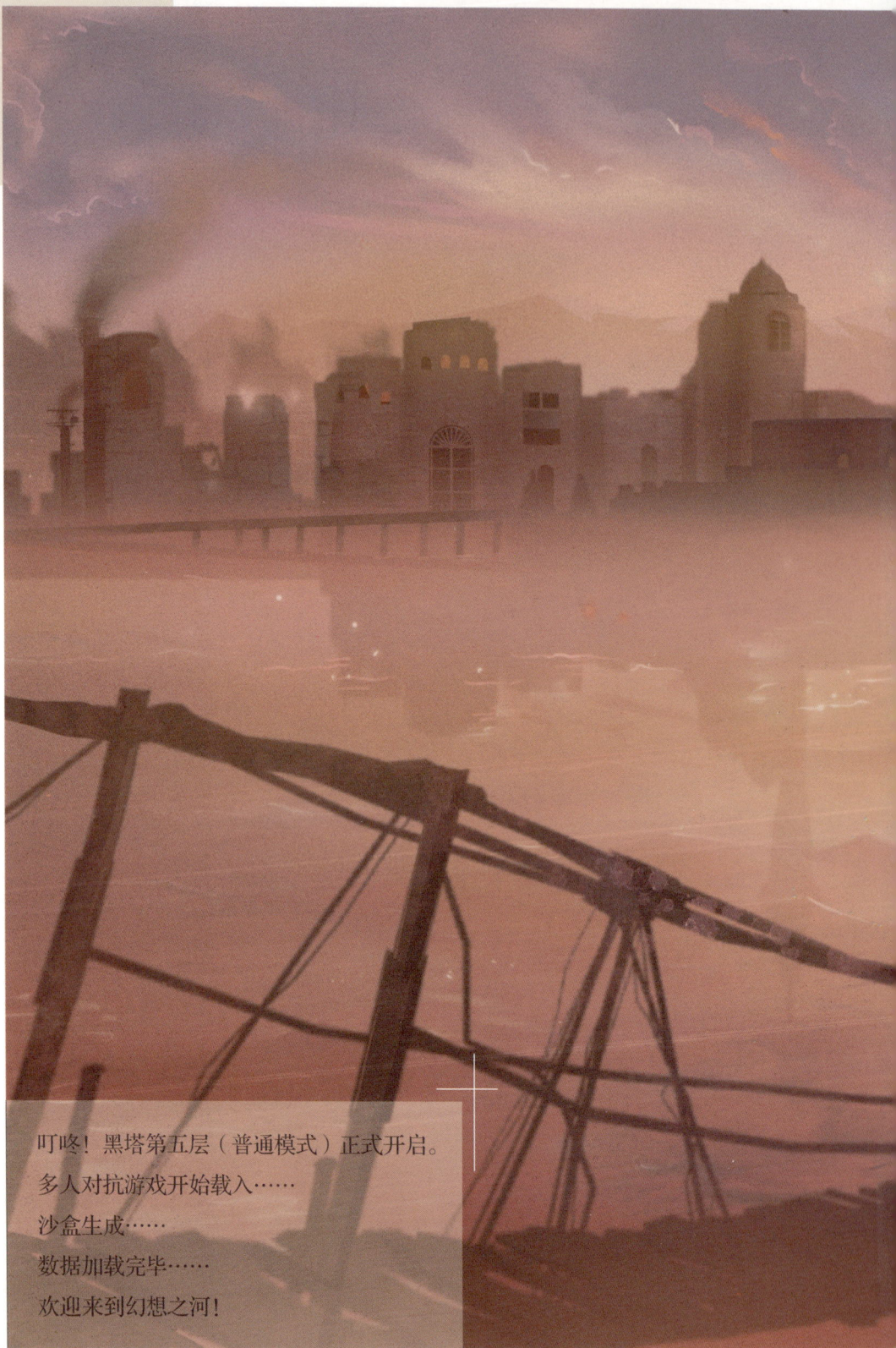

叮咚！黑塔第五层（普通模式）正式开启。

多人对抗游戏开始载入……

沙盒生成……

数据加载完毕……

欢迎来到幻想之河！

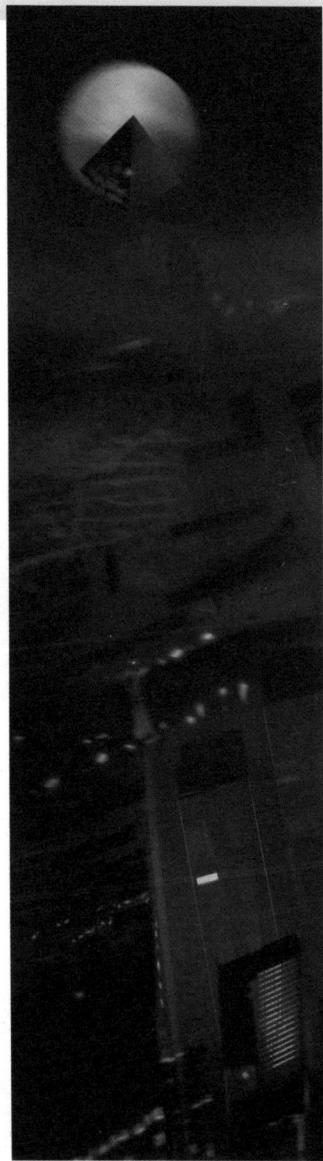

第1章

薛定谔的猫...................001

第2章

真理时钟...................061

第3章

马戏团团长...................089

第4章

时间排行榜...................119

┨目录┠

第5章

夏娃的奖励..................159

第6章

糖果屋..................219

第7章

回归者..................297

地球上线

DI QIU

SHANG XIAN

第 1 章

薛定谔的猫

唐陌的右手几乎被鲜血染红。刚才两人打斗的时候速度都非常快，血液也早已凝固，傅闻夺没有看清。现在他才发现唐陌的右手上全是干涸的血迹，食指几乎被斩断，新生的肉缓慢地生长着，要等几个小时才能长好。

过了这么久，连唐陌都快忘了手上的伤。

傅闻夺眉头微皱，脸上没有太多表情，从口袋里掏出鸡窝，拿出了一瓶"农夫山泉"。他将唐陌的手放在阳台的围栏上，一只手打开瓶子缓缓地倒水，另一只手将唐陌右手上的血污清洗干净。

冰凉的水浇上伤口，唐陌抿了抿嘴唇，没有吭声。

当手上的血痕被彻底清洗干净后，断裂的伤口暴露出来，更让人觉得触目惊心。傅闻夺低声道："刚才遇到了天选的人？"

唐陌立即明白傅闻夺是误会了："不是天选，是一个透明人。"顿了顿，他补充道，"时间排行榜上的第89位，异能还挺强大的，只是他以为我是肉猪，没把我当回事儿，所以一时大意了。"

说着，唐陌伸出手想要去拿矿泉水瓶："我自己来就好了。"

傅闻夺将最后一点儿水倒在唐陌的伤口上，唐陌的手停在半空中。

灿烂的阳光下，身材高大的黑衣男人仔细地清洗着伤口，动作小心。唐陌看着傅闻夺，慢慢地把手收了回去。傅闻夺抬起眼睛看向他，谁也没有开口。

过了片刻，一道声音从旁边响起："唐陌哥哥？"

傅闻夺身体一顿，唐陌立即抬头，看向傅闻夺的身后，只见在旁边房间的小阳台上，短发女孩儿不知何时走了出来，惊讶地看着他们。等傅闻夺转过头，陈姗姗惊讶地说道："傅少校？"

傅闻夺比陈姗姗更惊讶。

小姑娘至少早就知道唐陌和傅闻夺是队友，两人一直是一起行动的。傅闻夺可不知道陈姗姗居然从S市千里迢迢地过来。两人走进书房。唐陌刚进去就看到落在地上的异能书，瞬间清醒，不动声色地跑过去将书拿了起来，扔回空气里。

自始至终，傅闻夺都没注意到他的举动。

唐陌松了口气。

小贱书上刚刚显示的那条备注要是被看到，他真是跳进黄河也洗不清了。

过了五分钟，杰克斯也从外面回来，四人在别墅里会合。

有件事唐陌十分在意，他问傅闻夺："你是不是已经通关黑塔三层了？如果你通关的是困难模式，应该是A国第一个，甚至全球第一个。"第一个通关相应层数困难模式的玩家，通关信息会在所有已通关该层的玩家脑海里进行秘密通报。

唐陌奇怪道："我没听到黑塔的通报。"

唐陌不觉得自己会漏掉这么重要的信息。哪怕在和李朝成打斗的紧张时刻，他也会注意到这件事，但黑塔没有说过。

傅闻夺道："我们没有通关困难模式。"

唐陌："什么？"

傅闻夺解释道："这次进入副本后，我和傅闻声直接出现在一片茂密的原始森林里。我们的身后有一间木头小屋，同行的还有两个玩家，一男一女。他们和小声一样，都是黑塔一层玩家，这次的任务是通关黑塔二层……"

傅闻夺有条不紊地将自己这次持续四天的攻塔游戏说了出来。

傅闻夺经常在原始森林执行秘密任务，能被他描述为"异常高大"，可见这片森林的树确实直入云霄，高大笔直。在这样一片庞大的森林里，只有一间无人的小屋。在童话故事里，这种小屋里通常住着一个女巫。无论里面是什么，贸然进入小屋都不好，所以四人并没有选择进入。

接着他们碰到了自称猎人的地底人，遇见了一座巨大的玻璃山。

傅闻声识破猎人的谎言，为了自保而攻击猎人，双方打起来，猎人被小朋友杀死。三人的任务陷入僵局（已经死掉一个队友），迫不得已，傅闻声用月亮花看通关方法，最后发现猎人是他们通关游戏的关键。

傅闻夺："既然黑塔没有直接宣布我们游戏失败，就一定有通关游戏的方法。"

陈姗姗道："这种方法应该算是困难模式了吧？"

傅闻夺看了小姑娘一眼，摇头道："我本来也以为是这样的，但是在最后的主线任务里，黑塔给了我们两个选择——一个是明显的困难模式，另一个算不上普通模式，却也不算困难模式。正常情况下我不会挑战困难模式，"谁也不想让自己陷入危险，连傅闻夺也不会傻到故意选择困难模式，"所以我们选择了另一条路，下午顺利通关了黑塔三层。"

唐陌思索道："通关一场游戏的方法不一定只有两种，还有可能有第三种……"

声音停住，唐陌抬起头看着傅闻夺："所以，黑塔有给额外奖励吗？"

傅闻夺嘴角翘起，反问："为什么有额外奖励？"

唐陌看着他这副模样，便懂了这个男人是在故意卖关子。不过事态紧急，唐陌没时间与对方调侃，直接推了傅闻夺一把："行了，什么奖励？"

唐陌居然没打算聊下去，傅闻夺露出一丝遗憾的表情："是有额外奖励。"但是他没有掏出任何道具。

唐陌渐渐察觉到不对："这个奖励不是道具？"

陈姗姗思维敏捷："是弃权游戏的机会，类似国王的金币，还是一些虚无缥缈的东西，不知道会在什么时候起到作用？"她联想到之前唐陌说过的"马赛克之吻"。

只有杰克斯仍旧一脸蒙，挠挠头："不是道具，那能是什么？"

"是一条消息。"

唐陌眯起眼睛："什么消息？"

傅闻夺的神色也渐渐严肃起来，他一字一句地说道："地球上所有的幸存玩家，黑塔建议……立即攻略黑塔四层。"

十分钟后，傅闻夺把傅小弟从门外领了进来。

傅闻夺的身份暴露了，那傅闻声的身份也藏不住。天选想要查出傅小弟家的住址非常简单，只要去政府大楼找一下傅小弟父亲的个人资料，就能知道他住在哪儿。所以这次从攻塔游戏里出来，傅闻声先找了个地方藏起来，由傅闻夺单独进来，看看有没有天选的人埋伏。要是真有人埋伏，傅闻夺一个人也很好逃脱。

如此才造成了唐陌和傅闻夺二话不说、先打一架的局面。

青春期的女孩子长得比男孩子快很多，发育也早。当傅小弟站到陈姗姗的身旁时，唐陌这才发现，小朋友居然比陈姗姗矮上大半个头。

本来以为姗姗已经够矮的了，没想到傅小弟居然还要矮。

唐陌意味深长地看着两个小朋友，突然觉得自己任重道远。哪怕现在地球上线了，小孩子的营养也得跟上，得长个子。他忽然想起当初被练余筝踢翻的那一架子烤肉，可惜再也找不到了。

五人见面后，开始互相介绍。

当杰克斯听说傅小弟居然是傅闻夺的弟弟后，投以关心的目光："你在和傅少校见面前，是不是因为名字问题，经常被人说？"

傅闻声："……"

小朋友赶紧扭头看向自家大哥，只见傅闻夺靠在墙边和唐陌说着话，似乎没听到这边的动静。

傅闻声松了口气，义正词严地说道："我大哥这么好，怎么可能有人说我？"小朋友一边说，一边挺起胸脯，好像真的为自己有这么个大哥而感到自豪。

这种谎话连杰克斯都不信。

杰克斯神经很粗，没察觉到傅小弟强烈的求生欲，拉着他一个劲儿地说傅闻夺的事。傅小弟不堪其扰，可是又不敢说"你别聊我大哥了，我害怕"，只能陪他一直说下去。在他们的身旁，陈姗姗忽然站起来，走到唐陌和傅闻夺的身边。

唐陌正在和傅闻夺说自己刚刚得到的关于透明人的消息，两人停下对话，看向陈姗姗。

长相普通的小女孩儿仰起头，声音平静："我想了一会儿，觉得现在这个局势比较适合……嗯，逐个击破。"

A国，G省。

夕阳渐渐沉落，一轮滚圆的落日缓慢地爬到地平线的边缘，橙红色的光束照耀在狭长的宝江上，波光粼粼。宝江两岸的道路上空无一人，风吹过地上枯黄的落叶，发出沙沙的声音。

高耸的G省新电视塔下，一个黑色人影从空气中走了出来，先露出的是一双脚，接着是身体。她仿佛跨越了一道无形的屏障，凭空出现在大地上。她一直保持着走路的姿势没有变化，突然出现后也没有表现出惊讶，好像并不知道自己凭空出现。

这是个高挑的长发女人，长长的黑发扎成马尾，束在脑后。她穿着一双皮靴，双手插在口袋里，淡定地向前走着。走到一半，她小声嘀咕了一句"以加甘热啦（现在天这么热了啊）"，说着拉开拉链，将上身的黑色皮衣敞开。

就在她走到G省新电视塔的脚下，快要到售票处时，忽然，一束银色的光芒从她的右侧射来。

长发女人眉毛一挑，身体向右方让开。她避让的角度刚刚好，没有多一分，也没有少一分，银色的飞镖擦着她的脸颊而过，没有割断一根汗毛。下一刻，三道人影从G省新电视塔后跃出，怒喝一声，冲向这个长发女人。

其中一人双手按地，女人脚下的大地顿时碎裂开来。她笑了一声，一脚蹬地，整个人竟然跃出了十多米。三人心中一惊，分三个方向一起冲向女人。

双拳难敌四手，她只要守住一个人，就肯定守不住另外两个人。谁料三人靠近后，女人右手一翻，一根银色的鞭子突然出现在她的手中。她手腕甩动，身形灵活得宛若银蛇，每一鞭下去都打在这三人的身上，如附骨之疽，让人怎样也逃避不开。

她忽然目光一冷，力道加大，将其中两人从 G 省新电视塔一鞭子甩到了宝江岸边。

最后一人惊恐地转身就跑，长鞭一把缠住他的身体，把他拉了回来。

女人一脚踹向这个矮小男人的胸口，皮靴踩在他的肋骨上。男人不断求饶，眼睛时不时地瞥向女人脖子上悬浮的金色数字。那是一个三位数——864。这男人心里郁闷极了，明明只有八百多分钟，这个透明人应该都够不上时间排行榜的末位，怎么这么强？他们的组织三天前可是杀了一个排在第 81 位的透明人，也没见到有这么强啊，根本毫无反击之力。

然而下一秒，长发女人微微侧头，活动了一下筋骨。随着她扭头的动作，那被藏在脖子后方的三个数字也露了出来——

"261864"。

一瞬间，男人的双眼睁到最大，他恐惧地看着这个将自己踩在脚下的年轻女人。一个名字已经到了嘴边，可是他哆哆嗦嗦，怎么都说不出口。然后，他看到这个女人撇撇嘴，用鞭子杆子杵他的脖子，无奈地笑道："我唔想杀人，你滴系度针对我啊。（我没想杀人，你们这是针对我啊。）"

男人已经吓得连话都说不出来了。

慕回雪皱了皱眉："嗯……不是本地人，听不懂？"

男人还处在震惊状态，没有回答。

慕回雪当他默认了，语气无奈："行了，我没想杀你们幸存者，滚吧。下次再来，杀了你们。"

慕回雪抬起脚，那男人先是害怕得不敢动。等看到她转身离开，过了几秒，他才屁滚尿流地爬起来，撒腿就跑。

太阳彻底没入地平线，A 国 3 区的三个玩家疯狂地跑向宝江，高挑的长发女人则一步步地走向 G 省新电视塔。当走到距离 G 省新电视塔不到 50 米的地方时，好像出现时一样突兀，她又慢慢消失在空气里。

A 国，首都。

天色擦黑，唐陌将窗帘拉上，杰克斯打开低瓦数的手电筒，五人坐在桌旁。

陈姗姗低着头，声音也低低的："现在很明显，透明人也不知道两个世界融合了，他们的信息和我们是对等的。能造成这种现象只有一个根本原因，就是他们所生存……或者说，所休息的世界，和我们所处的地球是一模一样的。"

唐陌："平行世界？"

陈姗姗点点头："可能是这样，但是我更倾向于，黑塔创造出了一个新的地球。幸存玩家一开始没注意到透明人的存在，是因为透明人长得和普通玩家没有任何差别，出现得很突然，离开时幸存玩家已经被他们杀死。"就连唐陌都没想到"透明人是曾经消失的 60 亿人类"这个答案，幸存人类不知道是情有可原的。

陈姗姗继续说道："但是那些透明人，也就是他们自称的回归者，没发现两个世界在融合，只能证明他们原本生活的世界和地球一模一样。"

小姑娘在纸上画出了两个圆形，写上"地球 A""地球 B"。

"在时间排行榜出现前，透明人共有两种活动——第一，攻略黑塔游戏；第二，休息。他们每完成一场黑塔游戏，可以获得十分钟休息时间。虽然他们可以选择不休息直接进入下一场游戏，但是我想所有人都会选择休息，养精蓄锐。而他们休息的这个地方，一定与地球长得一模一样。"

唐陌点点头："哪怕在时间排行榜出现后，透明人活动的场所也只有两个——一个是黑塔副本，另一个就是休息的地方。"

两人对视一眼，得出结论："那个地方和地球完全一致。"

如果不完全一致，透明人在进入地球的时候一定能发现周围环境的变化。可是唐陌遇到的所有透明人，无论是实力较弱的，还是时间排行榜第 89 位的李朝成，都没有注意到两个世界在融合、他们已经来到地球的真相。

唐陌思索片刻："所以慕回雪才会被黑塔称为 A 国 3 区的玩家，那个开启时间排行榜的迪让·加拉瓦是南洲 1 区的玩家。"

傅闻夺道："迪让·加拉瓦应该是个印国名字，南洲 1 区指的很可能是印国的首都。A 国 3 区大概率是 G 省、Z 市。"

唐陌接着傅闻夺的话："一个是印国玩家，另一个是 A 国的玩家。很明显，即使在透明人的世界里，黑塔对玩家也有明确的区域划分，而且非常有趣的是，这个地域划分和目前全球的地域划分一模一样。所以……"

"所以他们也生活在地球上？！"这次连杰克斯都明白了三人的意思。

陈姗姗先是摇头，又点点头："我也不知道。或许根本就没有一个新的地球，透明人现在就生活在我们的身边。比如我的右手边，这里正睡着一个透明人。可是两个世界没有融合，所以我看不见他，他也看不见我。或许黑塔真的创造出了一个地球，透明人在那个地球上玩游戏。他们努力攻塔，通关黑塔第四层，就能回归地球。"顿了顿，陈姗姗道，"这句话不是我说的，是黑塔告诉他们——回归地球。"

事情一下子又陷入僵局。

不过目前对幸存玩家来说，透明人到底生活在哪里，是不是真的有第二个地球存在，这些并不重要。

"现在最重要的是两件事。第一，傅闻夺刚刚通关了黑塔三层，由于难度高于普通模式，黑塔给了额外奖励。黑塔建议幸存玩家早日通关黑塔四层。"唐陌看着房间里的其他四人，一字一句地说道，"第二……是逐个击破。"

傅闻夺："攻略黑塔四层的事过几天可以进行尝试。以黑塔三层的难度，黑塔四层如果硬要攻略也不是不可以，只要小心，我们就有机会通关。"

杰克斯："什么是逐个击破？"

唐陌没有回答，低头看向那个坐在椅子上的小姑娘。

陈姗姗头发很乱，似乎很少打理，她将头发别在耳后，说出了自己的计划："不可否认，透明人里肯定也有人发现了两个世界在融合的真相。幸存者可以发现，他们就一定也能发现。但是更不能否认的是，绝大多数透明人不知道这件事。对待地球上的幸存玩家，他们会因为对方脖子上没有数字，认为他们是肉猪，从而轻敌，以为自己可以随便杀了对方。"声音停住，陈姗姗的语气里有点儿高兴，"这是我们的机会。"

傅闻声在旁边听了很久，立即明白："我们要趁他们没有防备，杀了他们？"

这话说得直接，却没有一点儿问题。

可是话一说清楚，房间里却安静下来。过了片刻，傅小弟沉着小脸，小声说道："我知道大哥你们的意思。透明人似乎都是单独出现的，还对我们没有防备心。杀了他们，每杀一个，我们的敌人就少一个。如此下去，假设两个世界真的融合，情势会对我们好很多。可是我们之间明明也没有什么深仇大恨啊……"

杀时间排行榜上的玩家可以获得奖励，所有透明人可能会努力地去杀他们。但是地球上的幸存玩家根本没法进入这个榜单，唐陌杀了李朝成，也没见他脖子上出现金色数字。

那么两个阵营的人类为什么要自相残杀？

如果大家可以和平共处，那多好。

有句话傅闻声没说，其实他心里还想着，说不定两个世界融合后，透明人的生存环境就会和幸存者一样，不需要再为了休息时间而杀人。那样他们更不需要开战啊。

傅闻夺低头看着自家弟弟，傅小弟被他看得心里发慌，憋了半天还是没忍住："大哥，你看我干什么？"

傅闻夺淡淡道："看这个人怎么会姓傅。"

傅闻声一愣："啊？"

过了片刻，小朋友回过神，整张脸憋成猪肝色：敢情他已经蠢到没资格姓傅了吗！

傅闻声心里委屈极了，可是迫于某人的淫威不敢反抗。

唐陌叹了声气准备开口，刚张嘴，陈姗姗冷静的声音便响了起来："小声说的这种情况不是没有，但是可能性极低……据我推测，不超过一成。你并没有见到时间排行榜第89位的透明人李朝成，他以为他伪装得很好，但是我和唐陌哥哥都看得出来，他对那幸存的四亿人类抱有难以掩藏的敌意。"

陈姗姗用平静的文字叙说事实："他想杀了那四亿人。或者说，他们透明人，每个不是肉猪的透明人，都已经不可以用平常人的三观去审度他们。平心而论，小声，如果把你突然丢进一场无穷无尽的生存游戏里，每次通关游戏就只有十分钟休息时间。你没时间吃饭睡觉，精神一直紧绷，这样度过三个月时间……你会是什么心态？"

傅闻声张了张嘴，还是没说出话。

他觉得他活不了三个月，即使活了，也可能早就疯了。

陈姗姗："这是其一。其二，时间排行榜开启了。如果是我，在黑塔宣布这个制度的那一刻可能会真正疯了。我想活下去，我想休息，我也会选择杀人。"听到这儿，唐陌不动声色地看了陈姗姗一眼，短发女孩儿神色认真，并没有说谎的意思。

当被逼到那个地步时，她是真的会杀人。

为了让自己活下去，她会杀人。或许不会滥杀无辜，可是每个要杀她的人，她会眼也不眨地反杀。因为她想活下去。

时间排行榜刚开启的那三天，或许是透明人世界最昏暗的三天。

你不杀人，多的是人来杀你。有的人脖子上的金色数字不断飙升，有的人死在第一天。他们三个月没有休息过，被没有尽头的黑塔游戏折磨得筋疲力尽，这一次是真的永远休息了。

而他们经历这样的人间地狱，饱受这样的残酷待遇，原因竟然只是——运气太差。

黑塔说，运气也是实力的一种。

他们没能成功上线，这就是需要付出的代价。

唐陌忽然道："幸存玩家分为三种——正式玩家、预备役、偷渡客，你觉得透明人最恨的是谁？"

杰克斯挠挠脑袋："偷渡客？"黑塔最讨厌偷渡客了。

唐陌再看向傅闻声，小朋友低着头不说话。

傅闻夺低沉的声音响起："预备役。"顿了顿，他补充道，"然后是正式玩家，最后是偷渡客。"

杰克斯愣了片刻，慢慢地回过神，低声道："对，是预备役啊……"

不错，透明人最恨的就是预备役。

偷渡客是因为杀人才进入游戏，且在地球上线后被黑塔诸多为难。正式玩家也是幸运儿，他们在那三天触发了黑塔游戏，并成功通关。但是最幸运的，是预备役。占据幸存者人口最多的预备役，有的人甚至都不知道自己做了什么事，就莫名其妙地成为预备役。他们活了下来。

不用参加没有尽头的黑塔游戏。

不用被黑塔厌恶。

只要通关一层，就能获得异能。

或许有冷静的透明人，不想与幸存玩家起冲突，两个世界融合后只想好好地活下去。但是更多的透明人对幸存者抱有不可抵消的敌意。更致命的是，他们的实力比幸存玩家强太多，大多数幸存玩家在他们的眼中和肉猪并没有区别。

世界一旦融合，两个阵营的冲突无可避免。

杰克斯心里有些难受，想了半天，道："难道就没有办法……"

忽然，唐陌目光一冷，"唰"地扭头看向窗外。傅闻夺的动作比他更快，站在靠近阳台的位置，脚下一蹬，身如闪电，"嗖"的一声便飞了出去。下一刻，尖锐的金属碰撞声响起，黑色利器与一把小刀相撞。傅闻夺单手撑地，落在院子里。一道纤细的身影倒退三步，稳住身形。

众人立即来到院内，唐陌看到来人，脸色立即沉了下去。他握着小阳伞的伞柄，目光冰冷地看向四周，警惕随时可能突袭过来的敌人。另一边，傅闻声也是面色大变，拔出手枪向陈姗姗靠近。要是敌人真的来袭，他要带着陈姗姗一起走，他们两个的实力最弱。

当杰克斯看清来人时，惊讶地睁大眼。

陈姗姗奇怪道："练余筝？"

漆黑的夜色中，那个身穿风衣的长发女人正是 A 国知名女歌星练余筝。她美丽的脸庞上有一道浅浅的血色伤痕，长裤被割裂出一道口子，露出膝盖。练余筝的头发上沾了一些飞溅的血珠和泥土。唐陌察觉到不对，快速地看向傅闻夺右手的黑色利器。当看到锋利的武器上并没有血迹时，唐陌心中一怔，明白过来。

傅闻夺抬起双眼，冷漠地看着不远处的年轻女人。他看似淡定，实则身体紧绷，专注地观察周围的环境。

三秒钟后，傅闻夺语气平静："就你一个人？"

练余筝沉默半晌："是。"

唐陌走上前："事不过三？"

"和那个无关。这次是我自己决定要找你们，头儿他们并不知情，但是现在应该知道了。"

唐陌的大脑飞速运转，他的心中已经有了个答案。他转头看向傅闻夺，傅闻夺朝他点点头。陈姗姗也觉得哪里不对劲，可是她并不了解天选组织和唐陌几人的瓜葛，一时间也猜不出真相。

众人只见练余筝深吸一口气，缓缓吐出，十分平静地说："齐衡死了，是被透明人杀死的。对方拥有三千多分钟的休息时间，应该是时间排行榜上的人。你们应该知道什么是时间排行榜，也明白我说的话是什么意思。我今天来找你们是请求合作的。"

声音戛然而止，练余筝的脸上没有任何表情，她的语气也没有起伏，可是谁都看得出来，她似乎很难过。

她面无表情地说："我想杀了那个透明人。"

夜色漆黑，朦胧的月光下，五道人影迅速地穿过巷弄、道路，向东方而去。

首都向阳区，第八十中学。

练余筝独自走到铁制校门前，蹲下身子在地上摆弄着什么。过了几秒，只听一道清脆的"咔嗒"声，好像有什么东西被打开了。练余筝转身看向傅闻夺和唐陌，点了点头，为表示诚意，自己先进了校园。

紧随其后的是唐陌、傅闻夺、杰克斯和陈姗姗。

他们五人踏进校园的下一秒，唐陌突然向左侧看去，同时手按了小阳伞上。傅闻夺同样看向左侧，神色淡漠。众人只见在校门旁一棵高大古老的树木下，一个脸色苍白的少年正静静地站在那儿，不知道站了多久。

他的衣角上沾了一些血迹，黑色的眼睛直直地盯着唐陌和傅闻夺。阮望舒再看了看陌生的杰克斯和陈姗姗，最后目光落在练余筝的身上。

练余筝美丽的脸庞上没有表情，同样无声地看着这个瘦弱的少年。

良久，阮望舒转身走向教学楼。

练余筝道："走吧。"

唐陌挑挑眉，跟在练余筝的身后，淡定地走了进去。

这所中学有数十间教室，阮望舒走到第一栋教学楼的三层，进入其中一间教室。唐陌走进去后，发现这间教室的桌椅摆放得十分凌乱。他们四人刚刚进去，桌子边坐着的几个人立刻抬起头警惕地看向他们。

除了阮望舒和练余筝，还有三个人。一个是女医生李妙妙，还有两个年轻男人唐陌没见过。

"你们不怕是个陷阱？"

唐陌转过头，只见阮望舒走到教室最后方坐下，抬头看他。

唐陌淡淡道："所以是陷阱吗？"

阮望舒抬起手擦了擦脸上溅到的血迹。他的脸上没有伤口，很明显这是别人的血。在傅闻夺与练余筝交手时唐陌就发现，练余筝身上有一些刚刚制造出来的伤口，傅闻夺没有打伤她，这只能说明在与傅闻夺交战前，练余筝与人打过架。

一个已经受伤的人，只要不是傻子，就不会在这种时候跑来偷袭。

唐陌立即相信，练余筝这次来的目的真的不是动手，而是想合作。

现在这间教室里，除了练余筝和阮望舒，其他天选成员的身上都有伤。其中李妙妙的伤势最严重，白大褂被染成血红色，躺在两张书桌拼接成的长桌上，眼睛直直地瞪着天花板，要不是胸脯还在动，唐陌甚至以为她死了。

人都已经来了，阮望舒直入主题，为唐陌四人解除疑惑。

"两天前，我、齐衡、李妙妙一起攻略黑塔三层。我们曾经一起亲眼看见透明人，你们应该也明白那是什么东西。上个月，时间排行榜第一名的慕回雪差点儿开启黑塔 4.0 版本的更新，我判断她是通关了黑塔四层才触发版本更新，所以决定抓紧时间攻塔。"阮望舒一边给手上的伤口上药，一边道，"黑塔三层对我们来说难度也没有特别大，今天傍晚我们顺利通关游戏。晚上 6 点，我和齐衡、李妙妙回到学校，在校门口遭到了两个透明人的袭击。"

唐陌直接抓住重点："两个透明人？"

阮望舒看了他一眼："是，两个。透明人阵营的玩家很难互相信任，也很难像我们这样形成大型组织，但是这不意味着他们不会结队。那两个人出现得突然，实力强悍，近身格斗方面和余筝属于一个层次。因为他们是偷袭，打了我们一个措手不及。等其他人从学校出来支援时，齐衡已经没有呼吸了，我和余筝携手杀死了其中一个透明人。"

说起同伴的死去，阮望舒没有表现出一点儿悲痛。这间教室里，所有坐着的天选成员也都只是静静地听着，没人表现出情绪激动。

练余筝道："那两个玩家，一个是 A 国人，另一个看上去是 J 国人。我和头儿杀死的是那个 J 国人，她脖子上的数字是 3241。另外一个人脖子上的数字比 J 国人的小，但是实力比她强悍。他脖子上的数字是 3012。"

唐陌原本以为只有一个透明人，没想到这次竟然有两个，而且其中一个还是 J 国人。他双目一亮，从包里找出之前记录时间排行榜的本子，打开后翻找了一下："第 61 位，小川静。在她之后比较靠近的 A 国名字……"顿了顿，唐陌看着这个名字，"苏骁。"

阮望舒惊讶地看了一眼唐陌的本子，但是没说希望看看本子上的信息。

阮望舒已经把事情的详细经过告诉了唐陌，唐陌收起本子，低着头，定定地看着那个瘦弱的少年，声音平静："现在情况我们也知道了，那么如果我们合作……你们会给我们什么好处呢？"

宽敞的教室里有一瞬间的寂静。

过了许久，阮望舒笑了，道："先互相分享信息吧。你们知道的信息比我想象中的多，有些东西连我们天选都不知道。确实，天选的成员并没有很多，除了我们七个，其他只有二十多个成员。其中有四个上个月还被你们杀掉了。但即使这样，我们知道的东西也肯定比你们多。目前我这里可以提供的是首都各大组织信息、几个比较出名的强者的信息，还有透明人中，三个时间排行榜上玩家的信息，这三个人都在首都，不包括苏骁。"

听到前面时唐陌不为所动，直到最后，他微微一笑："好，交换信息。"

接下来，唐陌和阮望舒将各自收集到的消息全部说了出来。唐陌保留了一些陈姗姗的个人猜测，阮望舒或许也保留了一些东西。

他们说了半个小时，情况都说得差不多时，一道沙哑的声音响了起来："齐衡那个浑蛋……"

阮望舒的声音戛然而止，他看向躺在桌子上的女医生。

女医生不知何时身体已经能动了，她抬起手挡着眼睛，声音低哑："头儿，我们怎么找到那个苏骁？怎么……才能找到他？"

练余筝也期盼地看向阮望舒。

阮望舒神色淡然："这次我们的合作，并不是为了杀苏骁。"

"头儿？！"

李妙妙身体一僵，挣扎着想从桌子上爬起来。其他几个天选成员也错愕地看向阮望舒。练余筝第一个明白过来，脸色沉了下去，嘴巴张了张，还是没有开口。

一道低低的女声响起："逐个击破？"

瘦弱的少年"唰"地扭头，看向那个一直站在唐陌身后没有开口的小姑娘。半晌后，他语气平静："嗯。杀死一个苏骁，没有什么用。他应该还在首都，但是谁也不知道他什么时候出现，出现在哪里。目前我们更大的敌人是透明人。我本身也不倾向于和首都的其他几个组织合作，他们成员众多，良莠不齐，组织内部的问题也比较多。"

忽然，阮望舒好像想起了什么，抬头道："对了，有件事，一个月前，慕回雪差点儿触发黑塔版本更新。唐陌、傅闻夺，你们应该都认为她是通关了黑塔四层，才会造成这种情况的吧？"

唐陌意识到他可能要说什么："是，怎么？"

阮望舒："按理说，慕回雪是通关了黑塔四层，黑塔才会宣布更新版本。可是更新中止了。上个月，齐衡和李妙妙进入了一个现实副本，在那个副本里得到了一个信息，或许能解释这次意外的更新中止。"

唐陌皱着眉头，一下子还没想到阮望舒说的是哪个副本。

傅闻夺倏地明白过来，看向唐陌。过了几秒，唐陌也缓过神，双目微睁，惊讶地看向躺在桌子上的女医生。女医生沙哑着嗓子说道："那个副本叫'正式玩家王泽信死亡的前一天'，好像是唐……唐先生的朋友吧。那个副本其实很简单，没什么难度，但是我和齐衡被困在里面好几天，因为我们没弄懂那个副本到底想做什么。"

"它想做什么？！"唐陌的语气难得地有一丝急促。

李妙妙也不故弄玄虚："王泽信算是半个正式玩家。地球上线的那三天，他很幸运地进入了一场黑塔游戏，并且顺利通关，回到地球。他回来后想打电话给他的几个朋友，告诉他们一些黑塔游戏的线索，因为他察觉到地球上线不是那么简单，这个神秘的游戏是真正存在的，但是他打不了电话。他回到家里后，发现电话、网络等一切都无法接通，也没法从房子里出去。他被锁在那栋房子里了。"

唐陌的手指倏地收紧。一只手轻轻地按在他紧绷的肩膀上。

唐陌没有注意到傅闻夺的动作，嘴唇抿起："然后呢？"

那是二十多年来，他最好的朋友之一。

不是别人。

李妙妙说道："他回到房子的那天，是 11 月 17 日的傍晚。11 月 18 日早上，他费尽全力地想离开那栋房子，但无论是跳楼、砸墙，还是破门，尝试了所有方法，却一个也没有做到。最后他只能把自己知道的事情写在纸上，放在客厅里。8点，他和其他透明人一样被黑塔抹除，消失在这个世界上。

"因为……他没有通关那场黑塔游戏。"

昏暗漆黑的房间里，时钟嘀嗒嘀嗒的声音一下下地响起。

天已经黑了，拉上一层薄薄的日纱。城市繁华的灯光透过窗纱照射进屋内，在客厅地面上照出一层淡淡的暗光。整个房子静得吓人，手机被摔在地上，一只鼠标也落在地上，裂了几道口子，显然是被人摔过的。

厨房的水龙头慢慢地滴下一滴水。

"啪嗒——"

听到这声音，蜷缩在卧室角落里的高瘦青年身体抖动了一下，接着又将头埋进双腿间，浑身颤抖着。

向阳区第八十中学某教室，李妙妙躺在书桌上，声音平静地叙说着："那个副本是我和齐衡见过的最奇怪的副本。没有 BOSS，也没有任何其他黑塔怪物。进入副本后，黑塔只告诉我们要找出离开这个副本的方法，其他没给任何条件。"李妙妙慢慢地说着，"一开始我和齐衡对出现在副本里的那个人类很警惕，但我们渐渐发现，他看不见我们，我们也碰不到他。"

"他就是'正式玩家王泽信'。"

透明人随时有可能再次出现，说不定下次出现的会是排名更高的强大透明人。李妙妙简单地叙述了一下自己在那个副本里看到的场景——昏暗的房子，仿佛静止的时间，起初那个叫王泽信的玩家还想着联系外界，逃出去。可是他根本不可能逃出去。

窗户是封死的，玻璃成了钢铁，砸不碎；打不开门；拨打电话，只会传来"不在服务区"的提醒；更没有一点儿网络，无法与外界交流。

李妙妙："时间是 17 日的晚上 7 点，到第二天早上 7 点，也就是 18 日 7 点。这是第一个晚上，我和齐衡什么都没做，就是单纯地在旁边观察副本环境。早上的时候对面邻居出门了，王泽信不断地敲打防盗门，对面的人听不到。"

阮望舒："这个副本相当于把那间房子和外界隔开了，单独成为一个副本。不通关游戏，是不可能离开副本的。"

话音落下，阮望舒抬头看了唐陌一眼。

唐陌站在教室的中央，神色平静。阮望舒听齐衡说过，唐陌和傅闻夺曾经想进王泽信的屋子，他们应该认识王泽信，甚至应该是朋友。但是现在唐陌并没有表现出一点儿异常，可能是隐藏得很好，也可能真的只是普通朋友。

唐陌："18 日早上 8 点，他是消失，进入透明人的世界了吗？"

李妙妙摇头："没有。他不是透明人，也不是正式玩家。因为他只把那场黑塔游戏完成一半，所以是真的死了。"

李妙妙知道这个人是唐陌的朋友，但并没有顾及所谓的朋友的情绪，直接道："我和齐衡在那个副本里待了总共五个晚上，也就是 60 个小时，不停地重复'正式玩家王泽信死亡的前一天'。到最后我们终于发现有一点奇怪的地方，就是客厅墙上的时钟。"

唐陌一愣："时钟？"

李妙妙的伤似乎好了，她从桌子上坐起来。她的脸上还沾着血，身上也挂了不少伤。当她用那双充血的眼睛看着唐陌时，竟然有种幸灾乐祸的意味。李妙妙道："首都时间，2017 年 11 月 18 日早上 8 点，地球上线。一分钟不多，一分钟不少。地球上线的那一刻，黑塔向全球发出公告，所有没能成功载入游戏的人类全部消失，进入透明人的世界。这是我们已经知道的事实。"

傅闻夺："所以那个副本和时间有关？"

李妙妙坐正了身体："为了猜出这两个字，我和齐衡在里面待了 60 个小时，一遍遍地看那个王泽信死去，再一遍遍地看他进入房间。这两个字就是'时间'。王泽信在回到房间前参加了一场黑塔游戏，在那场黑塔游戏里，他和另外一个玩家比赛夺取对方的时间。这是副本通关后我们被黑塔告知的，王泽信在那场游戏里赢了对方 5 秒钟。对方被他淘汰，接着他回到地球。"

唐陌身体一震，缓慢地抬起头，看向李妙妙。

天选组织的人早就知道这个副本的真相，唐陌四人中，陈姗姗也慢慢明白了答案。

李妙妙看着他们这样，笑着摇头："是，你猜得没错，唐陌，你的朋友死于他得到的那 5 秒钟时间。他赢了，5 秒钟。在'离开游戏'回到地球后，他也多出了 5 秒钟时间。在那 60 个小时里，黑塔上线四次，我和齐衡完全不懂黑塔到底要我们做什么、它在想什么。直到第三次地球上线，当王泽信消失的时候，我发现他临死时努力地转了头，看向客厅的方向。我想他在最后的时候也明白了，自己得到了 5 秒钟时间，因为……客厅墙壁上的钟显示的是 8 点5 秒。"

生命的最后一刻，当王泽信听到黑塔的提示声时，忽然明白自己一直以来错过的到底是什么。

他是个聪明人，否则不会赢得那场黑塔游戏，成为半个正式玩家。可是他缺少信息。在他踏进屋子的那一秒，不知道自己的生命比外界多出了 5 秒，不知道为什么自己忽然陷入了这样一个奇怪的地方。

然而他知道，三天前的早上 8 点整，黑塔第一次发出声音，宣布地球上线。

如今黑塔再发出声音，他看着自己的身体慢慢消失，脑子里闪过无数的念头。刹那间，他明白了真相，拼尽全力地转过头，看到那个比外界快了 5 秒钟的时钟。可是一切已经晚了，他只剩下一个头、一双眼睛，不可能将那个时间调过来。

于是他眼睁睁地看着那只钟，然后死了。

唐陌静静地看着李妙妙："所以只要把那个时间调整回去，就算赢了？"

"对，我和齐衡把那面钟从墙上拿了下来，再把秒针向后拨了 5 秒……然后我们就通关副本了。原本我不明白这种事为什么要单独做成一个副本，这个王泽信只是遇到了一个很奇特的副本罢了。但是后来慕回雪通关黑塔四层中止，我才明白，黑塔是在提醒幸存玩家黑塔游戏里可能会出现这种情况。"

李妙妙做出总结："这个现实副本没有任何其他意义，唯一的目的就是给玩家一个警告，要时刻注意自己有没有真正通关游戏。"过了片刻，看着唐陌平静的神色，李妙妙故意笑道："你不伤心吗？我以为那是你的朋友。"

唐陌："伤心。"

众人惊讶地看向唐陌，都很奇怪他怎么突然说出自己的情绪，明明表现得十分淡定。连傅闻夺都没想到唐陌会回答这个问题，惊讶地看着唐陌，他以为唐陌不会理睬李妙妙的话。

女医生也一脸错愕，半晌后，道："抱歉。"

唐陌语气平静，看向阮望舒："我明白你的意思了。黑塔游戏的结束与否，很可能影响玩家的现实。在……"顿了顿，唐陌继续说道，"在王泽信的副本里，他以为自己已经通关了那场神秘的游戏回到地球，其实那场游戏还没有结束。他的时间是错乱的，所以他被封锁在那个空间里，需要他做出举动，让自己回归正确的时间轴，游戏才真正结束。慕回雪也是这样？"

阮望舒："是，慕回雪很可能也是这样。这能解释为什么黑塔突然说她开启4.0 版本的更新，又突然中止。因为在完成一场游戏的瞬间，她又开启了另一场游戏。她不算真正通关了黑塔四层，或许直到现在，她还在寻找通关游戏的方法。当她彻底通关黑塔四层时，4.0 版本就会开启。"

唐陌四人各拉了把椅子，坐在阮望舒的对面。

陈姗姗第二次开口："所以目前我们要注意的有两件事。第一，抓住落单的透明人。趁他们现在还没有全部知道两个世界在融合，对我们掉以轻心，尽可能地击杀更多透明人。第二，攻略黑塔四层。"顿了顿，小姑娘的目光在教室里的几个天选成员身上一一扫过，"这间教室里的人，应该是天选的核心成员？"

阮望舒："天选最开始一共六个人，练余筝是后加入的，再除去齐衡，现在还是六个人。"

陈姗姗："都通关黑塔三层了？"

阮望舒摇头："李妙妙是二层。"

陈姗姗转头看向唐陌和傅闻夺，得到他们的同意后，再看向阮望舒："有件事，刚才我们没有说。傅少校之前通关黑塔三层的时候得到了黑塔的额外奖励，黑塔建议幸存玩家立即攻略黑塔四层。黑塔一般很少说废话，最多是故弄玄虚，玩文字游戏。这次它的建议很可能和透明人有关。"

谁料陈姗姗的话说完，阮望舒陷入了诡异的沉默。

唐陌瞬间察觉到对方奇怪的神色，只听练余筝的声音响起："这件事我们刚才也没说。头儿通关黑塔三层的时候，也听一个黑塔BOSS说过最好赶紧通关黑塔四层的话。对方的原话是：'反正你们都快死了，你们又没人通关四层，我就不和一群死人计较了。'"

唐陌"唰"地扭头看向傅闻夺，两人的目光对上。

几秒后，唐陌迅速做出决定："联手攻击透明人的事情可以定下了，至于攻略黑塔四层，这是我们各自的事情。透明人的出现一直没有规律，我们不可能找到苏骁，所以现在更重要的是击杀透明人和通关黑塔四层。"

阮望舒："天选在首都有情报网。"

"好，那我们可以共享信息。"

两方简单地交流了一下各自拥有的信息，唐陌和傅闻夺决定先离开这里，与傅闻声会合。虽然他们都不认为这次练余筝的邀请是一个陷阱，但是以防万一，还是让傅小弟躲在一个安全的地方等他们消息，只带了陈姗姗一个人。因为他们可以带着小姑娘安全离开天选大本营，多出一个傅小弟就有了难度。

确定好大致的合作计划后，唐陌转身便想走。这时，一道声音从他的身后响起："唐陌、傅闻夺，你们是想这次回去后直接攻略黑塔四层？"

唐陌的脚步停住，他转过头，看向那个脸色苍白的少年。

唐陌没有否认。

阮望舒道："你和傅少校，应该是两个人一起去挑战黑塔四层。以你们的谋略和武力，确实没太大问题，有希望通关。你们队伍里有个比我小的男孩儿，应该拥有治愈方面的异能？但是很明显他的武力不行，否则今天你们不会不把他带来。"

傅闻夺垂着眼睛："你想说什么？"

"再加上一个人吧，怎么样？"

唐陌笑了："加上你？"

下一刻，阮望舒轻轻摇头："加上她。"

被指着的李妙妙也一脸震惊，不解道："头儿？！"

阮望舒没有回答。他手掌一翻，一把小刀出现在他的手中。谁都没想到他忽然毫不犹豫地一刀砍向自己的手腕。血液顿时溅出，阮望舒却连眼睛都没眨一下。断了的手落在地上，阮望舒将还在流血的手腕伸出去，递到李妙妙的面前。

"头儿……？"

回答李妙妙的是阮望舒冷冰冰的注视。

李妙妙脸色变了变，咬紧牙关。几秒后，她还是伸出手，嘴里默念着听不清的话语，将手按在阮望舒断了的手腕上。

浓云被风吹开，月光照射在阮望舒断了的手腕上，以肉眼可见的速度，血管、皮肤快速地生成，一只崭新的手出现在断裂的手腕横切面上。唐陌心中一惊，再回头看向李妙妙，却见李妙妙的手腕上，一只手骤然消失。没有血流出来，可是她的脸色有些难看，似乎在忍着痛苦。可是过了半分钟，她的手也逐渐生长起来。

十分钟后，李妙妙举起左手，一切和刚才毫无差别。

唐陌与傅闻夺对视，两人瞬间明白对方的意思。

傅闻夺拥有"基因重组"异能，在四肢断裂后，也可以迅速生长出新的。可是他的生长速度绝对没有这么快。同时，李妙妙生长出来的不是自己的手，而是阮望舒的。

阮望舒："这就是她的异能。你们只知道她异能的第一个作用。她不仅可以通过伤害自己将疼痛感转移到别人身上，还可以将别人的伤口转移到自己的身上，再通过自身强大的自愈能力恢复。李妙妙去，你们每个人都多一条命。她只是黑塔二层玩家，不会提高你们的副本难度。除此以外……"

阮望舒从口袋里掏出一枚金色的硬币，扔给李妙妙。

李妙妙赶紧接住："头儿，这个也给我？"

"她还拥有国王的金币。"阮望舒冷冷道，"透明人比我们强大太多，我们一定要迅速攻略黑塔四层。我伤势很重，还需要休息几天。"所以，交给你了。

唐陌的目光在阮望舒和李妙妙的身上扫过。

良久，他笑着点头："好。"

一天后——

叮咚！黑塔四层（普通模式）正式开启，团队游戏开始载入……
沙盒生成……
数据加载完毕……
欢迎来到薛定谔的钢铁森林！

"嗡——"
一阵轰隆隆的机械撞击声猛烈地响起。

当唐陌睁开眼睛时，第一反应是捂住耳朵，等适应了这刺耳的声音后，才将双手慢慢松开。他环顾四周，很快抬起头，看向头顶上那轮红铜色的"月亮"。

这是一片诡异至极的黑色钢铁森林，高达数十米的漆黑大树参天而起，将天空遮蔽，只留下一个圆形的小口，小口的中央是一轮红铜色的月亮。周围黑色的树木上，一层黏糊糊的液体顺着树皮不断流下，刺鼻的机油味儿令唐陌皱起眉头。他回过头，视线很快与傅闻夺对上。

两人对视一眼，轻轻点头，目光转到另外三个人的身上，只见在昏暗的红铜色月光下，这片黑色的钢铁森林中，三个玩家缓缓睁开双眼，看向了唐陌和傅闻夺。

其中一个玩家是李妙妙，她默默地站到唐陌的身边，这是阮望舒叮嘱她的。

其余两人看清楚情况后并没有惊讶，显然也参与过多人游戏。他们的反应和唐陌一样，立即观察起周围的环境，等确定自己身处什么地方后，五人围聚到一起。唐陌目光平静地看着这两个人，小心地打量着。这是一男一女，男人看上去非常淡定，女人脸色有些苍白，但依旧保持镇定。看了半晌，唐陌的视线最后落在那个穿着西装、戴着礼帽的男人身上。

游戏刚开始，大家都仔细地审视队友，没有开口。

过了片刻，那短发女人先忍不住开口，语气轻松："看来这次是多人攻塔游戏，我以前参与过类似游戏，看你们的表情，应该也一样。那么我们暂时就是队友了，大家先互相认识一下？"说着，她警惕的目光掠过众人的脸庞，在看到那个戴着礼帽的男人时眼中露出一丝提防。

唐陌挑了挑眉：这个女人和那个男人并不认识。

进入攻塔游戏前，阮望舒曾经对李妙妙说，在这场游戏里，她必须全程听唐陌和傅闻夺的话。唐陌没有开口，李妙妙就抱着双臂冷冷地站在一边，没有搭理这个短发女人。女人见没人回答她，神色渐渐难看起来。

这女人说得没错，他们现在确实是队友，需要认识一下。

然而就在唐陌准备回答时，一道悦耳的声音响起——"说得很有道理。"

众人"唰"地转过头，看向说话的男人。淡淡的红月光下，一个右手拄着短杖的奇怪男人微微一笑，伸出左手摘下了自己的礼帽，露出一头金色的头发。他做了一个英式绅士礼，接着抬起头，轻笑道："My lady，你想知道些什么呢？"

唐陌眯起眼睛，盯着这个忽然开口的金发男人。

连短发女人也被他奇怪的反应吓了一跳，半晌后才语气古怪地说道："介绍一下自己？"

金发男人不置可否地笑了笑，歪着脑袋，微笑着看向唐陌等人。他脸上的笑容仿佛是用尺子量出来的一般，优雅标准，嘴唇扬起的角度也恰到好处，那双湛蓝色的眼睛里全是笑意。

他道："遵从这位女士的话，我叫格雷亚。"

李妙妙瞥了这人一眼，小声道："外国人？"

格雷亚的视线"嗖"的一下扫向李妙妙，李妙妙身体站直，咳嗽了一声，看向唐陌和傅闻夺。得到两人的肯定后，她双手插在白大衣口袋里，懒洋洋道："我叫李妙妙。"

傅闻夺："维克多。"

唐陌："唐吉。"

李妙妙没对他们用假名的行为感到惊讶，毕竟这两人在 A 国挺有名，在黑塔没有公布玩家姓名的情况下，用假名更利于完成游戏。

听到他们的回答，金发男人面不改色，短发女人谨慎地盯着唐陌和傅闻夺，显然知道他们用了假名。"我叫赵晓菲。"

互相认识后，大家便暂时成了队友。

这种情况下需要一个临时队长决定大家要去做什么，按理说这种事应该交给唐陌或傅闻夺。可是李妙妙等了半天，没等到两人说话。她奇怪地看向唐陌，谁料唐陌正好也在看她。两人对视了一会儿，李妙妙双眼瞪大：我来做队长？！

唐陌点点头。

李妙妙：等等，走之前头儿让我什么都听你们的。

唐陌：所以我们让你做队长。

李妙妙：……

李妙妙不情愿极了。

以往和阮望舒等人进副本，她都不用动脑子，跟着大部队做事儿就行，天

-021

塌下来有阮望舒在前面顶着，实在不行还有练余筝、齐衡。现在好了，她第一次和天选以外的人合作，就沦落到要出卖脑力的地步。

李妙妙郁闷了半晌，再抬起头时脸色微变，冷静地说道："刚才黑塔说的话大家应该也都听到了，我们现在在薛定谔的钢铁森林里。待在这儿也无济于事，我们不如试着走出这片森林，不能坐以待毙。"

毕竟是天选的核心成员，李妙妙并不蠢，她的话得到了所有人的赞同。

这片森林光线昏暗，只有红铜色的月光照明。唐陌和傅闻夺拿出手电筒，准备一人站在队伍前，一人站在队伍后，试着走出这片森林。傅闻夺直接站到了队伍前方，唐陌正要走到后方，一个人拦在他的面前："怎么能让女士殿后？"

唐陌身体一顿："我是男人。"

格雷亚摇头："在一个绅士的眼中，所有人都是需要被照顾的淑女。"

唐陌："……"

唐陌没有搭理他，站到了队伍的后方。格雷亚看到这情况笑了笑，没有再阻止。敢情这家伙只是嘴上说说，没真打算殿后。打开手电筒后，傅闻夺开始寻找道路，唐陌站在队伍的后方，很好地将前方的四人收入眼中。

傅闻夺站在第一位，第二位是赵晓菲，然后是李妙妙、格雷亚。

除了傅闻夺和李妙妙，另外两个陌生玩家中，最让唐陌觉得奇怪的就是这个格雷亚。

唐陌曾经碰到好几个外国玩家，比如杰克斯。地球上线后，黑塔按照地区划分游戏大区。只要在地球上线前待在 A 国土地上的人类，都属于 A 国玩家，都可能在 A 国的黑塔游戏里碰到。不过唐陌见过好几个外国玩家，还是第一次见到……这么莫名其妙的。

格雷亚右手挂着一根黑色短杖，跟在李妙妙的身后优雅地走着。他走路的姿势非常平稳，没有瘸腿、断腿的迹象。几根金色的头发时不时地蹿出礼帽，在后脑勺上若隐若现。这人穿了一件深红色的礼服，头戴礼帽，脚上蹬着一双小皮靴，怎么看都和其他四个玩家格格不入。

不过唐陌也见多了怪人，地球上线后，很多人类被残酷的黑塔游戏逼得性格变化。连杀人魔都有，这种喜欢穿奇装异服的也不是不能理解。但是他穿这样的衣服来参加黑塔游戏……

唐陌谨慎地盯着这男人的礼帽和短杖，思考着两种可能性——第一种，这男人喜欢玩 cosplay，所以嘴上才说着一些奇怪的话，行为举止也这么奇怪；第二种，这其实是他的伪装。在什么情况下一个人类需要伪装成这种样子，还穿着这么古怪？他身上的衣服、头上的礼帽都非常不适合战斗，偏偏就是穿了这样的一身衣服来参加攻塔游戏。除非……这是他的道具。

唐陌看着格雷亚的背影，神色平静。

五个人在钢铁森林里找了一个小时，没找到任何出口。

时间一分一秒地过去，赵晓菲道："这样下去不行。这些钢铁大树长得一模一样，光线又特别暗，不好做标记。我们谁也不知道这片森林有多大，黑塔还不给我们提示。我们还是分头找吧，要不然太浪费时间了。"

唐陌："我们一共就两个手电筒。"

赵晓菲："那分成两队怎么样？"

李妙妙得到唐陌的眼神暗示："可以啊。这样，我和唐……唐吉一队，还有你。我们三个人一队。维克多、格雷亚，嗯，你们都是外国人，你们两人一队好了。"

"外国人"傅闻夺闻言看向唐陌，唐陌单手插在口袋里：你盯着他比较好。

傅闻夺挑了挑眉。

众人很快分成两队，分头寻找森林的出口，约定一个小时后在原地集合。

临走时唐陌看向傅闻夺：小心那个男人。

傅闻夺嘴角翘起：好。

唐陌打着手电筒，带两个女人在钢铁森林里寻找着。

他们刚进入森林听到的轰隆隆声音，是风吹树木发出的声响。普通的树木被风吹过，发出的是沙沙的树叶声；薛定谔的钢铁森林里每一棵树都由黑色的钢铁做成，当高空飓风吹上去后，钢铁树叶相撞，发出的是有规律的金属撞击声。

唐陌三人在森林里走了很久。大概因为都是女人，赵晓菲一直与唐陌保持距离，与李妙妙站得很近，也一直想和她搭话，最好两人可以结成同盟。可是李妙妙非常冷淡，并不想和赵晓菲拉近关系。赵晓菲试了两次，只能放弃。

唐陌在心里默算着时间，走到两棵巨大的钢铁大树中间时，停住脚步。

唐陌："时间快到了，我们可以回头了。"

两个女人点点头。

就在三人准备回头的时候，突然，一束火花从远处蹿上天空。唐陌立即愣住，三人惊讶地看着这束信号火光。下一秒，他们抬步就走，花了20分钟找到了傅闻夺和格雷亚。

唐陌直接问道："找到出口了？"他观察四周，众人明明还在森林里，没看到所谓的出口。

傅闻夺先是摇头，再点点头，抬手指向西方。

唐陌顺着他手指的方向看过去，一开始还没明白对方的意思，慢慢地，脸色变了，眯起双眼盯着远方。许久后，连李妙妙、赵晓菲也看到了那东西。赵晓菲惊道："那是什么？！"

无论那是什么东西，现在五人的黑塔游戏陷入僵局，他们必须前去看看情况。

众人小心翼翼地靠近那个奇怪的东西，等走近了后，更是惊讶。

赵晓菲瞪大了眼睛："这到底是什么啊……"

这是一个巨大的圆形托盘。

刚才从远处看的时候，众人只看见一个小小的黑色圆形物体悬浮在空中，像极了 UFO。可是走近后他们发现，这东西并不是浮在空中的，它的下方有一根数十米长、手腕粗的钢棍支撑着，与大地连接。

简而言之，这就像一个被筷子撑着、顶在半空中的黑盘子。只是这盘子无比巨大，唐陌看着都觉得那根细钢棍撑不住它，应该会被它压断。但它就是撑住了，且任凭森林里的飓风吹刮，钢棍和托盘都没有一丝摇晃。

一开始众人还小心谨慎地站在托盘外部，打量钢棍和托盘的情况。

他们看了半天，没有出现意外。唐陌和傅闻夺对视一眼，傅闻夺走上前，进入托盘笼罩的阴影里，观察起那根钢棍。当他走到钢棍旁十米时，忽然，一道清脆的童声在钢铁森林里响起——

叮咚！触发支线任务一：进入薛定谔的钢铁堡垒。

黑塔机械的声音在五人的耳边响起。

傅闻夺正站在钢棍外十米处，听到这声音，脚步停下，唐陌等人也有些惊讶。他们先观察四周，确定没有异样后，一起走向那根细细的钢棍。唐陌慢慢地伸出手，抚摩这根三十多米长的东西。

过了会儿，他松开手："摸上去是普通的钢铁质感，应该是一根铁棍，长度大约 35 米。"唐陌抬起头目测钢棍的长度。

李妙妙已经习惯了自己的"队长"身份，分析道："刚才黑塔突然发布了支线任务，要求我们进入薛定谔的钢铁堡垒。这片森林叫薛定谔的钢铁森林，我们现在应该还待在里面，没有找到出口。那么钢铁堡垒……"

李妙妙声音停住，没有再说。她抬起头，看向头顶这片巨大的钢铁托盘。赵晓菲也小心翼翼地看着头上这块遮蔽天空的奇怪托盘，紧张地吞了口口水。

一头金发的格雷亚按了按礼帽，微微一笑。

赵晓菲道："我们刚才已经在森林里找了很久，走到这里才触发支线任务。那么那个钢铁堡垒肯定在这附近。所以……它就在我们的头上？"虽然是疑问句，她的语气却很肯定，"应该就是在上面了。我们上去吧。"

唐陌没有否定赵晓菲的观点。

很明显，有九成可能性，薛定谔的钢铁堡垒就在众人头顶这个古怪的钢铁托盘上。这根钢棍长达数十米，被它撑起的那片平台（托盘）也占地数百平方米，将天空中红铜色的月光遮住，在地上落下一片硕大的阴影。

如果说钢铁堡垒最有可能在哪儿，那就是这片平台的上方——空间足够，又被挡着看不到上面的全貌。也只能在这里。

事不宜迟，李妙妙以队长身份与赵晓菲、格雷亚交流。她适应角色很快，摸了摸钢棍道："就是根普通的棍子，我挺会爬树的，也会爬杆子，爬这个应该没问题。我第一个爬上去？"

赵晓菲："我没爬过杆子，但是我身体素质还行，应该可以。"她看向格雷亚。

长相俊秀的混血男人抬起头，露出一张温和优雅的笑脸，他手腕一动，短杖被挂在宽腰带上。"当然可以，如果有女士需要帮忙，我也义不容辞。"说着，他公平地看向在场的所有玩家，包括唐陌和傅闻夺。

唐陌道："我没问题。"

傅闻夺一直冷淡地站在旁边，仿佛根本不认识唐陌和李妙妙。他的目光在一直微笑的格雷亚身上扫了眼，淡淡道："没问题。"

谁也不知道爬杆会出现什么危险，原本唐陌打算让傅闻夺先上，李妙妙却道："没关系，正常东西很难一击杀死我，真有意外我能逃出来。而且我很会爬树。"唐陌明白她的意思，没有再阻拦。他见识过李妙妙强大的自愈能力，除非真的是速度极快的致命一击，否则她一定能逃脱。

冰冷的烈风吹过黑漆漆的钢铁森林，女医生深呼吸，缓缓地吐出。她走上前，双手按在泛着金属光泽的钢棍上，接着右脚抬起，一用力，身体环住了这根钢棍。短短三秒钟，她便向上爬了五米距离，速度极快。见她没遇到任何危险，队伍里的另一个女人也松了口气，走上前开始爬杆。

赵晓菲果然从没爬过杆子，笨拙地抱紧细杆，手脚并用，缓慢地向上爬着，动作十分笨拙。见她安全地爬了十多米后，唐陌向前一步，准备爬杆。但就在他快要碰到杆子的时候，却听头顶传来一道惊呼声。唐陌快速地抬头看去，傅闻夺也眉头一皱，伸手要接住赵晓菲落下来的身体。

忽然，一道黑色的身影从唐陌的身边一闪而过。

噔噔噔！

细细的杆子被人踩得微微颤动，一道深红色的身影在昏暗的月光下，以极快的速度攀上了杆子的中段。格雷亚迅速地伸出手，单手捞住了向下坠落的短发女人，揽住她的腰身。赵晓菲也十分错愕。她身为至少通关黑塔一层的玩家，从这种高度掉下去根本不会受伤，只是因为她从没爬过杆子才会失足。

寂静空旷的钢铁森林里，李妙妙听到声音低头看去："没事儿吧？"

杆子的中段，格雷亚一只手拉着杆子，另一只手抱着短发女人。他低头看着这个还没反应过来的女士，苍白的脸上露出一抹温和的笑意："My lady，需要帮忙吗？"

赵晓菲渐渐反应过来。反正总是要上去，她没拒绝对方的帮助，直接道："谢谢。"

在紧张危险的攻塔游戏里，没有一个人有心思谈情说爱。赵晓菲完全没表现出一点儿女性的羞赧，她警惕地盯着这个抱着自己的外国男人，毫不掩饰自己的戒备。

格雷亚没有因她冷漠的反应而生气，只是笑得更灿烂了一些。他爬杆的速度比赵晓菲快太多，哪怕一只手抱着一个女人，也几下就爬到了李妙妙的下方。重力在他的脚下完全消失，他并没有抱着杆子向上爬，而是单纯地踩在杆子上，如履平地。

地面上，唐陌看着这一幕，双眼慢慢眯起。

片刻后，唐陌看向傅闻夺。两人立即明白对方的意思，傅闻夺也早有此意。他走上前，单手握住钢杆，脚下一蹬，整个人如同火箭，"嗖"的一下蹿上了杆子。

唐陌在下方仔细地观察着。

当傅闻夺赶上大部队后，唐陌嘴角微微抿起。他不动声色地走上前，老老实实地抱着杆子往上爬。半分钟后，五人安全抵达托盘的上方。当唐陌的双脚踩到平台上后，一道清脆的童声在他们脑海里响起——

叮咚！完成支线任务一：进入薛定谔的钢铁堡垒。

李妙妙惊道："这……这就是钢铁堡垒？！这根本是座钢铁城堡吧！"

众人只见在平坦宽敞的钢铁平台上，赫然屹立着一座欧式古堡般的钢铁建筑。这座漆黑的钢铁堡垒冰冷地矗立在五人的正前方，被围墙围住。一扇钢铁大门挡在他们的面前，红铜色的月光照射在堡垒和大门上，反射出清冷的光泽。

凛冽的风声中，唐陌突然听到一阵有规律的脚步声。他的手按在小阳伞上，戒备地看向这座神秘古怪的堡垒，只听"吱呀"一声，堡垒的大门被人打开，一个人影从门后缓缓走出。众人立即拿出武器，小心地盯着这个神秘人，随时准备攻击。

神秘人一步步地走出黑暗的堡垒，跨过门，出现在众人眼前。

这是一个身穿黑色燕尾服的中年男人，头发梳得一丝不苟，抹了一层厚厚的发油，满头油光。他手上拎着一盏老式油灯，面无表情地走向钢铁大门，走向五个人类。当他走到离大门还有五米的距离时，唐陌等人看清了他，他也看清了五个玩家。

管家模样的中年男人脚步一顿，过了片刻，又继续向前。

他拿出钥匙，打开这扇钢铁大门。五个玩家仍旧站在原地，谨慎地打量他，没有一个人进门。

中年男人微微鞠躬，声音单调没有起伏："欢迎来到薛定谔的钢铁堡垒。"

五个玩家站在大门外，没有动作。

三分钟后，中年男人又鞠了一躬，用同样的语气和声音，一字一顿地说道："欢迎来到薛定谔的钢铁堡垒。"

李妙妙对唐陌挤眉弄眼，询问他接下来该怎么办，唐陌却好像什么都没看到。她郁闷地再看向傅闻夺，傅闻夺也忽视了她，不给一点儿反应。李妙妙无奈地撇撇嘴，学着两人的模样，冷漠地看着中年男人。

又过了三分钟，这中年男人再次鞠了一躬，用一模一样的声音、一模一样的表情动作，再次重复道："欢迎来到薛定谔的钢铁堡垒。"

李妙妙忽然明白过来："等等，你是机器人？！"

赵晓菲也发现了异常："对，他每次说话的表情、声音，连弯腰的幅度都一模一样！"

中年男人的声音依旧僵硬："我不是机器人。"

李妙妙："那你是地底人？"

中年男人低着头，没有与玩家对视："这里是薛定谔的钢铁堡垒，不是地底人王国。"

很快，三分钟时间再次到来，中年男人再次鞠躬："欢迎来到薛定谔的钢铁堡垒。"

众人面面相觑。

当中年管家准备说第五遍时，众人终于抬起脚，走进了这座神秘的堡垒。中年管家见状闭上嘴，安安静静地站在一边，鞠躬道："先生，请进。"等五个人都进去了，他才走到前方，拎着那盏破旧的钢铁小油灯在前面带路。

五个人一个个进入堡垒的大门，最后一个还是唐陌。等他走进去后，"砰"的一声巨响，大门在众人身后关上。

　　赵晓菲："你干什么？！"

　　漆黑的堡垒内只有管家手上的那盏油灯散发着幽暗的光芒，傅闻夺右手一甩，黑色利器便出现在他的手臂上，唐陌也直接拔出小阳伞，准备攻击那个没有表情的中年管家。

　　两人还没攻击，就齐齐停住动作，慢慢地扭头看向黑暗的堡垒大厅。

　　格雷亚不知什么时候又挂起了短杖，他右手撑着短杖，左手抬起按住了自己的礼帽。眨了眨蓝色的眼睛，格雷亚十分真诚地感叹道："哇哦，真是一只可爱的小宝贝。"

　　众人只见在黑色的堡垒里，一双幽绿色的眼睛死死地盯着五个人类。

　　李妙妙被这双阴森的眼睛看得吞了口口水，心里泛起一阵凉意。她正准备请唐陌打开手电筒，照一下明，下一刻，她的嘴巴突然闭上。

　　"喇喇喇——"

　　死寂的阴冷堡垒里，一双又一双绿色的眼睛凭空出现。铺天盖地的绿眼睛从古堡的每一个角落盯向五个突然闯进来的人类，齐刷刷地盯着他们。他们稍微动一下，这些眼睛就会跟着移动一下。李妙妙第一次感受到这种头皮发麻的滋味，身上起了无数的鸡皮疙瘩，汗毛根根竖起。她不想与这些绿眼睛对上，可是一低下头更感觉它们全在看自己。

　　李妙妙直接拔出一把手术刀，随时准备和这些绿眼睛的东西同归于尽。

　　这时，一道僵硬的声音在众人的脑海里响起。这声音毫无预兆地出现，李妙妙居然是最胆小的，被吓得往后倒跌一步，差点儿撞倒中年管家的油灯。

　　紧接着，"啪——"

　　灯光骤然亮起，整座堡垒被全部照亮，宽敞的堡垒里，数以百计只黑猫填满了房间的每个角落，阴冷地盯着站在门口的五个玩家。

　　忽然，第一只猫张开嘴巴，发出一道尖锐的猫叫声。接下来，一只又一只黑猫叫了起来。

　　此起彼伏的叫声充斥堡垒，好像指甲刮在玻璃上的声音，令玩家们纷纷捂上耳朵。

　　只有中年管家仿佛早已习惯，冷眼看着这一切。

　　良久，猫叫声戛然而止。

　　叮咚！触发支线任务二：找出薛定谔的猫。

游戏规则——

第一，薛定谔只养了一只猫。

第二，猫先生很爱干净，很不合群。

第三，每隔三个小时，堡垒大厅中央会出现一碗猫粮。打败守护猫粮的贪婪地底人，可获得猫粮。薛定谔的猫很爱吃猫粮。

伟大的薛定谔阁下今天又惹怒了他的猫，作为一个合格的铲屎佬，薛定谔阁下正在思考该如何挽回他的猫的芳心。或许，一碗美味的猫粮就是最强大的道具。

黑塔的声音落下，"嗖"的一声，满堡垒的黑猫好像受到了极大的惊吓，瞬间四散开去。这一切发生得太过突然，唐陌等人根本来不及阻止。这些猫如同黑色的洪流，蹿到了堡垒的各个角落，此起彼伏的猫叫声在众人的耳边形成立体环绕效果，刺得人头皮发麻。

机器人一样的中年管家朝五个玩家鞠了一躬，接着沉默地走到大门旁，低头不再吭声。

一双双绿色的眼睛从黑暗中悄悄地看过来，打量着这五个陌生的人类。唐陌扫视着整个堡垒，转身问道："我们可以随便在堡垒里找猫？"

管家依旧低着头："不允许进入的地方，无法进入。"

李妙妙眼珠子转了转，又旁敲侧击地问了几个问题，想从管家口中得知更多关于薛定谔和他的猫的消息，然而管家从头到尾只重复这句话。

唐陌看了他一眼，道："那我们现在就去找猫吧。"

堡垒里漆黑一片，红铜色的月光透过高高的吊顶窗户照射进来，勉强照出一个昏暗的房屋轮廓。管家站在门口不动弹，五人一共有两支手电筒。他们分为了两组，一组是唐陌和李妙妙，另一组是傅闻夺、格雷亚和赵晓菲，分头寻找薛定谔的猫。

唐陌两人负责堡垒的二层，傅闻夺三人负责堡垒的一层。

唐陌打开手电筒的灯光，神色平静地走上了二层，映入眼帘的是两条长长的走廊，这两条走廊在楼梯口交会，形成九十度的夹角，伸展向两方。密密麻麻的门对称地分布在走廊两边，红铜色的月光照射在门上，静谧诡谲。

李妙妙走上去，小心翼翼地把手按在门上。唐陌握住了小阳伞的伞柄，李妙妙也做好准备。她用力地按了下去，却听一道"咔嗒"声，李妙妙一愣："欸，锁住了？"

是的，门锁住了。

唐陌和李妙妙分头去打开这些门，两条走廊一共有十九扇门，其中十扇门是锁死的，九扇门可以打开。当李妙妙尝试用暴力打开门锁时，黑塔清脆的童声在堡垒里响起——

叮咚！在薛定谔的钢铁堡垒，上锁的房间里全是薛定谔阁下的宝物，需要钥匙开启。

黑塔说不可以开启，这扇门就肯定开不了。

李妙妙悻悻地放下手。

在两人尝试开门的时候，十几只猫从他们的身边一晃而过。李妙妙几次想抓住这些猫，唐陌却拦下了她。女医生不解道："我们不是要找薛定谔的猫？这些猫不用看吗？"

唐陌没有回答。他进入一个空旷的房间，仔细搜查了一遍，在角落里找到两只瘦弱的小黑猫。这两只猫一见到人类，扭头就跑。李妙妙的速度比猫还快，她实力并不太强，可也是黑塔二层的水平。她轻而易举地抓住了两只猫，看到两只猫爪子上的泥土时，失望道："游戏规则第二条，猫先生很爱干净……这两只应该不是。"

唐陌看向她："这是两只猫。"

李妙妙没明白他的意思："什么？"

"游戏规则第一条，薛定谔只养了一只猫；第二条，这只猫很爱干净，且很不合群。"

过了几秒，李妙妙道："欸？你的意思是，只要我们看到的猫不止一只，就肯定不是薛定谔的猫？可是这些猫都长得一模一样。薛定谔只养了一只猫……难道说，他的猫和其他猫不一样？"

这个答案谁也不知道。

根据唐陌的推测，薛定谔的猫符合两个特点：第一，不合群；第二，爱干净。另外，三个小时后，堡垒里会出现猫粮。猫很爱吃猫粮。

李妙妙："我们可以利用猫粮，将这只猫引出来。"

但是在此之前，他们能做的就是尽可能地找出这只猫。

唐陌弯腰抱起一只缩在角落里的猫，仔细观察这只猫身上的毛。当他看到猫爪上的一块疑似巧克力酱的褐色痕迹后，将猫轻轻地放在地上，继续去找下一只。二层的面积比一层小一半，一个小时后，唐陌和李妙妙已经将房间内的猫检查完毕，接下来就是更多藏在隐秘角落里的猫。

唐陌打着手电筒走在走廊里，忽然停住脚步，右手向前，伸进一只高颈花瓶，只听一道尖锐的叫声，一只小小的黑猫被唐陌捞在手里。这只猫被人类抓住，害怕得不断喊叫，刺耳的声音在堡垒里回荡。

检查过猫身上的痕迹后，唐陌将它放走，继续向前。

李妙妙看着青年高瘦的背影，过了半晌，还是忍不住说道："我以为，你会和傅闻夺一队，不是和我。"凭借女人敏锐的第六感，李妙妙察觉到唐陌这么做似乎另有用意。她警惕地看着对方，道："是发现了什么问题吗？"

唐陌脚步停住，转头看她。看到李妙妙戒备的神色，唐陌挑起眉毛："你以为我要借此除掉你？"

李妙妙没有吭声。

唐陌和傅闻夺是队友，可无论是之前寻找森林的出口，还是分队寻找薛定谔的猫，唐陌都没要求和傅闻夺一组，反而和她一组。李妙妙不得不起疑。她并不认为唐陌会借机除掉自己，但想不到其他原因。

"你觉得格雷亚怎么样？"

李妙妙正在思考唐陌的用意，闻言，一时没反应过来："啊？"半晌后，"你说那个混血外国人？他好像有哪里不大正常，穿着很古怪，说话也很奇怪，老是说一些莫名其妙的话。"

李妙妙立即想道："等等，你怀疑他不对？！"

唐陌道："他的实力很强。"

李妙妙沉思片刻，明白了唐陌的意思。

格雷亚的实力确实很强。

之前赵晓菲从钢棍上摔落的时候，连傅闻夺都没赶到救人，格雷亚就动作迅速地爬上杆子抱住了赵晓菲。这一幕李妙妙没有看见，但是她看见了格雷亚一只手拉着钢棍，另一只手抱着赵晓菲，十分轻松地爬了几十米。

"在某些方面，他的实力不比维克多差，可能还会更强。"唐陌继续叫着"维克多"三个字，哪怕只有两个人，也没有暴露傅闻夺的真名，"维克多是特种兵，非常擅长爬杆。在格雷亚上去后，我特意殿后，观察了他们两个人爬杆的姿势和速度。维克多是用技巧爬上去的，非常轻松。但格雷亚仿佛……"唐陌找到一个形容词，"不是在爬杆，他只是在走路。"

"走路？"

"对他而言，束缚我们的重力好像不存在。当然，这可能只是他的异能。"

唐陌和李妙妙都见过跟重力有关的异能，阮望舒的异能就是重力压制。

李妙妙："所以你让傅……维克多和他们一队，是为了监视格雷亚？"

唐陌打着手电筒继续向前走，语气淡定："如果对方突然动手，维克多更有可能制伏他。"

杀格雷亚，傅闻夺的把握更大。

李妙妙呼吸一滞。她忽然意识到当黑塔游戏进行到这个时候，玩家之间的关系会变得更加脆弱。尤其是在攻塔游戏里。每个玩家不一定攻略同样的层数，攻塔的任务也可能不同，同样的利益可以驱使玩家合作，不同的利益就有可能导致玩家自相残杀。

李妙妙不再出声，不断地抓住一只只黑猫。当他们确定一只猫不是薛定谔的猫后，会在这只猫的后腿上剪掉一小撮毛作为标记。

时间慢慢过去，两个小时后，众人集结在堡垒一层的大厅。寂静空荡的堡垒里，窗外传来钢铁森林有规律的金属撞击声。唐陌看向傅闻夺，傅闻夺朝他摇摇头，目光轻轻地扫过格雷亚。

大厅的中央，穿着深红色礼服的金发男人右手挂着短杖，左手腕臂里抱着一只小小的黑猫。发现唐陌和李妙妙看着自己，格雷亚抬起头微微一笑："这只小可爱不知道为什么，一直缠着我。"他一边说着，一边伸出手指，小黑猫立即张开嘴巴弱弱地咬了上去。说是咬，更像是舔，小猫撒娇地眯起眼睛。"作为一个绅士，我从来不会拒绝任何一个淑女的邀请，尤其是一位这么可爱的小淑女。"

赵晓菲没理会这么奇怪的男人，说出自己这一队的情况："我们大概找了97只猫，没有找到薛定谔的猫。"

李妙妙："我们找了86只。"

赵晓菲的脸色难看起来。

三个小时里，他们一共找了183只猫，没有一只是薛定谔的猫。刚才在大厅里，他们一共看到四五百只猫。按这个速度下去，他们至少还要再找六个小时。这还是保守估计。越往后，越难找到新的猫，这个时间会更加漫长。

"黑塔没有给这次任务限定时间，"赵晓菲严肃道，"但是我感觉，我们不能随随便便地找下去，要抓紧时间找到那只猫。"

众人都同意她的观点。

唐陌张开嘴正准备说话。忽然，他抬起头看向窗外。与此同时，傅闻夺、格雷亚也猛地抬头，一起盯向窗外。下一秒，只听一阵奇怪急促的金属碰撞声从窗外响起。唐陌和傅闻夺对视一眼，迅速地从堡垒的侧门离开，进入漂亮的花园。

李妙妙等人也随即跟上，当看到那个从远处过来的人时，五人齐齐地定在原地。

哦，今天您吃偷渡客了吗？

偷渡客的心，特别好下酒。

偷渡客的肝，爆炒不油腻。

偷渡客的大腿，筋道又有力。

哦！我尊敬的薛定谔阁下，今天您吃偷渡客了吗？

不成调的古怪童谣从平台的远方悠悠传来，一个穿着邋遢的瘦老头儿手里拿着一壶香蕉酒，一边打着酒嗝，一边嘿嘿笑着向钢铁堡垒走来。他的铁鞋子用力地砸在钢铁平台的地面上，发出那种古怪急促的金属碰撞声。他左摇右晃地走着，混浊的眼珠里全是贪婪和欲望。当走进花园后，他直接走到花园的中央，从怀里掏出一只破碗，接着再从袖子里拿出一个脏旧的塑料袋，一股脑儿地将里面的黑色固体都倒进碗里。

刹那间，屎一样的臭味充斥了整个花园。

那味道浓郁得令人作呕，屎臭味几乎凝聚成实体，空气中甚至能看到黄色的臭气。赵晓菲干呕起来，格雷亚眯起眼睛，嘴角的笑意消失。李妙妙还好，地球上线前是医生，还是外科医生，见惯了这些东西。

生理性的反胃不受控制，唐陌也抿起嘴唇，手指慢慢捏紧。忽然，一只温暖的手挡在了他的面前。唐陌身体顿住，错愕地转头看向傅闻夺。傅闻夺低垂着眼睛，右手死死捂住唐陌的口鼻。唐陌轻轻吸了一口气，闻到一阵淡淡的柠檬味。

进攻黑塔游戏前他们找了个房子洗澡，沐浴露好像是柠檬味的。

不知怎的，唐陌脑海里闪过这句话。

赵晓菲和格雷亚站在他们的身前，看不到他们的动作。许久，被遮住的脸上，唐陌不动声色地翘起唇角。

傅闻夺做出口型：怎么样？

唐陌摇摇头：还好。

随着时间流逝，恶臭味越来越淡。三分钟后，大家已经习惯了这臭味。

傅闻夺有点儿遗憾地将手从唐陌的嘴上拿开。

那穿着破烂的瘦老头儿一屁股坐在地上，他那只破碗就搁在一旁。乞丐老头儿再次大声地唱起了那首《偷渡客之歌》，在歌里又吃了一遍偷渡客的心肝肉。唱完他嘿嘿一笑，鼻子动了动，嗅着空气里的味道。

老头儿用不怀好意的目光扫过傅闻夺和李妙妙，吆喝起来："精品猫粮，地底人王国皇家认证，薛定谔阁下的猫最喜欢吃的美味猫粮。有人要买下它吗？"

赵晓菲大声道："怎么买？"

"怎么买？哦，我尊敬的薛定谔阁下，这世界上还有人不知道怎么买这碗猫粮？"瘦老头儿一脸夸张的表情，忽然表情一变，嘶哑地笑了两声，"怎么买……用偷渡客来买！一个偷渡客值一碗猫粮！"

唐陌目光一冷，出声道："如果我们不用偷渡客买呢？"

"不用偷渡客买？"老头儿怒道，"你这个不想付出，还想得到猫粮的无耻人类，没有偷渡客，一碗猫粮都没有！我告诉你们，一碗都没有！现在明明有两个偷渡客在这里，你们却连一个偷渡客都不肯给我，就想买走我一碗猫粮？我告诉你们，门儿都没有！"

竟然有两个偷渡客！

赵晓菲犀利的目光"唰"的一下扫过来，盯着唐陌四人。

唐陌："没有其他办法了吗？"

瘦老头儿从地上爬起来，恼怒道："没有！"

"有。"

众人齐齐地看向傅闻夺。

红铜色的月光下，高大英俊的男人右手一甩，一把漆黑的三棱锥形利器瞬间出现在他的手上。他嘴角微勾，声音低沉，富有磁性："杀了你……这碗猫粮也是我们的。"

老头儿一下子愣住。

游戏规则第三条：打败守护猫粮的贪婪地底人，可获得猫粮。

下一刻，傅闻夺和唐陌一脚蹬地，"嗖"的一下蹿了出去。

一切发生得极快，锋利的黑色利器朝老头儿的头劈下，粉色的小阳伞从下方袭来。唐陌一只手撑在地上，另一只手握着小阳伞，伞尖朝上，利落地刺向对方的咽喉。这邋遢老头儿也没想到唐陌和傅闻夺会突然进攻，但下一秒，他便从怀里掏出一根歪歪扭扭的烂木头，先将小阳伞劈开，再迎向傅闻夺。

唐陌倒退两步，老头儿的烂木头与傅闻夺的三棱锥形利器撞上。

老头儿身材干瘪，十分瘦弱，身体里却隐藏着强大的力量。傅闻夺倒退半步，这老头儿竟然稳稳地站在原地。他惊讶地"咦"了一声，手里的烂木头被砍出一道浅浅的口子。他再抬头看向傅闻夺的右手，目露贪婪："嘿嘿，把你的手砍下来给我……这碗猫粮也可以给你。"

傅闻夺和唐陌根本不给他再说话的机会，齐齐攻了上去。

宽敞的花园里，激烈的打斗声不断响起。

很快，赵晓菲也加入了战局。她从口袋里掏出一只巴掌大小的紫色小盒子，对准老头儿，一连射出多发紫色细针。老头儿游刃有余地躲开她的细针，同时还有余力抵挡唐陌和傅闻夺的联手进攻。但渐渐地，他也稍微落了下风。

见状不妙，老头儿一咬牙，转身就想跑。唐陌抬起右手，数十根银色钢针瞬间出现，针头一转，飞向老头儿。这老头儿咒骂一声，躲开攻击，钢针全部射进土壤里。老头儿被迫跑向左侧，傅闻夺直接从左侧攻了上来，令他避无可避。

老头儿愤怒地吼叫起来，一把折断手里的烂木头，顿时，一股比猫粮更臭的味道散发出来。

这味道超越了人类想象的极限，唐陌的喉咙一阵滚动，差点儿吐出来。连傅闻夺都被这味道熏得动作停了一秒，老头儿借此机会抓起猫粮就跑，走的时候还朝几个人类吐了口口水："呸！你们这些无耻的人类！"

唐陌一只手捂着嘴，另一只手再次抬起，双眼通红地盯着这老头儿，再次射出数十根针。傅闻夺也拿出了一根细细的绳子探向老头儿。老头儿不敢大意，两个玩家强迫自己适应这恐怖的臭味，再追向他。

傅闻夺刺穿老头儿的大腿，老头儿踉跄着跑向大门。唐陌干脆扔了小阳伞，翻手取出大火柴。他怒喝一声，火柴头在地上摩擦出火花。就在唐陌的大火柴即将点燃老头儿的衣服时，一道深红色的身影从他的背后蹿上来——"嗖！"利器刺入血肉的声音响起，唐陌的动作停了一瞬，接着挥舞火柴点燃了老头儿的身体。

老头儿张大嘴巴，难以置信地盯着眼前的三个人类。

唐陌将小阳伞收回，傅闻夺也站定身形。他们转身，只见一个高瘦优雅的金发男人抬起手，轻轻地盖住自己的礼帽。格雷亚微微一笑，从邋遢老头儿的胸口拔出自己的短杖，抱怨道："这味道可真是太令人难忘了，My lady，这样的味道真不该存在于这个世界上。"

也不知道格雷亚的短杖是用什么材料做的，在刺入老头儿的身体后，老头儿就停止了呼吸。大火很快吞噬了这具尸体，李妙妙跑上来从老头儿的手里拿走猫粮。火焰渐渐熄灭，留下一地灰烬。

唐陌若有所思地看了看格雷亚手里的短杖，再看着地上这摊灰烬，嘴唇慢慢抿起。

李妙妙："这么臭的东西真的会有猫想吃？"

唐陌转头看向她。

赵晓菲凑过来看了看这坨屎一样的东西，捂住鼻子："还是很臭。这老头儿不是骗我们的吧？这真的是猫粮吗？"

格雷亚非常有耐心地解释道："他或许会骗人，但是黑塔永远不会骗人。打败守护猫粮的地底人就可以得到一碗猫粮，瞧，我们现在便得到了它——一碗十分美味的猫粮。"

唐陌淡淡道："你要真觉得它美味，可以送给你吃。"

格雷亚："……"

大概是不想吃猫粮，格雷亚闭上了嘴不再说话。

李妙妙是外科医生，对这种脏臭的"猫粮"接受度很高，拿着这碗猫粮小心翼翼地走进了薛定谔的堡垒。五个玩家跟在她的身后，依次进入大门，管家模样的中年男人在最后关上大门。由李妙妙领头，五个人在堡垒里寻找起来。

"喵喵，喵喵？吃饭了。"李妙妙一边捧着猫粮，一边喊道。

"喵喵？"

"你最喜欢的猫粮来了。"

"喵喵。"

……

五个人拿着猫粮从堡垒的一层走到二层，最后再回到一层。每只黑猫见到他们都会转身跑开，甚至跑得比刚才还快，完全没有想吃猫粮的意思。李妙妙放弃道："果然，我就说正常的猫怎么可能吃这种东西。狗才是改不了吃屎，现在狗都不吃屎了，猫怎么可能吃？"

赵晓菲："那该怎么办？黑塔说了，薛定谔的猫是会吃这碗猫粮的，它不出来吃猫粮，我们该怎么找它？"

事情顿时又陷入僵局。

忽然，一道僵硬的男声从李妙妙的身后响起："客人，这种散发异味的东西不可以放在堡垒里。如果你们不打算将它处理掉，我可以代劳。"

李妙妙一愣："这是猫粮，薛定谔的猫一直都吃它。"猫粮不能放在堡垒里？

中年管家没有回答，只是低着头重复道："客人，这种散发异味的东西……"

众人又说了几句，管家好像什么都没听见，只是一直重复这句话。李妙妙走到哪里，他就跟到哪里，不停地提醒。

傅闻夺："给他吧。"

李妙妙错愕地看向傅闻夺："这可是我们好不容易抢到的猫粮。"

傅闻夺："每三个小时会出现一碗猫粮。这碗猫粮我们现在放着也没有任何用，可以交给他。他说，他有处理的方法。"

赵晓菲："可是……"

李妙妙想起临走时阮望舒的嘱托，道："好，反正这东西我也不想拿着。"说着，她迅速地把猫粮塞到中年管家的手里。中年管家仿佛闻不到手里这坨"屎"的臭味，面无表情地拿着猫粮走到厨房里。

傅闻夺和唐陌对视一眼，跟了上去。

李妙妙也明白了他们的意思："欸，难道还能跟着这个管家找到薛定谔的猫？"

管家捧着猫粮慢悠悠地走到厨房，将猫粮放进橱柜里，锁上门再次离开。五个玩家在厨房里守株待兔。厨房臭味最重，一只黑猫都不肯进来。等了半个小时，他们只得放弃，再按之前的方法寻找猫。

这次大家换楼层，唐陌和李妙妙寻找一层，傅闻夺三人寻找二层。

李妙妙抓住一只小猫，检查了一番后，在它的后腿上做标记。两人很快找了十个房间，一无所获。而且如同唐陌说的一样，他们找猫的效率大幅降低。两人抓的猫里，十只有八只已经做过标记。

一个半小时后，两人只找了二十几只猫。

李妙妙放走一只脏兮兮的小黑猫，蹲在地上，脑子里十分混乱："这次的副本难道真的要我们这样找下去？我们现在加起来应该一共找两百多只猫了吧，还有一百多只。如果那只猫根本不在这里，我们岂不是做了无用功？"

"它一定在这里。"唐陌道。

李妙妙转头看他。

剩下来的黑猫一只比一只机灵，玩家还没走到身边，小猫就夺毛跑开。唐陌装作不在意的样子，目不转睛地看着前方，走到一只藏在花瓶后的小猫旁。趁小猫不注意，他突然出手，将这只猫抓住。

"喵！"

小黑猫愤怒地叫了起来，用爪子挠唐陌的手。可惜它的小爪子根本没法在唐陌坚硬的皮肤上留下痕迹，它干脆上牙咬。唐陌检查了一番，将这只猫放下，抬头看向李妙妙："那只猫肯定在这里。黑塔给的任何一场游戏，都可以通关。猫不在这里，我们就永远找不到它，无法通关。所以，薛定谔的猫一定在这座堡垒里。"

李妙妙其实也明白这个道理，咬牙道："实在不行，我们可以把每只猫都找一遍，用排除法肯定能找到。"

唐陌不置可否。

两人继续寻找起来。

"这都是什么游戏啊？怎么可能有猫喜欢吃那种猫粮？"李妙妙抱怨道。地球上线前她养过一只猫，不是名贵品种，可是别说屎了，她家猫连鱼都不爱吃，非常挑食。世界上可能存在不吃鱼的猫，却不可能存在爱吃屎的猫。"薛定谔的猫就这么与众不同吗？它和其他正常的猫都不一样？"

唐陌的脚步突然停住。

李妙妙走了几步，转头看他："唐陌？"

唐陌双目微眯，大脑迅速思考。他闭上眼睛，下一刻，道："与众不同的猫……薛定谔的猫，可能不是一只猫？！"

李妙妙一愣："啊？"

唐陌："薛定谔理论你知道吗？"

李妙妙："我当然知道啊，我是理科生，薛定谔的猫是薛定谔提出的一个实验。把一只猫放进含有放射物质的盒子里，这个物质有 50% 可能性会衰变，猫就会死；有 50% 可能性不会衰变，猫就不会死。在打开盒子前，谁也不知道这只猫是生是死，它是既生存又死亡的状态。"顿了顿，她问，"可是这和这场游戏有什么关系？"

"薛定谔的猫一定是只猫吗？"

李妙妙："不是猫是什么？"

唐陌皱着眉头，嘴角却慢慢勾起。他低声念着黑塔给出的三条游戏规则，就在李妙妙一脸茫然地准备再问时，他"唰"地抬头："在我们找到那只猫完成任务前，谁也不知道那只猫到底是猫，还是什么。这只猫可能是只普通的猫，也可能根本不是猫。你叫李妙妙。"

李妙妙隐约察觉到唐陌的意思，但还是不懂："我叫李妙妙？！"这和游戏又有关系？

"对，你叫李妙……"一只猫突然对唐陌投怀送抱，唐陌的声音停住。他检查这只扑到自己怀里的小黑猫，看到对方后腿上的标记，再把小猫放走。他抬起头，继续道："你叫李妙妙，所以你不可能是猫。但如果……你的名字叫作猫呢？"

李妙妙睁大眼睛，惊道："你的意思是，任何东西都有可能是那只猫？薛定谔的猫，不一定是真正的猫？黑塔给的三条游戏规则：薛定谔只有一只猫，它不合群，它爱干净，它喜欢吃猫粮……欸？！还能这样？"

"嗡——"

一个小时后，堡垒大厅中央的摆钟整点报时，发出响亮的声音。五个玩家在楼下集合，互相交换信息，统计大家这次检查过的黑猫的数量。确定没有人找到薛定谔的猫后，在管家的带领下，五人走出大门，走到花园里，等待猫粮出现。

唐陌和傅闻夺走在最后面。

唐陌压低声音："怎么样？"

傅闻夺垂下目光，定定地看着唐陌："没有异样，看上去是一根很普通的短杖，应该是某个道具，不比你的大火柴弱。"

能够在一瞬间杀死一个实力很强的地底人，这个道具的品质至少是精良。

唐陌沉思片刻："那碗猫粮呢？"

傅闻夺："还在柜子里。"顿了顿，他补充道，"柜子上有锁。"

听到这儿，唐陌的脚步忽然停住，他惊讶地抬头看向傅闻夺，两人静静地对视着，唐陌明白了傅闻夺的意思。他思维极快，几下就推翻了自己刚才的一些想法，然而还没来得及开口，一道熟悉而又难听的歌声从远处响起——

哦，今天您吃偷渡客了吗？

偷渡客的心，特别好下酒。

偷渡客的肝，爆炒不油腻。

偷渡客的大腿，筋道又有力。

哦！我尊敬的薛定谔阁下，今天您吃偷渡客了吗？

听到这歌声，李妙妙震惊地站在原地。她抓紧自己的武器，只见一个黑色的影子从远处缓缓走近。这是一个又矮又瘦的脏老头儿，穿着破破烂烂的灰衣服，脸上身上全是灰，好像很多天没有洗过澡。他走到花园的正中央一屁股坐下来，从那肮脏的胸口掏出一碗黑漆漆的东西。

下一秒，熟悉的恶臭味扑面而来，这一次玩家们早有准备。

邋遢老头儿看到所有人平静的反应，失望地吐了口口水，很快用鼻子嗅了嗅，闻到了一丝美味的香气："哦，看我闻到了什么？偷渡客，还是两个偷渡客！美味的猫粮啊，地底人王国最知名的顶级皇家猫粮，想要得到它吗？一个偷渡客换一碗猫粮，这笔生意真是划算极了！"

赵晓菲有些犹豫，看似随意地扫了唐陌等人一眼。能够进入这场游戏，赵晓菲至少通关了黑塔一层，不是个傻子。她观察出来唐陌应该不是偷渡客，傅闻夺也不像。那么最有可能是偷渡客的就是这个李妙妙和那个莫名其妙的格雷亚。

把格雷亚送出去换猫粮，赵晓菲举双手双脚赞成。这个人有些另类，而且似乎有秘密，把这样的队友放在队伍里，很可能是颗定时炸弹。

但是他们不可能这么做。

赵晓菲握紧紫色盒子，随时准备攻击。然而让她没想到的是，李妙妙突然道："薛定谔的猫真的喜欢吃你的猫粮？"

老头儿仿佛被人戳中了痛脚，从地上蹦起来："你这个无耻的人类懂什么！薛定谔阁下的猫只吃我的猫粮，它可喜欢吃了！"

李妙妙："可是你上一次送过来的那碗猫粮，它没有吃。"

老头儿立即吼道："不可能！"

李妙妙看到他这个反应，知道他不是在撒谎，薛定谔的猫真的喜欢吃那碗屎猫粮。既然如此……

"薛定谔的猫肯定在这座堡垒里，它不合群，很爱干净，理论上说很爱吃屎……吃那碗猫粮。但是它偏偏没有吃。这只有一种可能性。"李妙妙的目光从在场所有人的身上扫过，最后，她视线一顿，定在了那个人的身上，"谁说薛定谔的猫一定是只猫？他没有吃那碗猫粮，是因为没机会吃，他一直和我们在一起……

"是吧，格雷亚先生？"

灿烂的阳光下，穿着深红色礼服的男人正低头逗着怀里的小黑猫。突然被这么多人注视，格雷亚微微惊讶地看向大家，似乎觉得很不可思议。看着李妙妙笃定的表情，格雷亚眨了眨眼睛："我？薛定谔的猫？ My lady，你觉得……我是薛定谔的猫？"他笑了一声，问道，"尊敬的女士，我能问问是什么让您做出这样的判断？如果我是猫，为什么他、他，还有她，不是猫呢？"

格雷亚一一指过唐陌、傅闻夺和赵晓菲。

李妙妙当然不可能说她认识唐陌、傅闻夺，所以知道他们绝对不是猫。

至于她不认为赵晓菲是猫……

李妙妙面不改色："女人的直觉。"

"所以对于您来说，我很像一只猫了？"格雷亚挑了挑眉，点着头琢磨了半天。他似乎想通了什么，抓起怀里小猫的爪子，模仿招财猫轻轻地挠了一下空气，发出一道软糯的声音："比如这样——

"喵……？"

空气有一瞬间的凝固。

这样的反应不用黑塔证明，李妙妙也发现自己似乎猜错了。"怎么可能？！

能吃猫粮，说明肯定是活物，是有生命的。这座堡垒里就我们几个人类和那几百只猫，那几百只猫根本不吃猫粮，因为都不是薛定谔的猫，正常猫都不会吃猫粮。那就只可能是我们……"

李妙妙"唰"地扭头看向赵晓菲。

赵晓菲急红了眼："你有病啊！我怎么可能是猫？我是人类。"

嘶哑难听的笑声响了起来："哈哈哈哈……瞧我听到了什么，你们居然说他是薛定谔的猫？真正的薛定谔的猫，怎么可能是这样的？这真是地底人王国今年最好笑的笑话，我将它卖给彼得·潘的八卦小报，肯定能获得一枚国王的金币！名字我都想好了，就叫怪……"老头儿忽然闭了嘴，眨眨眼，"那我不说好嘛。遵从黑塔的规则，所以……嘿嘿，你们现在要买我的猫粮吗？"

地底人老头儿用贪婪的目光，死死地盯着两个偷渡客。他的目光赤裸露骨。他阴险地笑了起来，露出一口黄牙。他与三个小时前出现的乞丐老头儿长得一模一样，如今也用同样的眼神看着傅闻夺和李妙妙。

"一个偷渡客可以换一碗猫粮……很划算哦。"

回答他的是玩家们暴起的攻击。

全场一共五个玩家，有两个是偷渡客。毫无疑问，这两个偷渡客绝对不可能主动站出来用自己换猫粮。哪怕他们五个人互相不认识，三对二，想抓出两个偷渡客也不一定会成功。更何况赵晓菲隐约察觉出来，那个强大沉默的男人似乎是偷渡客之一。

抓住偷渡客同伴和打死地底人老头儿，五个人一致选择后者。

不过他们谁也没想到，这个邋遢老头儿的实力比之前那个强大许多，动作更加迅捷。老头儿从满是泥垢的胸口掏出一根更粗壮的木棍，一棍砸在傅闻夺右手的黑色利器上，傅闻夺倒退一步，肩膀被震得一麻。

唐陌见状顿时明白："他变得更强了。"

众人更不敢大意。

这次他们花费了十分钟才将怪老头儿制伏。老头儿被傅闻夺一刀穿心，以一种十分滑稽的姿势倒在地上，抽搐了两下不再动弹。很快，他的身体化作一小捧灰烬，风一吹全部飘散在空气里。

赵晓菲惊道："他自己变成灰了？！"

是的，这一次唐陌没有点燃乞丐老头儿，老头儿还是变成了灰。唐陌盯着地上那一摊灰烬，眼睛微微眯起。他走上前从地上拿起老头儿留下来的猫粮。唐陌面无表情地捂住鼻子，将猫粮递给了李妙妙。

李妙妙一愣，过了片刻："你明明都拿了，还给我？"

唐陌点点头，走到傅闻夺和格雷亚的中间，又变成路人的模样。

李妙妙："……"

这还是不是男人啊！

李妙妙一脸郁闷地端着屎一样的猫粮，走进堡垒。

唐陌把猫粮再交给李妙妙其实有两个原因——第一，李妙妙对这种味道比较适应，上一次也是她拿着猫粮进堡垒找猫的；第二，这支队伍隐约是由李妙妙领队，唐陌不想破坏这种好不容易形成的关系。

五个人按着顺序依次进入薛定谔的堡垒，管家走在最后，"砰"的一声将门关上。漆黑的堡垒里，红铜色的月光透过二层的彩色玻璃窗投射进屋内，勉强照出一点儿亮。李妙妙端着猫粮又打算先查看一层，再去二层找猫。她还没走进走廊，就被唐陌叫住。

"从这里走。"

李妙妙停住，转身看向唐陌手指的方向。

这是一条幽暗的小道，比起其他走廊，这里更像是下人走的通道，没有太多的黄金装饰。李妙妙看了唐陌一眼，心领神会："随便吧。"说着，她端着猫粮走进这条走廊。

两个女玩家轻声喊着小猫，想吸引出那只神秘的猫。走到走廊的尽头，李妙妙打算回头，转身到一半，抬头看见面前的一扇小木门。李妙妙脚步一顿，瞬间明白了唐陌的意思。女医生冷静地看了看唐陌，再看向傅闻夺。

两人都没给她任何回应。

李妙妙嘴里嘟囔了一句"还是头儿和筝姐好"，接着道："这儿是厨房吧？我们进厨房看看好了。"

中年管家缓慢地抬起头，直勾勾地盯着李妙妙。

李妙妙："不能进去找猫吗？"

管家声音机械地说："可以。"

管家拿出钥匙，将厨房的门打开。厨房的灶台上烧着一碗热腾腾的汤，香味扑鼻。这味道和李妙妙手里的黑色猫粮融合在一起，连傅闻夺都挑了挑眉，觉得事情有点儿恶心起来。李妙妙嘴角抽搐，捧着猫粮在厨房里找了一圈。

众人最后停在一个上锁的橱柜前。

赵晓菲："欸，之前那碗猫粮就是放在这个柜子里的吧？能打开看看吗？"

中年管家低着头，没有开口。

李妙妙："不能打开？"

中年管家仍旧低头，不说话。

两个女玩家都察觉到了事情的不对劲，要求管家打开这个橱柜。可是管家仿佛被按下了静音键，什么都不回答；又好像两个女玩家没说到某个关键词，他就不会做出反应。

唐陌："可以强行开柜吗？"

管家还是没说话。

唐陌勾起唇角："既然不说话，看来是默认了。"

李妙妙睁大眼："等等，你们要强行开柜？"

她说这话时，傅闻夺已经走上前，右手食指微微一动，变成一根细细的铁丝。见状，格雷亚眼珠动了动，露出一抹奇怪的笑容。傅闻夺一只手捧起锁，另一只手将铁丝伸进锁孔里，拨动了几下。随着一道清脆的"咔嗒"声，傅闻夺将打开的锁拿开。柜子"吱呀"一声开启，众人看清柜子里的东西后，李妙妙"唰"地扭头看向管家："里面的猫粮呢？！"

管家居然抬起头，回答道："倒掉了。"

这话一出，众人居然也没法反驳。管家早就说过堡垒里不能放这种有异味的东西，他会处理猫粮，把猫粮倒掉也不是不可能。可是两个女人总觉得有哪里不对劲，凭借女人的直觉，察觉到事情不是这么简单。

赵晓菲试探地问道："倒到哪儿了？"

管家再次重复："倒掉了。"

李妙妙："你什么时候倒的？"猫粮有很强烈的臭味，管家把它从橱柜里拿出来，再倒掉，应该能被玩家发现。

管家还是在说："倒掉了。"

众人拿他没辙，李妙妙干脆学唐陌的样子，怒道："可以打你，强行让你说实话吗？"

谁料这次管家居然抬起头，默默地盯着李妙妙："禁止殴打薛定谔的所有品。"

李妙妙："……"

靠，这次你怎么不默认了！

"你是薛定谔的所有品？"一道清朗的男声从李妙妙的背后响起。唐陌站在傅闻夺的身边，甚至站得比格雷亚还靠后半个身位，微笑着问道。

中年管家回答道："是。除了五位客人，这座堡垒里的所有东西，都属于尊敬的薛定谔阁下。"

"包括刚才出现的那个地底人老头儿？"

中年管家的身体一顿，鞠躬道："是。"

赵晓菲瞪大眼睛，联想到李妙妙刚才的推测。"薛定谔的猫不一定真的是猫，可能是人，可能是其他东西。难道说……那只猫其实是那个地底人？那个地底人根本不是一个真正的地底人，可以死而复生，还可以自己变成灰。他就是薛定谔的猫！"

"他不是。"傅闻夺声音低沉，"薛定谔的猫喜欢吃猫粮。猫不会拿猫粮换偷渡客，因为它不需要偷渡客，它需要猫粮。"

唐陌："而且薛定谔的猫很爱干净。地底人老头儿并不爱干净。"

格雷亚看着他俩一唱一和的样子，笑了一声，一边摸着怀里小黑猫的毛，一边道："那现在就轮到我来说了？薛定谔只养了一只猫，虽然那个死而复生的小可爱或许是同一个人，但是可能算不上是一只猫。My lady，综上所述，那个小朋友肯定不是薛定谔的猫。"

唐陌扫了格雷亚一眼，冷静地说道："排除所有不可能的答案，最后留下来的那个，无论多么不可能，都肯定是正确答案。"

李妙妙思索着唐陌这句话，过了几秒，猛地抬头，看向板着扑克脸的中年管家。

唐陌："薛定谔只养了一只猫，这座堡垒里只有他一个人。"

傅闻夺垂眸看了看唐陌："薛定谔的猫很爱干净。"

格雷亚抱着小黑猫，举起猫爪子挠了挠空气："这个柜子只有他有钥匙哦。"

被五个玩家冷冷地盯着，中年管家面不改色，仿佛没有被人拆穿。他依旧低着头，一副什么都不知道的样子。

唐陌："如果真的是被猫偷吃的，或者说是被其他什么人偷偷打开橱柜，然后偷吃，在打开锁以后，他并不需要再刻意将柜子锁上。薛定谔的猫爱吃猫粮，我想就算我们拿着这第二碗猫粮在堡垒里找一圈，最后也不会有一只猫凑上来吃它。到最后你会再次提醒我们，堡垒里不能有异味，然后将这碗猫粮取走。也就是说……无论如何，到最后，这碗猫粮都会属于你。你爱吃它。"

傅闻夺从李妙妙的手里拿过猫粮，递到中年管家的面前。漆黑的眼睛深邃无底，他低声道："吃吗？"

中年管家接过猫粮，双手捧着它，慢慢地抬起头看着眼前的五个玩家。

良久，他张开口，用僵硬难听的声音喊道："喵。"

叮咚！成功完成支线任务一：找到薛定谔的猫。

触发主线任务：薛定谔的捉迷藏游戏。

清脆的童声在整座堡垒里响起，然而只说了这一句就突然停住。玩家们还在等待黑塔的下文，忽然没了声音，唐陌和傅闻夺都奇怪地看了对方一眼。

赵晓菲茫然道："触发主线任务……然后就没了？"

唐陌等了半天，看向管家："现在我们该怎么办？"

这座堡垒里就中年管家看上去是黑塔BOSS，可以开启黑塔游戏。如果不出意外，这场攻塔游戏应该由中年管家担任BOSS。然而这一次中年管家确实回答了，他捧着臭气熏天的猫粮，瞪着那双死鱼眼看着唐陌，用机械的声音念道："喵喵，喵喵喵。"

唐陌："……"

众人："……"

这东西说出去是猫，杰克斯都不可能信的好吧！

无论玩家怎么问，中年管家的回答只剩下"喵"。两个女玩家在堡垒里寻找起来。既然是捉迷藏游戏，他们肯定是要找什么东西。格雷亚似乎不想动弹，抱着小黑猫留在厨房里，非常自来熟地给自己倒了杯水，优雅地站在窗边，欣赏堡垒外高耸入云的钢铁森林。

唐陌走过去："格雷亚先生。"

格雷亚转过身，定定地看着唐陌。过了会儿，他微笑道："My lady，有什么可以帮到你的？"

"你是哪儿的人？"

格雷亚反问："哪儿的人？"

唐陌神色平静："地球上线前，你住在哪儿，A国几区？"

格雷亚紧紧地凝视唐陌，几秒后，认真回答："我住在你心里。"

唐陌："……"

"如果是我问你，你住在哪儿，格雷亚先生？"低沉富有磁性的男声从一旁响起，傅闻夺靠着墙壁，淡定地看着这个高瘦苍白的金发混血儿，虽然在笑，眼神却十分冰冷。他问道："那么……你也住在我心里？"

格雷亚笑了："不，我只住在这位Lady的心里。或者说，这位Lady一直住在我的心里，我为他着迷。如果我的心可以分成三份，那一定有一份是属于你的。然而很可惜，我向来会选择更重要的那份东西，所以……"他摸着小黑猫，再看向唐陌："My lady，你一直住在我心里。"

傅闻夺静静地盯着眼前的金发男人，慢慢地扬起嘴角，露出一个奇怪的笑容。

赵晓菲和李妙妙走进厨房："没找到任何奇怪的东西。"

李妙妙走过来："你们也去堡垒里找找吧。我还是第一次碰到这么奇怪的攻塔游戏，只告诉名字，没告诉玩家任何游戏规则，也不给任何提示，告诉我们该怎么做。"

傅闻夺："黑塔给出了提示。捉迷藏游戏分为两个主体，一个是躲起来的人，另一个是找人的人。在这场游戏里，很明显我们属于找人的人。那么现在所需要找的，就是那个躲起来的人。"

李妙妙第一次听傅闻夺说这么多话，惊讶地看着傅闻夺。

天选组织里，所有成员都知道傅闻夺这个名字；或者说，整个首都，整个A国，乃至全世界的玩家，没有人不知道这个名字。可是他们没和傅闻夺接触过。但天选接触过。

半年前，傅闻夺即将离开首都。李妙妙跟着阮望舒、齐衡拦住了傅闻夺，想将他收进组织。这个男人沉默强大，招招致命，他的战斗从来不是为了胜利，而是为了要人命。这是个和他们不一样的玩家，他们都是偷渡客，可他们没有傅闻夺身上那股杀人的味道。

阮望舒说过，傅闻夺杀的人，恐怕比他们加起来都多很多。

李妙妙本来以为傅闻夺在队伍里属于那种不爱说话、听从命令行事的身份，就像练余筝。他们每次攻略黑塔游戏，练余筝的话都很少，一般由阮望舒制定策略，练余筝默默执行。本来唐陌和傅闻夺也是这样，怎么现在傅闻夺突然开始说话了？

李妙妙不明所以地看向唐陌，只见唐陌神色平静，仿佛知道些什么。

大概是他们的策略吧。李妙妙暗自想。

其实她并不知道，唐陌表面上十分淡定，心中也全是问号。唐陌早就发现这次的捉迷藏游戏是让他们找人，可是脑子里闪过无数种猜测，好像快搞清楚了那个真相，却一直没有抓住那道灵光。

傅闻夺已经知道了？

傅闻夺继续说道："只要知道那个躲起来的人是谁，游戏应该就可以正常开始。除此以外，或许我们直接抓住那个躲起来的人，游戏也可以立即结束。"

顿了顿，他看向唐陌，语气稍稍柔了一分："捉迷藏游戏有个外号，叫躲猫猫。"

傅闻夺的语气柔和得不太明显，没人察觉到他的这点变化。

唐陌与傅闻夺互相看着对方，一瞬间，唐陌便明白了傅闻夺的意思，这个答案令他十分惊讶，可仔细一想又觉得在情理之中，甚至觉得有点……好笑。唐陌早就知道自己的思路一向非常理性，喜欢根据线索猜测答案，顺藤摸瓜，一切都有理可循。傅闻夺则总是会说出很多看似异想天开的东西，思维张性极大，可也不是凭空猜测，很多时候能猜对。

但是这次的答案，真的令唐陌哭笑不得。

傅闻夺转过身，面向站在窗边、捧着杯子微笑喝茶的格雷亚，淡淡道："薛定谔的猫，不是一只猫，而是一个人。薛定谔的捉迷藏游戏，找的人是玩家，躲起来的人，只能是薛定谔。猫不是猫，是人。所以薛定谔是谁呢？"

过了几秒，李妙妙惊道："原来你不是薛定谔的猫，你是薛定谔！"

李妙妙早就猜测格雷亚是薛定谔的猫，可惜猜错了。现在换成格雷亚是薛定谔，那也不是说不通。敢情她的女性直觉察觉到的不是薛定谔的猫，而是薛定谔本人。

听到李妙妙的话，连蹲在厨房角落一直小口舔着猫粮的中年管家也抬起头，看向格雷亚。

格雷亚被四个玩家和中年管家一齐注视，先是愣了几秒，接着眨了眨眼睛，笑着指着自己："所以，现在我是薛定谔？"

赵晓菲说道："你难道叫格雷亚·薛定谔，还是薛定谔·格雷亚？"

格雷亚："我叫格雷亚·塞克斯。"

两个女玩家都不信他的话。

李妙妙问管家："他是薛定谔吗？"

中年管家："喵。"

格雷亚十分无辜："My ladies，我真的不是薛定谔。"

李妙妙看着唐陌和傅闻夺镇定的神色，选择相信两人。她斩钉截铁道："你不是薛定谔，但整座堡垒里就我们五个玩家和那只薛定谔的猫。除了你，还有谁？"李妙妙悄悄地看了赵晓菲一眼，还是转过头。比起赵晓菲，她更觉得格雷亚是薛定谔。因为格雷亚身上莫名地带着一种奇怪的、与众不同的气质。这种气质很奇怪，但是它真实存在。

用更简单的话来说，他们见到格雷亚的第一眼就觉得他和其他玩家不一样。不知道哪里不一样，但一定不一样。

格雷亚抬起手，短杖敲击在地上，发出有节奏的"嗒嗒"声。他正准备再反驳，一道声音响起："维克多并没有说他就是薛定谔。"

李妙妙一愣。

格雷亚笑着转头，看向唐陌。

唐陌注视着格雷亚，微微俯身，定定地看着薛定谔："尊敬的薛定谔阁下，现在您可以告诉我们，主线游戏'薛定谔的捉迷藏游戏'到底该怎么开启了吗？或者说，如果我们现在直接抓住你，这场游戏也就结束了？那这就是我经历过的最简单的攻塔游戏。"

　　红铜色的月光下，一只小小的黑色猫咪趴在格雷亚的肩膀上，抬起透明的绿色大眼睛，望着眼前的人类。

　　厨房里一片死寂。

　　李妙妙慢慢张开嘴，赵晓菲也难以置信地看着那个趴在格雷亚身上，或者说已经缠了格雷亚四个小时的小黑猫。

　　格雷亚笑道："薛定谔的猫是个人，所以薛定谔是只猫……这种说法似乎很有道理呢。"

　　唐陌："既然你不是薛定谔，那我们现在抓住你，也没有关系吧？"话音落下，唐陌根本不给小黑猫回答的机会，直接抓向它。电光石火间，小黑猫后腿一蹬，从格雷亚的肩膀上一跃，一道黑色的影子闪过，小黑猫飞到了中年管家的头上。它的动作快极了，比唐陌的速度还快，连傅闻夺都没能抓到它。

　　这只只有巴掌大的小黑猫坐在管家的头顶，俯视厨房里的五个玩家。粉色的鼻子动了动，薛定谔发出一道轻轻的哼声，张开口："哼，你们这些愚蠢的人类！"

　　唐陌："……"

　　傅闻夺："……"

　　众人："……"

　　薛定谔没有察觉到玩家们异样的表情，摇动着尾巴，继续说道："你们这些贪婪无耻又可恶的人类，擅自进入我的钢铁森林，居然还敢闯进我的钢铁堡垒！人类就是这样，不经过我的允许，觊觎我的宝物，总是成群进来偷东西。"

　　这只小黑猫实在太小了，在中年管家的头顶上居然还可以绕着圈走路。它一边迈着小短腿，一边嘟嘟囔囔地诅咒那些偷宝物的地底人全部变成大臭虫。说了足足五分钟，薛定谔才停下来。小黑猫瞪着滚圆的绿眼睛，盯着这群面色古怪的玩家："你们干什么呢！"

　　一道低笑声响起，格雷亚忍不住笑了出来。

　　厨房里的所有人齐刷刷地看向他，脸色苍白的金发外国人笑得十分灿烂，毫不收敛。

薛定谔顿时炸毛："不许笑！"

软糯糯的声音在厨房里久久回荡。

唐陌倒是不觉得有多好笑，只是觉得怪异极了，一只趾高气扬的小……薛定谔，说起话来居然是这种又甜又软的声音。唐陌没养过猫，也不怎么接触猫。他记忆里的猫叫声是每年春天，大学宿舍楼下经常会响起猫发情的叫声，确实有点儿像婴儿的叫声，可怎么都没有薛定谔的声音这么甜、这么糯。

用这种声音说"愚蠢的人类"，还咒骂人类全部去死，玩家们实在没法代入情境，反而觉得十分好笑。

格雷亚笑了一会儿："嗯，不笑了。"

薛定谔："……"

"哈哈哈哈……"

薛定谔："你还笑！"

小黑猫浑身炸毛："该死的黑塔，为什么把这种浑蛋也送过来？我永远无法和智商低的物种交流，这是在侮辱我的智慧！黑塔是发布了什么样的一场该死的游戏？"

中年管家舔了口猫粮："喵喵。"

薛定谔语气里有点儿惊讶："捉迷藏游戏？"片刻后，它高兴地蹦了两下，"哦，对，是我最喜欢的捉迷藏游戏！"

它抬起头："好啊，你们这几个该死的人类，快点开始我们的捉迷藏游戏吧。只要你们找到我，我的发明你们可以拿走一样。如果三轮游戏过后，你们还没有找到我……"

一片巨大的乌云从天边飘来，遮住了半边月亮，红铜色的月光透过窗户，照亮了小黑猫一半的脸。绿色的大眼睛里闪烁着诡异的红光，薛定谔用甜糯糯的声音发怒道："我要你们变成我的收藏品！"

唐陌："……"

傅闻夺："……"

众人："……"

薛定谔："……你们不许笑！"

格雷亚很不给面子地再次笑了起来。

小黑猫愤怒极了，冲着格雷亚发火，不停地骂他。可是任何话语只要从它的嘴里说出来，就成了撒娇。在他们争执的时候，唐陌和傅闻夺对视一眼，瞬间暴起。两人一左一右，夹攻过去，直抓蹲坐在管家头顶上的小黑猫。然而小黑猫居然早有防备，中年管家突然扔了猫粮，向后方一跳，躲过唐陌和傅闻夺的攻击。

等唐陌二人再准备冲过来时，薛定谔站直身体，一爪子拍在厨房的墙壁上。

"轰隆隆——"

剧烈的声音响彻整个钢铁森林，大地颤动起来，好像发生了地震，天花板在震动，地板在震动。厨房里的碗盆从橱柜里全部掉出来，"噼里啪啦"地撒了一地。随即，一只只机械手臂从墙壁的各个角落里伸出来，将这些废渣清扫进了垃圾桶里。无数钢铁硬板藏在墙壁内部，它们折叠起来，"砰砰砰"地包裹住了墙壁、地面、天花板。

眨眼间，厨房就变成了一个纯粹的钢铁堡垒。

中年管家一只手捧着小黑猫，站在厨房的门口，面无表情地看着眼前的五个人类。小黑猫甜甜的声音夹杂着不怀好意的笑声，在钢铁墙壁之间来回撞击，形成回声："你们这些愚蠢的人类，等着变成我的收藏品吧，哈哈哈哈！"

话音还没落地，中年管家便抱着小黑猫转身跳进一条漆黑的钢铁滑道里。唐陌和傅闻夺本想再追，但是他们跑进去后，钢铁滑道便被关闭。地面还在摇晃，厨房仿佛被什么东西搬动着，堡垒发出"嘎吱嘎吱"的钢铁摩擦声。

五分钟后，一切终于结束。

唐陌五人站在铜墙铁壁的钢铁房间里，互相看了眼对方。他们等了一会儿，没等到任何动静。傅闻夺点点头，脚步极轻地走到厨房的门口。他一只手按着门把手，另一只手微微一动，一把漆黑的匕首出现在他的掌心。

"咔嗒"一声，门被拉开。

众人抓住武器，提防随时可能出现的敌人。然而下一秒，一首清脆的童谣在众人耳边响起——

啦啦啦，薛定谔有一片钢铁森林。

啦啦啦，薛定谔有一座钢铁堡垒。

啦啦啦，薛定谔的堡垒里住着薛定谔和它的猫。

啦啦啦，又有可怜的地底人成为薛定谔的收藏品。

叮咚！开启主线任务：薛定谔的捉迷藏游戏。

游戏规则——

第一，薛定谔的钢铁堡垒里一共有108个房间，薛定谔藏在其中一个房间里。

第二，钢铁堡垒一共分为两层，所有房间对玩家开放，玩家可自由寻找薛定谔。

第三，房间的门分布在走廊的两侧，每个玩家只能在同一条走廊里走一次。当有玩家走过某条走廊时会在走廊上留下人类脚印，有人类脚印的走廊被禁止再次进入。

第四，房间里不会出现人类脚印。

第五，玩家一共有三次寻找薛定谔的机会。每轮游戏失败，可以休息十分钟。

第六，薛定谔的房间有可能放着薛定谔的发明——有成功的发明，有失败的发明。

第七，找遍所有房间，一定能找到薛定谔。

第八，三轮游戏过后玩家没找到薛定谔，即为薛定谔胜利，玩家全部变成薛定谔的收藏品；玩家找到薛定谔，游戏结束，玩家胜利。玩家可以向薛定谔提出一个要求，在它的能力范围内，薛定谔不可拒绝。

第九，薛定谔的钢铁堡垒位于时间的夹缝，无法使用任何具有时间效果的道具。

伟大的薛定谔阁下今天想要抓一只小朋友炖汤喝，是哪位小朋友这么幸运呢？

黑漆漆的钢铁堡垒里，黑塔洪亮的声音结束，余声还在钢铁墙壁之间不断回荡。唐陌走到厨房门口，站在傅闻夺的身边，观察门外。这座堡垒已经和他们刚才看到的完全不同，真正成了一座钢铁堡垒，而不是城堡的模样。

墙壁上悬挂的油画、柱子上贴的金箔全部消失，家具不见踪影，只有一条幽黑的走廊。没有灯，借助昏暗的红铜色月光，唐陌的视力范围也只有五米。他打开手电筒，照亮走廊，在视线触及厨房大门正对面的时候，动作停住。

李妙妙三人也走上来，站在厨房门口，看到了唐陌手电筒灯光照亮的地方。

"这是什么？！"

这是一个奇怪的分出四条走廊的岔口。

好像水面上光的折射，唐陌这边的走廊是一条横着的直线，就像水平面。一束光从左上方照射过来，再折射出去。这束光行走的轨迹变成两条走廊。如果想从厨房的门口出发寻找薛定谔，他们一共有四条路可以走：向左、向右，还有选择面前这两条奇怪的走廊。

唐陌低头看着地面。

他们目前站在厨房里，也就是房间里。这座堡垒已经完全变了样，格局和之前截然不同。如果他们往前踏出一步，就算是进入走廊。进入走廊就会留下人类的脚印，不可以回头。

唐陌想了想，上前一步，站在四条岔路交界的正中央。

游戏终归是要开始的，其余四人也走上前，一起进入走廊。傅闻夺抬起脚，一个发光的蓝色脚印出现在他的脚底。

李妙妙："这就是人类脚印。只要我们走过的地方，就不能再走了。"

每个人都把脚抬起来，果不其然，脚底下全都有蓝色的脚印。李妙妙思索着该选择哪条路前进，这时，一道声音响起："等等，我发现这场游戏的通关方法了。"

赵晓菲难掩激动："非常简单！黑塔说我们走过的地方就不能再走，等于不让我们走回头路。这样我们寻找薛定谔的时候，很可能漏掉一些房间，没法去找。但是我们可以分头行动啊！我们一共有五个人，比如这个岔路口，一共是四条走廊。我们每个人选择一条走廊，反正被人走过的走廊会留下脚印，我们尽可能地多找房间，实在没地方走了就停在原地，等队友走完。这样肯定能找到薛定谔。"

闻言，李妙妙道："有道理。那我们就分成四组，各自找薛定谔吧。游戏规则里说房间里可能有薛定谔的发明，估计有的房间里会有惩罚。这样，我们最弱的和最强的玩家待在一组，其他玩家各自选择一条路？"

李妙妙一边说着，一边悄悄地看向唐陌，想征求唐陌的意见。

唐陌眉头皱紧，低头不言。李妙妙给他示意了半天，唐陌都没给出反应。她有些急了，正准备再说，唐陌抬头道："可以先试试，但是应该不会这么简单。"

"我和他一组。"格雷亚笑着举起手，指着唐陌。

李妙妙："你？"

格雷亚眨眨眼睛："我最弱，他最强。"

李妙妙："……"

最弱的应该是她和赵晓菲，傅闻夺最强好吧！

还没等李妙妙开口，一道低沉的男声响起："我更弱。"说着，傅闻夺淡定地站到唐陌身边，还故意拉了拉领口，一副很弱不禁风的样子。

知道傅闻夺身份的李妙妙："……"

眼睛还没瞎的赵晓菲："……"

现在的男人还能不能有点儿担当！

唐陌对分组的事情没意见，他自然更想和傅闻夺一组。不过并没有在这件事上纠缠太久，因为分头向四个方向跨出第一步的时候，五个人都被一堵无形的墙壁拦住了。

　　"你们这群厚颜无耻的人类！"软糯糯的声音在堡垒里回荡，"不要脸不要脸不要脸不要脸！不要脸！我，尊贵的薛定谔放下身段和你们玩游戏，你们居然想分头来找我。不要脸不要脸，你们一群人欺负薛定谔！"

　　五人又回到原点。

　　"哼，不要脸的人类，如果你们真的想分头走，我也不会不允许。但是我会放出我最厉害的发明。哼，你们来找我吧，你们肯定会先死在房间里！死在房间里！我发誓，全部！"

　　唐陌早就觉得这种方法行不通。因为在黑塔给出的游戏规则里，似乎一直把玩家当成一个整体，这场游戏是人类与薛定谔的游戏。假如那么简单，对薛定谔就太不公平。

　　所以五个玩家只能同进同退，不能分开行动。

　　走廊里，薛定谔还在不停地重复"不要脸"三个字。小奶猫糯糯的声音缠绕在众人的耳边，李妙妙装作听不见，道："所以我们不能分开走，就必须选一条路走……选哪条路？"她在问唐陌。

　　唐陌用手电筒照亮左右两侧的走廊，再照向那两条奇怪的走廊。

　　"这两边的走廊应该是一条直线，很长，从光的反射来看，至少各有一百米。我们面前这两条不长，大概各十米。直线走廊一般会更简单，不会有太多变化。先走另外两条吧。选一条。"声音停住，唐陌看向傅闻夺。

　　运气方面的事儿，唐陌从不相信自己。

　　傅闻夺拿着手电筒，走向了右边那条斜走廊："这一条。"

　　五个人依次进入斜右侧的走廊。

　　伴随着一声声"不要脸"的背景音，五个玩家陆续走进了长长的走廊。红铜色的月光照耀在这座冰冷的钢铁堡垒上，反射出冷冽的光芒。

　　唐陌和傅闻夺拿着手电筒走在队伍的前列，其余三人紧紧跟在他们的身后。

　　薛定谔的钢铁堡垒由一条条面积均匀的钢铁走廊组成，银色的铜墙铁壁凝聚成一体，找不到一丝缝隙。在这一条条走廊的两侧，时不时会出现一两扇难以察觉的小门。门和墙壁融为一体，门把手很不显眼，五人走得很慢，防止错过任何一道门。

　　开第一扇门的时候，唐陌站到后方，傅闻夺走到门口。

游戏规则第六条：薛定谔的房间有可能放着薛定谔的发明——有成功的发明，有失败的发明。

唐陌："小心。"

傅闻夺点点头。

这个时候，两人不再隐藏互相认识的事实。

之前攻击地底人老头儿时默契的配合，面对薛定谔时一致的行动，唐陌和傅闻夺的关系昭然若揭，两人绝对认识，应该是队友。唐陌选择将自己和傅闻夺的队友关系暴露出来，其实也是在隐藏李妙妙的身份。

果然，赵晓菲和格雷亚并没有惊讶唐陌和傅闻夺的关系，但也没往李妙妙身上想。

傅闻夺做好准备，快速地打开房门。门内空荡荡一片，众人都松了口气。当他们走进房间后，蓝色的脚印从门口开始消失。这个房间里并没有任何可以藏人的地方，他们立即走出来，回到走廊，继续寻找其他房间。

很快唐陌便发现，薛定谔的所有房间都长得一模一样。

没有家具、没有多余的布局，只有六面钢铁。六面全是银色的钢铁，没有窗户，基本上一眼就能看清房间里的所有东西。

赵晓菲："这些房间里都没什么东西。我们已经找了4个房间，薛定谔一共有108个房间。不出意外，我觉得其他房间也都是这个样子，一眼就能发现房间里有没有薛定谔。如果真的遇到放着'薛定谔的发明'的房间，我们只要赶紧把门关上，应该就没有问题了吧。"

李妙妙点头道："所以这次游戏我们真正要做的，就是单纯地找到薛定谔，找更多的房间？"说这话时，李妙妙悄悄地瞄了瞄唐陌和傅闻夺。两人没给她反应，李妙妙郁闷地撇撇嘴，在心里再次念了遍阮望舒和练余筝的好后，道："一共有三次寻找薛定谔的机会。现在是第一次，我们就先熟悉熟悉地形，尽可能地多找些房间吧。"

李妙妙的建议得到所有人的一致赞同。

离开厨房后，五个人选择进入斜线走廊。当走到这条走廊的尽头后，他们又发现了一条非常相似的斜线走廊。这一次，唐陌沉思片刻，再次选择了一条斜线走廊。接下来每隔十米，他们都会发现一条或三条斜线走廊，每条走廊上分布着一到三个房间。

五个玩家如同在走一条弯曲的蛇形走廊，不停地左右摇摆。等终于走到走廊的尽头，他们碰到了一堵墙壁。这时有三条走廊在玩家的面前，向左、向右，还是选择另一条斜线走廊。

赵晓菲奇怪地看着面前的这堵墙，再看看旁边的三条走廊，道："你们有没有觉得，这个场景非常熟悉？"

玩家的记忆力比地球上线前提升太多，钢铁堡垒里的每一条走廊都长得一模一样，除了走廊的长度、方向，很难发现其他的区别。

然而现在这个场面，所有人都见过。

李妙妙低头看着地上的脚印，确定地上没有蓝色脚印后，道："这个地方和我们一开始进入走廊的厨房，特别像！"

不错，眼前这三条走廊，再加上玩家本身站着的第四条走廊，加在一起，与厨房那边形成的"水与折射"走廊一模一样，都是一条横着的直线走廊，两条斜线走廊从左、右两个方向射入。四条走廊会聚成一点，变成一个四岔路口。唯一的差别是这次直线走廊的墙壁上并没有门，只是单纯的四条走廊。

赵晓菲突然睁大眼："等等，其实我们刚才走的每一条走廊，都和这条特别像！我们刚才走的时候，也一直碰到一条直线走廊和两条斜线走廊的组合，我们每次选择的都是斜线走廊。如果把我们刚才走的路线画成地图，大概……是这样——"

赵晓菲从怀里拿出一支口红——谁也没想到这种时候她还会随身携带这种东西。她在地上先画了一个长方形，接着从长方形的一个顶点开始画出一条弯曲的折线。这条折线好像心电图，填满了整个长方形。这个图形里出现了无数个"水与折射"走廊，与他们刚才走的路线一模一样。

等画完后，李妙妙也恍然大悟，然而很快又想道："不对，这条折线不是从长方形的顶点开始的，走廊的每个交会点都会有两条走廊，或者四条走廊，从来没见过三条走廊的。"

如果折线从长方形的顶点开始，就会造成一个"三条走廊"交会的场景。

赵晓菲愣住。

唐陌的声音平静："把这幅图翻转一下，再拼接起来。"

赵晓菲眼珠转了转，明白了唐陌的意思。她紧贴着刚才画的长方形，拿着口红又画了一个镜面对称的长方形。当这个长方形画完后，唐陌蹲下身体，伸出手，将两个长方形中间的直线擦去。

当唐陌做完这一切后，五人低头一看。

这是一个规矩工整的长方形，在长方形的中央空白处，有一个个菱形的图案，好像纺织工编出来的花纹。菱形图案一个个紧密地连接在一起，平铺成一行，填充了整个长方形。看着这幅图，所有玩家瞬间便明白了这一层钢铁堡垒的地图。

李妙妙惊喜道："如果走廊真是这样的，我们就可以很容易地找清楚我们到底找过哪些房间，哪些房间没找过。"

格雷亚笑了："My lady，没有那么简单。首先，你并不知道这幅地图是否正确；其次，我们从哪里出发，那个厨房位于地图的哪一个点……你知道吗？"

李妙妙一时语塞。

"刚才一共走了21个菱形。"一道低沉的男声响起。

格雷亚微微一愣，转头看去，只见傅闻夺双手插在口袋里，淡定地看着地上的地图。他抬起眼睛，冷漠地扫了格雷亚一眼。格雷亚无辜地笑了笑，道："好吧，那就21个菱形。所以我们现在又在这张地图的哪里呢？"

唐陌用小阳伞指着地面："这里，或者这里。"他指的是长方形两条短边的走廊交点。

格雷亚的目光在唐陌和傅闻夺的身上转了一圈，嘴角翘了翘，没再开口。

李妙妙："虽然不知道这幅地图到底是不是正确的，但我们的当务之急，就是确定这一层的走廊和房间分布。所以……我们现在该往哪儿走？"

片刻后，唐陌道："走这儿。"

唐陌指的是菱形走廊的另一边。

李妙妙看了眼大家："好，我也觉得我们应该再走一遍这些菱形，把菱形的另一边走完。这样也能确定地图的正确性。"

五个玩家再次转回头，进入了斜线走廊。一切如地图上显示的一样，他们再次进入了一条弯曲的折线走廊。而且在四条斜线走廊的交会处，唐陌用手电筒照射另外两条走廊，发现了一个个蓝色脚印——他们曾经走过另一边的斜线走廊。

所有的场景都印证了傅闻夺和唐陌的推测。

这一层的地图就是一个长方形，中央有一个个排列整齐的菱形走廊。一切按照自己猜测的发展，两个女玩家都有些高兴，唐陌却微微皱眉。当他打开一扇门，发现里面又是一个空荡荡的房间后，表情更加凝重。

李妙妙也察觉到："我们好像已经找了快50个房间，居然每个房间都是空的。黑塔说房间里面有可能放着薛定谔的发明，一共108个房间，我们现在还没碰到一个……"顿了顿，李妙妙心想：是薛定谔的发明很少？

黑塔只说房间里有可能放着薛定谔的发明，没说薛定谔有多少发明，也没说一定会有发明。

这种概率并不是一定存在。在打开房门前，谁也不知道里面有没有发明。

或许 108 个房间里全有发明，或许 108 个房间里全都没有。

唐陌低着头，总觉得哪里不对劲。

薛定谔有着和外表截然不同的性格。以它那种厌恶人类、想要将人类全部变成收藏品的恶劣性格，不可能好心地不在房间里放发明。不过唐陌并没有将这种担心表现出来，因为开门的人是他和傅闻夺。

唐陌抬头与傅闻夺对视一眼，再走到下一个房间。

果不其然，打开门后里面又没有东西。

赵晓菲也嘟囔道："真的是薛定谔的发明很少？"

五人又走了两条走廊，当找到第 61 个房间时，傅闻夺走到门前，将手轻轻地搭在门把手上。"吱呀"一声，钢铁大门被推开，没有异样。傅闻夺警惕地走进屋内，其余三人跟了进去。但就在最后一个人进去之后，无数道黑色的光线从房间的一侧疯狂射出。唐陌反应极快地侧身避开，逃出房间。格雷亚也躲得很快。傅闻夺因为是最后出来的人，与李妙妙一起被光线擦伤，"嗞嗞"的烧灼声从他们被光线照射到的地方传来。

黑色的光线擦到皮肤后，立刻变成一道黑色的伤口，血肉被腐蚀。傅闻夺当机立断地拿出匕首，将自己被光线碰到的肉割去。李妙妙也割了一块大腿肉。赵晓菲最为严重，身上有四道伤口，其中一道还在胸口。

当发现这个伤口竟然开始腐蚀旁边的血肉后，这个年轻的女人咬紧牙关，拿出一把小刀将自己的肉割掉四块。

门已经被关上，可是刚才的恐怖场景还萦绕在众人的脑海。

"啦啦啦啦啦啦啦……啦啦啦，啦啦啦……"

忽然，空荡荡的钢铁走廊上响起一道愉悦欢快的哼曲声，软糯糯的奶猫声在哼唱一段没有歌词的小调。众人全部一愣。唐陌伸手擦去额头上薄薄的汗，接着抬起头，透过这些冰冷的钢铁墙壁，冷冷地看着那个藏在钢铁堡垒里的小黑猫。

等赵晓菲身上不再流血后，众人继续寻找下一个房间。

薛定谔继续唱着歌，过了半天见没人理会它的歌声，忍不住道："喂喂，你们这些无耻的坏人类，就没有什么想对尊贵的薛定谔阁下说的吗？"

唐陌和傅闻夺走在队伍前列，面不改色地打开一扇门，见门里没有东西，又转身离开。格雷亚拄着短杖，优雅地跟在他们的身后。赵晓菲倒是脸色很难看，因为她割去的一块肉是她一边的胸部。不仅是身体的疼痛，她更多的是恼怒。可是四个队友没人说话，她也不会说话。

赵晓菲第一次这么讨厌猫，恨不得把薛定谔剁成四块，就像她刚才亲手割去自己的肉那样。可是被唐陌等人影响，她也没说话。

愤怒和抱怨毫无意义，只会让薛定谔更加得意。

"你们……你们这些愚蠢的坏人类！"

小奶猫怒气冲冲地埋怨这一届的人类一点儿都不合格，没有人死在它的315号发明下就算了，居然都不生气。唐陌忽然停住脚步，薛定谔仿佛看到了希望，惊喜道："欸，你要骂尊贵的薛定谔阁下了吗？你很生气，要骂尊贵的薛定谔阁下了吗？"

回答它的是唐陌抬起的手电筒，照亮了面前的路。

唐陌："这里有一条楼梯。"

众人立刻围过来。

李妙妙："这是不是通往另一层的楼梯？黑塔说钢铁堡垒一共有两层，我们通过这条楼梯可以到另一层？"

赵晓菲："肯定是这个了。那我们现在是下去，还是继续在这层楼找房间？"

薛定谔："……"

软软的声音怒不可遏道："你们就没任何话想对尊贵的薛定谔阁下说吗！"

唐陌："先继续找这层楼。"

"好。"

被彻底无视的薛定谔："……"

你们是我见过的最差的一届人类！！！

小黑猫的抱怨声戛然而止，唐陌看似完全忽视薛定谔的存在，但事实上在心底暗自盘算着：这只小黑猫恐怕一直在某个房间里，观察他们的一举一动。

有了黑色射线房间的教训，众人再进入房间时，就更加谨慎，但是很多时候防不胜防。有时在五个人全部进入房间前，房间不会有任何异样；有的时候甚至只有傅闻夺或者唐陌一个人进入房间，也会出现意外。但是在他们走进去前，绝对不会出事；只有进入房间，才会出现意外。

在这一层，他们一共找了86个房间。

当他们快走到菱形走廊的尽头时，唐陌忽然停住脚步，抬起手电筒。李妙妙顺着唐陌手指的方向看去，惊道："欸？这里还有一条楼梯？！"

一条黑漆漆的楼梯出现在众人眼前。

这条楼梯已经位于走廊的尽头，唐陌五人检查了一遍旁边的房间后，一致决定从这条楼梯下去看看。顺着这条旋转楼梯，五人来到了另外一层。他们刚刚站稳，便看见一扇小门。

唐陌走到门前，按住了门把手。

一道含着笑意的男声响起："不能总是让女士劳累。"

唐陌转头看向金发男人。

高瘦的金发混血儿摘下礼帽，对唐陌微微一笑。格雷亚走上前，道："到另外一层了，这样辛苦的事儿，就让我这个绅士代劳吧。"

唐陌没有松手。

格雷亚惊讶地看着他。

唐陌："不用了，格雷亚先生。"

看着唐陌戒备的神色，格雷亚十分委屈地眨眨眼，拄着短杖又走回去。唐陌抓紧小阳伞，"啪嗒"一声打开房门，里面又是空荡荡的一片，但唐陌并没有放松警惕。他单独走进房间，准备观察里面的东西。就在他的脚刚刚踏进去的一刹那，一道熟悉又陌生的"嗒嗒"声响了起来。唐陌反应极快，一只手拉着房门，快速地抽脚，想要将房门关上。

然而时间仿佛静止，刺眼的蓝色光芒瞬间照亮了整个房间和走廊。这道光以绝对无敌的速度将所有玩家，包括站在门外的傅闻夺四人全部包裹进去。等唐陌再睁开眼，扭头一看，只见五个玩家全部进了房间。

唐陌直接拔出小阳伞，随时准备攻击。他观察房间里的所有物品，在看到面前的那样东西时，双眼猛然睁大。唐陌难以置信地看着那样东西，瞳孔轻轻颤动。

那是一面巨大的蓝色时钟！

蓝色的光芒组成这面时钟的每一个数字和时针、分针、秒针，它的秒针"嗒嗒"地行走着，刚才唐陌听到的"嗒嗒"声就是秒针行走的声音。这面钟上的每一个数字唐陌都无比熟悉，因为他曾经站在这面时钟上，与另一个玩家进行生死比赛。

其他玩家也看到了这面时钟，赵晓菲转身想跑出房间，可发现双脚被死死地钉在地上，无法动弹。恐怖的压力如同大山，重重地砸在五个玩家的肩膀上，实力弱一点儿的赵晓菲和李妙妙甚至呼吸加重，喘不过气来。

真理时钟上，秒针还在"嗒嗒"移动。

当三根指针会聚到同一点，一起指向"12"后——

"咚！"

一道洪亮的钟声忽然响起——

"咚！"

"咚！"

"咚！"

在这响亮震耳的十二道钟声过后，一道沉稳强大的女声在房间里响了起来——

欢迎来到真理时钟的世界。我是伟大的真理时钟，为伟大的薛定谔阁下准确报时。薛定谔的时间夹缝第3156纪年，第134天，0点0分0秒，黑塔闯入者傅闻夺、唐陌、赵晓菲、李妙妙、格雷亚·塞克斯载入真理时钟的世界。

尊重一切真理。

遵循一切真理。

成为真理，或击溃真理。

五位黑塔闯入者，你们的选择是什么？

DI QIU

SHANG XIAN

第 2 章

真理时钟

唐陌试着移动双脚，可是双脚死死地被钉在地上。他转头观察周围情况，发现所有人都和他一样，只能站在原地。傅闻夺朝唐陌点点头，唐陌立即明白了他的意思。

五个玩家全部被粘在了这个房间里，谁也不能离开。

这种"黏性"是无差别的，实力强如傅闻夺都无法挣开，实力最弱的李妙妙、赵晓菲更不能移动。唐陌面不改色地从腰间取下小阳伞，轻轻地按在地上，他的动作很自然，谁也没注意到他的举动。当伞尖触碰到地面后，唐陌悄悄地向上拔动。

果然，小阳伞不能移动了。

所有进入这个房间的人或物品，只要进来踏上房间地面，就会全部被房间的地面粘住。

五个人各自尝试了一番，放弃离开房间的可能性。真理时钟上，秒针嗒嗒地走着。这面巨大的时钟没有眼睛，可是所有人都感觉到自己仿佛被什么东西注视着。

沉稳的女声平静地说道："五位黑塔闯入者，你们选择成为真理，还是击溃真理？"

赵晓菲："什么是真理时钟？"

真理时钟道："我就是伟大的真理时钟。我是黑塔世界、全宇宙唯一的真理时钟，由伟大的薛定谔阁下亲手制作，诞生于薛定谔的时间夹缝，为黑塔服务。我所说的每一句话皆为真理。真理是在已知科学理论范围内，所有无法被反驳辩证的东西。真理确切存在，且拥有绝对正确性。"

李妙妙开口："你到底是什么意思？你是想杀了我们？"

唐陌打开门的时候，真理时钟还没出现，下一秒它就将时间停止，把所有玩家都拉进了这个房间，也就是真理时钟的世界。它的实力难以估量，如果它真的想杀了玩家，完全可以在刚才就动手，没必要把他们关在这个房间里。

这说明真理时钟并不想杀了他们，而是另有目的。

"真理时钟只会否决谬论，抹杀谬论。"

李妙妙松了口气："所以你到底想干什么？"

真理时钟的"眼睛"扫过在场的每一个玩家，它的"目光"冰冷而没有感情，它用没有起伏的声音说道："进入真理时钟世界的每一个物品，都要选择成为真理，或者击溃真理。五位黑塔闯入者，你们目前不是谬论，但也不是真理。"

"接下来，你们需要每个人提出一个问题。由我来判断，你们所提出的问题是不是真理。"冷冰冰的女声一字一句地说道，"你们所提出的每一个问题，伟大的真理时钟都能给出答案。如果你们提出的问题我无法解答，那便是新的真理。你们成为真理。"

格雷亚笑道："那你回答了呢？"

真理时钟："我给出的答案如果正确，就说明这个问题毫无意义，你们没有成为真理；如果错误，说明你们击溃了真理。成为真理，或击溃真理，黑塔闯入者，你们只有这两条路。伟大的真理时钟知道宇宙间所有的真理，只有超越真理时钟，才能离开真理时钟的世界。真理时钟，遵循一切真理。

"所以现在，黑塔闯入者，提问吧。你们拥有十分钟的提问时间。"

这句话落下的下一秒，真理时钟的时针、分针、秒针突然开始疯狂旋转，很快，三根针齐齐地指向"12"的位置。接着响起一道清脆的"啪嗒"声，长长的秒针顺时针滑动一格。所有玩家毫无防备，时间倒计时已经开始，众人错愕地看着这面巨大的时钟。

唐陌原本一直悄悄地观察真理时钟。

他曾经在这面钟上站了几个小时，经历一场生死决斗。这面钟确实是真理时钟，无论是大小还是颜色，都与真理时钟一模一样；也以真理为准则，按照真理行事。毫无疑问，如果十分钟后五个玩家没能问出一个合适的真理问题，真理时钟肯定会做出非常可怕的事。

这面钟的实力如何，唐陌并不知道。但在这个世界里，它是绝对法则。它的力量凌驾于所有武力之上，恐怕十个傅闻夺和唐陌加起来，也不是它的对手。

赵晓菲急道："这怎么就开始了？我们该问什么问题……"

平稳的女声忽然响起："答案，你可以询问任何一个问题，从宇宙诞生到宇宙毁灭，一切问题都可以对伟大的真理时钟进行提问。"

赵晓菲彻底傻了眼，身体颤抖地看着这面悬浮在空中的蓝色时钟。她气得双眼通红，下意识地骂道："我根本没有提问，你这怎么能……"声音戛然而止，赵晓菲立刻意识到了什么，捂住嘴不敢说话。

每个玩家只能问一个问题，赵晓菲已经问了一个问题，且得到了答案。谁也不知道同一个玩家问出第二个问题会有什么后果，赵晓菲不敢尝试。

经过赵晓菲的意外，其余玩家慢慢沉了脸色，不敢再随便开口。万一他们的话被真理时钟认定为"问题"进行回答，那就浪费了一次机会。

唐陌的手紧紧捏着小阳伞的伞柄。

良久，他抬头看向李妙妙，做出口型。李妙妙也早就有此想法，直接开口说道："我的问题是……我们怎样才能找到薛定谔？"

这个问题在唐陌听到真理时钟说"提出的每一个问题，伟大的真理时钟都能给出答案"后，就想问出口。这个问题问出去，如果真理时钟不回答，那他们就赢得了胜利；如果真理时钟回答，就必须说出正确答案，玩家还是胜利。只要真理时钟回答了正确答案，他们至少可以得到通关攻塔游戏的方法，绝对不会吃亏。

真理时钟居然没有一丝犹豫，直接开口道："答案，找到薛定谔的方法只有一种。薛定谔的钢铁堡垒一共有108个房间，只要玩家（哔——请所有玩家努力攻塔），再（哔——请所有玩家努力攻塔），最后再（哔——请所有玩家努力攻塔），就可以找到薛定谔。这就是找到薛定谔的正确答案。"

所有玩家正仔细等待真理时钟的通关答案，突然听到一道道"哔"声，气氛瞬间僵住。

叮咚！经黑塔检测，真理时钟回答正确。黑塔游戏遵循公平公正原则，所有超出玩家目前被允许获悉信息范围的答案，都会被黑塔屏蔽。

黑塔三大铁律——

请所有玩家努力攻塔！

众人："……"

连唐陌都没想到，黑塔会这么直接地对真理时钟的答案进行干扰，屏蔽真理时钟的话。黑塔有这个本事屏蔽真理时钟的话，就有本事提前把这件事告诉玩家。为什么它不在玩家提问前说出这个规则？

不用怀疑，黑塔根本就是别有用心，故意让玩家浪费一次提问机会。

但这也是唐陌考虑不周，没想到黑塔还能玩这一手。唐陌咬了咬牙，在心里把黑塔和真理时钟各骂了十遍，最后想想还是再骂了一遍黑塔。黑塔比真理时钟更厚颜无耻！

发生这个意外后，只剩下唐陌、傅闻夺和格雷亚没有对真理时钟进行提问。唐陌的脑子里有两个问题，他思索着该提问哪一个。他的视线与傅闻夺对上，唐陌微微一愣，明白了对方的意思。他抬头看向真理时钟："我的问题是……真理时钟的背面，到底是什么？"

李妙妙惊讶地看着唐陌。她是天选的核心成员，对透明人的信息十分了解，也知道真理时钟的背面和时间排行榜的关系。但她没想到唐陌会问这个问题。

唐陌斟酌很久，才问出了这个问题。

首先，他要保证他问的问题有价值，一个毫无价值的问题，问出去只会浪费机会。其次，他要保证这个问题不会被黑塔屏蔽。当初李朝成被唐陌抓住后，告诉他们时间排行榜的由来。黑塔允许李朝成说出这个信息，那现在十有八九，也允许真理时钟透露其背面的信息。

透明人很明显和幸存人类是两个阵营，直接询问他们的信息，有极大可能性会被黑塔屏蔽。因为黑塔遵循公平原则，以这种方式得到对方的信息，是对透明人阵营的不公平。唐陌只能寄希望于询问时间排行榜，以此获得一些信息。

真理时钟的声音响起："答案，真理时钟的背面是谬论罗盘。谬论罗盘所说的每一句话，皆为谎言。谬论罗盘否决一切真理，否决永远恒定发展的时间、空间，否决宇宙的诞生和毁灭。谬论罗盘以宇宙的毁灭为起点，以宇宙的诞生为终点，逆时针寻找超越真理的谬论。"顿了顿，真理时钟忽然道，"我很讨厌谬论罗盘。"

唐陌倏地一愣，看向真理时钟。

至此，只剩下傅闻夺和格雷亚没有提问。

格雷亚微微欠身，朝傅闻夺笑道："My lady，请。"

身高不比格雷亚矮的傅闻夺淡淡地扫了他一眼："你先。"

格雷亚又谦让了几次，可"淑女"傅闻夺毫不领情。格雷亚无奈地耸耸肩，转头看向真理时钟："伟大的真理时钟啊，有一个问题我藏在心里很久了，从未对别人说过。今天见到了伟大的真理时钟，我的梦想问题或许终于可以得到解答。谢谢你，我尊敬的真理时钟。"

真理时钟恐怕也没想到这个玩家会先把它夸一顿，难得免费给出了一句话："不用谢，黑塔闯入者，问出你的问题，伟大的真理时钟知道一切答案。"

"那我就问了。"格雷亚深吸一口气，目光真挚，"伟大的真理时钟，我想知道……我怎样才可以赚大钱？"

唐陌："……"

傅闻夺："……"

李妙妙："……"

赵晓菲："……"

真理时钟："……"

哪怕真理时钟没有脸，没法做出表情，唐陌都能感受到它难得被噎住。

神一样的赚大钱！

真理时钟第一次沉默了几秒才给出答案："黑塔闯入者格雷亚·塞克斯，只要你想赚钱，你就能赚钱，没有人能阻止你。或许有人能影响你，但他们所能做的十分有限，无法真正动摇你，且他们不会浪费时间去阻止你，你依旧能赚大钱。你早已知道赚钱的方法，如今的你更需要的是放下一切没必要的愤怒和赌气，做你该做的事，你就会成功。这就是你怎样才可以……"顿了顿，"赚大钱的正确答案。"

"格雷亚，你这是……"什么意思！后面的半句话没有说出来，李妙妙猛地闭上嘴。任何一个可以成为问句的话，都有可能被真理时钟当作问题进行回答。她后怕地看了一眼悬浮在空中的蓝色时钟，咬牙切齿地说道："你问的那个问题，没有任何用处。"

格雷亚单手摘下礼帽，认真道："My lady，这是困扰了我很多年的一个问题。"顿了顿，目光真诚，"我发自肺腑地进行提问。"

李妙妙："……"

如果现在能移动双脚，或者打得过格雷亚，她毫不怀疑自己一定把这个浪费提问机会的混账按在地上打！

他们一共只有五次机会。第一个问题他们被真理时钟算计，白白浪费。第二个问题又被黑塔坑了，问了等于没问。第三个问题真理时钟回答得很微妙，确实解释了什么是谬论罗盘，但没有透露一丝与透明人相关的信息。

只剩下两个问题，格雷亚居然问真理时钟——他该怎么赚大钱？

你怎么不直接问真理时钟如何一夜暴富呢？！

不仅李妙妙，其他玩家也冷冷地盯着格雷亚，这个穿着深红色礼服的绅士觉得自己十分无辜。他无奈地笑了笑，众人以为他要说些什么解释一下，谁也没想到他居然转过身，对着真理时钟鞠了一躬："谢谢你回答了我的问题，伟大的真理时钟。"

众人："……"

真理时钟："……"

片刻后，真理时钟："不用谢……"

唐陌的目光在格雷亚和真理时钟的身上来回打转，他慢慢挑起眉毛，嘴唇抿了起来，在心底不断回味真理时钟刚才所说的那段话。唐陌的反应没李妙妙那么大，因为他大概猜得出来，李妙妙和赵晓菲两人想问什么样的问题。

李妙妙小声嘀咕道："浪费这种机会，现在好了，只剩下一次提问权了。"李妙妙对唐陌、傅闻夺仍旧抱有一种不完全信任的态度，毕竟她是天选的成员。她无条件信任阮望舒，却不可能信任傅闻夺和唐陌，即使他们攻略黑塔的经验更加丰富。现在的情况令她非常担心，但她尽量不表现出来。

李妙妙只是小声地抱怨了一句，没想到格雷亚居然听到了。

"My lady，你是想让我问一些看似没有正确答案的问题吗？"

格雷亚突然说出了一个问句，房间里所有玩家的身体瞬间绷紧。脑子里思索的问题立刻消失，唐陌戒备地看向真理时钟。不过这次真理时钟居然没什么反应，可能它对格雷亚这种奇葩也十分无奈，不再借此算计玩家。

众人松了口气，李妙妙憋了半天，吐出一个字："对。"她可不敢像格雷亚那样随便说话。

格雷亚笑道："比如你对我的感觉是什么样的，你更喜欢哪一种颜色的花；如果现在结束黑塔游戏离开薛定谔的钢铁森林，你想吃东西，你会选择吃什么？"

李妙妙有些惊讶，没有开口。

格雷亚猜对了。

李妙妙想问两类问题，第一类是直接询问真理时钟通关这场游戏的方法，第二类是询问一些主观类的问题。任何一个和情感扯上关系的问题，都没有正确答案。这一秒李妙妙喜欢蓝色的花，一年后或许就喜欢上了红色的花。以前她被齐衡询问要吃什么时，她都是说"随便"，那是真的随便。因为她并没有真的为想吃某样东西而太过纠结，每一样都想要。

这个问题连李妙妙自己都回答不上来，她相信真理时钟也说不出正确答案。因为它说出任何一个，李妙妙都能找出不喜欢的缺点，不想吃它，否定答案。

格雷亚："你们把伟大的真理时钟想得太简单了。这样的问题对它而言，只是无尽真理中毫无意义的一个。"

赵晓菲忍不住道："那你也不该问那样的问题，浪费一次机会！"

格雷亚面露愧色："你生气了？"

赵晓菲一时没反应过来："啊？"

"让一个淑女生气，是我最大的过错。虽然我不认为询问一些人类无法解决的问题，就能难住真理时钟。我亲爱的Lady，有人类知道黑塔到底是什么吗？"没等对方回答，格雷亚道，"没有人类知道。你大可以问一些目前人类无法解决的难题，但这只钟它一定全都知道。它所知道的，比你想象的要多太多。因为它是伟大的真理时钟啊！将问题浪费在这些没必要的问题上，还不如问一下……我该如何赚大钱。您说是吗，伟大的真理时钟？"

真理时钟被夸得老脸一红，对这个奇葩人类无话可说。

赵晓菲的脸"唰"的一下红了起来，因为她的想法被格雷亚全部猜中了。李妙妙想到的是问一些主观性的问题，赵晓菲想的是问一些人类著名的未解难题，或者悖论。

比如询问真理时钟，哥德巴赫猜想该如何解答，宇宙大一统方程是否真实存在，它是什么。但是赵晓菲忽视了，人类连黑塔都无法解释，凭什么认为真理时钟对宇宙的认知在人类的认知范畴里。黑塔的存在早已超过了人类文明所能理解的极限，真理时钟也一样。她觉得不可能解答的问题，对真理时钟而言就是小儿科。

唐陌看着赵晓菲郁闷的神色。他的想法和格雷亚一样，这些人类无法解决的难题，真理时钟或许还真能解答。不过它说出答案的时候很可能被黑塔屏蔽。

总之，无论如何，他们只剩下一次机会了。

李妙妙焦急地对唐陌和傅闻夺使眼色，可两人压根儿没看她。

所有人的目光都集中在傅闻夺的身上。这个高大英俊的男人身形笔直，平视眼前这面巨大的时钟。他目光坚定，神色镇定。两个女玩家绞尽脑汁地思索到底问什么问题，能让真理时钟回答不上来，或者回答错误。格雷亚拄着短杖，一副看热闹的模样。

倒是唐陌，神情中没有一丝慌张。

寂静的房间里，他们听到一道低沉的男声响起："我的问题是，你要怎样……才能变成真理时钟？"

"啪嗒——"

硕大的蓝光钟盘上，长长的秒针突然停止走动。

两个女玩家瞬间怔在原地，错愕地看向傅闻夺。

唐陌慢慢翘起嘴角。

傅闻夺冷静地凝视着面前的巨钟。

那道一直沉稳的女声突然爆发出愤怒的吼声："黑塔闯入者，我不知道你在说什么。我就是伟大的真理时钟，你的问题毫无意义，你在欺骗我！"

傅闻夺："这就是你的答案吗？"

真理时钟语塞："你……"

叮咚！经黑塔检测，真理时钟回答错误。

黑塔第一次不坑爹地帮了玩家一把，反驳了真理时钟的话。众人听到黑塔的声音，露出欣喜的表情。比起这只所谓的真理时钟，玩家更愿意相信的是黑塔。这个世界是黑塔世界，哪怕是薛定谔都被黑塔逼得只能陪玩家玩游戏。所以……

李妙妙果断道："你根本不是真理时钟！"

女声怒极地吼叫着："我就是伟大的真理时钟。第138纪年，伟大的薛定谔阁下接受红桃王后的委托，制作出了我——伟大的真理时钟，作为红桃王后的一百岁生日礼物。我就是真理时钟，黑塔世界唯一的真理时钟，我代表了世上所有的真理……"

"如果你是薛定谔送给红桃王后的礼物，那为什么会出现在这里？"

真理时钟的声音戛然而止，它"看"向了唐陌。

唐陌站在傅闻夺的身后，一字一句地说道："如果你是薛定谔送给红桃王后的礼物，现在应该在红桃王后的宝石城堡里，而不该在薛定谔的钢铁森林。薛定谔的108个房间里存放着它的发明。你应该知道，这些发明里有成功的发明，也有失败的发明。"声音停住，唐陌抬起头看着眼前这面指针已经不再走动的大钟，"你是真理时钟，但你是失败的真理时钟。刚见到你的时候我并没有发现你的不对，因为你和真理时钟太像了。我见过它。"

除了傅闻夺，其他人都不知道唐陌见过真正的真理时钟。

唐陌："那面钟和你长得一模一样，钟上的每一个数字、每一根指针，和你没有任何差别。说话的语气，对真理的态度，也全部一样。但是我总觉得你们好像有哪里不同，可是一时间找不出来。你们真的太像了。"

真理时钟再也控制不住地吼道："我就是真理时钟！"

傅闻夺："真理，指的是客观存在且绝对正确的东西。这句话是你说的。"

真理时钟："对，这是我说的，我说的每一句话都是真理！"

傅闻夺低笑了一声："但是在你见到我们的第一眼，说的第一句话，就不是真理。"

真理时钟的指针剧烈地颤动起来，它在回忆自己到底说了什么话。另一边，李妙妙也努力地想着。忽然，赵晓菲大声道："欢迎来到真理时钟的世界。我是伟大的真理时钟，为伟大的薛定谔阁下准确报时……它说的是这个？这句话、这句话……"

赵晓菲惊道："啊！这句话根本不是真理！"

完全相同的外形，对真理几乎一致的态度，唐陌在见到这面真理时钟的时候，虽然产生过一丝怀疑（因为兔子先生说它将要将真理时钟献给红桃王后，这面钟不该在这儿），但是实在找不出这面钟的缺漏。这应该真的是真理时钟，可唐陌又总是觉得哪里不大对劲。

唐陌："如果说你是个失败的发明，那你已经无限接近那面真正的真理时钟了。你们真的非常像。"像到谁都不可能一眼发现它们之间的差别。

真理时钟咆哮道："我就是真理时钟！"

"真是遗憾，伟大而又可怜的真理时钟，连黑塔都不承认你的身份。"格雷亚用充满敬意的语气说道，只是在这种情景下，这句话听起来怎么都有种讽刺的意味。他笑道："或许你真的不是真理时钟吧。"

真理时钟："你……"

唐陌淡淡地扫了格雷亚一眼，转头对真理时钟说道："在我们刚进入这个房间的时候，你说你是伟大的真理时钟，为伟大的薛定谔阁下准确报时。在你说出这句话的时候，你已经不可能是真理时钟。其实我一开始并没有发现这个错误，是在后来，你又不断地重复这句话，同时你还说出了另外一句话，"唐陌顿了顿，抬头道，"你说，你很讨厌谬论罗盘。"

真理时钟不解道："我确实很讨厌谬论罗盘。那只可恶的罗盘是世界上最讨厌、最恶心的东西。它否认一切真理，寻找超越真理的谬论。这句话有什么错？"

唐陌："这句话没有错，但错就错在，它是从你的嘴里说出来的。"

真理时钟又气又急，始终不肯承认自己不是真理时钟："你这个无耻的黑塔闯入者，你是在骗我。不要用你拙劣的谎言，欺骗伟大的真理时钟。"

"你到现在还说自己是伟大的真理时钟？"唐陌突然道。

真理时钟猛地愣住。

唐陌目光平静："如果你的每一句话都意味着真理，那你的伟大……是由哪条真理证明出来的？"

听到这句话，真理时钟忽然闭上嘴，不再说话。

赵晓菲点头道："对！无论是伟大的真理时钟，还是伟大的薛定谔，这都不是真理。真理是客观存在且绝对正确的东西。任何一个包含主观情感的话，都不能成为真理。"

李妙妙也恍然大悟："对啊，你说你是伟大的，可是没有任何东西能证明你的伟大。比如我说我是美丽的，但是在我的眼里我是美丽的，在其他人的眼里可能我就是丑陋的。这种包含主观情感色彩的话，永远不能成为真理。"李妙妙激动起来，"所有主观的判断都并非客观存在，它们全都不是真理！所以你根本不是真理时钟！"

"它是真理时钟。"一道低沉的声音响起。

薛定谔的房间里摆放着它的发明，这些发明有成功的，有失败的。

傅闻夺神色平静："它是一面失败的真理时钟。"

"我要杀了你们！"

那道一直平稳的女声忽然变得暴躁无比，好像疯狂的妒妇，尖叫着从钟盘上释放出五根长长的蓝色触手，抓向房间里的五个玩家。然而它的触手还没触碰到唐陌的衣服，就被唐陌直接侧身躲开，同时唐陌一把抓住了这根触手。

李妙妙等人见状也惊喜地向后逃开。

"我们的脚能动了？"

真理被打破，玩家再也不被这个房间所限制。

真理时钟咆哮着挥舞出更多蓝色触手，袭击房间里的玩家。李妙妙和赵晓菲的第一反应是转身跑出大门，既然能走，当然选择离开。格雷亚跳跃着躲开真理时钟的攻击，也没还手的意图，拿起短杖跟了上去。

唐陌和傅闻夺对视一眼，一前一后地冲了上去。唐陌张开小阳伞，无数根蓝色触手从伞面上弹开。傅闻夺撑着唐陌的肩膀，一跃而上，黑色的三棱锥形利器从头顶劈下，将蓝色的巨钟劈成两半。

漂亮的蓝色大钟散落成无数光点，在房间里晃动。很快，这些光点又再次汇聚在一起，变成一面时钟。只是这一次它的光芒暗淡了许多。唐陌双手抓住这些还在蠕动的蓝色触手，傅闻夺反取出一把黑色匕首打算再攻上去。

真理时钟赶紧求饶："放过我吧，黑塔闯入者。你们什么都没有失去，我还告诉了你们一些信息。放过我吧，杀了我对你们有什么好处？我刚才对你们说的那些话都是真的，我根本没对你们造成任何伤害啊！"

唐陌依旧死死攥着那些触手，傅闻夺反手将匕首收进口袋。他转头看向唐陌，两人点点头。

唐陌捏紧了那些触手，冷冷道："我们有什么好处吗？"

真理时钟："……"

你们都把我给打散了，还要什么好处！

真理时钟大概从没见过这么得寸进尺的人类，居然还会和黑塔怪物谈条件。

李妙妙等人也没想到这面看似强大的时钟居然如此不堪一击，就武力值而言，李妙妙吐槽道："我怎么感觉我都能打败它？"

格雷亚："因为它失去了真理规则的保护，My lady。在真理的世界里，它是无敌的。然而刚才我们问出了一个它无法解答的问题，成为真理或击溃真理，我们击溃了真理。所以，它现在只是一个很普通的、由薛定谔创造的失败发明。"

唐陌和傅闻夺抓着真理时钟不放，真理时钟哆哆嗦嗦地在心里把这群奇葩人类骂了半天，最后还得压抑着怒气道："我只是一面普通的钟，我不是黑塔，没法给你们任何奖励。但是我、我知道世界上绝大多数的真理，这是真的。我可以告诉你们一条关于薛定谔的 108 个房间的线索，帮助你们通关这场捉迷藏游戏。"

"你这只该死的、臭烘烘的破钟！"软甜的小猫叫声陡然在房间里响起，好像被人踩中尾巴似的，薛定谔愤怒地吼叫着，"你不许说，你不许说，不许说！你要是敢说，我就把你做成一只臭马桶送给圣诞老人。你知道的，圣诞老人的屁股有多大多臭，我真的会把你做成他的臭马桶！"

真理时钟听了这句话，蓝色的钟身剧烈颤动，比刚才被劈的时候更凄惨，差点儿就散了。

这句话比傅闻夺的那一刀还要管用。

然而现在把着真理时钟小命的是唐陌和傅闻夺，这只可怜的钟对着空气讨好地说道："伟大的薛定谔阁下，刚才您也听到了，黑塔屏蔽了我的话。我所说的话都是黑塔允许范围内的，并不会真正告诉他们如何通关。"

薛定谔愤怒地哼哼直叫，真理时钟心一横、胆一竖，快速地说道："五位黑塔闯入者，我给你们的线索是，你们一共有三轮捉迷藏游戏，到现在为止在这第一轮的捉迷藏游戏里，很可惜，你们已经注定失败了。"

薛定谔瞬间炸毛："垃圾时钟！"

真理时钟吓得浑身发抖。

离开真理时钟所在的房间，唐陌五人回到了黑漆漆的走廊。在他们离开房间的时候，假时钟把自己藏在角落里，仿佛已经预见了自己可悲的未来。

唐陌和傅闻夺打开手电筒，对准漆黑的走廊。他们面前有两条路：向左走、向右走。

刚才五人是从二楼的楼梯下来的，直接走进了楼梯正对面、真理时钟的房间。钢铁堡垒里回荡着薛定谔碎碎念一样的抱怨声，在它的口中，它决定把真理时钟分成三段——一段做成臭马桶送给圣诞老人，一段做成镜子送给狼外婆，还有一段做成火圈送给怪奇马戏团团长。

"我这辈子都不会把你送给红桃王后的。你就是个失败的发明，没资格和真正的真理时钟一起成为红桃王后的收藏！"小黑猫恶毒愤怒的话语在走廊里不断回荡。

唐陌给傅闻夺使了个眼色，傅闻夺举着手电筒，淡定道："从这里走吧。"

一共就两条路，傅闻夺选择了向左走的这条路。

众人顺着走廊又找了两个房间，里面空荡荡的，没有任何东西。赵晓菲忍不住道："刚才真理时钟说，我们这一轮的捉迷藏游戏已经失败了。从薛定谔的反应来看，它说的是真的。"

李妙妙："一共有三轮寻找机会，我们本来就没打算在第一轮就找到薛定谔，找不到不是很正常？"

唐陌："她的意思不是这个。"

李妙妙一愣。

"这一轮的捉迷藏游戏还没结束，我们也刚刚从二楼下来，进入一楼。一楼的绝大多数房间我们都没找过，可是那只假时钟十分肯定地说……我们已经失败了。这只有两种可能。"唐陌冷静地分析道，"第一种可能，薛定谔在我们已经找过的房间里，它藏得很好，我们居然没发现它。"

李妙妙立刻道："这不可能，每个房间我们都是仔细地找过去的。就连第一次碰到的那个有恐怖射线的房间我们都检查了一遍，没有薛定谔。"

唐陌："所以只有第二种可能。"

"什么？"

"薛定谔所在的房间，我们已经再也没有机会进去了。"

之前赵晓菲用口红在地上画了第二层走廊的房间地图，离开之前，她将自己的外套脱下，在外套上也画了一个大致的地图。这个冷静的女玩家果断地将外套摊在地上，仔细数着刚才自己走过的每一条走廊，最后抬起头："我们大概只有这几条走廊没去过，以后也没法去，薛定谔就在这几条走廊里？"

游戏规则第三条：房间的门分布在走廊的两侧，每个玩家只能在同一条走廊里走一次。当有玩家走过某条走廊时会在走廊上留下人类脚印，有人类脚印的走廊被禁止再次进入。

这个规则看上去很复杂，其实就是限制玩家走回头路。

走过的走廊不可以走第二遍，所以玩家每一次的选择都可能导致未来的自己走进一条死胡同（所有的路上都有脚印）。现在只是第一轮游戏，众人还不清楚这座钢铁堡垒的地图，在二层的时候不可避免地走了几次错路，有一些房间再也不可能抵达。

李妙妙赞同道："肯定是在这几个房间里。我们才刚刚到一层，在一层，我们都是一条线地走路，没有遇到过岔路口，也就是说我们没有在一层做出过任何选择，更不可能做错选择。真理时钟既然说我们肯定找不到薛定谔，就说明薛定谔藏在楼上那几条走廊里。"

但是这样还有一个问题。

赵晓菲脸色难看起来："其实我对我们刚才走过的路……记得也不是很清楚。"

话音落下，其余几人也都面露尴尬。唐陌也抿了抿嘴唇，转头看向傅闻夺。当视线对上那双漆黑的眼眸时，唐陌的心立刻静了下来。

傅闻夺看着他，低沉的声音响起："我记得。"

众人唰地转头看向傅闻夺。

傅闻夺接过赵晓菲手里的口红，在二层的地图上顺畅地画出一道弯曲的路线。

他从第六个菱形的顶点开始画，那是厨房。接着，他神色平静地将五人在楼上走过的每一条走廊连接起来，甚至还标记出了他们进入过的八十多个房间的位置，在每个房间的房门处点一个小红点。赵晓菲看得目瞪口呆，等傅闻夺画到他们目前站着的地方时，她接过傅闻夺递过来的口红，沉默了半晌，怀疑道："你确定没有画错？"

傅闻夺挑了挑眉。

唐陌："他画的是对的。"

赵晓菲将信将疑地看着他们。

赵晓菲并不知道，傅闻夺修改了她所画的地图的那几个地方，将这张粗糙的地图变得更加准确。一个黑漆漆的房间里，墙角蹲着正在舔猫粮的中年管家，薛定谔盯着赵晓菲手里的那幅地图，气得瞪圆了大眼睛，气呼呼地发出一道道甜甜的哼声。

这幅地图简直就是薛定谔的钢铁堡垒的缩小版，连薛定谔自己都不一定画得这么准确！

地球上线后，每个玩家的身体素质都日渐提升。然而记得自己走过什么样的路是一回事，想要在这种密闭空间画出一幅地图，需要的是对空间和距离的敏锐感知能力。唐陌和傅闻夺走在队伍的最后，唐陌小声道："二层真的只有四条走廊我们没走过？"

傅闻夺低头看他。

唐陌刚才非常肯定地说他画的是对的，现在又来询问他正确性。

傅闻夺的眼里闪过一丝不易察觉的笑意："是，只有四条。"

唐陌解释道："我相信你，但是如果只有那四条的话，我觉得有些不对劲。"

"哪里不对劲？"

唐陌："你觉得……薛定谔藏在那四条走廊里？"

傅闻夺停下脚步，前面的三人还在走。他定定地看着唐陌，轻声道："不觉得。"

唐陌忽然笑了："我也不觉得。"

唐陌从没怀疑过傅闻夺的地图画得不准确，他对这个人抱有绝对的信任。傅闻夺也从没让他失望。这种地图对傅闻夺而言根本不是挑战，哪怕没有地球上线后身体素质的提升，他也能画出来。以前出任务的时候傅闻夺曾经单独进过一个非常复杂的秘密军事基地，仅仅在里面走一圈，便画出了基地的详细地图，并标记出了实验室、控制室的准确位置，地图精确到米。

然而如果地图真是傅闻夺画的这样，那一切就变得更加奇怪。

唐陌跟在赵晓菲三人的身后，低头沉思。

一层的走廊比二层简单许多，没有太多的转弯和岔路，几乎是一个工整的长方形。房间分布在走廊的两侧，五个玩家沿着走廊走了半圈，又找了十一个房间。走在最前方的赵晓菲停下脚步："这里又有一条楼梯？"

众人拿出地图，对比着两层楼的位置。

李妙妙得出结论："这条楼梯就是我们之前第一次看到的楼梯吧。"

在二层的时候，五个玩家一共看到了两条通往一层的楼梯。唐陌做出决定，没选第一条楼梯，大家从第二条楼梯下来，走进一层，进入真理时钟的房间。

赵晓菲："我们上去也没用，上面的走廊全是脚印，上去这一轮游戏就结束了。一层的走廊还没走完，我们先走完一层吧。"

大家又跟着走了几步，唐陌转过头，奇怪地道："维克多？"

漆黑的钢铁走廊里，高大的男人腰背挺拔笔直地站在墙壁之间。傅闻夺看了看左侧的墙壁，又看看右侧的墙壁。他的眉头越皱越紧，忽然，他抬起头走到唐陌的身边。唐陌一时愣住，不明白他想做什么。傅闻夺却已低下头，用只有两人能听到的声音小声说了一句话。

唐陌的身体倏地僵住。

十分钟后，五个玩家沿着一层走廊走了一圈，又要抵达真理时钟的房间。

赵晓菲一边用口红把一层的地图补全，一边说："一楼真的比二楼简单很多，就是一条普普通通的长方形走廊。一共有 29 个房间，我们全都看过去了，没找到薛定谔。薛定谔肯定在二楼，就在我们没能进去的那几条走廊里。"

格雷亚笑道："My lady，我不觉得这么简单。"

别说格雷亚，连赵晓菲自己都觉得这个答案太简单了点儿。攻塔游戏会这么简单？

当然也不是不可能。如果没有傅闻夺强大的侦察能力，没有真理时钟透露的那条"你们已经不可能找到薛定谔"的线索，他们绝对不会拥有现在的信息。另外，他们在好几个房间里遇到了非常危险的发明，只要实力差一点儿，就会被那些发明击杀。

而且这座堡垒的二层地图实在复杂，正常人在里面走，可能根本没法走到一层，就已经浪费了一轮游戏机会。

赵晓菲想了想："反正我们已经找了一百多个房间，还差几个房间。还有两次机会，第二轮游戏，我们直接把没找过的房间看一遍。终归还有第三轮游戏，不用担心失败。"

这个建议非常合理，李妙妙点点头。她本想附和赵晓菲的说法，但是忽然想起阮望舒的叮嘱，悄悄地看向唐陌和傅闻夺。这一看，李妙妙一下子愣住。

唐陌朝她摇了摇头。

李妙妙一脸蒙。

唐陌叹了口气。李妙妙不是傅闻夺，这么复杂的事儿，李妙妙不可能凭几个眼神就懂他的意思。

赵晓菲："那我们现在直接回二楼，把那几个没去过的房间都看一遍？"

"我想再去找一找真理时钟。"

赵晓菲奇怪地看向唐陌，惊讶地问道："你要找真理时钟？你找它做什么？"

唐陌神色淡定："真理时钟的房门正对楼梯，既然已经决定开始第二轮游戏，就可以以这个房间为起点。从这个房间也可以直接上二楼。"

"也……不是不行。"

李妙妙一锤定音："走吧。"

第一轮的游戏已经注定失败，从哪儿开始第二轮游戏，似乎并没有任何差别。唐陌拿着手电筒，站在队伍的前面，右手握住了钢铁做成的门把手。他轻轻一按，刹那间，蓝色的光芒从房间里亮起，将五个玩家笼罩进去。等他们睁开眼，已经被固定在地上，双脚无法动弹。

一道沉稳的女声平静地响起："欢迎来到真理时钟的世界。我是伟……伟……伟大……"

真理时钟："……"

怎么又是你们？！啊啊啊！！！

真理时钟万万没想到，这群人类，还没开始第二轮捉迷藏游戏，居然又跑到它这里。走廊是不可以重复进入的，但是房间可以。真理时钟沉默地看着眼前的五个玩家，五个玩家也都抬着头，大眼瞪小眼。

五人一钟无声对视。

真理时钟："……"

令钟头大！

半晌，真理时钟尽量让自己的声音听起来冷静："黑塔闯入者，你们又想做什么？我知道的全都告诉你们了，我已经要被伟大的薛定谔阁下做成各种东西，送给其他几位大人。你们一定要这么赶尽杀绝吗？"

这语气怎么听起来有点儿像怨妇……

李妙妙道："我们只是决定以你这个房间作为终点，结束这一轮游戏；再以这里为起点，开始第二轮游戏。"谁没事找事又来打你啊……

真理时钟郁闷极了："是，在你们再次走进这个房间的那一刻，确实已经输掉了这一轮游戏。"

黑塔提示声适时响起——

叮咚！"薛定谔的捉迷藏游戏"第一轮游戏结束。第二轮游戏开始！

甜糯糯的猫叫夹杂着幸灾乐祸的笑声，在钢铁房间里得意地回荡："哈哈哈……你们这些愚蠢的玩家！你们是不可能找到我的！你们都会成为我的收藏！垃圾时钟，你快把这些无耻的人类赶出去，我已经迫不及待地想把他们放到我的仓库里，我要把他们全部做成臭马桶，送给圣诞老人！"

两个女玩家的脸黑了一半。

李妙妙捏紧手指，打算离开这个房间就直接上楼，冲进他们没进入过的那几个房间。

真理时钟乖巧地说："是，伟大的薛定谔阁下，我这就将这群人类赶出去。"

然而下一秒，一道声音响起："谁说我们要出去了？"

真理时钟猛地愣住。

漆黑的房间里，小黑猫也呆呆地眨了眨眼睛，茫然地看着那个人类。

封闭的钢铁房间里，唐陌和傅闻夺站在最前方，唐陌微微抬首，目光平静地看着那面巨大的时钟，斩钉截铁地问道："我们进入了你的世界，是不是又可以开启一场真理时钟的游戏，成为真理，或击溃真理？"

真理时钟："但是你们已经知道答案了，黑塔闯入者。"

唐陌又问："我们可以再玩一局吗？"

真理时钟根本不明白他想做什么："可以……"

不仅是真理时钟，李妙妙、赵晓菲也不懂唐陌为什么要在这个地方浪费时间。格雷亚若有所思地看着唐陌的背影，小黑猫用双爪托着脑袋，在某个房间里死死地盯着唐陌的后脑勺儿，似乎想看出他这个脑子到底在想什么。

忽然，薛定谔瞄到了傅闻夺微微勾起的嘴角。小黑猫绿色的双眼猛然睁大，它快速地说："真理时钟，你快把他们赶出去，不许他们问……"

"我的问题是，从第二轮游戏开始，截至现在，"唐陌的声音和小黑猫的声音一起响起，他冷静地盯着面前的大钟，"真理时钟……我们已经输了这一轮游戏吗？"

空气一瞬间安静下来。

真理时钟的房间里，赵晓菲和李妙妙错愕地看着唐陌的背影。格雷亚也有些惊讶，握着短杖轻轻敲击地面。谁也没发现他的短杖十分神奇地不受这个房间的限制，可以随意在地上移动。

可这一次，真理时钟居然没有回答。

这面时钟第一次沉默这么久。它蓝色的钟身以肉眼难以发现的幅度轻微颤抖着，小黑猫撕心裂肺的吼声咆哮而起："不许回答他！你这个失败的垃圾时钟，你不许回答他！我不允许你回答他！！！"

如果有眼睛，真理时钟此刻一定看着天空，透过重重钢铁墙壁，看到了黑塔世界最伟大的发明家薛定谔。

三秒后，真理时钟用冷静而无起伏的女声，一字一句地说道："伟大的薛定谔阁下，我是一个失败品，但我的失败不在于我不了解世界上所有的真理，而是在于我拥有了不符合真理的感情。只要有人向我提问，我就一定会回答。我无法撒谎，而且他问的是一个是非问题。我说了谎，这些黑塔闯入者就击溃了真理，依旧会知道正确答案。您知道的，他们问出这个问题，就意味着已经知道了该如何通关这场游戏。"

小黑猫怒吼道："你这个没用的垃圾时钟！！！"

真理时钟巨大的表盘上，时针、分针、秒针再次"嗒嗒"地行走起来。它仿佛没听到薛定谔的咆哮，用平稳而无感情的声音一字一句地说道——

"欢迎来到真理时钟的世界。我是伟大的真理时钟，为伟大的薛定谔阁下准确报时。黑塔闯入者，你们一共有五次提问权，成为真理，或击溃真理。对于你刚才的那个问题，"真理时钟似乎"看"向了唐陌，冷冷地回答，"我的答案是——是。

"此时此刻，截止到现在，黑塔闯入者，你们已经输掉了第二轮捉迷藏游戏。"

漆黑的钢铁房间里，四周密闭，一面巨大的蓝色时钟散发着幽幽的光芒，成为光源。在真理时钟说完这句话后，傅闻夺开口问出了和上一轮同样的问题，解开真理世界对玩家的压制。获得自由后，唐陌一步一步地走到真理时钟的面前，站在这面巨大的时钟下方。

下一刻，唐陌伸出手，穿过了这面蓝光时钟。

他的手稳稳地摸到了一个东西，唐陌闭上眼睛，轻轻叹了口气。他勾起唇角，"啪嗒"一声将这扇门打开。

清脆的开门声在房间里响起，此时此刻，赵晓菲、李妙妙还一脸蒙地站在原地。哪怕可以自由移动双脚了，她们也愣愣地看着唐陌的背影。她们还没从刚才戏剧化的变故里回过神来。

什么叫第二轮捉迷藏游戏已经结束了？！

他们还没有开始捉迷藏游戏，压根儿没进入任何一条走廊，没留下任何一个脚印，第二轮游戏怎么可能结束了？

但是真理时钟没有说谎，这一轮游戏他们肯定不可能再获胜了。

赵晓菲和李妙妙咬紧嘴唇，绞尽脑汁地思考到底是怎么回事。

唐陌道："果然，正对面是这条楼梯。"

众人立即回过神，赶忙走过来。谁也没想到，真理时钟的背后居然有一扇被藏得极其严密的小门。打开这扇门后，李妙妙看着门外的场景，错愕道："这个是……另一条楼梯？！"话音落下，李妙妙仿佛想起了什么，快速地跑到另一边的房门前，也就是他们刚刚进来的那扇门，将门打开。

两扇门遥遥相对。

从一条楼梯下来，可以直接进入真理时钟的房间。再不要回头、沿着这个房间向前走，通过另一扇门，可以走进第二条楼梯，上楼进入二层。

真理时钟的房间成了一个中间通道，将两条楼梯连在一起。

赵晓菲感觉自己似乎抓住了关键："想要通关捉迷藏游戏，找到薛定谔，就一定要找到这扇门？"从唐陌的反应来看，应该是这样。可是她还是不明白："为什么我们现在就已经输了？我们根本还没有开始我们的第二轮捉迷藏游戏。"

唐陌："因为当站在这个房间里时，就意味着，我们已经不可能找全所有的房间。"

赵晓菲倏地愣住。

两扇门被一起打开，两条幽黑的楼梯映入玩家的眼中。薛定谔不再说话，但是所有人都知道，那只炸毛易怒的小黑猫此刻一定用那双绿色的大眼睛，直勾勾地盯着房间里的每一个玩家，盯着那面沉默的蓝色时钟。

一切其实非常简单。

"上一轮游戏的时候，我让李妙妙问了真理时钟一个问题。"

李妙妙回忆道："我问的是，我们怎样才可以通关这场捉迷藏游戏。"

唐陌点头："对，这是你的问题。但是当时真理时钟进行回答后，黑塔为了游戏的公平性，对答案进行了屏蔽。我们没有听到任何答案，黑塔告诉我们，真理时钟的答案是正确的，它没有撒谎，这个问题就这样结束了。"

这件事所有人都还记得，当时他们都气得牙根痒痒，恨不得用薛定谔的猫粮糊黑塔一脸。

李妙妙："所以呢？"

答案都被黑塔屏蔽了，这个问题有什么意义？

唐陌笑道："黑塔屏蔽了答案，但是它没有屏蔽答案之前，真理时钟说了一句话。"

众人开始思索真理时钟当时到底说了什么，这时，一道沉稳的男声响起："它说，通关这场游戏的方法只有一种。"

唐陌抬头与傅闻夺对视，片刻后，道："是，它说想要找到薛定谔，只有一种方法。"

李妙妙还是有点儿蒙："只有一种方法，然后呢？"

"然后，这个方法黑塔早就已经告诉我们了。"

半晌后，李妙妙和赵晓菲异口同声地说道："游戏规则第七条，找遍所有房间，一定能找到薛定谔？！"

"对。"唐陌道，"薛定谔可以撒谎，真理时钟可以撒谎。但是黑塔，从来不会撒谎。它只会隐瞒条件，设下陷阱，减少玩家的信息量，甚至误导玩家。但是它绝对不会撒谎。所以通关这场游戏的方法有且只有一种——找遍所有房间，一定能找到薛定谔。那么这个问题就简单了，这是一个一笔画的问题。不过这个问题又有点儿复杂，因为这座堡垒永远不可能用一笔画走完。"

四个小时前，当唐陌听黑塔说明游戏规则，确定每条走廊只能走一次后，就想起了大学毕业那年考公务员的时候，曾经遇到的一道图形题。

E市的图书馆管理员是事业编制，需要考试。那道图形题看上去极其复杂，四个选项每个都线条交错。它的要求是选出下列四图中，不能够一笔画完的图形。唐陌花了五分钟选出正确答案，那时心里就隐约察觉出来了：一笔画问题肯定存在某种定理。

唐陌忽然想到，这次如果让陈姗姗跟过来参与攻塔游戏，恐怕这场游戏早就结束了。

开启攻塔游戏的时候，唐陌并不知道这个定理是什么。当他们走出厨房，寻找薛定谔、了解钢铁堡垒的地图时，唐陌一边走，一边在心里画出了各种各样的图案，寻找其中的定理。五个玩家走完二层，唐陌也发现了这个定理，并且自己进行了论证。可是问题突然就来了。

这座堡垒永远不可能一笔画走完。

因为它有两条楼梯。

"任何一个封闭图形，想要将其一笔画走完，需要一个前提条件：它的交叉点里，奇数交叉点只能有 0 个或者 2 个。除此以外，只要不符合这个条件的图形，永远不可能一笔画走完。"

奇数交叉点，指的是一个交叉点所拥有的线条数目为奇数。以薛定谔的钢铁堡垒为例，在唐陌找到隐藏在真理时钟房间的第二扇门前，这就是一个奇数交叉点。从这个点出发一共有三条路可以走：向上走楼梯、向左进走廊、向右进走廊。

地球上线后玩家思维敏捷度得到提高，赵晓菲和李妙妙虽然一下子还不能证明这个定理，但是在脑子里想了几个图形，发现全都符合这个定理。

赵晓菲道："如果真的是这样，这座城堡里一共有两条楼梯。每个楼梯的两边都是一个奇数点，一共……有四个奇数点。根本不可能不回头地走完所有走廊！"

"所以，有两个奇数点，肯定能够变成偶数点。"顿了顿，唐陌看了傅闻夺一眼。

十分钟前当他们走到第二条楼梯的下方时，傅闻夺在唐陌的耳边说了一句话。他说，现在这个位置，真理时钟的房间就在他们的左侧，正左侧。

能够找到这扇隐藏的门，条件其实极为苛刻。

首先，玩家要明确知道，找到薛定谔的方法有且只有一种，那就是找遍所有房间。找遍所有房间，意味着玩家要进行一场简单的一笔画游戏。

其次，他们要在第一轮游戏就搞清楚两层楼的基本地图，要知道一笔画问题的定理；要在第二轮游戏就发现真相，找到这扇隐藏的门，将这座钢铁堡垒变成一个可行的一笔画图形。

最后，还需要傅闻夺这样拥有强大空间思维能力和记忆力的玩家。

唐陌一直在思考，怎么将四个奇数点变成两个。他不会发现两条走廊其实是正对的，真理时钟的房间夹在中间。

以上所有条件缺一不可。

甚至如果玩家在面对真理时钟的时候，没有得寸进尺地询问它问题，只是单纯地赢得问答就离开房间，也没法找到真相。

唐陌："奇数点为0个或者2个，这只是完成一笔画问题的第一个条件。第二个条件，我们的起点必须是某个奇数点。我们第二轮游戏不能随便走，因为第三轮游戏，我们必须从某个固定点开始。否则哪怕我们到时候发现了真相，只要不是从奇数点开始行走，一样不会找到薛定谔。"

唐陌选择在第二轮游戏的一开始进入真理时钟的房间，就是为了确定真正的奇数点。

真理时钟的房间位于一个奇数点上。这个奇数点不是真正的奇数点，所以哪怕他们第二轮游戏还没开始走，就已经不可能赢得这场游戏。这就是唐陌想从真理时钟口中知道的真相。

格雷亚带着笑意的声音响起："这是薛定谔的堡垒，它当然可以在每个房间里自由行动。所以不找遍所有房间，它就可以躲在任何一个玩家没有进去过的房间里。只有找遍所有房间，它才不敢作弊……这个游戏真有意思，伟大的薛定谔阁下。"

"你们这群无耻的人类！！！"小黑猫咆哮起来。不过没人会给它面子。

已经知道了通关方法，他们还找到了这扇隐藏起来的小门，五个玩家依次从这扇门离开房间，准备进行下一轮游戏。

离开房间前，唐陌转头看了一眼真理时钟。

巨大的蓝光时钟上，秒针"嗒嗒"地走着。这面时钟好像一面普通的时钟，如它一开始所说的一样，它为伟大的薛定谔阁下准确报时。薛定谔只需要它准确报时，或许现在也不需要了。

真理时钟被安排在这个特殊的房间里，不会是巧合。

唐陌走出房间，笑着摇了摇头。

黑塔睁一只眼闭一只眼，任凭薛定谔作弊，允许它在 108 个房间里随意行动。黑塔就会也给玩家提示，真理时钟就是一个提示。如果放在这里的不是真理时钟，这场游戏的难度会大幅增加。唐陌不会知道真正的通关方法，傅闻夺也不会因为印象深刻，确定左、右两边的楼梯是相对的。

五个玩家走到走廊的顶端，李妙妙本还想再多走走，唐陌拦住了她。

唐陌抬起头，道："黑塔，我们可以直接放弃第二轮游戏，开始第三轮捉迷藏吗？"

小黑猫怒吼道："你这个浑蛋！！！"

黑塔用没有感情的声音道——

可以。请玩家确认放弃第二轮游戏。

唐陌："我们放弃。"

叮咚！第二轮捉迷藏游戏结束，玩家失败。十分钟休息时间后，强制开启第三轮捉迷藏游戏。

漆黑幽深的钢铁走廊里，傅闻夺拿着手电筒走在前方，唐陌跟在他的身后。五个玩家从另一条楼梯的顶端出发，先在二层寻找起来。他们步伐迅速，很快找到第一扇房门。

知道了通关方法，李妙妙的心情放松许多。傅闻夺却低着头，目光平静地看着用钢铁做成的门把手。

下一刻，他右手一甩，变成一把锋利冰冷的三棱锥形利器，左手猛地按下门把手。刹那间，炽热的火焰从门中喷射出来，李妙妙惊叫一声："这是什么！"赶忙向一侧躲开。傅闻夺挥手将这团火焰击开，那火焰温度极高，呈现恐怖的乳白色。

唐陌眼神一冷，看向门内，只见一只形状扭曲的巨型烧杯矗立在房门内侧。它左右摇晃杯身，一团又一团火焰不断地从它的杯口喷出，向门外砸来。

唐陌立即道："关门！"

傅闻夺伸手想把门关上，又是一团火焰撞过来，他不得不避让。

唐陌翻身躲过两团火焰，一只手撑地，另一只手拔出小阳伞，伞柄向前，想要钩住门把手。这时房间里的烧杯发出"嗡嗡嗡"的噪声，它停顿了半秒，接着以更快的速度发射出瀑布般的白色火焰。就在这火焰即将涌出大门的最后一秒，唐陌用小阳伞钩住了门把手，"砰"的一声把门关上。

众人全部松了口气，平复呼吸。

一切只发生在短短的三秒内，可是这可怕的火焰灼烧在玩家的皮肤上，发出"嗞嗞"的声音。傅闻夺的右手变回原状，手背被灼烧成焦黑。他面不改色地拿出匕首，将自己被烤焦的皮肤割去。见状，李妙妙等人的脸色变了变。很快两个女玩家发现自己皮肤上被灼烧的地方，伤口还在不断扩大，咬咬牙，也割去了被火焰碰到的皮肤。

李妙妙问道："刚才那是什么？这个房间我们之前走过，里面根本没有东西，怎么会突然出现一只奇怪的烧杯？是我记错了？"

赵晓菲想起了第一轮游戏时自己被迫割掉几块肉的场景，咬紧了牙关，用憎恨的目光盯着面前的这扇门。

"你没有记错。"火焰突然喷射出来时，不知是不是巧合，傅闻夺正好挡在唐陌的前面，唐陌只烧焦了一点儿头发。他将头发割去一些，道："这个房间里确实不该有东西，甚至可以说，原来这个房间根本不在这个位置。"

众人一惊。

唐陌拿出傅闻夺画的地图："刚才我们上了楼梯，往这边走的时候一共走了五米，看到这扇房门。然而根据地图，房门距离楼梯应该有八米左右。"说着，唐陌看向傅闻夺。

傅闻夺点头："确实是八米。"

赵晓菲立刻想到："等等，你是说这些房间会变？"

唐陌："不只是房间的位置变了，里面的东西也变了。所以说，这是薛定谔的钢铁堡垒。"

唐陌抬起头，看着黑漆漆的天花板。早在中年管家带着薛定谔通过圆形管道离开厨房时，唐陌就隐约察觉到，这个钢铁堡垒完全是薛定谔的所有品。小黑猫在堡垒里，拥有绝对无上的操纵权。

"薛定谔是一个伟大的发明家。"低哑的男声响起，唐陌扭过头，视线与傅闻夺对上。傅闻夺看着他，道："这是它的堡垒，它完全可以改变房间的布局，改变房间里放着的东西。不过在我们刚才的第二轮游戏，它没有改变真理时钟所在房间的位置。上楼的时候我看了一眼，它也没有改变其他房门的位置。"顿了顿，傅闻夺道，"只有在第三轮，它做出了改变。"

唐陌笑了，明白了傅闻夺的意思："对啊，只在第三轮改变，这是为什么呢？"

傅闻夺勾起唇角："我也想知道，为什么只在第三轮做出改变，同时还在一个本该没有发明的房间里，放上一个极度危险的发明？"

两人一唱一和，默契至极。李妙妙完全看不明白傅闻夺和唐陌在打什么哑谜，正准备问清楚，唐陌已经给出了答案。他故意拉长了调子，笑道："或许是因为心虚了？"

"我、我才没有心虚！你才心虚！你全家都心虚！你全黑塔都心虚！！！"甜糯的怒吼声在钢铁走廊里骤然响起，这声音吓了两个女玩家一跳，两人转念一想，忽然明白了唐陌和傅闻夺刚才那段对话的意图。

唐陌无辜地眨眨眼："只是猜测而已，伟大的薛定谔阁下，不用这么激动。"

他这话一说，小黑猫更加炸毛，用软软的声音不断咒骂唐陌，有时再咒骂几句该死的真理时钟。直到小黑猫又骂了一句唐陌是个臭不要脸的丑陋人类，傅闻夺淡淡地说了一句"你这样更像做贼心虚"，薛定谔的声音才突然停住。

过了五秒，小黑猫更加愤怒："你们这群无耻的人类！！！"

这下子连李妙妙都明白，他们真的找到正确的通关游戏的方法了。

薛定谔可以随意改变房间的位置，改变房间里放着的东西，但无法改变的是走廊。这是黑塔给出的通关方式，它无权改变。但是它可以将更多危险的失败发明放进房间里，唐陌五人必须找遍所有房间才能赢得游戏，只要在其中某个房间里死了，也算是攻关失败。

想到这儿，李妙妙脸色更加难看。

五人小心翼翼地找到下一个房间，傅闻夺开门前，唐陌突然开口："轮流开门吧。"

众人"唰"地转过头，看向他。

唐陌面不改色："如果 108 个房间，每个房间都由他开门，并不公平。"

李妙妙头皮一麻。她也觉得这样不是很公平，之前没人提，她也就装作不知道。可是现在大家即将通关，薛定谔还很可能在每个房间里都放了更加危险的东西，她实力弱，真的不想开门。但唐陌说得也没错……

两个女玩家都有些尴尬，这时，一道含笑的声音响起："怎么能让女士做这种事？"

唐陌看着一脸笑意的格雷亚："所以怎么办？"

格雷亚脸上的笑容微微顿住，目光幽深地看着唐陌，片刻后，反问道："由绅士代劳？"

唐陌快速道："那你来吧。"

根本没有反悔机会的格雷亚："……"

李妙妙和赵晓菲第一次觉得这个奇奇怪怪的混血儿真是非常顺眼。

薛定谔并没有真的丧心病狂到在每个房间里都放置危险的失败发明，唐陌、傅闻夺和格雷亚轮流上前开门。由于格雷亚开门的次数最多，遇到危险发明的机会也最多。但是往往在一瞬间，他便反手拉起短杖，钩住门把手把门关上。

唐陌定定地看着格雷亚和他的短杖，眉头微微皱起。

"My lady?"

唐陌抬头与格雷亚对视一眼，打着手电筒，转身走向下一个房间。一个小时后，玩家将二层寻找完毕，通过楼梯下到一层。他们已经找了71个房间，随着找的房间越来越多，薛定谔的咒骂声也越来越频繁。

最危险的一次，唐陌打开一扇房门，一道刺眼的白光瞬间将五人笼罩进去。等唐陌回过神时，惊讶地发现自己的身体完全动不了，只剩下一双眼睛还能动。

这比真理世界的限制更大！

薛定谔恐怖而神秘的发明一样样地出现在玩家面前，唐陌甚至还在一个房间的中央发现了一块熟悉的怀表。他不动声色地走上前观察这块怀表，最后一个离开房间。下一扇门就在走廊对面，轮到格雷亚开门，他拄着短杖走过去。

短杖撞击地面，发出有节奏的"嗒嗒"声。

唐陌从口袋里掏出一只小巧精致的怀表，看了一眼，又很快放回去。他的动作很快，格雷亚三人都没注意到。傅闻夺和唐陌站在队伍后方，两人视线对上。

唐陌微微摇头，傅闻夺皱起眉头。

当玩家们找到第107个房间时，小黑猫的声音戛然而止。唐陌将手电筒对准最后的楼梯，一步步地走上去。他的脚刚刚踏上第一层台阶，一道幸灾乐祸的声音响起："哈哈哈……你以为你们真的就赢了？"

唐陌的脚步立刻停住。

薛定谔疯狂地笑了起来，得意地说道："你们已经输了。你以为伟大的薛定谔真的会被你们这些愚蠢的人类抓到把柄？人类，你真的太天真了！你们走上这条楼梯就输了，快点儿上来吧，快点儿，我迫不及待地想把你们做成我的收藏品了！"

"喵——"中年男子浑厚的声音跟在薛定谔的声音后，轻轻地飘了出来。

赵晓菲和李妙妙听到这话，面露怀疑，举棋不定。

傅闻夺倒是没什么表情，双手插在口袋里，神色平静。

格雷亚的表情十分精彩，他用奇怪的目光看了看天花板，又看了看脚下的楼梯。最后他轻轻地叹了一口气，用短杖敲击地面，仿佛这样就可以屏蔽掉薛定谔的声音。

唐陌抬起手电筒："走吧。"

薛定谔："……"

竟然不给一点点反应吗！

"站住！人类，你们真的会输的，只要走上来，你们就进入了我和假时钟做出的陷阱！"

唐陌走上一层台阶，又迈出第二只脚。

"你们输了，你们会被我做成臭马桶送给圣诞老人，我真的会送的！"

唐陌又走了几层，五人走到楼梯的中央。

"哈哈哈……算了，那你们就赶快来吧。我已经迫不及待地想看到你们变成臭马桶的样子了……"

唐陌一步步走到了楼梯的顶端。当踏完最后一步，抵达二层时，唐陌仔细地寻找了一会儿，终于在楼梯的侧面发现了一扇极小的小门。这扇门只有半米高、半米宽，唐陌俯下身体，一只手拉住了门把手。

"你们这些可恶的人类！！！"

"咔嗒——"

房门被人打开。

微弱的手电筒灯光从房门外照射进来，照亮了房间里的一人一猫。高大的中年管家捧着一碗臭气熏天的猫粮，高兴地蹲在墙角不断舔着。一只小小的黑猫蹲在房间的中央，瞪着绿色的大眼睛，直愣愣地看着房门外的五个玩家，碧绿色的眼睛仿佛水洗一般，浸着水光，又好像气得要哭了。

正在此时，黑塔清脆的童声响起——

叮咚！第三轮游戏结束，恭喜玩家找到薛定谔，顺利通关主线任务"薛定谔的捉迷藏游戏"。

一扇小小的房门外，五个玩家弯着腰，看着门里的小黑猫。小黑猫端坐在地上，又气又恼。黑塔的提示声落下，格雷亚想了想，打破沉寂，笑着说道："找到你了哦，伟大的薛定谔阁下。"

谁料下一秒，一道尖锐软糯的声音咆哮道："浑蛋，你还在等什么？上啊！"

话音落地，众人全部愣住。与此同时，一道黑色的影子"嗖"的一声破开空气，刺向站在楼梯上方的唐陌。唐陌反应极快地侧身避开，可这黑影转了个弯,在唐陌的脸上划出一道口子,鲜血瞬间流了下来。

半个月前,被大火烧成一片焦黑的精灵大草原。

铺满视野的焦黑色蔓延到地平线,即使过了一天,大火烧成的烟味也没有一丝减弱。许多小动物从干燥的土壤里爬出来,一边苦命地抱怨哭泣,一边默默地收拾被烧成黑炭的家园。

忽然,一只长耳兔的耳朵竖起;一只黑毛地鼠站直身体,鼻子动了动。

下一秒,两只黑塔动物脸色大变,埋头开始刨地。它们几下就刨出一条地道,逃也似的钻进土里。过了几秒,其他小动物也发现了异常。它们惊恐地瞪大眼,拔腿就跑。此时此刻,遥远的地平线上,一个小小的黑点缓慢地走近。

那是一辆奢华至极的南瓜马车,穿着蓝色长裙的王小甜坐在马车的一边,仿佛被人逗笑了,捂着嘴巴,笑个不停。

这辆马车晃晃悠悠地走到了一片绿油油的草地附近。

在这种被烧成黑炭的大草原上居然还有一块直径达十米的圆形草地,实在令人惊奇。王小甜睁大眼睛,好奇地趴在窗边:"那是什么?"

马车的另一边,坐着一个身穿深红色礼服的金发男人。听到王小甜的话,他转过头,看了一眼那片古怪的圆形草坪。下一秒,他优雅地勾起唇角,短杖在地上轻轻敲击,好听的声音低低响起:"My lady,这就是我搭你可爱的马车的目的。"

王小甜甜甜地笑了一声,故意道:"伟大的阁下,难道您不是为了我而来?我好伤心。"

俊秀苍白的金发男人摘下礼帽,朝王小甜行了一个绅士礼。他打开南瓜马车的车门,靴子踏在焦土上,发出"嘎吱嘎吱"的声音。他一步步地走到十米外,弯腰从地上拿起两只脏脏的靴子。谁也没想到,这个英俊优雅的男人忽然将靴子凑到鼻前,变态地嗅了一下。更奇怪的是,看到他的动作,王小甜居然没觉得不对,反而也舔了舔两颗小虎牙,露出贪婪的神情。

灿烂的阳光下,格雷亚回过身,朝马车里的王小甜笑道:"My lady,这个让人憎恶的味道,真是令我无法忘记。"

DI QIU

SHANG XIAN

第 3 章

马戏团团长

黑色的短杖瞬间逼到眼前，唐陌立即跳跃避开。短杖在空中转了一个圈回到金发混血儿的手中，格雷亚接住短杖，"嗒"的一声敲在地上。他左手按住礼帽，宽大的帽檐遮住上半张脸，露出似笑非笑的嘴唇。

　　惊变太过突然，赵晓菲和李妙妙都没反应过来。

　　格雷亚低低地笑了声："咦，好像被发现了呢……"下一秒，他"嗖"的一声蹿出去，顷刻间便到了唐陌的面前。

　　格雷亚蓝色的双眼直勾勾地盯着唐陌。两人距离极近，哪怕唐陌早有准备，也猝不及防地被短杖一击敲中膝盖。他被击退三步，踉跄地用一只手撑地。另一边，傅闻夺的目光一冷，直接攻了上来。

　　谁也没想到，在唐陌和傅闻夺二人的围攻下，格雷亚居然还是游刃有余。

　　他身穿深红色礼服，宛若一条灵活的鱼，游动在唐、傅二人的攻击中。傅闻夺右腿一扫，逼得格雷亚后跃几步；唐陌趁机从手腕中取出大火柴，怒喝一声，摩擦地面点燃火焰，砸向格雷亚的脑袋。

　　黑色的短杖被举起，挡住了这根巨大的火柴，发出一道清脆的撞击声。

　　这场面看上去有些滑稽，格雷亚拿着的短杖又细又短，唐陌使尽全力将粗壮的大火柴砸上去，短杖竟然纹丝不动，接得极稳。然而唐陌的目的已经达到。他眯起双眼，看到大火柴上的火焰触碰到格雷亚的短杖。就在火焰即将点燃短杖的时候，唐陌倏地愣住，惊愕道："没点燃？"

　　一道笑声响起："马赛克的大火柴？确实是个好东西。只要被其点燃，在因果律作用下，物品一定会被燃烧殆尽。"

　　唐陌的脸色倏地冷了下来。

　　格雷亚收回短杖，重重地敲在地上，抬头道："My lady，马赛克这个小姑娘的火柴很不错，烤起大火鸡来真是美味极了。但是它的前提是被点燃，只要不被它点燃……"声音拉长，说出话的瞬间，格雷亚再次攻了上来，"就是个废物！"

唐陌“啪嗒”一声打开小阳伞，挡住这一击，整个人被击飞。格雷亚的笑声在钢铁堡垒中回荡，他的每一击都看似缓慢，举止优雅，可从唐陌、傅闻夺的表现来看，每一击都恐怖至极。

借力跳跃到楼梯中央的平台，唐陌终于有时间喘气。他神色严峻，转头与傅闻夺对视一眼。

两人达成共识：格雷亚・塞克斯，恐怕是他们迄今遇到过的最危险的黑塔怪物。

不是人类，他是黑塔怪物！

狭窄的钢铁堡垒内，薛定谔和它的猫一直躲在楼梯的小房间里。唐陌、傅闻夺与格雷亚交手，李妙妙和赵晓菲居然没有躲开。不是因为她们不想躲开，或者想帮忙，而是因为那股恐怖的气压沉沉地砸在她们的肩上，豆大的汗珠从她们的额头上滚落，两人竟然连逃跑都没法迈开脚。

黑色短杖刺入钢铁墙壁，格雷亚用力一钩，墙壁被划出一道巨大的豁口。

傅闻夺借机刺向格雷亚的左臂，深红色的礼服被划开，格雷亚的手臂上，一丝鲜血渗出。格雷亚微微一愣，好奇地看向傅闻夺变化成黑色武器的手臂。他笑了一声正要开口，一道惨叫声突然响起：“浑蛋格雷亚，你报仇就报仇，弄坏我的堡垒干什么！”

格雷亚拔出短杖，转头看向小黑猫：“薛定谔阁下，是你的堡垒太小了，我施展不开。如果它能再大一点儿，或许我早就抓到那个可爱的小朋友了。”

小黑猫奓毛道：“你这个浑蛋，跑到我的堡垒里胡作非为就算了，居然还怪我。”

“没有我，他们依旧能找到你，我可什么都没说。反而是你，尊敬的薛定谔阁下，你的演技真是我见过最烂的，比狼外婆还要烂一万倍。”

薛定谔：“你……！”

漆黑的走廊里，两个女玩家脸色煞白，嘴唇止不住地颤抖。看着格雷亚和薛定谔吵架的模样，赵晓菲就是再蠢也看出来了，格雷亚根本不是玩家，是黑塔怪物！她疯狂地思考这个人到底是谁，为什么她只是参加黑塔二层攻塔游戏，就会遇到这么多恐怖的怪物。黑塔二层不该这么难，除非……

赵晓菲猛地扭头看向唐陌和傅闻夺。

唐陌擦了擦唇边的血，趁格雷亚说话的时候，拿出矿泉水浇在伤口上。赵晓菲猜到的事情，唐陌早已猜到。

格雷亚是为了他们而来的，或者说，是为了他而来。

格雷亚仿佛在戏弄他们，实力已经强大到唐陌和傅闻夺联手，也没法从他手中讨到好处。可他从不着急，他给唐陌、傅闻夺喘息的机会，自顾自地和薛定谔拌嘴。当李妙妙想要走过去，帮唐陌二人疗伤时，却有一把短杖破空而来，刺入李妙妙面前的墙壁里。

李妙妙吞了口口水，不敢动弹。

薛定谔怒吼道："浑蛋格雷亚，你再弄坏我的墙壁，我就把你那个破烂马戏团偷税漏税的事情报告给国王！"

格雷亚无辜地眨眨眼，小声嘀咕："说得我好像怕他一样。"话音落下，格雷亚抬手收回短杖，低头看向楼梯下方的唐陌二人。定定地看了片刻，他勾起唇角："两位 Lady，什么时候发现的？"

唐陌抿起嘴唇。

片刻后，格雷亚笑了。他转头看向李妙妙："你们人类的直觉？"他记得李妙妙曾经说过的话。

明明和之前一样的笑容，此刻的李妙妙却身体僵直，连一个字都说不出口。

薛定谔舔了舔爪子，没好气道："是黑塔做出的平衡。真要让你完美融入这些无耻的人类团体中，对他们太不公平了。"

是的，从一开始，当玩家们看到格雷亚时，心中就涌起一种奇怪的格格不入感。这种感觉除了因为对方特殊的造型打扮和言谈举止，还有一种说不清道不明的迥异感。

这是黑塔给玩家的便利。

唐陌不知道格雷亚是怎么让黑塔将他混进玩家群体里，一起参加攻塔游戏的，但是格雷亚就是与众不同。

然而这不是格雷亚要的答案。他短杖一抬，指向唐陌："他不是因为黑塔。"

薛定谔一怔："啊，不是黑塔动的手脚？"

中年管家也配合地抬起脑袋："喵？"

赵晓菲瞳孔剧烈颤抖着，她就站在格雷亚的身后，离他极近。她的心里疯狂地涌出一个问题，她迫切地想知道这个可怕的地底人到底是谁，他为什么会在这里，他到底想做什么。可是她的喉咙被堵住了，根本开不了口。

"一个合格的绅士会回答淑女的所有问题。"格雷亚摘下礼貌，转身对赵晓菲眨了眨眼。他发现了赵晓菲的问题："My lady，你在想我是谁。"

赵晓菲嘴唇张了张，没有声音。

格雷亚："我是一个可怜人。"他的声音委屈极了，带着一丝哭腔，可是脸上仍旧在笑，"半年前，我抓到了三个非常有趣的大怪物。我将它们运回地底人王国，做了很多广告，准备开启一场'惊奇之夜'晚会。门票全部卖光，可就在'惊奇之夜'开始前，我的一只怪物被某个坏心眼的人类偷走了，我赔了一大笔钱，差点儿破产。"说着，格雷亚擦了擦不存在的眼泪。

薛定谔在一旁用甜甜的声音吐槽道："装什么哭？要不是狼外婆也去看了你的'惊奇之夜'，你连一毛钱都不会赔。"

格雷亚置若罔闻，继续道："三个月后，我又抓到了当初那个逃走的小家伙。这一次我为了挽回损失，决定当场解剖它。全地底人王国、怪物世界的观众都来了，那是我精心准备的完美节目，我还特意聘请了地底人王国最优秀的两个侦探，付给他们一大笔钱，请他们帮我看管那只小怪物。可是他们居然当着我的面，当着所有地底人、黑塔怪物的面，将小家伙放走了。"

格雷亚难受到声音沙哑："然后，我就破产了。"

薛定谔："明明是你不肯赔门票，故意申请破产的！"

格雷亚继续道："我的心一共分成了三份，因为一共有三个人害得我赔钱破产。可是渐渐地，我发现，其中两个人居然是同一个人。My lady，你说他怎么能如此狠心？我这么无辜，只是想好好地赚钱，过我的小日子，经营黑塔世界最好的马戏团。他却打碎了我的梦想，无情地践踏我的金钱……"

赵晓菲觉得后面这个原因才是重点。

"你说，我能放过他吗？"

"怪奇马戏团团长……格雷亚·塞克斯。"唐陌一字一顿的声音从格雷亚身后响起。

格雷亚转过身，看着他，半晌，笑道："所以……唐陌，你是什么时候发现是我的？我问真理时钟如何赚大钱的时候？"

唐陌摇摇头。

格雷亚思索道："我说我的心分成了三份，两份给你，最后一份给黑塔世界最受欢迎的偷渡客傅闻夺的时候？"

"不是。"

格雷亚眯起双眼："那是什么时候？"

唐陌握紧手里的小阳伞，深吸一口气："在黑塔发布主线任务之后。"

这个答案谁都没想到。

薛定谔直接道："怎么可能！"

确实，怎么可能？

主线任务"薛定谔的捉迷藏游戏"的游戏规则里没有提到怪奇马戏团一个

字，唐陌怎么可能猜到。格雷亚笑了一声，声音极冷："My lady，说谎可不是好孩子的行为。连圣诞老人都不会喜欢说谎的孩子哦。"

"你是在攻略黑塔二层吗？"低沉的男声响起，傅闻夺看着赵晓菲。

赵晓菲怔住，僵硬地点点头。

傅闻夺神色平静地看着格雷亚，不动声色地拔出一把看似朴实的小刀。他淡淡道："她在攻略黑塔二层，李妙妙在攻略黑塔三层。她们两个人的主线任务应该有差别，她不说，我们并不知道。但是我们知道，李妙妙的任务和游戏规则是什么。"

格雷亚看向傅闻夺。

傅闻夺："在游戏规则公布后，我私下里找到李妙妙，知道了她的游戏规则和任务跟我们的一模一样。"

格雷亚："所以呢？"

唐陌："黑塔四层和三层的任务一模一样，这不是黑塔的风格。我和傅闻夺应该还有别的难关。"

薛定谔："难道这就能说明格雷亚这个浑蛋是那个破烂马戏团的团长了？"

"难度不只这么大。首先，我和傅闻夺攻略的是黑塔四层，这是第一个难度。其次，我们是组队进入攻塔游戏的，黑塔会再加大一个难度。而这个难度，我一时间无法想象到底会是什么样的。一个看上去很不像人类的队友，穿着古怪，嘴上还说着一些奇怪的话。"唐陌冷静地说道，"他想赚大钱，他的心分成三份，两份给我，一份给傅闻夺……"

唐陌抬起头："黑塔世界里，只有一个人会这么恨我。"

格雷亚笑了。

唐陌冷冷地看着他："所以，你想做什么？"

格雷亚笑着说道："我只是想挽回一下我的损失。My lady，你害得我破产了。"

薛定谔小声嘀咕："你压根儿没破产。"

格雷亚置若罔闻："这些天我受尽了委屈，原本只是想抓住一个，没想到买一送一，你们居然一起来了。"格雷亚抚摸着光滑的短杖手柄，脸上在笑，笑容里却没有一点儿温度。他冷漠地看着楼梯下方的唐陌、傅闻夺："两个实力很强的人类玩家，其中一个还是黑塔世界最受欢迎的偷渡客傅闻夺，如果我把你们卖到香蕉酒馆，做成香蕉酒……嗯，会值多少钱呢？"

唐陌没有回答。

格雷亚又开始畅想起来："卖到怪物世界那边也行，那些丑陋的怪物非常想吃你们，一定会付出一个好的价钱。"

唐陌："你就觉得我们一定会被你抓住？"

格雷亚温柔一笑："My lady，你知道答案的，难道你们能从我的手里逃脱吗？"

唐陌和傅闻夺加起来都不是格雷亚的对手。

这是事实。

手臂上的伤口已经慢慢结疤，唐陌的手渐渐缩紧。格雷亚的脸上一直挂着那抹笑容，他轻松极了，因为他说的是实话。唐陌感觉得出来，格雷亚还没有用尽全力。怪奇马戏团团长的实力绝不亚于狼外婆、圣诞老人，因为有强大的实力，他才会这么嚣张，不急着抓住唐陌和傅闻夺，但是……

"我在拖延时间。"

格雷亚挑挑眉："我知道。这是无谓的挣扎。"

唐陌："你不想知道我为什么要拖延时间吗？"

格雷亚笑道："在绝对的实力面前，任何拖延时间的方法都没有作用。除非……你找了狼外婆来？嗯，你有她的小阳伞，我看到了哦。可是她一定不会多管闲事，她非常喜欢吃人类哦，特别是实力强大的。"

傅闻夺："你说得没错，在绝对的实力面前，任何拖延都只是苟延残喘。但是我们拖延时间并不是为了逃跑。"

格雷亚好奇地说："那是为了求饶？两位，即便赔偿我的一切损失，我也不会放过你们。你们让我很没有面子，连薛定谔阁下都知道我被两个人类玩家戏要了整整两次的事，我还愚蠢地付给你们银币，请你们看管那只该死的小怪物。"

小黑猫："喂喂，我可是伟大的薛定谔，我知道这种八卦不是很正常吗！"

唐陌的右手握紧小阳伞。他的耳边仿佛响起了"嘀嗒"的钟声，这声音不是真理时钟的秒针声，也不是假时钟的秒针声。这声音古怪极了，按照常理来说秒针应该不断地前进，可这根秒针好像坏了，一直停在原地，左右摇晃。

忽然，一道清脆的声音响起，秒针"嘀嗒"一声，向前行走起来。

唐陌倏地睁大双眼，面露喜色。薛定谔正在和格雷亚拌嘴，说到一半猛然停住。小黑猫坐直了身体，一秒后："她怎么可能来这里？！"

格雷亚一愣。

下一刻，没等他询问情况，一阵剧烈的踹门声响起。

"砰！"

钢铁堡垒的大门被人一脚踹开，红铜色的月光照进这座堡垒，一个长长的影子从门外流淌进来。顺着影子向上看，众人全部怔住。这是一个矮小的红发萝莉，她叉着腰，穿着一件漂亮的礼裙，一双眼睛恶狠狠地瞪着楼梯上的所有人，最后定在格雷亚的身上。

"格雷亚·塞克斯，你这个无耻的小偷、贪财鬼，把我的宝石月亮花还给我！！！"

月光下，一只小巧精致的王冠斜斜地戴在红发萝莉的头上。

唐陌拿出无限非概率怀表。

这块一直没有走秒的怀表竟然开始走秒了。

"唐陌、傅闻夺！"

格雷亚在第一时间明白了真相，低头看到唐陌和他手里的无限非概率怀表。下一秒，格雷亚使出全部力量，好似一支火箭，"嗖"的一下蹿了出去。

钢铁堡垒的门口，红桃王后也愤怒地冲了上去。她的速度和格雷亚几乎一样快，可大门距离楼梯有一段距离，格雷亚已经挥舞短杖刺向唐陌的心口。一只手臂迅速地拦在唐陌的身前，短杖锋利无比，穿透黑色利器。傅闻夺闷哼一声，短杖穿透他的手臂，也刺进唐陌的胸口半分。

唐陌见状目光一冷，忍住疼痛，打开小阳伞，将格雷亚击开。

格雷亚将短杖一挥，冷冽的眼神充满杀气。

格雷亚、红桃王后："我要杀了你！"

黑色的短杖上鲜血汩汩流下，格雷亚眼神狠厉，金色的头发在空中飞扬。他脚下一蹬，短杖再次刺向唐陌。那角度十分刁钻，薛定谔的钢铁堡垒确实很狭小，唐陌避无可避，后背紧贴在钢铁墙壁上，只能勉强扭过头，让这根短杖擦着自己的脸庞而过，插进墙壁。

没有给唐陌一丝喘息的机会，格雷亚嘴边泛起一抹极冷的笑，从墙壁里拔出短杖，又攻了上去。

黑色的短杖在空中左右挥舞，唐陌、傅闻夺两人一左一右，联手抵抗，可这短杖的力量强到令人心惊。

两人在格雷亚的攻击下节节败退，身上的伤口越来越多。格雷亚挥起短杖，向左刺向傅闻夺的头颅，傅闻夺双臂挡在面前，化为黑色金属准备挡住这一击。谁料这竟然是个假动作，格雷亚虚晃一下，笑着说道："先杀一个也不算很亏哦。"下一秒，他目光一转，对向唐陌。

唐陌大惊，立即打开小阳伞，谁料短杖直接穿透粉色小阳伞，没入唐陌的腹部。

格雷亚握着短杖的手柄，对唐陌露出一个优雅的笑容。他拿着短杖似乎打算让这根细小的短杖在唐陌的身体里搅动，正在此时，一道愤怒的吼声从唐陌的身后传来。格雷亚脸色一冷，侧身避开这个拳头。

"格雷亚，你这个无耻的小偷！！！"

红色的身影一脚踹在墙上，红桃王后再次举起拳头，用力地砸向金发混血儿。格雷亚不敢大意，直接拔出短杖。唐陌吐出一口血，腹部涌出大量鲜血。红桃王后缠上了格雷亚，李妙妙借机跑过来。

傅闻夺的伤势也很严重，可比唐陌的情况好许多。

李妙妙检查后发现："他的短杖有问题，血根本止不住。"

地球上线后，玩家身体素质得到大幅提高，尤其是唐陌这种高级玩家，被利刃捅穿腹部根本不是致命伤。可是被马戏团团长的短杖刺穿的伤口，竟然无法愈合。鲜血从唐陌的嘴里不断流出，唐陌忍住疼痛，冷静道："那是个很厉害的道具。"

能够不被马赛克的大火柴点燃，能够在真理时钟的房间里不受限制。

他早就知道的，怪奇马戏团团长的实力绝对属于狼外婆那个级别，武器也绝不可能那么简单。

傅闻声的矿泉水根本治愈不了这道伤口，李妙妙咬紧牙齿，眼神不断变换。谁也不知道她想了些什么，五秒后，她的双手按在唐陌腹部血淋淋的伤口上，瞳孔里泛起白色的光芒。很快，唐陌发现自己的疼痛感越来越轻，抬头一看，李妙妙的脸色瞬间煞白。

当唐陌腹部的伤口愈合后，李妙妙吐出一口鲜血。身为医生，当伤口转移到她身上后，她才确切知道是什么情况："被那根短杖碰到的地方正在腐蚀。大概是被浓酸腐蚀的感觉，所以伤口才无法愈合。"

随着鲜血的流失，李妙妙的脸色越来越白。傅闻夺从鸡窝里拿出五瓶矿泉水全部递给她，李妙妙明白这是某种道具，打开矿泉水瓶全部浇在自己腹部的伤口上。等第四瓶矿泉水全部浇完后，李妙妙喘了口气："稳住了。虽然我实力弱，但我的异能让我拥有比你们都强的自愈能力，上次头儿被大鼹鼠咬断了两只手、一条腿，也都是我转移伤口，重新长出来的。"

话虽如此，李妙妙的状况还是很恐怖。赵晓菲也在一旁帮忙。唐陌确定李妙妙没事后，忽然想起一件事，立即转头对傅闻夺道："你也被那根短杖刺穿了手臂。"

"没事，应该不是所有被那根短杖刺中的东西都会被腐蚀。"傅闻夺手臂上的洞还没愈合，但是已经止血。

唐陌这才冷静下来。

而另一边，红桃王后和格雷亚已经把钢铁堡垒打成了钢铁废墟。

"啊啊啊啊啊啊啊……你这个浑蛋，小人，贪财鬼！把我的宝石月亮花还回来！"

红色的身影用力一蹬脚，便踩裂了薛定谔的钢铁墙壁。小黑猫气急地"喵喵"直叫，可那两个正在打架的人根本不给它面子。格雷亚拿着短杖，不停地抵挡红桃王后的拳头。红发萝莉暴躁极了，攻击的速度越来越快。

两人打得不分上下，忽然，红桃王后的拳头砸裂了一堵墙，格雷亚的短杖也劈裂了另外一边的墙。

钢铁堡垒发出一道奇怪的"嘎吱"声，一直在怒骂的薛定谔顿时停住声音，下一秒——"我的堡垒要塌了，快跑啊！！！"

唐陌反应极快，一只手抱住重伤未愈的李妙妙，拔腿就跑。傅闻夺也毫不犹豫地把另一个还没反应过来的女玩家扛在肩上，两步就跑出了钢铁堡垒。在四人一猫（还有中年管家）跑出大门后，"轰隆"一声巨响，薛定谔的钢铁堡垒彻底化为废墟。

红桃王后和格雷亚全部被埋在沉重的废墟之中。

赵晓菲："他们不会死在里面了吧……"

小黑猫心疼极了，哭唧唧地围着钢铁废墟直转。听到赵晓菲的话，它瞥了她一眼："那两个变态要是真那么容易死，我的钢铁堡垒塌一座算什么？我免费再送他们一座！"

仿佛为了应和薛定谔的话，废墟中央，一块大石被人一脚踹飞。漫天的灰尘扬起，当众人看清楚废墟中央的情况后，齐齐愣住，只见个头矮小的暴力萝莉直接骑在了格雷亚的身上，两条小短腿环住他的腰，举起拳头就往那张苍白俊秀的脸上砸。

"我打死你这个不要脸的臭小偷！

"你这个一点儿都不淑女的臭小孩儿！"

好像小孩儿打架，他们打得毫无章法，已经变成了单纯的互殴。除去那恐怖的实力，这看上去完全像菜鸡互啄。

两人实力相当，把钢铁堡垒打废了，都没怎么受伤。但因为这种完全没有形象、毫无技巧的扭打，红桃王后的拳头终于砸上了格雷亚的眼睛，打出一个乌青眼圈。格雷亚的短杖也把小女孩儿击飞。

红桃王后落到地上后正准备再上，格雷亚立即举起手做暂停手势："臭小孩儿，你等一下，要打可以，反正你的宝石月亮花我早就卖给香蕉酒馆当制酒底料了。但是先让我杀了他们，我允许你吃他们的肉。"

红桃王后停住动作，转身看向唐陌和傅闻夺。

众人全部惊住，唐陌握紧小阳伞，警惕地盯着一头乱发的红发萝莉。

格雷亚见有停战的希望，道："那个是傅闻夺，你知道的，地底人王国最受欢迎的偷渡客，一直排在'我最想吃的人类玩家'排行榜的榜首。那边那个也是个实力强大的人类，吃了他们，我们两个的实力都会有所提升。"

红桃王后舔了舔小虎牙："你说得好像有点儿道理。"

李妙妙紧张起来，小声道："不会吧？不是已经没问题了吗……"她以为唐陌拖延时间就是为了等红桃王后帮忙。

然而事实上，唐陌根本不认识红桃王后，甚至都不知道解决问题的方法是什么。

在发现李妙妙的主线任务和自己并无差别后，唐陌便使用无限非概率怀表，检测自己通关这次攻塔游戏的概率，答案是无限接近于零。这也是唐陌怀疑格雷亚身份的原因之一。

从那一刻开始，唐陌一直尝试使用无限非概率怀表，希望通过这块古怪而不听话的怀表找到通关的方法。幸好这一次他的运气还算没那么差，在"画个圈圈诅咒你"异能的加持下，无限非概率怀表被触发，红桃王后突然出现，与格雷亚对上。

可是现在，红桃王后似乎要与格雷亚统一战线。

唐陌的大脑飞速运转起来，心中各种思绪，表面上依旧十分冷静。

这不对，无限非概率怀表触发的事件是"唐陌、傅闻夺可以顺利通关"。这个事件已经被触发了，不该发生意外，难道还有其他什么黑塔怪物会出现？

唐陌想不到哪个黑塔怪物会出来帮自己。

不过下一秒，红桃王后便给了他答案。红发的小萝莉理了理自己被格雷亚揪乱的头发，哼了一声："吃了他们我确实能变强，不过……垃圾格雷亚，我为什么要听你的话？！"

格雷亚眯了眯眼："你不想吃他们？这不影响你和我之间的恩怨。"

红桃王后忽然伸手，指向唐陌："他身上有三种味道。"

这话落地，全场所有人，连自认黑塔世界万事通的薛定谔都愣了一下。小黑猫鼻子动了动："什么味道？我怎么没闻见？"

红桃王后："第一，他身上有马赛克的味道。我的好朋友马赛克，每年到了精灵大草原动物交配的美丽季节，我和马赛克都会一起去秋游。她放火，我吃烧烤，我们是最好的朋友。他身上有马赛克之吻的味道，他是马赛克的朋友，也就是我的朋友。"

唐陌万万没想到，那个莫名其妙的"马赛克之吻"居然会在这种时候起作用。

但紧接着，红桃王后的目光变得恶狠狠起来，她瞪着唐陌："可是！他的身上也有我的宝石月亮花的味道！你也是个该死的小偷，居然偷走我的宝石月亮花。这一点我因为你是马赛克的朋友就算了，但你也别想我帮你，你这种无耻小偷，不是我的朋友！"

李妙妙、赵晓菲立即紧张起来，唐陌和傅闻夺却依旧淡定。他们知道，红桃王后还没说完。

唐陌："那第三种味道呢？"

红发萝莉双手环胸，脸上生出一抹可疑的红晕。她用力地咳嗽一声，粗着嗓子："我身为高贵的红桃王后，宝石城堡的所有者，脚踢格雷亚，拳打狼外婆，连圣诞老人见了我都要说句高贵的红桃王后……"

薛定谔小声嘀咕："真不要脸。"

红桃王后脸越来越红："这么高贵的我，才不是小屁孩儿，所以我绝对绝对绝对绝对不会喜欢吃糖！我最讨厌吃糖了，一点儿都不喜欢。吃糖是不可能的，这辈子都不可能的。"

听了这话，在场所有人全部一脸蒙。

薛定谔第一次怀疑自己的情报网，竟然不知道红桃王后喜欢吃糖。格雷亚也脸色微变，察觉到了一丝不对劲儿。另一边，唐陌明白了红桃王后的意思，仔细回忆自己身上到底有什么味道，能够让红桃王后说出这话。

下一刻，他双眼睁大，表情怪异地从口袋里掏出一颗普普通通的金色糖果。

红桃王后看到这颗糖，立即把头一扭："我、我才不会喜欢吃糖呢，哼！"

唐陌："……"

傅闻夺："……"

格雷亚："……"

薛定谔："……"

两位女玩家："……"

道具：一颗非常普通的金色糖果。

拥有者：唐陌。

品质：垃圾。

等级：一级。

功能：一颗被兔子先生珍藏了三十六年的糖果，或许有谁会很喜欢吃它？

当然它更有可能早就发霉了。

限制：无。一颗糖，你也没法用它杀人。

备注：唐陌以为自己赚到了，万万没想到，你兔爸爸还是你兔爸爸。

感谢兔爸爸！

兔子先生："……"我呸！

唐陌走上前，将手里的金色糖果递到红发萝莉的面前。

红桃王后一紧张，把脸向一边扭去，以身体行动表明自己绝对不爱吃糖。唐陌沉思片刻，直接将这颗糖放到红桃王后的眼前。暴力萝莉吞了口口水，粗着嗓子道："你干、干什么！"

唐陌诚恳道："尊敬的红桃王后，我这颗糖一直不知道怎么处理。我是从兔子先生那里得到这颗糖的，它似乎和您有联系。您可以帮我处理一下它吗？"

红桃王后一愣："兔子？"她想了一下，"是那只老在我的宝石城堡附近徘徊的小兔子？"

唐陌点点头。

红桃王后心中一喜，表面却很不耐烦："好吧好吧，既然你这么诚心地求助了，那我就勉为其难地帮你一下好了。"说着，红桃王后"唰"的一下拿走了唐陌掌心里的金色糖果。她动作迅速，以唐陌的动态视力竟然没有捕捉到她的动作。

唐陌和傅闻夺警惕地对视一眼，不敢轻视这个看似矮小瘦弱的小姑娘。

格雷亚站在一旁，看到红桃王后收下唐陌的金色糖果，目光动了动，慢慢地勾起唇角。他似笑非笑地看着眼前这个玩家和黑塔 BOSS 和谐共处的场景，握着短杖，轻轻敲击起了地面。听到"嗒嗒"的声音，众人全部转头看向他。

格雷亚："拿了他的糖，所以你是打算帮他了，臭小孩儿？"

红桃王后理直气壮："谁要帮他？谁想要那颗糖了？我只是很讨厌你而已。臭小偷，居然敢把我的宝石月亮花卖给香蕉酒馆，我今天不打死你，就不叫红桃王后！"话音落下，红桃王后舔了舔小虎牙，又要冲上去。

薛定谔赶忙道："你们不许在我的地盘打架，出去，出去！"

格雷亚深沉的目光在红桃王后的身上停留了一会儿。接着，他转头看向唐陌和傅闻夺。两人十分淡定地与他对视，格雷亚笑道："我可没有怕她，如果她真的能打死我，我就不会去偷那朵月亮花。"

红桃王后挥挥拳头，示意格雷亚小心说话。

格雷亚看着这一幕，良久，从喉咙里发出一道笑声，下一秒，转身就走。

谁也没想到马戏团团长会这么果断地转身跑路，连红桃王后都没预料到。等到反应过来，小萝莉气得满脸涨红，怒吼着"臭小偷格雷亚你给我站住"，一边将金色糖果放到自己的小口袋里，一边怒气冲冲地追了上去。

两道身影从平台上一跃而下，在高耸的黑色钢铁大树间跳跃奔跑，几步便消失在红铜色的月光里，离开众人视线。

薛定谔还在哀号自己被拆的钢铁堡垒，不断咒骂那两个打架的变态。

另一边，当格雷亚和红桃王后的身影彻底消失在众人视野后，两个女玩家仿佛没了力气，瘫软在地上，大口地喘气舒缓压力。唐陌闭上眼睛，捏了捏手指。连格雷亚都没发现，在他离开之前，唐陌的手指一直微微颤抖着。

唐陌不敢赌。

黑塔的无限非概率怀表，能将任何概率极低小事件的概率改成50%。比如说，唐陌是个女人，这件事的概率无限接近于零，但是只要无限非概率怀表起到作用，这件事的可能性就变成了50%。

世界上没有百分之百会成功或失败的事。没有0概率事件，也没有全概率事件。

所以这块怀表的作用相当恐怖，只是很难触发，拥有自主性，并不完全受唐陌控制。而且触发后，也不是百分之百奏效，只有50%的概率。万一唐陌这次触发的是另外那50%，红桃王后的到来和无限非概率怀表没有关系，她也不会帮助玩家摆脱格雷亚。那唐陌和傅闻夺需要做的就是拼尽全力，离开这场攻塔游戏。

所幸，无限非概率怀表这次真的奏效了。

格雷亚与玩家们交手不多，可是绝对强大的实力，令所有玩家在他的面前宛若毫无防御的婴儿，受伤极为惨重。

李妙妙躺在地上，重重地喘气，腹部的伤口狰狞而恐怖。唐陌拿着矿泉水浇在傅闻夺的手臂上。那个可怕的血洞愈合速度极慢，唐陌耐心地清洗伤口，一个抬头，视线与傅闻夺对上。

唐陌微微一愣。

"疼……？"

傅闻夺嘴角翘起，摇了摇头："你的伤怎么样了？"

唐陌："李妙妙把严重的伤都转移到她的身上了，其他伤不是大事儿。"

傅闻夺这时才回答："不疼。"

可是唐陌看到伤口处那泛白的肉，嘴唇抿了抿，动作更轻了点儿："你要是疼就说。"

"好。"

这种疼痛对傅闻夺来说，也并不简单。他以前就受过很多伤，对痛觉的忍耐度肯定比唐陌好。然而马戏团团长造成的伤比正常的伤疼上百倍，唐陌动作再轻，如同钻心的痛苦也顺着神经爬上大脑，令傅闻夺浑身的汗毛都竖起来。

但是他不想让唐陌太担心。

傅闻夺："你胸口的伤怎么样了？"

格雷亚的短杖刺穿傅闻夺的手臂后，也刺入了唐陌的胸口。

唐陌："只是皮外伤。"

红铜色的月光下，一个低头清洗伤口，看着可怕的伤势，眉头皱得越来越紧；另一个则也低头看着这个帮自己清洗伤口的青年，目光深沉平静。

处理完伤口，唐陌找到薛定谔。

小黑猫趴在中年管家的头顶，哭唧唧："我的钢铁堡垒，又被人打坏了，又坏了呜呜呜……"忽然察觉到人类的接近，小黑猫"唰"地抬起头，湿润的碧绿色大眼睛看向唐陌。确定来人没有危险后，小黑猫委屈地眨眨眼睛，继续干号："我的钢铁堡垒啊……"

唐陌："我们通关游戏了，奖励是什么？"

小黑猫的身体僵住。过了片刻，它惊道："你找我居然只是为了奖励，没想安慰我？！"

唐陌挑挑眉，反问："安慰你？"

干吗要安慰你？

薛定谔："……"

地底人杂志上不是说人类最喜欢猫了吗？为什么这些人类看到它一点点同情心都没有？一点点都没有！

伟大的薛定谔阁下再次怀疑起了自己的情报网。

虽然不情愿极了，可薛定谔还是得服从黑塔的游戏规则。它坐直身体："你们找到我，通关了我的捉迷藏游戏。按照黑塔的游戏规则，你们每个人可以向我提一个要求，只要在我的能力允许范围内，我就不可以拒绝。"

众人双眼一亮。

唐陌思考半晌，抬起头，语气肯定："我想要那只假的真理时钟。"

薛定谔猛地愣住。两个女玩家也不明白他想干什么，只有傅闻夺了然地笑了一声。

然而出乎所有人预料，薛定谔哼了一声："不行。喂，你这个贪婪无耻的臭人类不要用这种眼神看我，我伟大的薛定谔阁下当然可以做出一百只、一千只那种烂钟，但是不能给你。你自己问问黑塔，它允不允许你拥有这种东西。"

清脆的童声适时响起——

叮咚！友情提示，请玩家选择符合自身攻塔层数的适当奖励。

言下之意是——你才黑塔四层就想拥有真理时钟，真是想得美。

唐陌有些遗憾，再想了想，从腰间把那把破破烂烂的粉色小阳伞取了下来，递到小黑猫面前："如果我没有记错，你是黑塔世界著名的发明家。这是狼外婆的粉色小阳伞，你应该认识。"

薛定谔撇撇嘴："狼外婆有一百把这种没用的破伞。"

唐陌双眼眯起：果然，精良品质的道具小阳伞在薛定谔的眼里根本不算什么。唐陌冷静道："我想请你修补它，改良它。尽你最大的能力，在黑塔允许的范围内，把它改良成更好的武器。"

薛定谔缓缓地张大嘴。

唐陌的身后，赵晓菲也一脸的惊奇："还可以这样？"

答案是当然可以。

薛定谔怒吼道："你这个人类怎么能这么臭不要脸？！"

薛定谔一边咒骂唐陌，一边收下了小阳伞。赵晓菲此时也走了过来，谨慎地看了一眼唐陌。唐陌淡定地走回傅闻夺身边，没兴趣听她的奖励要求。赵晓菲俯身到小黑猫耳边，悄悄地说了一句话。小黑猫虽然很生气，却比面对唐陌时的表情好了点儿，显然赵晓菲的要求比唐陌的简单些。

然后是李妙妙。李妙妙想也没想，直接开口："你是黑塔世界最伟大的发明家？"

薛定谔扬起下巴："最伟大，没有之一。我就是尊敬的薛定谔阁下。"

李妙妙："你能复活一个人吗？"

薛定谔一下子呆住，张大嘴："啊？"

李妙妙面无表情地说："我想复活一个人类。以你的能力，能不能做到？"

薛定谔："你们这些人类是不是有毛病，居然问这种没用的问题？我干吗要去研究怎么复活你们人类啊？而且你问问黑塔，就算我做得到，以你通关黑塔三层的水平，它允不允许我给你做这件事儿。不过，你不是知道的嘛，杀死某个人，你就可以复活任意一名在黑塔游戏里死亡的人类哦。"

李妙妙当然知道杀死时间排行榜的第一名就可以复活一个玩家，但是那个玩家必须死在黑塔游戏里。

李妙妙咬咬牙，只能选择另一个奖励。

最后轮到傅闻夺。

傅闻夺神色平静："我想问真理时钟一个问题。"

薛定谔惊讶道："你们真是我见过的最奇怪的人类。"话虽如此，小黑猫却一巴掌拍在中年管家的脑袋上。中年管家"唰"地站起来，走进钢铁废墟，"砰砰砰"地找了半天，从垃圾堆里找出一只遍体鳞伤的蓝色时钟，把它拖到众人面前。

薛定谔没好气道："有什么问题赶紧问，虽然它回答的话肯定是正确的，但是别怪我伟大的薛定谔阁下没提醒你们，黑塔不允许的问题它是不会回答的。"

傅闻夺走上前，看着这只破破烂烂的蓝色时钟。

真理时钟那沉稳的女声此时显得有些疲惫："人类，既然薛定谔阁下这么要求了，你问吧，只要我回答的，都一定是正确的。"

真理时钟本以为傅闻夺会思考一会儿，没想到这个人类定定地看着它，毫不犹豫地问道："我的问题是……我的异能具体是什么？"

真理时钟瞬间沉默。

"黑塔闯入者，如果你只是想问我一个问题，为什么不在第二次进入我的房间时提问，反而白白浪费了这次的奖励机会？"

傅闻夺："在你的房间里提问，你确实会给我答案，但是也可以含糊其词。当马戏团团长询问你他如何赚大钱时，你确实回答他了，那个答案也被黑塔认可，不是错误答案。然而从头到尾，你都没有暴露他的身份，你在为他隐藏身份。"

真理时钟："他是伟大的怪奇马戏团团长，如果我敢暴露他的身份，他一定会当场把我撕碎。"

傅闻夺："所以在那个房间里，你所说的话哪怕是正确答案，也不一定会有价值，可以有隐瞒。"

真理时钟无法否认。

唐陌的声音响起："这次我们的提问要求你必须将答案一字一句全部说出来，不能有一点点错漏。比如说……"声音停住，唐陌已经走到傅闻夺身边，抬起头，微微一笑，"他的异能的那句备注，到底是什么意思。"

漆黑的钢铁森林里，赵晓菲和李妙妙都一脸茫然，不明白唐陌这句话意味着什么。

然而薛定谔和真理时钟却瞬间头皮一麻。小黑猫仰起头，看着天空吞了口口水。真理时钟的蓝色身体颤抖起来，它声音发颤："黑塔闯入者，这个问题我不可以回答。如果你愿意，我可以告诉你你的异能的名字，它如何使用，有什么限制，甚至你可以如何更快地强化它。"

唐陌："不可以说出那句备注？"

真理时钟害怕的反应便是答案。

唐陌叹了口气。

果然，哪怕用这种迂回的方式也瞒不过黑塔，不能知道那句"上个拥有这个异能的玩家"到底是什么意思。唐陌和傅闻夺早就察觉到，傅闻夺的异能十分特殊，异能的备注，恐怕和黑塔世界的真相有一丝关联。

询问真理时钟黑塔是什么，真理时钟肯定不会回答。

所以他们决定询问傅闻夺的异能，以此来找出黑塔的真相，可还是失败了。让真理时钟直接告知那句备注，并不可行。

唐陌本想让傅闻夺换个奖励，可以选择强化道具，或者让薛定谔给他送一个非常好的道具。谁料傅闻夺忽然道："那我换个问题，他怎样才可以得到我的异能？"

唐陌错愕地看着傅闻夺。傅闻夺朝他笑了笑，唐陌迅速反应过来。

对！只要知道他怎样才可以得到傅闻夺的异能，他们就能自己知道傅闻夺异能的那句备注是什么意思。同时，得到傅闻夺的异能，唐陌就能如法炮制，得到其他几乎所有玩家的异能。这个世界上应该没几个人的异能比傅闻夺的难以得到。

这个问题好极了！

唐陌惊喜地看向真理时钟。

巨型的蓝色时钟这次没有再颤抖，这个问题它似乎可以回答。黑塔限制它直接透露傅闻夺的异能，却没限制告知唐陌获得傅闻夺异能的方法。然而沉默了许久，就在傅闻夺打算再问一遍时，真理时钟才幽幽地问道："黑塔闯入者，你真的想知道吗……"

傅闻夺："……"

唐陌："……"

两个女玩家："……"

似乎有哪里不对。

傅闻夺挑起眉毛："请告诉我这个问题的答案。"

真理时钟叹了声气："好，那我就告诉你。这涉及你们两位异能的秘密，如果你们愿意，我可以直接在你们的大脑里说出这个答案，不让其他玩家知道。"

真理时钟难得这么贴心，唐陌点点头，心中却有了种微妙的感觉。

不会有什么问题吧……

真理时钟冷静而无感情的声音同时在傅闻夺和唐陌的大脑里响起——

"第一种方法，杀了你，他就可以得到你的异能。第二种方法，吃干抹净不给钱。由于黑塔闯入者傅闻夺的异能等级过高，且品质极优，是被黑塔认可的多种异能之一。想要彻底吃干抹净不给钱，只有夺走对方的一切。地球上线后，人类普遍不再拥有过多的财产等资源，夺走傅闻夺的所有道具并永久不给傅闻夺使用，可以得到他的异能。除此以外只有一种方法……"

真理时钟停顿了一会儿："剥夺人生，可得到对方的异能。"

顿了顿，真理时钟又对着唐陌，接着补充："就是傅闻夺要将自己的人生，包括所有隐私，全部和盘托出。在你面前，毫无保留。"

长久的缄默倏地降临，唐陌嘴唇微微翕张，情不自禁地看向了身旁。

红铜色的月光下，赵晓菲一边帮李妙妙清洗伤口，一边偷偷地瞄唐陌和傅闻夺。忽然，她发现这两人的表情一下子变得很古怪，先是错愕，再是复杂，最后竟然有点儿不知所措……

欸？不知所措？

赵晓菲奇怪地多看了几眼。

高级玩家都这么奇怪的吗……

赵晓菲并不知道，这短短的一秒内，唐陌脑海里闪过多少个念头。

唐陌以最快的速度让自己冷静下来。他冷冷看着眼前这面巨型时钟，在心里问道："什么叫夺走傅闻夺的所有道具，且不允许他继续使用？如果我把他的道具都拿走了，在我得到他的异能后，又还给他，结果会怎么样？"

唐陌知道真理时钟肯定听得见，他没有张口。

按照真理时钟的说法，夺走傅闻夺的道具就行，并不需要毁掉那些道具。那如果唐陌在拿到异能后，再把道具还给傅闻夺，傅闻夺不就可以继续使用了？还是说，他会失去傅闻夺的异能，因为他没有吃干抹净不给钱？如果是那样，那就无所谓。傅闻夺的异能固然重要，但是他们现在更想知道的是那句备注到底是什么意思。

伟大的真理时钟猜出了唐陌的猜测："你不会失去他的异能，因为你已经拥有了它。但是在你拿走他的所有道具，且获得异能的那一刻，因果律作用，这些道具再也不属于黑塔闯入者傅闻夺。即使你还给他，他也用不了，这些道具只有你自己可以用。"

果然不可能那么简单……

傅闻夺一直安静地在旁边站着，可是唐陌完全无法忽视他的存在感。所以他也并不知道，傅闻夺此刻面无表情地看着真理时钟，同样没有看唐陌一眼，目光有些飘，不知道在想些什么。

唐陌不清楚自己在心里说的话会不会被傅闻夺听见，犹豫半天，还是没能问出口"剥夺人生是什么意思"这个问题。他道："夺走他的所有道具，我就能得到他的异能。对其他人也适用吗？"

这是第二个问题，按理说真理时钟不需要回答。

或许是因为知道自己即将被做成臭马桶送给圣诞老人，真理时钟破罐子破摔，免费回答："不适用。对黑塔闯入者傅闻夺适用，是因为他拥有多个稀有品质的道具。"

唐陌忽然感觉猜到了自己异能的正确使用方法，但还是有些困惑。真理时钟却没再回答他的问题，甚至连薛定谔都在一旁怒骂道："喂喂喂，你们这些人类怎么一个比一个贪婪无耻？你都问了好几个问题，不许问了！你们赶紧给我走，离开我的钢铁森林！"

真理时钟再也不吭声，仿佛一面普通的钟，安安静静地走秒报时。

唐陌转身准备回去，正巧傅闻夺也转过身。两人的目光在空中对上，齐齐地一愣。下一秒，唐陌以绝对的理智压住了心中复杂诡异、无法用语言描述的情绪，两人都沉默片刻，唐陌先说："应该可以走了。"

半晌，傅闻夺点头道："……嗯。"

李妙妙和赵晓菲都不明白唐陌、傅闻夺之间发生了什么，四个人站在宽广的平台上，等待黑塔宣布结束游戏。李妙妙的伤是因自己而起，唐陌蹲下身体，帮忙上药、检查。傅闻夺站在一旁，低头看着唐陌的后脑勺儿。

慢慢地，他皱起眉头，似乎在想什么。

强大而又奇葩的联想能力令傅闻夺想起一件事，但是很快又自我否决：他不该知道我的生日。

五分钟后，唐陌站起身，比起真理时钟尴尬的建议，此刻他更关心："我们还没有离开游戏？"

众人也觉得奇怪。

赵晓菲："不是已经通关游戏了吗。"

薛定谔在一旁指挥中年管家搬运钢铁材料，根本不搭理他们。四个玩家在平台上又等了五分钟，一阵熏人的恶臭从远处扑面而来。这熟悉的味道令所有玩家都警惕地看向前方，只见一个穿着破烂的邋遢老头儿从远处跌跌撞撞地走了过来。

闻到这个味道，中年管家兴奋地跑过去。

老头儿走近后，薛定谔趾高气扬地蹦到了他的头上。老头儿乖巧地低下头，对着薛定谔"汪"了一声。众人还没回过神，老头儿便将一把粉色蕾丝边的小阳伞递给了薛定谔。谁也没注意到薛定谔是什么时候把小阳伞交给老头儿的。薛定谔把伞扔给唐陌。

唐陌接过这把伞，掂量了一下发现根本没什么改变，唯一的变化是……

唐陌："……"

为什么伞柄上多了一颗大宝石？！

薛定谔哼了一声："要不是黑塔规定的游戏奖励，你这种无耻的人类下辈子都不可能得到我伟大的薛定谔阁下亲自制作的道具。我知道你现在特别感动，感动到想哭泣，但是对于伟大的薛定谔阁下来说，做你这种小破伞简直是有辱我发明家的名声。你们快给我走，再也别出现在我的面前！"

一道清脆的童声适时响起——

叮咚！玩家傅闻夺、唐陌顺利完成"薛定谔的捉迷藏游戏"，成功通关黑塔四层（普通模式）。

叮咚！玩家李妙妙……成功通关黑塔三层（普通模式）。

叮咚！玩家赵晓菲……成功通关黑塔二层（普通模式）。

下一秒，一阵刺眼的白光从众人眼前亮起。当唐陌再次睁开眼时，他们三人已经回到了首都紫宫旁的那座黑塔下方。三人没有犹豫，唐陌和傅闻夺一人一边，架住重伤虚弱的李妙妙，准备离开这个引人注目的地方。可是这一次唐陌刚走出两步，就忽然停住。

傅闻夺也停下步子，惊讶地转身看向身后那座巨大的黑塔。

李妙妙身体僵住，扭头看着那座正在闪烁彩色光芒的黑色巨塔，瞳孔颤抖起来。

叮咚！A国3区玩家慕回雪成功通关黑塔四层！

叮咚！A国3区玩家慕回雪成功通关黑塔四层！

叮咚！A国3区玩家慕回雪成功通关黑塔四层！

全球播报三遍后，那彩色的光芒并没有停住，因为紧接着，谁都没想到，黑塔又连续播报了两条消息。

叮咚！A国1区偷渡客傅闻夺、正式玩家唐陌成功通关黑塔四层！

叮咚！西洲1区正式玩家莉娜·乔普霍斯、正式玩家唐德·维塞克成功通关黑塔四层！

一连三条消息，打了全球玩家一个措手不及。

然而在这之后，才是真正的开始。

叮咚！版本更新通知——2018年5月18日，黑塔4.0版本即将上线。

一切结束得猝不及防，话音落下，不断闪烁的黑色巨塔又恢复了平静。但是随即，全世界瞬间沸腾。不明真相的普通玩家为新版本紧张忐忑，知道透明人存在，甚至知道时间排行榜的玩家，沉默地看向那座黑塔。

S市、莫克奇、古约、东都、罗伦……

城市早已荒芜，幸存的人类少之又少。然而他们知道，人类人口即将迎来一波极大的增长。只是在短暂的增长过后，人口是会再次陡降，还是趋于平稳，谁也不知道。

苏国，莫克奇广场。

一个彪形大汉穿着厚厚的大衣，将一个长相俊美的灰发年轻人砸到了墙上，墙壁瞬间被砸出一个巨大的洞。这年轻人的脸上全是惊恐的神色，他恐惧极了，手脚并用地向后退，黑熊一样的大汉一步步地向他走来。

在这年轻人的脖子上悬浮着一个金色的数字，是个五位数——"93134"。

"不可能，为什么、为什么地球上还会有这么强大的人类？你们不都是肉猪吗……"

彪形大汉粗暴地抓起灰发青年的领子，将他又砸在了墙上，很快，准备再砸，极大的实力差距让年轻人再没了反击的念头。他扔了手中锋利的淬毒小刀，一把抱住大汉的腿，痛哭求饶。大汉的拳头停住，他沉默了许久，一道沙哑沉闷的声音从厚厚的大衣中响起："你说，杀了那个排在榜上第一位的 A 国女人，就可以……复活一个人？"

灰发年轻人哭泣道："对，杀死时间排行榜第一位的玩家，就可以随便复活一个死在副本里的人。我把我知道的所有东西都告诉你了，求求你，饶了我一命吧。求求你……"

高壮的大汉没有再动，半分钟后，转身离开。

但就在灰发年轻人刚刚松了口气的时候，一个暴烈的拳头迎面砸来。漂亮的年轻人睁大了那双好看的眼睛，脸上侥幸的表情还没散去，脑袋就被这个拳头砸成了血花。大汉在衣服上将血液蹭掉，慢慢地走出了这栋小楼。

在小楼旁的巷子里有三具尸体，似乎是刚死了没多久。他们一个个茫然地睁眼看着天空，脖子上是一道泛着绿色的伤口。一刀殒命。

首都，紫宫。

唐陌目光一沉。为了抓紧时间，傅闻夺扛起李妙妙，三人找到一个隐蔽的地方落脚。

李妙妙："我的伤已经快好了，再过半个小时就能自由行动。我要回基地，找头儿。"

唐陌点点头："明天我们去天选。"

李妙妙："好。"

三人在这栋小楼分道扬镳。

很快，唐陌和傅闻夺找到了躲藏起来的陈姗姗和杰克斯。陈姗姗见面就道："怎么样，没受伤吧？"小姑娘仔细观察唐陌二人，发现似乎并没有太重的伤后，松了口气，随即表情又严肃起来，"慕回雪通关黑塔四层了，七天后的 4.0版本很可能和透明人有关。唐大哥，傅少校，你们这次的攻塔游戏怎么样？有收集到什么有用的信息吗？"

唐陌张开嘴，打算把这次遇到的事情详细告诉陈姗姗。然而他忽然顿住，脑子里响起一句话。唐陌的脸上瞬间一红，他极其理智地压住了这丝窘迫，冷静道："这次的攻塔游戏是场四人组队游戏，不过我们在里面遇到了一个黑塔怪物，他伪装成玩家混在我们中间。他是怪奇马戏团的团长格雷亚·塞克斯。"

陈姗姗一惊："怪奇马戏团的团长？！"

唐陌点头道："是，怪奇马戏团的团长，他叫格雷亚，实力非常恐怖……"

接下来，唐陌仔细地将两人这次攻略的副本说了一遍。眼前两人都是可以信任的，唐陌便没有隐瞒，有些事需要陈姗姗帮他参谋。有"超智思维"异能存在，说不定陈姗姗能从细枝末节中猜测到什么。

陈姗姗听完后，问道："傅少校的异能确实很重要，唐哥，你能知道那条备注最好。真理时钟是怎么回答的？"

唐陌："……"

傅闻夺："……"

察觉到不对的陈姗姗："？？？"

神经奇粗的杰克斯："那赶紧的啊。唐，原来你的异能这么棒。你放心，我绝对不会告诉任何人，连洛博士我都不说。你赶紧拿走傅的异能吧，这实在太重要啦！"

这种看不懂情况的人到底是怎么活到现在的！！！

唐陌冷静道："最后一种方法不可行。"他的表情十分平静，根本看不出刚才被杰克斯提问时窘迫的心情。在场四个人中，也只有杰克斯没察觉到唐陌的意思。陈姗姗沉默片刻，试着问道："不可行？"

傅闻夺："嗯，不可行。"

陈姗姗道："好，那么就只有另一种方法了，夺走所有道具并不再给傅少校使用。但是这种方法我不推荐。对于目前的我们来说，比起了解那句不确定的异能备注的意思，切实到手的道具更有作用。"如果只是一两个道具也就算了，要拿走的是傅闻夺所有的道具，且其中还有几个稀有品质道具。小姑娘毫不犹豫地说道："唐哥，你觉得呢？"

陈姗姗不知道火鸡蛋陌陌的存在。如果夺走了傅闻夺的存档器，那么他不敢保证以后火鸡蛋还能使用。存档器的作用实在太大，唐陌不可能拿它冒险。

唐陌："嗯，我们暂时不用考虑这个问题。"

傅闻夺的目光飘到唐陌身上，又很快收回。

从傅闻夺的异能得知黑塔世界的真相，这条路几乎断了。唐陌不可能杀了傅闻夺，也不可能夺走他所有的道具。以后傅闻夺拥有的道具更多，唐陌更不可能这么做。真理时钟不会撒谎，那么只剩下第三条路。

唐陌思索许久，闭上眼睛轻轻叹了口气："我们回到地球的时候，黑塔宣布5月18日开启新版本，也就是七天后……"

夺走傅闻夺异能的事暂且被放到一边，众人严肃起来，开始谈起下周的黑塔版本更新。

陈姗姗："新版本肯定和透明人有关。天选的人从黑塔怪物那儿得到消息，黑塔怪物给我们的推荐是最好去攻塔。这一次除了唐哥和傅少校，西洲也有玩家攻略了黑塔四层。但是很可惜，我们的速度比慕回雪要慢。"顿了顿，她说道，"虽然唐哥是因为请薛定谔帮自己制作新道具才会耽搁了一点儿时间，但是慕回雪早在上个月就差点通关黑塔四层，她耽搁的时间更长。而且更重要的是……透明人先通关黑塔四层，对我们有影响吗？"

黑塔 BOSS 的警告绝对是空穴来风。

黑塔四层似乎是一个很重要的层数，率先通关它，或许会得到什么特殊待遇。可惜地球幸存者已经无法知晓。

唐陌想了想："还有七天，你们明天晚上就回 S 市。"

杰克斯一愣："回 S 市？"

唐陌："对。明天我们去天选，把双方拥有的情报做个交换。天选是首都最大的偷渡客组织，情报信息肯定比我们多。新版本即将到来，现在谁都不知道透明人对幸存者的态度。在确定对方的态度前，天选不会和我们翻脸。"

阮望舒能让李妙妙跟着唐陌二人去攻塔，李妙妙能在危急关头挺身而出，冒着生命危险帮唐陌转移伤口，这个组织的人暂时还可以信任。

"你们得到信息后，带着这些情报回 S 市，和洛风城那边交流一下。S 市的组织很多，但是没有天选这种实力的。洛风城那边可能会很危险。"

杰克斯轻轻点头，但是道："姗姗不和我一起走。"

唐陌微怔："什么？"

杰克斯摸摸后脑勺，从来首都至今快过去半个月，这个傻大个儿才想起一件事。临走时洛风城特意交代他的事儿，他居然给忘了："洛博士说，姗姗和你们组队，不用再回阿塔克了。她的能力和你们一起才能得到重用……欸，我难道没说过？"说着，他转头看向被瞒在鼓里、一脸蒙的短发小姑娘："姗姗，我没说过吗？哦，那我现在说了。"

陈姗姗："……"

唐陌："……"

这么随便真的没关系吗！

将目前的情况做一个总结后，众人各自休息，准备第二天再去天选，正好也把傅小弟接过来。唐陌刚转身还没走几步，陈姗姗叫住了他："唐哥。"

唐陌转过身，低头看着这个瘦弱的小姑娘。

陈姗姗神色平静，明明只有 15 岁，却沉稳得如同一个成年人。"你的异能是可以复制其他人的异能，那么……你有我的异能吗？"

唐陌沉默片刻，道："抱歉，在北静的时候我就得到了你的异能，没和你说过。"

陈姗姗："我的异能有什么限制？"

唐陌："它叫'超智思维'，可提高智慧，对于任何一样事物，你的判断会提高准确度，准确上限为50%。也就是说，你做出的任何一个推测，最多有50%的概率是正确的。这是一个非常强大的异能，但是作为代价，你的体能不会有任何提升。"

陈姗姗竟然没有一丝惊讶，无奈地笑道："难怪我通关了两层黑塔，攻略过很多副本，感觉自己的思维更加敏捷，体力却从来没上升过。"小姑娘完全没有责怪唐陌悄悄复制她异能的意思，反而眨眨眼，"唐哥，如果你早点儿告诉我，老师应该就不会逼我进行地狱式锻炼了吧。"后来洛风城也发现这些锻炼对陈姗姗毫无用处，这小姑娘连一块肌肉都没长出来。

唐陌笑了笑：只有这种时候才能看出来，这还是个孩子。

陈姗姗突然道："杰克斯走之前，把他的异能也复制走吧。"

唐陌："？"

陈姗姗十分认真。明明五分钟前还是杰克斯的队友，现在变成唐陌的队友了，小姑娘毫不客气地帮唐陌给杰克斯挖坑："对，唐哥，你别忘了，肥水不流外人田，他的异能也挺厉害的。"

正跑到一个小商店找吃的的杰克斯忽然打了个寒战，还不知道自己已经被阿塔克组织曾经的大脑算计上了。

夜色漆黑，因为黑塔突然的更新通知，首都城平静的表面下波涛汹涌。

唐陌并没有休息。他拿着新做好的小阳伞来到一片空地，试验新武器。"唰唰"的破风声一下下响起，小阳伞"啪嗒""啪嗒"地打开，再被它的主人默念咒语，一遍遍地合上。

这把伞比之前更加轻巧称手了。

圆圆的伞头好似利刃，劈开前方的一切物体，削铁如泥，宽大的伞面韧性十足。唐陌试了几下，目光集中在伞柄那颗巨大的红色宝石上。唐陌抚摩着那颗奇怪的宝石，过了几秒，一行行小字在小阳伞上浮现出来。

道具：狼外婆的小阳伞（薛定谔升级版）。

拥有者：唐陌。

品质：稀有（伪）。

等级：三级。

攻击力：极强。

功能：超强的防御力，伞面超级坚硬，伞尖无比尖锐，打开小阳伞可充当防御物，关上小阳伞可作为攻击物。因镶嵌小美人鱼的眼泪，拥有某种神秘效果。该效果在拥有者发现其原理后，自动触发。

限制：使用小阳伞时必须高喊——"小红帽能量，魔法少女变身！"

备注：狼外婆的少女心（划掉）……无耻之徒！你薛定谔阁下下辈子都不会再给你做道具了，啊呸！——伟大的薛定谔阁下留。

唐陌："……"

唐陌第一次见到这种具有隐藏功能的黑塔道具。所有黑塔道具都会详细地把它的作用、限制阐释清楚。他想了想，猜测是薛定谔故意掩藏了这把小阳伞的新效果，作为报复。

抚摸着伞柄上光滑的红色宝石，唐陌嘀咕道："这是小美人鱼的眼泪？"

"小美人鱼留下的每一滴眼泪都会变成珍珠……"低哑好听的男声忽然从背后响起，唐陌惊讶地转过头，傅闻夺补全了下一句话，"不过在黑塔的世界里，薛定谔是只小黑猫，那小美人鱼的眼泪是红宝石也不是不可能。"

唐陌反手把小阳伞别到腰间，镇定地问道："小声一直在天选，没事儿吧？"

傅闻夺皱了皱眉头，有些不满自家弟弟在唐陌心中单纯好欺负的形象，决定揭露事实，暗示道："他不像你想象中的那么乖。他去天选，李妙妙和我们一起攻塔，看上去是作为交换，其实他也在借机观察天选内部的情况。如果有问题，他会自己逃出来的。"

唐陌没注意到傅闻夺的暗示，点了点头："阮望舒也不像那种人。"

"我记得我们第一次见面的时候，你也在试验某个道具。"

唐陌瞬间明白了傅闻夺的意思，然后脸色"唰"地一黑——马里奥的臭帽子！

他们刚见面的时候，他蠢得没发现旁边居然藏了个人，当着傅闻夺的面撞了三次墙！

唐陌拔出小阳伞，淡淡道："新武器，帮我试验一下？"

傅闻夺察觉出唐陌态度的变化，挑挑眉："好。"

下一秒，粉色的小阳伞"唰"的一声劈开空气，直直地刺向傅闻夺的脸庞。唐陌的攻势没有一点儿收敛，强悍暴力，小阳伞每一下都刺向傅闻夺的要害。

傅闻夺也不敢大意，反手从袖中滑出一把黑色小刀。锋利的刀刃撞上小阳伞的伞尖，发出金属碰撞声。

唐陌看了一眼，伞尖没有被割破，只出现一道白色的印记。

他抬头道："稀有品质的道具？"

傅闻夺："能在马戏团团长身上刺个洞的道具。"

两人齐齐一笑，再次攻了上去。

光以格斗技巧来说，唐陌实在不是傅闻夺的对手，不过傅闻夺使用匕首时需要小心，不能碰到唐陌。因为这把匕首只要刺到唐陌，必然会留下很重的伤，所以他显得有些畏缩。两人打得你来我往，地上多了一片碎石。

一束冷冽的刀光照亮了唐陌的双眼，傅闻夺的匕首直直地冲他而来，唐陌下意识地打开小阳伞，用伞面挡住这一击。傅闻夺快速地收回攻势，在刀刃即将刺穿小阳伞时将其收住。

傅闻夺："不敢确定它是不是会捅穿这把伞。"

唐陌也收起小阳伞不再打，问道："你有哪些道具？"

唐陌问这话时语气很自然。以他们俩的性格，哪怕是队友，都会有所保留，不会将所有东西都说出去。比如唐陌和傅闻夺以前就认识的事儿，至今都瞒着傅小弟，两人下意识地都没说。

可是唐陌理所当然地问出了这句话，没觉得有哪里不对，仿佛两人之间不该有秘密。

傅闻夺察觉到这一点，嘴角勾了勾："三个稀有品质道具，六个精良的，其他还有一些。稀有品质的是火鸡蛋陌陌、这把匕首，还有一张地底人王国的通行证。"

唐陌："我也有三个，火鸡蛋陌陌、国王的金币，还有黑塔的无限非概率怀表。地底人王国的通行证有什么用？"

傅闻夺："通关任意三场非攻塔游戏。"

唐陌："……"

三场！神一样的三场！

黑塔，你睁大眼看清楚，这是个偷渡客，还是全球最大的偷渡客头子，你给他这么牛的道具真的没问题吗！！！

唐陌忽然觉得和这张逆天的通行证比，自己的金币真是弱爆了。

看着唐陌变化的脸色，傅闻夺好心地补充道："但是通关游戏所获得的道具，最多是精良品质，且只有一件。"

唐陌："……"好了，你别说了。

经过这么一茬，两人间因为真理时钟那句话而产生的奇怪氛围消失得一干二净。唐陌拿着小阳伞，两人一起步行回去。

　　地球上线后，没了城市耀眼的灯光，天上的繁星渐渐多了起来。

　　唐陌抬头看着头顶许久未见的银河，脚下的步子微微停了一下，轻声开口："就算没有陌陌，那张通行证也非常重要。"他不会抢走那通行证，那是傅闻夺经历生死才得到的东西。不过如此一来，他恐怕真的不能得到傅闻夺的异能了。

　　唐陌定了定心，下定决心道："我应该无法得到你的异能了。我们还是从其他地方查一查黑塔的真相，现在也不用着急。"

　　"为什么得不到？"

　　唐陌一下子停住，错愕地看向身旁的男人。

　　傅闻夺双手插在口袋里，淡淡地笑着看他，语气淡定："不是有三种方法吗？不能杀了我，因为有陌陌在；第二种也不行；但是……还有第三种。"

　　剥夺人生。

　　两个人的脑海里同时响起这四个字。

　　但是他们谁都没说出口。

　　唐陌的视线定格在傅闻夺的脸上，似乎想从他的表情中看出这个人的想法。

　　每个人都有很多秘密，未必是恶，也未必和善相关。如果一个人将自己坦诚剖开，毫无保留地暴露在另一个人面前。那么，这一切已经超乎信任。

　　这对唐陌来说，他没有损失，受损的只有傅闻夺。

　　如果唐陌得到傅闻夺的异能，能提高自己的实力，他们说不定还能知道黑塔的一些信息。

　　但是……

　　唐陌笑了："没必要为了黑塔做到这步吧。"说着，他扭过头，迈步继续向前走。

　　谁会愿意这么做？

　　傅闻夺郑重的声音在身后响起："如果我愿意呢？"

DI QIU

SHANG XIAN

第 4 章
时间排行榜

"沙沙"的风声穿过高楼，将空地两旁的树木吹得摇摆作响。唐陌的身体僵住，缓慢地转过身，看向那个站在原地没有移动的男人。傅闻夺微笑着看他，目光平静，嘴角微微勾起。

两个人远远地望着对方，谁也没有开口。

"磨糖。"

忽然出现的低沉男声令唐陌的心猛地一颤，他抬起眼睛，望着这个高大的男人。下一秒，他好像意识到了什么，双眼微微睁大，有一种东西突然在心底炸开。他的眼前闪过无数画面，第一次在S市的地下停车场见了面，第一次一起进入副本、开启攻塔游戏，到现在组队……

等等，是不是更早？

唐陌一惊，突然诧异地看着傅闻夺。

是狼外婆的那次打地鼠游戏，还是两人通过火鸡蛋陌陌第一次说话，还是说……到底是什么时候？

傅闻夺定定地看着唐陌，望着黑发年轻人错愕又思索的神情，嘴角抿了抿。他身体动了一下，想要向前走，可是没迈出这一步，就已经不由自主地收回动作。他竟然有点儿没法动。

唐陌闭上双眼，长长的眉毛皱起。良久，他轻轻地笑了出来，再睁开眼看着傅闻夺时，目光坦荡，神色淡定。他听到自己笑着反问："为什么愿意？"

唐陌紧紧地盯着傅闻夺。

这个问题令傅闻夺瞬间平静了下来，他一时间无法回答。月色温柔地笼罩在唐陌的身上，这个高瘦的年轻人穿着一件薄薄的白色T恤，笑着看着自己。那双眼睛仿佛会说话，又仿佛在审视他，只要他开口，唐陌就能从其中得到什么线索，发现什么东西。

他在找什么？傅闻夺的脑子里猛地闪过这句话。

强大的默契和对这个人几乎贴近到骨血里的了解，让傅闻夺在一瞬间便换位到唐陌的角度，思索唐陌现在在思索的问题。如同真切地抚摸这个人的思维，每一个灵魂上的战栗都熟悉无比，每一个呼吸都明白对方的意图。然后突然，傅闻夺一愣。

漆黑的眼睛缓缓睁大，冰冷的夜风中，傅闻夺声音里带着笑意。

他问道："是啊，为什么愿意呢？"

第二天一大早，陈姗姗将一脸蒙的杰克斯领到唐陌的面前，神色平静地开口："唐哥，我们等会儿就要去天选了，杰克斯会在那里和我们分道扬镳。你先试试，能不能拿走杰克斯的异能，他的异能是身体强化类型的，力量、速度、反应能力都有很大的提升。"

杰克斯也没想太多，他昨天得知了唐陌的异能。他和唐陌是朋友，唐陌复制他的异能后，并不会对他自己产生任何影响，所以他倒是无所谓。"对，唐，你试试吧。我的异能可能没傅少校、姗姗的那么强，但在我们阿塔克、在S市也都还算可以。"

唐陌思索道："好，杰克斯，你有什么道具可以拿出来给我们看看吗？如果是要保密的重要道具，你可以不拿出来。"比如火鸡蛋陌陌那种能在关键时候置人于死地的稀有道具，杰克斯有所保留是应该的。"你的异能比较强大，随便拿走你的一点儿东西，我可能无法复制你的异能。所以我想，需要拿走你的某个道具。"

杰克斯点点头，将自己的背包拿了过来，将里面的东西全部倒了出来。

看着地上的东西，高大粗壮的外国大汉挠挠脑袋，干笑道："这次我来首都很匆忙，就、就没带什么东西，只带了几个比较重要的武器，对，我只、只带了重要的。不过唐，我一般打架都是靠拳头，很少靠道具，所以我的道具不大多。"

唐陌："……"

傅闻夺："……"

陈姗姗："……"

这岂止不大多，压根儿只有两个好吧！！！

和普通玩家相比，杰克斯的道具就已经很少了，更不用和唐陌比。谁能想到，一个通关黑塔二层即将挑战黑塔三层的高级玩家，身上只有两个道具！

唐陌从地上拿起一把金色的小斧子。这是一把看上去十分贵重的金斧，但是唐陌拿到手中后很快发现，这东西似乎不是金子做的。他掂量了一下，再摸着上面的质感，诧异地看向杰克斯："玻璃做的？"杰克斯点点头。

唐陌敲了斧柄两下，一行行小字在斧子上浮现出来。

道具：我才不是金斧头之玻璃斧头。
拥有者：杰克斯。
品质：垃圾。
等级：二级。
攻击力：极弱／极强。
功能：一把看上去很贵重实际上非常寒酸的镶金玻璃斧头，看上去好像根本砍不断任何东西，只会被任何东西砍断。然而面对一些看上去根本不可能砍断的东西时，它或许能发挥意想不到的作用。因果律作用，砍不断理论上可以砍断的东西，能砍断理论上不能砍断的东西。
限制：发挥极其不稳定，有时面对理论上不能砍断的东西，也无法将其砍断；连续十次无法砍断东西后，斧头将自行破碎。
备注：哈哈哈哈，没想到吧！河神露出了缺德的微笑。

比起这把奇怪的斧子，杰克斯的另一样道具看上去倒普通很多，是五支尖细的羽毛飞镖。白色的羽毛斜插在锋利的飞镖上，陈姗姗查看这五支飞镖的功能说明。

道具：菲迪皮茨的飞镖。
拥有者：杰克斯。
品质：精良。
等级：三级。
攻击力：强。
功能：被飞镖射中的对象会忍不住开始奔跑，必须奔跑40.2公里，才可以停住。
限制：只要是奔跑状态就可以，不限制对象的奔跑路线。
备注：伟大的薛定谔阁下出品，和小红帽最想买的红舞鞋有异曲同工之妙。

众人查看两样道具的属性后，都陷入沉思。
唐陌奇怪地看了杰克斯一眼，杰克斯不明所以。
杰克斯的道具确实少得可怜，除了他天生没有道具运，总是得不到好的道具，还有一个原因，是他本身就不喜欢依赖道具。杰克斯相信自己的拳头，打架向来是肉搏，一些不重要的道具他都会交给洛风城，由组织保管。

唐陌："这两样道具是洛风城不肯收，要你自己使用的？"

杰克斯惊讶道："唐，你怎么知道？难道洛博士连这都和你说了？"

洛风城当然没把这种事告诉唐陌，但是他们猜得出来。

陈姗姗沉思道："这两样道具看上去都有点儿奇怪，但是一旦发挥好，会产生意想不到的效果。尤其是第一个道具，每个因果律道具都是很逆天的，不受任何东西控制，连黑塔都没法扭转因果律。"

杰克斯："没有啊，你们想太多了，这就是把烂斧子。我拿它砍了四次东西，什么都砍不断。"

唐陌第一次露出呆滞的表情："你说你用它砍了四次？"

杰克斯："对，我的黑塔二层游戏是在一片树特别多的大森林里，我根本走不动路，就想拿斧子砍树……啊，你们为什么要这么看我？有什么不对吗？"

众人："……"

洛风城就不该把这个道具交给你！！！

唐陌认真道："杰克斯，我必须告诉你，现在我要拿走你的一样道具。我倾向于拿这把垃圾品质的斧子，我判断拿走它，得到你异能的可能性更大。"唐陌看向陈姗姗，陈姗姗朝他赞同地点头。

杰克斯："好，你拿走它吧，我把它送给你了。"

唐陌正准备告诉杰克斯这把斧子其实是个非常厉害的道具，使用恰当，不亚于稀有品质。谁料杰克斯突然开口，唐陌一愣，低头看向斧子，只见斧子上的金色小字慢慢变化。

道具：我才不是金斧头之玻璃斧头。

拥有者：唐陌。

……

唐陌："……"

过了片刻，唐陌道："杰克斯，这是个很重要的道具。"

杰克斯想也没想："但是它在我的手中，根本没用吧。"

唐陌一时语塞。他竟然没法反驳。

杰克斯看着唐陌的脸色，奇怪地去问陈姗姗自己难道说错什么了吗。小姑娘也不知道该怎么回答。

唐陌笑了笑，摇摇头，准备找一样精良品质的道具还给杰克斯。他还没伸手，只见一只手从自己的面前滑过，唐陌顺着那只修长的手看去，傅闻夺将一把大菜刀交到杰克斯的手里。杰克斯一脸蒙地看他，傅闻夺淡淡道："蓝胡子的菜刀，精良品质。用法很简单，拿它砍人就行，它的功能就是无比锋锐。"

杰克斯惊喜道："这把刀简直就是为我量身定做的，谢谢你，傅！"

傅闻夺低首看着唐陌："得到他的异能了吗？"

唐陌愣愣地看着傅闻夺。

傅闻夺勾起唇角："唐陌？"

唐陌从空气中拿出异能书，打开一看，笑道："嗯，拿到了。"

最重要的事已经做完，唐陌四人出发前往天选组织的基地。一路上，杰克斯非常兴奋地拿着大菜刀不断乱砍，试试手感。他高兴极了："这种道具才是最好用的，我第一次见到这么好用的武器。"

菜刀配杰克斯，好像还真的不错。

中午时，四人抵达第八十中学。练余筝倚靠着校门，低头看着地面。见他们来了，美丽的长发女星淡淡地扫了他们一眼，声音低沉："走吧，头儿等你们很久了。"

唐陌立即察觉到："有情况？"

练余筝的脚步顿了顿："嗯。今天早上抓到一个透明人，他想要袭击傅闻……傅闻声，被我们抓住。或许是因为黑塔预告更新 4.0 版本，那个透明人直到现在也没有消失，被头儿绑在教室里，说了很多新的情报。"

傅闻夺抬起眸子："傅闻声怎么样了？"

练余筝没好气道："死不了，活蹦乱跳。"

傅闻夺敏锐地从练余筝的语气中察觉出一丝异常，挑挑眉："傅闻声怎么了？"

练余筝："到了就知道了。那个透明人说了几样有用的情报，你们来得太慢了。"

唐陌要得到杰克斯的异能，确实浪费了点儿时间。

五人一起，继续向前走着。忽然，傅闻夺停住脚步，看向后方。与此同时，唐陌猛地将手伸进杰克斯的口袋，杰克斯惊住，完全没反应过来，唐陌已经把杰克斯刚刚随手放到口袋里的飞镖拿了出来，"嗖"的一声，手腕一抖，甩向了一棵梧桐树。

"嗡！"

锋利的飞镖穿透树干，发出刺中肉体的声音。

众人立即回过神，树后的那个人停顿了半秒，接着迈起双腿，开始原地跑步。一道咬牙切齿的声音从树后响起，穿着白色夹克的娃娃脸青年气得满脸涨红，似乎也没想到自己竟然会以这个姿势再次出场。他在树下小跑着，脸上那令人恶心的笑容第一次消失不见。

白若遥死死地盯着唐陌，下一秒，干脆脚下一蹬，直直地冲向唐陌——

"唐陌，我杀了你！！！"

菲迪皮茨的飞镖，被射中的对象会不受控制地奔跑 40.2 公里。这是个因果律道具，看上去十分逆天，其实有些鸡肋。真正在打斗中使用，敌人本就处于不停躲闪奔跑的状态，只要及时调整状态，它就毫无作用。

白若遥显然一瞬间就适应了这个奇葩的道具。

银色的蝴蝶刀宛若飞舞的树叶，每一下都刺向唐陌的要害，速度极快，唐陌不敢大意。半个月没见，白若遥的实力竟然又比之前有了提升。他的速度更快，力量更强。唐陌"啪嗒"一声打开小阳伞，只听纤细的蝴蝶刀在伞面上发出金属撞击的摩擦声。

这两把蝴蝶刀居然在强化过的小阳伞上留下一道白色的划痕！

白若遥勾起唇角："唐唐，你的伞不错哦。"

一道黑影闪过，白若遥立即用蝴蝶刀挡开这一击。他倒滑数米，抬起头，盯向傅闻夺。

从唐陌射出飞镖到白若遥出手袭击，这一切仅发生在三秒内。

白若遥虽然像神经病，却不是个傻子。他嘴角挂着笑容，目光在唐陌和傅闻夺的身上转了一圈，又看向一旁的陈姗姗三人。他的双眼里闪烁着淡淡的光芒，看着五人身上的死气，他嘻嘻笑了一声："你们人这么多，欺负我一个人。"

练余筝双手抱臂："我不插手你们的事儿。"

可除了练余筝，还有四人。傅闻夺和杰克斯不可能看白若遥随便攻击唐陌。尤其是杰克斯，恶狠狠地瞪着白若遥。娃娃脸青年察觉到杰克斯怒气冲冲的视线，眨眨眼："那边那个大个子，我认识你吗？"

杰克斯咬牙切齿："白若遥……"

白若遥挑挑眉："你认识我？"

杰克斯当然认识白若遥，白若遥却不认识他。

白若遥在 S 市的敌人实在数不胜数。在那场被 S 市玩家永生难忘的集结副本里，虽然杰克斯没有因为白若遥而游戏失败，却也间接吃了不少苦头。损人不利己的事，只有疯子干得出来。

杰克斯算不上恨白若遥，却也非常讨厌他。

白若遥嘴里嘀咕了一句"原来我这么受欢迎"，脸上的笑容更加灿烂。

"你这次来不是想杀我。"

白若遥笑容一顿，看向唐陌："不想杀你？"

唐陌收起小阳伞，丝毫不担心白若遥突然袭击："你虽然性格奇葩了点儿，但不是个傻子，不会送死。我落单的时候你袭击我，我们单打独斗，你有胜算。但现在这么多人，你即使真的杀了我，也不可能活着离开。"

白若遥故意夸张道："哇，原来我是这么想的，我也是第一次知道欸，唐唐。"

唐陌不理会这个人的装疯卖傻，冷冷道："白若遥，你来这儿想干什么？"

白若遥："散步啊。"

谁都不信他的鬼话。

白若遥语气认真，笑嘻嘻道："我散散步，一不小心就看到了唐唐还有傅少校。咱们都是老朋友了，多久没见了，看到你们我当然想上来打个招呼。"白若遥面不改色地把肩膀上的飞镖拔下，但是没还给唐陌，而是非常自然地放进自己的口袋里。不过这个道具使用过一次后就会成为普通的飞镖，唐陌没制止他的行为。

一道低沉的男声响起："昨天黑塔宣布版本即将更新。"

白若遥"唰"地扭头，看向那个一脸淡定的男人。

傅闻夺扫了娃娃脸青年一眼，斩钉截铁："你在担心这次的更新。"

白若遥停顿了半秒，忽然笑了起来："啊，原来我是这么想的，我又是第一次知道，谢谢你啊，傅少校。"

任何的交锋在这个娃娃脸青年的故意装傻前，似乎都成了无用功。唐陌双目眯起，凝视着白若遥。过了片刻，他抬头看向傅闻夺。两人对视，傅闻夺朝他摇摇头，唐陌嘴角抿起，接着转身便走，不打算将时间浪费在这个人身上。

白若遥见状大声道："喂，唐唐，你难道不想杀了我吗？"

唐陌头也不回地继续走。

如果有机会杀了这个人，唐陌当然不会手软。可是他和傅闻夺一致认为，白若遥的实力又有所提升，谁也不知道这个人到底是从哪儿提升的实力，可是他们如果真的想强行杀死对方，白若遥说不定能逃走，他们也会暴露不少底牌。

这里是天选的大本营，练余筝就在一旁。杀白若遥的机会很多，现在不是时候。

众人又走了一段路，一道无奈的声音带着笑意从身后响起："如果我说，我有关于慕回雪的情报呢？"

唐陌脚下一停，错愕地转过头。

蝴蝶刀在空中甩出一道漂亮的刀花，眨眼间被收到袖子里，笑容灿烂的娃娃脸青年朝唐陌眨了眨眼睛："我说，我认识慕回雪哦。"

傅闻声听说今天就能见到唐陌和自家大哥，心情复杂极了。这些天他在天选组织代替李妙妙，帮阮望舒等人疗伤。他有些害怕天选的偷渡客，又不得不寄人篱下，然而离开天选就要见到傅闻夺……

"刚出虎穴，又入狼窝……"小朋友郁闷地自言自语。说不定他哥比天选还凶残呢！

教室外响起"咚咚"的敲门声，傅闻声一惊，下意识地看向坐在教室最后的阮望舒。苍白的少年朝他点点头，傅闻声默默地走过去开门。看到唐陌等人时，他又高兴又紧张，怯生生地喊了句"大哥"。傅闻夺点头后，傅小弟眼珠一转，突然看到站在众人最后面那个笑嘻嘻的神经病。

傅闻声惊道："啊，怎么是你！"

唐陌的队伍里也就这个小朋友总是被白若遥随便欺负，娃娃脸青年模仿傅小弟惊呆的样子，夸张地演戏："啊，怎么是我！嘻嘻，你猜。"

傅闻声哼了一声，正准备转身进教室，忽然发现："你干什么要原地跑步？"

白若遥笑容僵住："……"

唐陌这群人根本就没一个好东西！

练余筝将白若遥的事情告诉给阮望舒。阮望舒警惕地看着白若遥，允许了他想要交换情报的举动。

阮望舒："可以是可以，你先说，慕回雪是谁。"

白若遥眼睛眯了眯："为什么是我先说？"

阮望舒冷静道："因为是你有求于我们。"

白若遥做了个夸张的表情，阮望舒重复一遍："如果不想合作，你可以离开这里，白先生。"

白若遥笑了一声，对唐陌道："唐唐，你看他欺负我。"

唐陌懒得看他一眼。

白若遥还在笑，阴冷的视线却紧紧锁住那个苍白的少年。片刻后，他摊摊手："谁让我脾气好。慕回雪，今年 25 岁，G 省人。前年刚回国，身手很好，在圈内挺出名的。我和她在莫克奇见过一面，是个长得很漂亮的女人哦。"

唐陌："然后呢？"

"没了。"

众人："……"

阮望舒声音冰冷："白先生，如果这就是你想要和我们交换的情报，我想你现在就可以离开了。"

白若遥："我说的都是真的。"

阮望舒："真的又如何？这些对我们来讲有什么意义吗？"

白若遥理直气壮："至少你们现在知道慕回雪是男是女，多少岁，住在哪儿。"

刀光一闪，练余筝拔出一把匕首。她速度极快，这匕首立刻架在了白若遥的脖子上，而他竟然也没躲，反而笑嘻嘻地看着练余筝。谁也没想到，这次是唐陌拦住了练余筝。他仔细地打量着白若遥，半响后，道："你的情报确实有意义。"

阮望舒眉头一皱，但是选择相信唐陌。

练余筝收回匕首。

白若遥竟然认识慕回雪，这件事本身就有意义。

事不宜迟，将白若遥的事放到一边，阮望舒将天选组织这些天收集到的情报说了出来："因为时间排行榜的存在，我们都知道，透明人很难互相信任，也没有什么组织，但并不是没有。半个小时前，今天早上被我们抓住的那个透明人消失了，我在他消失前结束了他的生命。他在时间排行榜上排第 98 名。"阮望舒神色严峻，"按他所说，首都一共有两支比较出名的透明人队伍。"

唐陌："什么样的队伍？"

阮望舒："第一支是一对双胞胎兄妹，哥哥在时间排行榜上排第 71。这两人一个在明，一个在暗，从来没有人看到他们一起出现过。无论什么时候，只要和其中一人交手，就要随时提防另一个人暗中偷袭。他们的实力很强。"

傅闻夺："还有一支队伍呢？"

阮望舒沉默片刻，竟没有直接说，反而道："或许因为这里是 A 国的首都，本就人口密集，城市资源也比较丰富。和我们之前猜的一样，11 月 18 日地球上线后，我们幸存者全部留在地球上，透明人则到了一个和地球十分相似的地方。那个地方和地球几乎没有差别，唯一的区别可能就是没有月亮。"

唐陌："没有月亮？"

阮望舒："这是我的推测。天选一共抓住过九个透明人，从他们的描述中得知，他们从来没见过月亮。除了杀人可以获得额外的休息时间，透明人每次完成游戏后只能在地球上休息十分钟。我不排除十分钟时间很短，凑巧这些人都没有见过月亮的可能，但是九个人半年下来没有一个人见过月亮，这实在太巧了点儿。所以我推测那个地球没有月亮，只有太阳。"

"月亮象征夜晚，夜晚象征休息。透明人不需要休息，所以黑塔并没有赋予那个世界一轮月亮。"阮望舒看向陈姗姗，小姑娘神色冷静："这个推测不是不可能。"

众人没有在这个话题上纠缠，阮望舒继续道："第二个组织比那对双胞胎兄妹更难缠。唐陌，你之前说过你遇到过一个中年男人，他是时间排行榜上的第89名。"

唐陌点头："嗯，他叫李朝成。"

阮望舒："首都一共有四个人在时间排行榜上。"

唐陌一怔，傅闻夺问道："包括李朝成？"

阮望舒："嗯，包括他。"众人稍稍松了口气，却听阮望舒又道，"但是时间排行榜的第七名，在首都。"阮望舒的声音渐渐凝重起来，"那个透明人说，时间排行榜第七名是个16岁的女孩儿，她叫徐筠生。"

接下来，阮望舒详细地介绍了这支平均年龄极低的三人小队。

杀死时间排行榜前十名，可获得一个精良品质道具。然而半年来，徐筠生的名字从第九十多名稳步爬升到第七名，在时间排行榜上除了慕回雪，她是A国的第二人。不在时间排行榜上的玩家不一定不是强者，但是能进入这张排行榜，一定果敢决绝、实力强大。

阮望舒："徐筠生的队伍只杀肉猪。"

他们只杀没有额外休息时间的透明人，除非有玩家想杀死徐筠生获得道具，他们才会下手反杀。这样的队伍在透明人中极为少见。只敢杀肉猪的透明人并不少，可是时间排行榜上的玩家，很少有只杀肉猪的。

但这并不意味着徐筠生不强。

阮望舒抬眼看着唐陌和傅闻夺："一个月前，首都有五个时间排行榜的玩家。排在第36位的那个透明人听说徐筠生的队伍只杀肉猪，认为她实力不强，主动出手想杀了她。第二天他的名字就消失在时间排行榜上，徐筠生从第十名爬到第八名。"

阮望舒知道的信息其实不多，天选抓到的九个透明人，只有一个是时间排行榜上的玩家。徐筠生的队伍在首都名声很臭，只要是被他们碰到的落单肉猪，都会被杀死。其他人无法知道他们的情报，连徐筠生的异能是什么都没人知道。

唐陌垂着眸子，在脑海里思索这两支队伍的情报。阮望舒又说了一些其他信息，顺便还提到S市虽然没有排在时间排行榜前50名的玩家，却也有四个后50名玩家。

陈姗姗："透明人的区域划分和我们的一样。首都是 A 国 1 区，S 市是 2 区。慕回雪是 3 区，如果她是在 G 省，那 G 省就是 A 国 3 区。"

首都的情况比其他地方都复杂。

除了两支最出名的队伍，首都的透明人队伍竟然有数十支之多。这些队伍往往只由两个人组成，找到"猎物"后，平均分配战果。

阮望舒得到的信息大部分是首都的，不过他提醒道："很多强者并没有登上时间排行榜，我们也不能大意。据我所知，E 市那边好像有两个外国人组成的小队，他们都不在时间排行榜上，但是名气很大，或者说是恶名昭彰。不在时间排行榜上是因为他们特别喜欢休息，一旦有休息时间都会选择休息。但他们实力极强，很早就通关了黑塔三层，他们喜欢豢养肉猪，杀人手法也很残忍。"

听到"E 市"两个字，唐陌稍稍注意了一下，但并没有想太多。

情报全部汇总完毕，众人很快做出决定。

唐陌："距离黑塔更新还有七天，我们得搜集更多的情报。比起徐筠生的队伍，我更在意那对双胞胎。哥哥在时间排行榜第 71 名，妹妹却不在。"

顿了顿，唐陌低头看向陈姗姗："姗姗，你觉得呢？"

陈姗姗："我也觉得，他们似乎更古怪点。"

白若遥笑嘻嘻的声音在这时响起："哇哦，女人的直觉？这么小的小朋友也有女人的第六感？"

傅闻夺淡淡道："你跑完了？"

还在原地跑步的白若遥："……"

唐陌和阮望舒一致同意天选组织和唐陌利用这七天的时间，尽可能地抓住更多透明人。

阮望舒："自从黑塔宣布版本更新，透明人在地球上停留的时间更长了，如果抓住一个透明人，就有更多时间从他的口中挖出情报。"

天选核心是六个强大的玩家，但是拥有很多成员。

透明人的平均实力肯定比幸存者强，但是天选成员的实力也远超普通玩家。白若遥跑了整整一个小时，终于停下了双脚。他笑嘻嘻地在旁边听完了阮望舒的所有安排，等到众人把注意力集中到他身上时，才发现他不知什么时候竟然不见了，连傅闻夺都没察觉到他的消失。

唐陌心中更加警惕。

接下来的七天，唐陌意外地进入了一个副本。其余更多的时间，他们仔细寻找透明人的踪迹。当 5 月 18 日到来时，唐陌已经得到了一张完整的时间排行榜。第一名仍旧是慕回雪，徐筠生的名字从第七名掉到第九名，双胞胎哥哥的名字前进到第 62 名。

阮望舒和首都其他组织的首领似乎也有交涉，但是并没有达成任何一致目标。

他们都在等待，等新版本的到来，等待新的局面。

2018 年 5 月 18 日，晚上 6 点。

暖红色的夕阳缓慢地滑向地平线，一轮半透明的月亮从东方升起。温暖的阳光照射在漆黑的巨塔上，竟让它显得柔和起来。然而当秒针指向 6 点的那一刻，一道包容和煦的歌声响起，紧接着是洪水一般从四面八方涌来的女声大合唱。

唐陌和傅闻夺躲在兴平街的一栋小楼里，远远地盯着那座黑塔。

黑塔从没有像今天这样温柔过。

这是一首《圣母颂》。女声轻声地哼唱，黑色的塔身上闪烁着暖暖的浅红色光辉。然而在死寂一般的首都城中，这首原本十分温柔的歌，听起来却有一种诡异感。大地寂静着，城市的道路上空无一人。无数双眼睛躲在一座座建筑中，用恐惧又仇恨的眼神望着黑塔。

当歌声停止，塔身上的光芒也同时湮灭。一切又变得冰冷起来，然而这才是黑塔。

一个小小的白色光点在塔尖处闪烁起来。这一次有很多人注意到了这个光点，快速地数着，然而几秒后表情都变得难看起来。唐陌极力地睁着眼想数清这个点跳跃的次数，然而以他的动态视力竟然也无法捕捉到光点跳跃的次数。

光点疯狂地跳动，或许跳了十万次，或许跳了百万次……接着，是第二个光点。它跳动了三万多次。第三个光点跳动了 6923 次；第四个光点只跳动了11 次。

唐陌耐心极好地等待着，但是第五个光点竟没有亮起。

唐陌忽然意识到了什么，上身绷直。

下一刻，一道清脆而没有感情的童声响起——

叮咚！黑塔 4.0 版本新增规则——

第一，末位者副本正式关闭。

第二，开启回归者游戏。回归者是没有身份的玩家，公布回归者获得身份的方式：淘汰一个偷渡客，可获得偷渡客身份；淘汰十个正式玩家，可获得正式玩家身份。淘汰方式包括但不限于游戏方式。

第三，获得身份的回归者将不再受休息时间影响。时间排行榜永远存在，排名截止到 2018 年 5 月 18 日晚上 6 点，不再更新。

第四，开启偷渡客转正选项。通关黑塔五层的偷渡客，自动变为预备役；通关黑塔六层的预备役，正式变为正式玩家。回归者淘汰预备役，可直接成为正式玩家。

一连播报了三遍，冷漠的童声在全球每个城市的上空回荡。这或许是全世界最安静的时刻，没有一个人说话，没有一个人动，他们仿佛趴在草丛里盯着猎物的豹子，等待着自己的敌人出现。

叮咚！ 563 万玩家成功载入游戏……

32 万玩家成功载入游戏……

游戏存档中……

玩家数据载入中……

游戏数据加载中……

存档成功……

加载成功……

回归者游戏已更新……

叮咚！ 2018 年 5 月 18 日，黑塔 4.0 版本正式上线，欢迎玩家进入游戏。

唐陌藏在小楼里，等待着最后一句"请努力攻塔"。他的眼睛却没有盯着黑塔，而是望着面前的长平街。透明人的世界里，黑塔也悬浮在紫宫的上方。等到透明人回归地球、两个世界融合，或许他们会突然出现在附近。

但是三秒钟后，唐陌猛地抬头，错愕地看向那座黑塔。

陈姗姗惊讶道："那句'请努力攻塔'呢？"

傅小弟也反应过来："对啊，每次更新的最后黑塔都会说一句'请努力攻塔'，这次没有？难道它不希望我们攻塔了吗？"

唐陌的心中涌起一阵不祥的预感，傅闻夺的脸色也渐渐沉了下来。

下一秒，一道欢快的童声在全球上空响起——

叮咚！ A 国 3 区回归者慕回雪率先通关黑塔四层，触发黑塔 4.0 版本更新。回归者获得奖励——夏娃的游戏。

游戏规则——

第一，2018年5月18日至5月24日，七天内，每天晚上6点至第二天早上6点为游戏时间。该游戏不影响黑塔游戏。

第二，游戏时间内，回归者获得额外道具"夏娃的奖励"。该道具为一次性道具，道具使用方式请玩家自行寻找。

第三，游戏结束时没能使用道具的回归者，判定为任务失败。

第四，杀死时间排行榜上回归者的地球玩家，可获得该回归者的"夏娃的奖励"。如果该回归者没有使用"夏娃的奖励"，地球玩家可寻找方式，使用该道具。

第五，地球玩家杀死A国3区回归者慕回雪，可获得"夏娃的奖励"和稀有道具"谬论罗盘"。

第六，回归者杀死A国1区偷渡客傅闻夺，可直接开启"夏娃的奖励"，并获得"地底人的尊敬"。

第七，回归者杀死西洲1区正式玩家莉娜·乔普霍斯，可直接开启……

……

第十三，回归者杀死A国1区正式玩家唐陌，可直接开启"夏娃的奖励"，并获得"怪奇马戏团团长的尊敬"。

第十四，回归者杀死A国1区偷渡客阮望舒，可……

第十五，回归者杀死A国1区正式玩家练余筝……

……

第四十九，回归者杀死西洲18区偷渡客詹姆斯·霍朗，可直接开启"夏娃的奖励"。

全球各地，每一个角落，所有玩家都睁大双眼，站在原地听黑塔一条条地说完了这四十九条规则。从来没有一场黑塔游戏拥有这么多条规则，可是黑塔所说的每一个名字，地球玩家都曾经听过。

傅闻夺、莉娜·乔普霍斯、安德烈·伊万·彼得罗夫、唐陌……

这些名字在过去的半年里，都曾经被黑塔在全球公布，只有极少几个名字没有被全球玩家知晓。而如今，黑塔用同样机械般的语调再次说出了他们的名字，一遍遍地重复。

太阳沉入大地，月亮升起，月光洒向那座黑塔，黑塔平静到几乎冷漠的声音淡淡地响起——

你知道夏娃吗？找到她，她就是希望。

冰冷的童声在风声中戛然而止，遥远的地平线上，仿佛是幻觉，刺眼的阳光中虚幻出一轮弯月。再细看，太阳又恢复正常。然而黑塔通知结束的下一刻，只听一道清脆的"咔嗒"声，一串鲜红的数字骤然出现在漆黑的巨塔上——"12:00:00"。

这鲜红的数字像极了鲜血，在黑色的塔身上划出一道狰狞的口子。全球各地，所有人都错愕地看着这一幕。

这是一个倒计时。

时间一分一秒过去，倒计时上的数字在慢慢变小。

S市，静南路。

当那串红色的倒计时数字出现时，在一条幽暗的巷子里，两个黑色的人影从空气中慢慢浮现。这是一男一女，看上去都十分年轻。他们是完全凭空出现的，出现时还保持着抬头看黑塔的姿势。他们藏在一个极好的位置，光线昏暗，非常隐蔽，别人很难发现他们，他们却能清晰地看到那座黑塔。

当看到黑塔上出现一个倒计时时，两人也是一愣。接着，年轻男人转过头，看到那轮快要没入地平线的夕阳。他双眼睁大，声音沙哑："回来了？"

年轻女人显得镇定许多，眯起眼睛看着那轮落日，又看到东边天空上的月亮。

"月亮啊……我们这次真的回来了。"

表面上再冷静，急促的呼吸也暴露了此刻他们心中难以压抑的激动。年轻男女用近乎贪婪的目光看着那轮太阳，似乎要将它记到骨子里。但只过了几秒，他们仿佛看够了，收回视线，对视一眼。

女人咧开嘴角，露出一个意味深长的笑："回来了啊……"

男人抚摸着一把锋利细长的冰锥："'夏娃的游戏'，这个游戏名字我喜欢。"

女人："所以，游戏开始？啊，我好像听到一个小朋友的呼吸声了。"

两人喉咙里发出一道古怪的笑声，下一秒，身影突然消失在巷子里，再出现时，已经进了巷子旁的一栋三层住宅楼，只见在这栋楼的卧室里，一个中年胖子瞪大了眼睛，骇然地看着这两个忽然出现在他面前的年轻男女。

他有太多的话想问。他想知道这两个人到底是从哪儿出现的，他们到底是谁。然而他再也问不出口了。中年胖子的额头上是一个黑漆漆的血窟窿，仅仅一秒内，他连一个字都没说出口，便被一把冰锥刺穿脑袋。

"轰隆"一声，胖子倒地。

年轻女人蹲下来翻弄他的尸体，找到几个道具。她嫌弃地"喊"了一声，将这几个道具随手扔进垃圾桶。

男人也很无奈，摸着自己的脖子。他的脖子旁悬浮着一个金色的四位数，他叹气道："运气真差，好像是个正式玩家。真可惜，我本来还想试试当偷渡客是什么感觉。"

女人讽刺他："黑塔不是说了几个偷渡客的名字？有个叫傅闻夺，好像是那群肉猪里最强的。去杀他好了。"

男人反而来了兴致，兴奋地笑了起来："杀傅闻夺感觉很不错啊……"

这一男一女将小屋搜了一遍，从柜子里拿了一瓶水。当他们出门时，天空已经彻底暗下来，月亮高高地悬挂。两人好像很久没看过月亮了，站在小楼前，看着那轮悬在黑塔顶端的月亮出了神。片刻后，两人抬步走向外滩。

对他们而言，好像夜晚在静南路上行走根本没有一丝危险。

他们淡定地在这条商业街上走着，女人路过一家商铺停下脚步，掩唇笑了一声。她一拳砸碎商铺的橱窗玻璃将里面的一串钻石项链拿了出来，然而并没有戴到脖子上。她扯碎了这串项链，拿着钻石，一颗颗地扔着玩。

空旷无人的静南路上，这一男一女结伴而行的身影十分刺目。

当他们走到黑塔正下方时，女人已经把钻石扔得只剩下一颗最大的粉钻。她眯起一只眼，对准黑塔的塔尖将这颗钻石砸了上去。可惜黑塔太高，钻石飞到一半就落向地面，在月光下坠落出一道粉色的直线。就在这颗钻石触碰到地面的一刹那——

"嗡！"

一道细微到几乎听不清的噪声响起，年轻女人的脸色微变，男人"唰"地扭头。

黑夜中，数道影子从各个角落里猛地蹿出来。同时，一张红色的大网在这对年轻男女的脚下出现，好像错杂的蜘蛛网。这对年轻男女被缠在大网的正中央，女人试着扯了扯脚发现很难行动。

高大强壮的外国大汉手持一把大菜刀，用力甩向这对男女。年轻男人淡定地向后避让，抬手用冰锥反击回去。

杰克斯抓住了菜刀，躲在黑暗里的其他人也一个个地走了出来。

有50多个玩家走到黑塔下方，警惕地盯着这对被困在最中央的年轻男女。明明对方已经被大网困住，他们也人多势众，这50多个玩家却毫不松懈，时刻提防年轻男女的攻击。

被这么多人包围，年轻男女的脸上竟没有什么紧张的神色。年轻女人捡起落在地上的粉钻，眸光一闪，很快掩藏。

年轻女人在人群中找了一圈，最后将视线落在一个穿着白色长袍的年轻人的身上。

她娇柔地笑了一声："你是这个组织的首领？"

洛风城推了推眼镜："你们应该早就收集过情报，知道 S 市有很多组织，但是没有特别大的组织。50 多个至少通关黑塔二层的高级玩家，不可能属于同一个组织。"

自己的套话被对方发现，年轻女人没有尴尬，反而无辜地朝洛风城抛了个媚眼："听你这么说，小帅哥，你知道我们是谁？"

洛风城勾起唇角："雷哈特小队，经常在静南路出没。小队共有两名成员，一个月前通关黑塔三层，每次通关攻塔游戏后喜欢在静南路开血腥派对庆祝。2018 年 1 月 14 日，在静南路屠杀两千多个普通玩家，两个人一跃进入时间排行榜。"顿了顿，洛风城还在笑，眼神却冰冷极了，"透明人，不，回归者世界，S 市地区实力最强大、最令人厌恶的雷哈特小队成员，时间排行榜第 53 名柳潇，第 59 名柳原……"

洛风城微微一笑："欢迎你们，回到地球。"

诸如此类的事情，在全球各地都有发生。但并不是每个地区都有行事嚣张的回归者，唐陌和傅闻夺耐心地藏在长安街边一栋办公楼里，提防可能出现的敌人。可是半个小时过去，狭长的街道上空无一人。

唐陌并没有放松警惕，与傅闻夺对视一眼。

傅闻夺点点头，继续守在窗边，闭目养神，耳朵听着四周的动静。

唐陌看着陈姗姗："虽然做好了准备，但是我从来没想过……透明人居然只剩下 32 万了。"

半年前，60 亿人类消失，他们就是最开始的透明人。

一共 60 亿的人口，七个月过去，竟然只剩下 32 万人。这只有地球玩家的十分之一。

不仅唐陌，当傅闻夺、陈姗姗听到黑塔宣布五百多万玩家成功载入游戏时，也下意识地以为这是透明人的数量，然而当下一秒黑塔宣布 32 万玩家载入游戏时，他们瞬间明白到底谁才是真正的少数。

仅存 32 万的不是地球玩家，是透明人。

唐陌闭了闭眼睛，思索道："这个数字也不是不可能。他们从去年 11 月开始被强迫参与游戏，每两场游戏之间只有十分钟休息时间。1 月，时间排行榜才出现，他们才拥有更多的休息时间。如果没有时间排行榜，哪怕实力强如慕回雪都很可能死在某场游戏里。所以在时间排行榜出现前，大部分回归者就已经被淘汰了。"

60亿，32万。

约两万分之一的比例。

唐陌沉默了。

房间里，陈姗姗和傅闻声也低头看着地面，没有开口。

这个比例低到让他们明白自己的亲人在其中生还的可能性接近零。

一道低沉的声音响起，打破沉寂："黑塔把我们的名字进行了全球通报。"

唐陌抬头看他："嗯，黑塔一共报了45个名字，除了慕回雪是回归者阵营，其他44个人全都是地球玩家，且是曾经被黑塔全球公告过的。"

每个地区第一个通关黑塔新一层攻塔游戏的玩家，都会得到黑塔的全球公告。如果有人通关困难模式的攻塔游戏，黑塔只会将这个信息私下里公告给全世界已经通关该层的玩家。所以有些名字对于普通玩家来说是从未听过的，唐陌、傅闻夺却都知道。

唐陌沉思片刻，做出决定："去天选。"

这次的更新完全超出唐陌的预料。

他原本设想过黑塔会因为回归者率先通关四层，给予回归者特殊奖励，却没想到黑塔竟然为回归者额外开启了一场游戏，同时还将他们这些地球玩家的坐标、姓名进行了全球公告。

陈姗姗："天选应该会选择和我们合作。首都一共就四个人被黑塔进行了公告，天选有两个人。夏娃的游戏一共有七天，现在是第一天，虽然目前我们都不知道夏娃的奖励该如何开启，首都地区的透明人对地球幸存者的态度是什么，但是他们现在还处于被限制休息时间的状态。"

唐陌点头道："嗯，时间排行榜不再更新，但他们还是回归者身份，受到休息时间的限制。想要摆脱时间限制，真正获得自由，只有淘汰地球玩家，包括并不限于游戏方式……"

这个熟悉的说法令唐陌皱起眉。

傅闻夺："虽然他们只剩下32万人，但是不能大意。"

四人再商量了一下未来的对策，唐陌直接询问陈姗姗对夏娃的游戏有什么看法。小姑娘面不改色地将《圣经》里的典故，亚当和夏娃的故事，以及所有她能想到的关于夏娃的资料都说了一遍，四人都没找到符合"夏娃的奖励"的东西。

陈姗姗："夏娃在西方不同的神话典籍里都有出现，而且形象不一，《旧约》

《新约》里对夏娃的描述就不一样。抛去神话，还有夏娃假说……"

傅小弟思考道："那个奖励会不会是个苹果？夏娃偷吃禁果获得了智慧，禁果就是苹果。"

陈姗姗："奖励的载体是什么并不重要，重要的是奖励的本质。"

夜色如水，透明人躲在暗处不知踪迹。四人决定先在这栋楼里等一晚上，等到第二天早上6点游戏时间结束，再去天选基地。忽然，寂静的街道上响起一道尖锐的枪声。

傅闻夺目光一冷，顺着窗户向下看去，只见一个中年妇女躺在地上睁大眼睛看着天空，鲜血从她的身下汩汩流出，很快染红了路面。街道另一侧，一道黑色的影子一闪而过跃进草丛。唐陌握紧小阳伞的伞柄，在高楼上盯着这个人跳跃的背影。

这人在茂密的行道树中来回穿梭，好似一个黑色的幽灵。月光穿过树叶缝隙照射在他的身上，照亮了他的半个下巴和脖子上悬浮的一行金色数字——"341"。

"砰！"

又是一道枪响，子弹穿透墙面，发出没入肉里的声音。

谁也不知道这人到底是怎么穿过墙面看到敌人的，黑色影子脖子上的数字从"341"变成了"351"。他沙哑地笑了一声，笑声淹没在呼啸的风声里。这人越跑越远，一路上一共射出三发子弹，每一发都命中目标，加大了他脖子上悬浮的数字。

就在他快要离开唐陌的视野时，这人忽然抬头，视线与楼顶的唐陌四人对上。

下一刻，黑色的枪口直直地指向距离窗口最近的傅闻夺，这人毫不犹豫地按下扳机。傅闻夺反应极快，侧身避开子弹。接着是"砰砰砰"连续三道枪声，窗户那儿只有唐陌和傅闻夺露了头，可是唐陌和傅闻夺看到那三发子弹时都面色一变，一人抱起陈姗姗、一人抱起傅闻声，快速地离开房间。

在他们离开房间的同一时刻，子弹射入墙内，其中一发子弹是射向唐陌的，还有两发子弹竟然是射向从未露过面的陈姗姗和傅闻声的。

这异能诡异极了，唐陌背着陈姗姗微微喘气。然而他们还没来得及松口气，又是一道刺耳的枪声响起。

夜色漆黑，唐陌四人明明是躲在建筑物里，此刻却仿佛置身白日，无所遁形。

第一道枪声响起后，唐陌反射性地拉着陈姗姗，向右侧一滚。子弹直直地穿过唐陌刚刚躲藏的位置。"砰砰砰"，接二连三的子弹不断射来，四人不停逃跑，墙面很快被打成筛子。

这人的子弹似乎永远用不完，唐陌心中一紧，看向傅闻夺。

两人齐齐点头，决定不再坐以待毙。唐陌一边躲避子弹，一边快速地对陈姗姗道："分头走。他的子弹很特别，至少能穿透五堵墙。姗姗，你带小声下楼进地下室，我和傅闻夺去找他。记住，不能有规律地跑。"

唐陌急促地叮嘱完，也不管陈姗姗有没有听懂他的意思，直接将小姑娘一推，推到了傅闻声的身边。

傅闻声还一脸蒙，陈姗姗已经一把拉住他的手腕，头也不回地向楼梯跑去。她目光坚定，额上布满了细汗，脚下速度极快。每当她跑出几米便会变换方向和速度，躲过一发发子弹。射向两个小朋友的子弹越来越快，却无数次与两人擦肩而过。

"妈的！"楼外响起一道咒骂声。

陈姗姗拉着傅闻声已经跑到了二楼。这人似乎察觉到抓两个小孩儿已经没有太大意义，掉转枪口，毫不犹豫地射向在走廊里奔跑的唐陌。唐陌和傅闻夺是分开跑的，各跑一边，只是唐陌跑的那个楼梯口离这人更近。

起初这人还面露轻松，子弹多且快，一发子弹擦着唐陌的脖子而过，划出一道血痕。

这人阴冷地笑了一声。然而随着唐陌越跑越近，他的子弹依旧没有射中唐陌的要害时，中年男人面色大变。在唐陌距离他还有 50 米时，他转身便跑。他的速度快极了，判断也极其准确，但是才刚刚跑出两步，一把锋利的匕首突然横在他的脖子前。

中年男人脸色骤白。他眼珠子一转，怒喝一声，举枪射向这个牵制住自己的黑衣男人。

傅闻夺侧首避开这发子弹，同时左手伸出，瞬间抓住了男人握枪的手腕。他平静地看着这个男人，手指一动。

"啊啊啊！"

一道清脆的骨裂声，中年男人的手腕以诡异的姿势被掰断。男人痛苦地号叫着，脸上全是害怕的神色。但下一秒，他的左手一翻，又是一把枪出现在他的手中。他将枪口对准傅闻夺的胸口，嘲讽地笑道："很好，你是第二个让我拿出这把枪的人，去死吧！"

"砰！"

激烈的金属碰撞声在空旷的街道上响起，中年男人低头看着傅闻夺的胸口，双目睁大。与此同时，唐陌从后方一把按住他的左手手腕，"咔擦"一声，男人再次号叫起来，左手手腕也无力地垂下。

三分钟后，陈姗姗带着傅闻声从小楼里出来，四人在一条小巷子里会合。

傅闻夺用道具绳子将这个中年男人牢牢捆住，男人奋力地挣扎，脸憋得涨红。傅闻声看到唐陌脖子上的伤，下意识地伸出手正准备说"唐哥我帮你疗下伤"，谁料一个高大的身影走到他的前面。

傅小弟愣了愣，只见傅闻夺十分自然地从鸡窝里拿出一瓶用了一半的农夫山泉，用手捧了一些水，然后按在唐陌的脖子上。

温暖的手覆上皮肤，唐陌忽然觉得被抚摩的地方有一点儿发麻。他也惊讶地看着傅闻夺，很快勾起唇角，没有说话。

这道伤非常浅，用矿泉水擦了两次就完全愈合。

中年男人看到这个场景，眼神一暗。

能有这么好的治疗道具，眼前的四人绝对不是普通的地球玩家。他沉默片刻，道："我不是时间排行榜上的回归者，你们杀了我也得不到我的'夏娃的奖励'。但是我知道时间排行榜上的回归者在哪儿，今天下午黑塔还没更新的时候我和某个排行榜上的家伙碰过一面。如果你们不杀我，我可以把这个情报告诉你们。"

这倒是出乎唐陌的意料，这中年男人竟然一下子就看清了形势，并且开始为自己谋划。

唐陌给陈姗姗递了个眼色。

陈姗姗道："我们为什么要答应你？"

中年男人也不紧张，反问："难道你们这些地球幸存者，喜欢做损人不利己的事？放过我，我会告诉你们情报；杀了我，除了我身上的一个精良品质的道具，其他的你们什么都得不到。你们应该也不差一个精良品质的道具吧？"顿了顿，中年男人道，"随便你们搜身，反正我身上确实没什么好东西。"

唐陌看了傅闻夺一眼，傅闻夺淡定地开始搜身。

中年男人没想到他们会这么实诚，居然说搜身就搜身，表情不断变换。

五分钟后，傅闻夺从他的裤兜里找到了两个奇特的黑白小圆球。唐陌查看了一下这两个道具的属性，笑着道："这就是你说的精良级别的道具？嗯，确实是精良品质，不过是两个啊。"

中年男人憋了一会儿，忍不住道："好，我承认，这两个球确实可以算是两个道具，但是我身上最值钱的就是它们了。现在你们可以选择杀了我，或者放过我，我告诉你们情报。"

唐陌的嘴唇渐渐抿起——这个中年男人说得没错。

他身上确实只有这两个道具对唐陌四人来说有点儿用，杀了他，对他们完全是损人不利己，全无好处。唐陌不是白若遥，不会干这么无聊的事儿。如果这个男人只是个普通的回归者，唐陌会选择杀了他，但是如果以情报作为交换……

唐陌淡淡道："你怎么确定你说了以后我们会放过你？"

说出情报再杀人灭口，硬是要这么做，唐陌也不是做不到。这个男人能提出这样的建议，肯定也知道唐陌不一定会放了他。

中年男人："你们先放我，让我跑一段距离。这段距离是你们可以抓到我，但我也有机会逃跑的折中距离。然后我大声地把情报告诉你们，如果你们觉得不对，随时可以抓我，我也有机会逃跑。当然，你们无法确认我给的情报是不是真的，这本身就是一场赌博。我拿我的命来赌，你们拿一个情报来赌，你们有机会再抓住我，我也只是有机会逃跑。怎么样？很划算吧？"

这是唐陌见过的最聪明的回归者。

黑塔 4.0 版本刚刚上线半个小时，这个中年男人就迅速地找准了自己的身份定位，遇到强敌也不慌张，反而短时间内就找到逃命的机会。难怪他的异能这么弱，却能活到现在，还拥有三百多分钟的休息时间。

不过他也不是真的如他表现的一样淡定。

唐陌看了眼中年男人死死掐紧的手指，轻轻点头："好。"

一分钟后，中年男人站在一百米外，与唐陌四人远远相望。这是傅闻夺觉得能抓到他，中年男人也觉得自己能逃跑的折中距离。

中年男人深吸一口气，语气平静："A 国 1 区，时间排行榜第 62 名宁峥，五个小时前我在向阳大阅城看见过他。"话音还没落下，中年男人转身就跑，似乎在害怕唐陌几人撕破脸皮来抓他。

唐陌听清楚了他的话，并没有打算抓他。

忽然，陈姗姗惊道："他的速度怎么会这么快？"

唐陌一惊，赶紧抬头看去，只见那中年男人在短短三秒钟内竟跑出了一百米！这还包括一开始的起跑时间，他的速度不比傅闻夺慢。如果他拥有这么快的速度、这么强大的身体素质，怎么可能那么简单地被唐陌和傅闻夺抓住？

唐陌："道具！"

傅闻夺："异能！"

两人异口同声，下一秒，齐齐冲了上去。

可惜中年男人已经跑出两百米远，根本不可能抓到了。中年男人疯狂地大笑道："哈哈哈哈……这才是我的异能。你们这些愚蠢的地球幸存者……"声音戛然而止，中年男人惊恐地瞪大眼看着面前的青年。

唐陌嘴角勾起，学着中年男人之前对傅闻夺说话的语气，冷冷地笑道："很好，你是第四个让我用出这个异能的人。"

中年男人还想再跑，唐陌拔出小阳伞，毫不犹豫地将他拍到墙上，接着一脚踹在中年男人的胸口。中年男人愤怒地瞪着唐陌，傅闻夺此时也赶了过来。一阵微风吹过，傅闻夺猛地抬起头，错愕地看向远处的一片阴影。

唐陌刚才因为急着抓中年男人，直接使用了"一个很快的男人"异能，也没注意到周围的环境。当顺着傅闻夺的视线，看到那两个躲在阴影处冷笑着看他们的一男一女时，唐陌一惊。

这对年轻的男女看到他们也不逃跑，也不上前，反而露出了一个奇怪而又熟悉的笑容。

唐陌："不对！"

傅闻夺也明白了情况，回头吼道："你们不要过来！"

一切已经晚了，陈姗姗反应极快地拉住了傅闻声，可已经走进了这片小广场。

叮咚！大型多人副本游戏"夏娃的游戏第315号副本"已触发。2018年5月18日18点42分，玩家邢思琪、杜德、廖峰、唐陌、傅闻夺、傅闻声、陈姗姗成功进入游戏。

沙盒载入完毕……

数据载入完成……

……

世界瞬间变成一片雪白。

在七个人全部踏进这个小广场的一瞬间，一道甜美的歌声在众人耳边响起。还没听到声音，众人便能想象到，唱出这种美妙歌声的一定是个非常漂亮的少女。唐陌脸色冰冷，握紧了小阳伞的伞柄。

随着眼前亮起那阵熟悉的白光，当众人再睁眼时，已经进入了一个奇怪的大房间。

这是一个圆形大房间，房间里悬挂着各种水晶装饰品。房间周围一共有八扇门，其中有七扇门一模一样，只有一扇门无比巨大。

美妙的歌声正是从那扇门传来的。

除了倒在地上的中年男人，其他六个人全部死死地盯着那扇门，握紧了自己的武器。

那歌声越来越近，越来越近。

当歌声哼唱到门口时，"哗啦"一声，大门自动向两侧打开，一辆奢华至极的南瓜马车轰隆隆地驶进房间，车辕是用黄金做的，车顶是用宝石镶嵌的。进入房间，动听的歌声戛然而止，一只漂亮的手轻轻推开车门。

下一刻，一个清秀可爱的少女穿着美丽的蓝色礼裙，笑嘻嘻地跳下了马车。

活泼地跳下马车，少女转头看向房间里的人类。她举起一根细长的金杆，杆子的另一头是一个水晶做的玻璃镜片。王小甜透过镜片观察着眼前的七个人类，看到唐陌和傅闻夺时，惊讶地笑了起来，藏在眼底的幸灾乐祸再也藏不住。

"哇哦，瞧瞧我看到了谁。如果尊敬的格雷亚阁下在这里那该多好，他一定会高兴极了。"声音微微一顿，王小甜极力掩藏住喉咙里发出的古怪笑声，眨眨眼睛，用甜美的声音说道，"哈喽大家好，我是地底人王国最受欢迎的女主持人王小甜，欢迎你们来到我的游戏——

"灰姑娘的食物链游戏。"

食物链游戏！

这句话落下，唐陌目光一冷，眼睛慢慢眯起。

巨大的房间里，漂亮的蓝裙少女看着眼前这群人类的反应，满意极了。她咧嘴笑了起来，露出两颗俏皮的小虎牙。王小甜咳嗽两声："是不是很害怕？是不是很紧张？"众人警惕地盯着她，少女故弄玄虚地等了半天，才双手一拍，"没错！这就是地底人王国最令人闻风丧胆的食物链游戏！"

一道女声忍不住响起："什么是食物链游戏？"

王小甜右手一挥，镶嵌着玻璃镜片的细杆子"唰"地一横，指向那个说话的女玩家："问得好。什么是食物链游戏？嘿嘿嘿，这可是我最喜欢的游戏。看到我手里的这个箱子没有？"

箱子？

众人齐刷刷地看向王小甜的手。

那里空荡荡的，没有任何东西。

王小甜尴尬地咳嗽一声，小声道："南瓜马车，快把我的抽签箱子吐出来。"

下一秒，众人只见那辆巨大奢华的南瓜马车剧烈地颤动起来，好像坏了的机器，发出"嘎吱嘎吱"的古怪声音。这噪声响亮极了，听得众人皱起眉头，心烦意乱。唐陌捂住陈姗姗的耳朵。噪声持续了一分钟，就在所有人都快受不了的时候，这只巨大的南瓜竟然张开了它的大口，从嘴里吐出一个镶满宝石的小箱子。

"咕噜。"

南瓜马车发出一道饱嗝声，王小甜兴奋地摸了摸箱子，转头看向眼前的七个人类。她竭尽全力地想掩藏自己幸灾乐祸的笑，可又憋不住，所以表情显得有些古怪。

过了片刻，王小甜尽量让自己的声音听起来不那么兴奋："喀，你们……嗯，你们过来。快过来，抽签了。"

唐陌冷静道："抽签？"

王小甜点点头："对啊，快来抽签。你们还想不想玩这个游戏了？赶紧来抽签！"

他们还真的一点儿都不想玩这个游戏！

心里是这么想的，七个玩家却一个个地走上前，从箱子里各自抽出一颗小球。唐陌看到自己抽到的数字，目光一缩，再看向傅闻夺手里的小球。四人将自己拿到的小球展示给对方。

唐陌和傅闻声小球上的数字是1，傅闻夺的数字是2，陈姗姗的是3。

另外三个玩家抽到小球后看了眼球上的数字，立即将小球收了起来，不给其他人看到。他们很快发现唐陌四人间的互动，年轻男女的脸色一沉，明白唐陌四人竟然是一支小队。

王小甜："看到小球上的数字了吗？"

年轻女人点点头："看到了。那个数字有什么含义吗？"

王小甜低声一笑："有什么含义？那个数字可是你在某条食物链里的等级！你说有什么含义？"

众人全部怔在原地。

年轻女人呆了片刻，反应过来后赶忙问道："我们在食物链里的等级？等等，这个等级是由抽签决定的吗？"

"对啊，就是抽签决定的。"

"怎么可以这么随便？！"

王小甜理直气壮："就是这么随便！"

年轻女人："……"

王小甜将宝石箱子扔向后方，南瓜马车适时地张开大嘴，将这个箱子吞进腹中。美丽的少女拍拍手："你们都把小球收起来了？别收起来啊，扭开那个小球，里面可是有宝贝的。"

众人竟然都没发现小球里隐藏的秘密。

唐陌从口袋里掏出小球，轻轻一扭，真的扭开了。这居然是个空心小球，在球心放置着一张金属卡片。唐陌正准备拿出这张卡片，王小甜突然道："别动！"

众人全部停住动作。

王小甜笑道："我劝你们，最好等游戏正式开始后，找个隐蔽的地方，自己悄悄地拿出卡片，看一下上面的话。这张卡片上的话可是最重要的线索，每个人的卡片都不能被别人看到。一旦被别人看到……"

王小甜停住不再说。

傅闻夺抬头看了她一眼："会怎么样？"

王小甜嘿嘿地笑了两声："会、死、哦。"

这话一落，七人脸上出现了各种表情。王小甜满意地看着这些人类的反应，点点头，心情好极了。唐陌沉思片刻，将小球再次扭了回去。其他六人也全部和他一样，将小球再次放好。

事情又回到了一开始。

到底什么是食物链游戏？

王小甜坐在南瓜马车的车头，晃着双腿，一副天真无邪的少女模样。"食物链游戏是什么？这可真是一个好问题。食物链在我们黑塔世界里，可是最有趣的东西。怪物们喜欢吃地底人也喜欢吃人类，地底人喜欢吃人类也喜欢吃怪物。这真是一个复杂的东西。谁实力强就可以吃别人，实力弱就只能被别人吃。就是因为这样，才出现了食物链游戏。"

陈姗姗："但是这个游戏里的食物链是靠抽签决定的。"

"没错！"王小甜从马车上跳下来，走到陈姗姗的面前，"为什么强者就一定能吃别人，弱者就一定被别人吃？那些弱者多可怜呀。"一边说着，王小甜一边擦了擦眼角根本不存在的眼泪。她嘴上说着同情的话，脸上的表情却十分不屑。

似乎是发现自己这样干号不大好，下一秒，王小甜从小包里拿出一瓶眼药水滴进眼睛。"可怜的弱者啊，只不过是实力弱，就被所有人欺负。我王小甜最同情弱者了，所以在我的食物链游戏里，食物链由抽签决定。这个游戏没有死亡，只要找出正确的食物链顺序，就能获得胜利。"

竟然这么简单？！

沉默片刻，一直没说过话的年轻男人忍不住开口道："这个游戏真的没有死亡？"

王小甜："当然，可不允许你们随便杀人啊，我王小甜最讨厌杀人了。只要你们找到一条属于自己的完整食物链，就可以通关游戏了。但是……"话锋一转，王小甜阴险地笑道，"记住哦，只有高等级的玩家可以吃掉低一等级的玩家，等级低的玩家不能吃掉高等级玩家。小球上的数字越大，等级越高。"

唐陌抓住关键："如果低等级的玩家吃掉高等级的玩家，会怎么样？"

王小甜拍拍手："死掉啊！吃掉不属于自己的食物，当然会因为消化不良死掉。对了，吃错了也不行，吃错不属于自己的食物，也会消化不良。"王小甜掰着手指数着，有哪些事情可以做，哪些事情不可以做。随着她一条条地说明，玩家们的脸色愈加难看。

"第一条，吃掉是什么？吃掉就是把你吃掉。比如说你，"王小甜指着年轻女人，"假设你要吃掉他，"她再指向傅闻声，"如果他确实在你的食物链里，且是你的食物，那你选择吃掉他，就吃对了。你可以收走他的小球，并且他的性命由你做主。你可以让他成为你的奴隶，也可以选择把他扔进黑塔……嘿嘿嘿，做成肥料。"

傅闻声郁闷地捏紧手指，他也不想抽到那个数字是1的小球好嘛！

王小甜还在说："……第三条，你们不要这么小心地藏着掖着嘛。小球里的卡片不能给任何人看，可是小球上的数字你们很快就知道了呀。"

一边说着，王小甜一边嘻嘻笑着打了个响指。她的响指刚刚落下，一个个数字突然从玩家们的口袋里飘了出来，"吧唧"一下亲吻了每个玩家的脸颊，接着……粘上去了！

谁都没想到会有这种情况，他们刚才辛辛苦苦掩藏的数字，居然就这么直截了当地出现在他们每个人的脸上！

这算什么？！

众人表情变换不断。

唐陌很快反应过来，观察每个人脸上的数字。

唐陌、傅闻声脸上的数字是1，傅闻夺和年轻女人的数字是2，陈姗姗和中年男人的数字是3，年轻男人的数字是4。

王小甜摸了摸下巴："这样居然感觉你们这些人类长得稍微好看点了欸……"接着，她又继续说起食物链游戏的注意点。然而就在她准备说第四条时，一道沉闷的钟声忽然响起。

王小甜脸色大变，急忙提起裙子："不好，舞会要开始了，我要去参加舞会了！"

钟声一下下地响起，连续响起了八下。王小甜以极快的速度飞奔进了南瓜马车里，玩家们一脸错愕地看着她。王小甜驾驶着南瓜马车，急切地等待大门的开启。这时，一道低弱的女声从马车后方传来："既然门还没开，我想问一个问题。"

王小甜闻言，扭头看向陈姗姗，只见在宽敞华丽的房间正中央，这个长相平凡的女孩儿默默地看着她，问道："一共七个玩家，有三个回归者……"听到这话，那三个脖子上悬浮金色数字的回归者齐刷刷地扭头，看向陈姗姗。

陈姗姗面不改色，沉稳地问道："1 等级，也就是最低等级的玩家有两个。七个人里选两个人，一共有 21 种选法。然而三个回归者，没有一个人在食物链的最低等级里。这个概率是 6/21，也就是 2/7。概率挺大的，他们全部幸运地没抽中最低等级，不是没可能。但是我想知道，这真的是概率，还是必然？"

唐陌惊讶地看着陈姗姗。

如果是其他人问出这样的话，唐陌会觉得对方想得太多。2/7 的概率，三个回归者全都不是最低等级的概率并不算太低。然而陈姗姗拥有"超智思维"异能，能想到这个问题，就意味着这个问题可能非常重要。

三个回归者并不知道陈姗姗的异能，对她的问题不屑一顾，只当是小孩子想得太多。

在大门"吱呀"开启的时候，王小甜坐在南瓜马车里认真地盯着人群中那个十分普通的小女孩儿，没有吭声。

大门完全开了，她也没有走。

就在所有人以为她不会回答的时候，王小甜扑哧一下笑出声："猜对了哦，不是偶然，是必然。他们拥有'夏娃的奖励'，可是尊贵的夏娃候选者。至于你们嘛……"王小甜冷笑一声，语气活泼，"你们算什么东西啦？最低等级当然是你们呀，哈哈哈哈哈……"

伴随着夸张的笑声，南瓜马车晃悠着离开了房间。

大门"轰隆"一声关上，可是王小甜嚣张刺耳的笑声透过大门直直地传入房间里每个人的耳中。

三个回归者的表情渐渐古怪起来，陈姗姗沉默着思索着什么，也没有说话。

当王小甜的声音完全消失后，一道清脆的童声响起——

叮咚！大型多人副本游戏"灰姑娘的食物链游戏"正式开启。

游戏规则——

第一，食物链等级数字，以该玩家在某条食物链上的最高等级计算。

第二，食物链具有绝对单一性，必须由高至低，不可逆转。

第三，吃错食物，会因食物中毒而死。

第四，禁止暴力。施行暴力的一方被判定为危险玩家，直接抹灭。

第五，每个玩家可得到一张关于自身食物链的线索卡牌，该卡牌不能被其他任何人看到，也不能将卡牌上的内容以任何方式告诉给其他人。一旦线索被透露，透露一方和知晓一方全部直接抹灭。

第六，找出一条属于自己的完整食物链即可获胜。同时，该食物链上的玩家皆可以获得胜利。

灰姑娘觉得，夏娃一定在食物链的顶层。

黑塔的提示声戛然而止，在这声音结束的一刹那，一道响亮的声音响起。众人齐齐地扭头看向房间的正中央，只见在房间中间的正上方，一面诡异的虚拟时钟骤然出现，散发着悠悠的蓝光。唐陌诧异地看着这面时钟，观察了一会儿，确定这面钟和真理时钟没有关系。

时钟上显示的是 8 点整。

众人谨慎地盯着这面突然出现的钟，等了半天，它没有任何变化，好像真的只是一面钟。

黑塔突然开口——

叮咚！玩家可选择任意一个房间，一旦进入，该房间成为玩家的私有品，其他人不可进入。玩家可在房间里查看自己的卡牌信息。

原来这房间旁边的七扇门竟然是这个用途！

这场游戏虽然开始了，可是所有人竟然都不知道该怎么玩。三个回归者因为自己的身份，很快站成一队。中年男人躲在那对年轻男女的身后，小心翼翼地盯着唐陌和傅闻夺。

年轻女人想了想，走上前道："这样，我们先去看一下自己的卡牌上到底写了什么。一个小时后，我们在中间会合？"

这个建议得到了所有人的同意。

唐陌随便选择一个房间，打开门进入。他一边扭开小球，一边思索着黑塔宣布的六条规则，同时嘴里轻声念出一个名词："夏娃候选者……"

夏娃的奖励。

夏娃候选者……

这到底是什么？

唐陌慢慢眯起眼睛。

- 148 -

"啪嗒"一声，小球被扭开。唐陌拿出小球里的卡牌，将它翻开。在看清卡牌上的那行字后，唐陌双目睁大，错愕的神情难以掩藏。下一刻，他嘴角一抽，差点儿把这张卡牌直接扔出去。

"食物链底层的小垃圾也想得到线索？啊呸，你咋不上天呢！"

这玩意儿比异能书还贱！！！

　　一个小时后，唐陌将门轻轻合上。他转过头，发现其余六人已经在大厅里等着了。

　　唐陌不动声色地走到傅闻夺的身边。中央的大厅里并没有任何家具，只有一面悬浮在空中的时钟，但是每个人的屋子里家具齐全。不知是谁将房间里的椅子拿了出来，只剩下傅闻夺身边的椅子是空着的，唐陌走过去坐下。

　　七把椅子围坐成一个圈，很巧妙的是，三个回归者坐在一起，唐陌四人坐在一起。

　　游戏刚刚开始，玩家已经各自抱团。七个人沉默地看着对方，过了片刻，回归者中的年轻男人开口道："既然已经进了同一场游戏，我们就算是队友了。这个游戏不是 PK 厮杀游戏，互相合作，应该会更好过关。先认识一下，我是杜德，回归者。"他指了指自己脖子上的金色数字。

　　时间排行榜不再变动，但是他们脖子上的数字不会消失。除非是回归者中的"肉猪"，否则任何人一看就知道对方是回归者。

　　回归者已经有人自我介绍，唐陌道："唐陌。"

　　女回归者："邢思琪。"

　　陈姗姗："陈姗姗。"

　　……

　　七人都自我介绍了一遍，唐陌和傅闻夺并没有隐藏自己的名字，因为一开始他们的名字就被黑塔暴露了。他们面对的是回归者，不是杰克斯。回归者参与过很多游戏，他们隐藏名字没有任何意义，对方肯定早就知道他们的身份。不过在听到唐陌和傅闻夺的名字时，三个回归者还是脸色变了变。

　　夏娃的游戏，淘汰傅闻夺、唐陌可直接开启奖励，获得地底人、马戏团团长的尊敬，包括并不限于游戏方式。

　　年轻男人深吸一口气，道："好，大家认识了，那我就先说吧，我是这个食物链顶层的一环，没有人有疑问吧？"他的脸上印着一个数字"4"，是在场玩家中等级最高的。"这场游戏其实很简单，就像王小甜说的一样，禁止暴力，也不需要暴力。只要我们找出属于自己的完整食物链，就可以获得胜利。"

很简单？

唐陌："你怎么找出食物链？"

年轻男人警惕地盯着唐陌："我们每个人都得到一条线索，根据那上面的线索，我想我们对食物链都有所猜测。"

唐陌对食物链可没一点儿猜测，就他得到的那句话，根本算不上线索。他假装什么都不知道，淡淡道："没有人可以吃掉你，所以你想怎么做？"

年轻男人："验证下一级是不是属于自己食物链的最好方法就是吃掉。我的线索已经告诉我，我的下一级是什么了，所以我可以吃掉对方的小球。"

"你确定你知道你的下一级是什么？"

一道低弱的女声响起，众人全部转头看向陈姗姗。

那年轻男人压根儿没注意到陈姗姗，一直在提防唐陌和傅闻夺。看到这个长相普通的小女孩儿，他不以为意道："我百分之百确定我的下一级是谁。"

"百分之百确定啊……"陈姗姗声音平静，"你知道食物链是什么吗？"

年轻男人不明白陈姗姗话中的意思："我当然知道，就是一条捕食链，大鱼吃小鱼，小鱼吃虾米。"

陈姗姗："吃错对象，你会因食物中毒而死。黑塔和灰姑娘并没有说明被吃错的对象会怎么样，但是毫无疑问，吃错对象的你会死。每个人的线索都不可以对外说明，我的线索我已经看到了，我很确定，我没法通过这条简单的线索找到我的食物链，甚至连我的下一级是谁、我有没有上一级都不敢确定。游戏刚开始，黑塔给出的线索不该那么轻易地让你发现你的下一级。"

年轻男人的脸色微变："你什么意思？"

傅闻声小声嘀咕道："意思是你笨呗。姗姗姐都没法通过线索找到食物链，你怎么可能找到嘛。"

小朋友说话声音极小，只被傅闻夺听进耳中。傅闻夺扫了自家弟弟一眼，傅闻声立刻闭上嘴，乖乖坐着不敢说话。

陈姗姗："我的意思是，你这么肯定的答案，是不是有问题？你真的知道什么是食物链吗？"

被这么小的孩子反驳，年轻男人脸上挂不住，神情有点儿难看。他正准备怒斥"我怎么不知道"，就见陈姗姗从身后拿出一个小本子。本子的封面上有一张王小甜的写真照，灰姑娘对着镜头甜美地笑着，很明显这本子是小姑娘直接从房间里拿的。

打开本子，陈姗姗道："一条食物链，最少由两个等级构成，生产者和消费者。也就是说，A→B，这就是一条完整的食物链。我们七个人，小球上的数字有四种。如果把七个人按ABCD分类，那就是A1、A2，B1、B2……还有最后的你，你是唯一的D。"

三个回归者看着本子上的内容，惊讶地抬头看向陈姗姗。

只有一个小时的时间，这个貌不惊人的小女孩儿是怎么画出这种复杂的图的。

一时间，三个回归者都不敢再小看陈姗姗，谨慎地盯着她。

陈姗姗无视他们，继续道："毫无疑问，你是最高等级D。游戏规则第一条，每个人小球上的数字由对方所处的最大食物链等级决定。所以我和那位……"顿了顿，陈姗姗看了眼中年男人，"我和廖峰之间，肯定有一个人是你的下级。但是这不意味着你就不在其他食物链里。"

这个问题唐陌早已想到，但是三个回归者中，年轻男人和中年男人都脸色一变，傅闻声也一下子愣住。

陈姗姗："你是D等级没错，但你也有可能在另外一条食物链里，是其中的第三等级C等级。这样，你的下一级就是傅闻夺或者邢思琪，比如唐陌→傅闻夺→你。你也可能是另一条食物链里的第二等级B等级，你的下一级就是唐陌或傅闻声，比如唐陌→你。甚至有可能，我们六个人，每个人都是你的下一等级，你可以吃掉我们每一个人。这是场食物链游戏，但是食物链从来不是单一的，是一个网络。"

年轻男人嘴巴张大，明白了陈姗姗的意思。他再想到自己的那条线索，脸色顿时变得难看起来。然而令他更没有想到的是，一道平静的女声还在继续说着："我打个比方，你的线索是'你的下级是个女性'。"

杜德"唰"地抬头，震惊地看向陈姗姗。

宽敞的房间中央，那个长相平凡的小姑娘正好坐在时钟的旁边。她不知从什么时候开始，一直默默地凝视着杜德。发现杜德错愕地抬头看她，那双沉静漆黑的双眸里难得地闪过一丝笑意，陈姗姗翘起嘴角，终于像个孩子似的说道："我只是打个比方，我没看过你的线索，你也没有告诉我。"

杜德的心脏跳得极快，他平复了一下澎湃复杂的心情，听到自己冷静地说道："我知道。"

陈姗姗笑了笑，继续道："这个线索看上去是在告诉你，我是你的下一级。因为C级里面，只有我是女生。但是，它并没有告诉你，它所说的这个下级指的是第三级还是第二级。你或许有两条食物链，第一条：唐陌→傅闻夺→廖峰→你，第二条傅闻声→邢思琪→你。这时候你的下一级就不是我，而是她，"小姑娘指了指年轻女人，"她也是你的下级，还是个女性。这样一来，你要是吃了我，就会食物中毒而死。现在……你确定你知道你的下级是谁了吗？"

杜德张了张口，似乎想要说话，但是没有出声。

唐陌静静地看着这一幕，嘴角微微勾起。

年轻女人在旁边看了许久，出声道："我们都懂你的意思，这我也想到了，每个人小球上的数字不意味着他就只属于这个等级。三级以上的玩家，都可能还有其他等级的身份。这场游戏我目前看不出通关方式，但是毫无疑问，小球里的线索是关键。"

中年男人："黑塔不允许我们把小球里的线索告诉别人，别人也不能知道，告诉者和被告诉者都会被抹杀。"

年轻女人看了他一眼："不说出小球里的线索，但是可以透露其他一些东西。我先来，我的线索告诉我，我的下一级是这个小男孩儿的概率很高。"

傅闻夺低沉的声音响起："这是二次推理？"

年轻女人没有否认。

傅闻夺挑了挑眉："我的下一级是唐陌。"过了片刻，补充道，"概率很高。"

中年男人老实道："我是第三级，按照你们刚才的说法，下面的四个人都有可能是我的下级，所以我没法确定我的下级是谁。"

陈姗姗道："我的线索推理出来的结果，说出来没有什么意义。"

年轻男人也没有开口。

唐陌直接道："我的线索也没有任何意义。"

三个回归者警惕地扫了唐陌一眼，很明显，没有一个人相信他的话。

最后轮到傅闻声。

小男孩儿目光坚定地看着傅闻夺，手指握紧，嘴唇有点儿白："我觉得我的上一级是大哥。"

下一秒，一道女声突然道："你说谎！你的上一级是我！"年轻女人双眼一亮，傅闻声被她的声音一吓，嘴唇颤了颤，直接反驳："没有，我的上级就是大哥，线索上是这么提示我的。"

年轻女人舔了舔下唇，笑道："小朋友，你是不是不知道我的异能是什么？"

唐陌心中一冷。

年轻女人笑了起来："你在撒谎，这件事我是知道的，我百分之百肯定。我的线索其实没那么准确地告诉我，你是我的下级。但是很明显……你的线索告诉了你，你的上级很可能是我，这个可能性或许超过了七成吧。这种可能性值得让人一试啊……"

年轻女人微微一笑，从口袋里拿出自己的小球，小球上那个大大的"2"字刺着傅闻声的眼睛。

就在她张开口准备说第二句话时，忽然，一把冰冷的匕首抵在了她的脖子上。年轻女人顿时噤了声，眼珠子一转，看向一旁的黑衣男人。她并没有看见傅闻夺是什么时候从对面走到她的身后的，那把匕首死死地抵在她的喉咙前，只要稍微动一下就能割断她的喉咙。

年轻女人尽量冷静道："你干什么？！"

陈姗姗站了起来："你想吃了他？"

年轻女人脸色变了变："我没有。"

陈姗姗："你想这么做。"

"……"

半晌后，年轻女人怒道："本来就是，不吃掉他，我怎么确定他是不是我的下一级？难道要我直接说出我的食物链？只要我说出的食物链上有一个不对，我就算失败。难道你们在得知下一级后，不打算吃掉下一级，确定真假？比起有很多个不确定因素，当只有一个不确定因素时，当然要先验证。要不然为什么这个游戏会有'吃掉'这种规则？！而且我只是吃掉他的小球验证答案而已，又没想对他做什么。"接着她回头对傅闻夺道："你想杀了我？你动手啊，游戏禁止暴力，你会直接被黑塔抹杀！"

很少有这么不怕死的人，傅闻夺似乎觉得有些意思，低沉地笑了一声。

年轻女人冷笑道："如果你不怕死，你就来吧。在你对我使用暴力的那一刻，黑塔就会抹杀你。"

唐陌忽然明白："你是觉得他在被黑塔抹杀前……杀不了你？"

年轻女人眼珠动了动，没有开口。

"在一瞬间杀了你，至少有十几种方法。"冰冷的匕首在女人的脖子上抵了抵，傅闻夺的距离掌控得极好，女人每一次呼吸时都感受到那匕首快要将自己的脖子划破，可又没有刺破。她紧张地屏住呼吸，然后便听到男人低声一笑："想试试吗？"

匕首抽开后，年轻女人仍旧心有余悸，看着傅闻夺一步步走回唐陌的身边。

在傅闻夺拔出匕首的那一刻，有些东西就已经被挑明了——

四个地球玩家不可能让回归者随意吃掉自己，回归者也不会让地球玩家吃了自己。

他们分成了两支队伍，互相戒备。

气氛一下子僵住。线索极少，这么少的线索，就连陈姗姗都没法找出正确的食物链。傅闻夺低头在唐陌耳边问道："没有意义？"

他问的是唐陌之前说的，唐陌的线索没有意义。

唐陌不能把自己的线索内容告诉傅闻夺，他也没法确定自己能说到什么地步。他沉思片刻，道："上帝很有歧视，因为打的是 3NT[①]，于是直接扣牌不明。"

傅闻夺微微一愣。

他回过神来，大概明白了唐陌的意思。

傅闻夺："我们很少打 3NT 吧。"

这次轮到唐陌愣住。他以桥牌打比方，将自己得到的线索做了个简单的说明。

唐陌回忆了一下："嗯，我们好像一共就打过三次 3NT……有三次吗？"

傅闻夺很肯定地说："没有，两次，都是你打的。"

唐陌无奈地笑了。

在桥牌的规则里，3NT 一般是最小的定约。哪怕赢了游戏，如果做的是 3NT 定约，获得的积分也会比较少。傅闻夺野心很大，从来不打 3NT，有时还追求大满贯。唐陌则稳中求胜。两人经常一起打牌，在国内某桥牌网站也颇有名气，只不过他们的积分算不上特别高，因为傅闻夺那种打法要么就得很多分，要么就掉很多分。

那时候唐陌透过电脑，一直觉得坐在屏幕另一边的人是个很冲动又嚣张的家伙。所以当他和傅闻夺见面，并且一起组队很久以后，都没发现傅闻夺是维克多。

傅闻夺不像野心那么大的人。

难道说人不可貌相？

唐陌悄悄地打量傅闻夺。这个男人或许真的很有野心。

他有野心？他的野心是什么？

在唐陌回忆两人以前打牌的场景时，傅闻夺也在思考一些问题。想了一会儿，两人默契地决定把这件事暂时放到一边。玩家很明显已经分成两个小团队，唐陌也没再避讳。他们四人聚在一起，用迂回的方式将自己的线索大致说了一遍。

---

① 桥牌的一种开叫形式。

在傅闻声即将开口前，陈姗姗道："小声，你不用说了。你的线索是什么我们大概能猜得出来，你别不小心没把握好尺度说多了。"

傅闻声乖乖地点头。

经过刚才的对话，七个玩家中，有两人的线索已经非常明显。年轻男人以为自己的下一级是陈姗姗，很有可能他的线索是"下一级为女性"。傅闻声的线索意味着他的上一级应该是年轻女人，即"傅闻声→邢思琪"。当然，他也可能处于两条食物链里，还有"傅闻声→傅闻夺"。

陈姗姗："七个玩家，第一等级和第二等级的四个人可以确定自己的位置，一共有九种顺序。但是第三、第四等级的三个人都无法确定自己的位置。看情况，除了那个女回归者，"小朋友悄悄地看了邢思琪一眼，"其他两个回归者并不敢确定自己的下一级有谁。"

唐陌点头道："嗯，就我们目前得到的信息来说，这个游戏不可能通关。"

信息太少，可能出现的顺序太多。

食物链并不是一条单一的食物链，将七个人分为 A、B、C、D 四个等级，C、D 等级的三个人可能有多种位置。比如陈姗姗，她脸上的数字是 3，但这并不意味着她一定只是第三等级，还有可能是第二等级。

唐陌思考道："食物链构成食物网后，会很复杂。现在我们最需要做的是得到其他人的线索。"

傅闻声："但是黑塔说了，不允许把自己的线索告诉其他人。"

唐陌拧紧眉头。

这场游戏不该是这样的。如果真的是这样，那游戏几乎没有通关方式。真要到了那个地步，恐怕只有最后一种通关方式。但是那种方式……

唐陌抬起头，发现傅闻夺正在看他。他再转头，又与陈姗姗的视线对上。

三个人齐齐沉默。

唐陌轻轻叹了口气，握住小阳伞站起身。正当他准备起身时，一道沉闷的钟声陡然响起。

"嗡！"

十二道钟声在房间里回荡，七人立刻警惕地站起身。刺耳的马车声从门外传来，唐陌错愕地看向房间正中央的时钟。不知什么时候，那钟已经指向了 12 点。

陈姗姗惊道："怎么会这么快？！"

对，怎么可能这么快？他们都是有时间意识的人，所有人都明白午夜 12 点对灰姑娘意味着什么，所以从一开始陈姗姗就有注意时间。然而明明没有过去几分钟，这只钟却一眨眼就到了 12 点。

傅闻夺沉了脸色，冷漠地盯着那扇巨大的门。

"吱呀"一声，大门缓缓敞开。一辆华丽的南瓜马车从门外慢悠悠地驶了进来，唐陌做好准备，车门打开，一只漂亮的水晶鞋先映入众人的眼帘。唐陌下意识地察觉到不对，等到车里漂亮的少女下了车后，所有人都有一瞬间的惊讶。

王小甜穿着美丽的蓝色礼裙，掩唇笑道："哇哦，我喜欢你们现在的眼神，以为我会穿着破破烂烂的衣服来见你们吗？童话看多了吧！我可是地底人王国最受欢迎的女主持人王小甜！"灰姑娘拎着裙摆走到众人中央，伸出手，将那只时钟的时针再次拨到 8 点。

做完这一切后，她扫视全场一周，甜甜地一笑："所以你们这些臭臭的人类，现在知道你们的食物链了吗？这是第一晚，你们还有两个晚上。等我王小甜当了王妃可就没时间和你们玩这种幼稚的游戏了，你们就在房间里自生自灭吧。"

陈姗姗直接开口："这场游戏不可能通关。"

王小甜瞪大眼："你说什么？"

陈姗姗冷静道："我说，就目前我们得到的线索来说，除非运气好，否则这场游戏我无法通关。"

王小甜生气道："你这个人类，自己蠢还怪我的游戏！我的游戏当然可以通关了，全地底人王国都知道我王小甜从不说谎！"

傅闻声小声嘀咕："谁知道你在不在说谎。"

唐陌突然道："怎么通关？"

王小甜反射性地说："根据线索找出你所在的食物链，就可以通关啊……"忽然捂住嘴，俏丽的少女眨眨眼，"咦，我刚刚说了什么吗？"

傅闻夺："我们只能知道自己的线索，无法知道别人的线索，不可能通关。"

王小甜理直气壮地反问："你们就这么不思进取，不能努力通过达尔文测试，获得其他食物链位置的线索吗？"

唐陌双目睁大："达尔文测试？"

王小甜笑了起来，露出两颗小虎牙："啊呀，难道我忘了告诉你们吗？每天晚上你们都可以参加达尔文测试，提高自己的食物链位置。食物链已经定下来了不会再改变，但是每个位置的人是可以改变的呀。老鼠吃了老虎，他就变成老虎，老虎也会变成老鼠。你在达尔文测试里获得第一，"王小甜指着唐陌，"你就可以进化成最高等级，得到他的小球和里面的线索。难道我没有说？啊，一定是我太忙了，都给忘了。"

嘴上这么说着，王小甜脸上幸灾乐祸的笑容却在暗示着她根本没有忘记过这件事，只是故意不说，欣赏这些人类惊讶的表情。

年轻女人道："什么是达尔文测试？"

王小甜吐吐舌头："你确定你要参加？"

七个人毫不犹豫地点头。

游戏已经停摆，不参加这场达尔文测试，他们根本不可能获得其他线索，通关游戏。

王小甜古怪地笑了起来，她兴奋极了。那熟悉的笑容令傅闻夺眼皮一跳，然后就见王小甜拍拍双手，一个巨大的摄像头突然从天花板上落了下来。谁也不知道它是什么时候在那儿的，又是三道"砰砰砰"的开灯声，耀眼的聚光灯将房间中央的七个玩家罩在其中。

王小甜右手一动，一只钻石话筒出现在她的手中。她一跃坐到了南瓜马车的车顶。她不再看七个玩家，反而抬起头看向那个巨大的摄像机。

"地底人王国的九大未解之谜是什么？

"马戏团团长真的破产了吗？

"所有黑塔怪物都在寻找的夏娃到底是回归者还是地球幸存者？

"噔噔噔噔，一切尽在《开心问答》！各位观众大家好，我是你们最喜欢的王国卫视金牌主持人王小甜。今天又是愉快的答题时间，《开心问答》第8341期节目，我们来到了'灰姑娘的食物链游戏'。让我们来看看，今天又是哪几个幸运儿成功进入我们的游戏了呢？"

王小甜对着镜头，甜美地笑着："《开心问答》，一共十二道抢答题。答对者可获得积分，答错没有积分。"

王小甜手一指，摄像机对准了房间中央的七个玩家。

除了傅闻夺，其余六人都一脸蒙。唐陌很快回过神，眯起双眼。他看到在每个玩家的面前，都有一个红色的抢答器从地板上升起。一共七个抢答器，并排悬浮在玩家们的身前。

王小甜嘻嘻地笑了一声，坐在南瓜马车的车顶上晃动双腿，开心地说道："今天这期节目是《开心问答》的特殊外景节目，我王小甜可是金牌主持人，一有什么好事儿都会想起我最可爱的观众们，才不是想混一期节目赚工资呢。这七位玩家里有两位想必电视机前的观众都认识，他们的名气可不小哦。至于他们是谁……

"我卖个关子，就不告诉你们。"

王小甜虽然还想多说点儿废话，混混节目时长，但看了看时钟，遗憾地说："时间有限，那我们就正式开始吧。"

这一切发生得太突然，莫名其妙冒出来的王小甜，突然从天而降的摄像机，还有从来没听说过的《开心问答》节目。但王小甜根本不给他们反应的时间，玩家们还一脸蒙，王小甜开口便道："当当当当，请听题！第一题，地底……"

　　"当当！"

　　王小甜猛地吓一跳："好快！"她诧异地抬头看向唐陌。

　　连傅闻夺都没反应过来，唐陌居然在王小甜还没说题目之前就按下了抢答器。

　　王小甜也有点儿蒙："嘉宾唐陌，我还没有说题目，你怎么都按抢答器了？你难道知道我要问什么问题吗？"

　　唐陌理直气壮："不知道。"

　　王小甜："哈？"

　　唐陌："你刚才说答对有积分，答错没有积分。你没说，答错有惩罚……答错有惩罚吗？"

　　王小甜："没有。"

　　唐陌淡淡道："那就先抢一题吧。"

　　刚刚反应过来的三个回归者："……"

　　还带这样的吗！！！

第 5 章
夏娃的奖励

达尔文测试，一共十二题。答对加分，答错不扣分。

一开始王小甜就没有说答错题目有什么惩罚，理论上提前按下抢答器并没有问题，可似乎还是有点儿冒险，这不符合唐陌谨慎的性格。然而在唐陌收回按在抢答器上的手时，一旁的傅闻夺和陈姗姗也悄悄地收回了手。

"抢到题目又怎么样？也不一定答得出来，就是走了狗屎运才答错不惩罚……"年轻男人小声嘀咕道。

唐陌淡淡地扫了这人一眼。

王小甜回过神，表情古怪地看着唐陌，继续说道："好吧，那我继续说了。第一题，地球上线后，黑塔将地球分成了几个区？请作答！"

这话一落地，三个回归者全部呆住。傅小弟惊骇地张大嘴，年轻男人直接破口而出："这么简单？！"

王小甜翻了个白眼，理所当然地反问："这才第一题，你要什么难度？"她看向唐陌，不耐烦道："喂，抢答题没选项懂吗？快点儿回答啦，你们这些臭人类真是烦死了。"

唐陌不动声色地勾起唇角："一共十个区。"

王小甜蔫蔫地点头："答案正确，玩家唐陌得一分。"

三个回归者："……"

不带这样玩的啊！！！

三个回归者看向唐陌的眼神里多了一丝羡慕和嫉妒，只有年轻女人有些怀疑地皱起眉头，但也没说什么。有了唐陌做先例，王小甜还没报第二题，所有人的手全部放在了抢答器上。这一次唐陌倒没有特别紧张，冷静地看着王小甜，只要对方开口他就会按下抢答器。他已经得到了一分，领先其他人，需要紧张的是其他人。

年轻女人偷偷地打量唐陌，小声自语道："真是巧合吗……"

真的那么巧，答错题目没有惩罚，第一道题还那么简单，唐陌一答就对？

没有人给她答案。

很快，王小甜说出了第二题。她又没能说出题目，就被人按下了抢答器。这次是年轻男人抢到了答题资格，王小甜抱怨地嘀咕了一句"这就发现套路了，一点儿都不好玩"，接着郁闷地将第二道题的题目说了出来："请听题！第二题，黑塔最喜欢的玩家是谁？"

这道题简直是道送分题，地球幸存者可能还会多想想答案，回归者不假思索道："慕回雪！"

王小甜拍拍手："恭喜你，答对了，获得一分。"

年轻男人露出得意的表情。

就这样，七个人各凭本事抢答。一连八道问题过去，陈姗姗和年轻女人反应速度慢了点儿，没抢到题目，是零分。年轻男人抢了两次，只答对一题，和傅闻声一样获得一分。中年男人和唐陌各答对两题，获得两分。傅闻夺答对三题，获得三分。

还剩下四题。

王小甜正准备开口，忽然仿佛听到了什么，惊呼："收视率这么低？！"

众人一愣，就见王小甜猛地从南瓜马车上跳下来，怒气冲冲地来回踱步。走了一会儿，她跑到七个玩家面前，双手叉腰："是你们逼我的，是你们这些臭人类逼我的！我王小甜主持《开心问答》这么多年，第一次收视率垫底！你们这些臭人类，我要加大难度，我要拿出压箱底的题目，气死我了！"漂亮的少女用力地一脚踩地，地面剧烈震颤。谁也没想到，这个看上去柔柔弱弱的灰姑娘居然也有这么强大的实力。

这时，一道平静的声音响起："接下来答错会有惩罚？"

王小甜没反应过来，瞪向陈姗姗："没有，这是黑塔的游戏规则。"

陈姗姗语气平静："哦，那你加大难度吧。"反正答不出来又不会死。

王小甜："……"

她到底为什么要开这个节目直播！！！

果不其然，接下来王小甜问的四道题难度大增。七个人轮番回答，最后只有一道题被回答出了正确答案。最后，傅闻夺三分，唐陌、中年男人两分，傅闻声、年轻男人、陈姗姗一分，年轻女人零分。

王小甜拎着裙摆愤怒地跑上南瓜马车，拉开窗帘怒骂："我再也不想见到你们这群浑蛋，你们快给我通关游戏，滚出我的房间！"

"轰隆隆！"

南瓜马车驶出房间，大门"砰"的一声关上，只留下房间里的七个玩家。

傅闻声："达尔文测试就这么结束了？我们这个小球该怎么换啊……"

没让小朋友困惑多久，只见七只小球一个个从玩家们的口袋里飞出。七只小球在空中飘浮着，会聚在一起。下一秒，小球掉转方向，重新换了个顺序飞到不同玩家的面前，轻轻地吻在每个玩家脸颊的数字上。

一吻后，傅闻夺脸上的数字变成了4，唐陌和中年男人变成3，傅闻声和年轻男人变成2，陈姗姗和年轻女人变成1。

唐陌伸手抓住小球，转头看向自己的队友："先去房间看看里面的线索？"

众人点头："好。"

唐陌四人直接进房间看线索，三个回归者也互相看了一眼，各自回房间。

唐陌将门关上，并没有第一时间打开小球，查看里面的线索。他从房间的桌子里找出纸笔，在白纸上写下了几个名字，然后将这些名字一一连线。

"姗姗的球在我手上，小声拿到的是邢思琪的球，傅闻夺拿到的是杜德……"

手指在这七个名字上轻轻敲击着，半响后，唐陌拿出小球，"啪嗒"一声打开。他拿出里面的小字条，翻转过来，念出上面的文字："唐陌终于成了站在食物链顶端的男人……"双目倏地睁大，唐陌错愕地看着字条上的文字，仔细地看了三遍，双眼越来越亮。

五分钟后，"咚咚咚"的敲门声响起。

唐陌打开门，短发小姑娘站在门外。陈姗姗抬头道："唐陌哥哥，看好线索了？"

唐陌点点头，抬起头，发现傅闻夺已经站在中间的大厅里等他。很快，陈姗姗又敲开傅闻声的房门，将傅小弟带了出来。四个人找了一个隐蔽的角落，那三个回归者还没有出来。

陈姗姗看了众人一眼，道："这一次我们四个人把食物链的四个等级全部占了。刚才七个小球飞到空中的时候，我观察了两个小球。我现在拿到的球是唐陌哥哥的，他拿到了我的球。"

陈姗姗的身体素质没有得到提高，以她的动态视力一次性只能观察两个球。

傅闻夺补充道："小声拿到的是那个女人的球。"

陈姗姗点点头："好。除了小声，我们现在可以大致地说一下自己得到的线索。"

不能将自己的线索明确地说出来，却可以稍微提及一两句。陈姗姗的线索很简单，没有太多价值。傅闻夺沉吟片刻，低声道："根据我的线索，我确实应该在某条食物链，位于该食物链的第三等级。"

陈姗姗立即将这条线索记录下来："第四等级，同时是第三等级。"

唐陌道："我的线索有些重要。"

众人"唰"地扭头，齐齐地看向唐陌。

唐陌考虑了一下措辞，目光认真地盯着傅闻夺："我不在你的食物链里。"

傅闻夺目光顿住，静静地凝视着唐陌。

"不在他的食物链里？！"陈姗姗惊道。短发女生的笔停在本子上，圆圆的笔尖与白纸轻轻摩擦，留下一道道浅浅的痕迹。下一刻，陈姗姗突然抬起头盯着傅闻声，脸上露出欣喜的笑容，眼神却极为认真。她一字一句地说道："小声，现在我有一个问题要问你，你要仔细回答。你回答的时候要忘记你小字条上的那句话，专心回答我的问题，将那句话完全抛到脑后。"

傅闻声坐直身体："好，姗姗姐你问。"

陈姗姗："我的问题是……"

五分钟后，陈姗姗将自己的本子合上，长长地舒了口气。

"灰姑娘参加三次晚会，我们一共有三个晚上，但是达尔文测试只有两次。下一次的达尔文测试就是我们最后一次换小球的机会。不过这次的达尔文测试我有件事，希望大家做一下。"

四人凑近，陈姗姗降低声音，小声地说道："第二次达尔文测试，我推测题目会比第一次难。在这次的测试上……"

唐陌听着陈姗姗的话，轻轻点头。等她全部说完，傅闻声仔细记着自己要做的事儿。过了片刻，他想起一件事，道："姗姗姐说以灰姑娘的性格，第二次达尔文测试她一定会故意把题目出得很难，让我们很难回答，这样可以提高她那个什么收视率。幸好答错题目不扣积分，也没什么惩罚，要不然我们肯定就完蛋了。"顿了顿，小朋友说道，"欸，对，唐哥，你运气真好，你是第一个抢答的，要是有惩罚就不好了。幸好题目简单，又没惩罚……额，你们干什么用这种眼神看我？"

傅小弟吞了口口水，突然就觉得委屈极了。

"等等，我说错了什么吗？大哥，唐哥，姗姗姐，你们为什么要用……要用……"要用这种怜爱的眼神看他！

傅闻夺直接扫了自家傻弟弟一眼，不再看他，免得看了生气。

陈姗姗脾气好，耐心地说："小声，唐陌哥哥不是随便按抢答器的，如果他不按，我和傅少校也会按。我问你，你觉得在这七个玩家里，我们四个人的水平算是什么等级的？"

傅闻声下意识地想说他们当然比那三个回归者强，有他哥和唐陌在，怎么可能比那三个人差，而且还有陈姗姗。但是他又想起自己似乎拖了后腿……小朋友估量了一下，觉得哪怕加上自己，三个队友也带得动。

"我们强！"

陈姗姗："对，我们更强。一共只有十二道题，却有七个位置。这说明一个问题，至少有一大半的题目是我们能够回答出来的，否则假设有很多人都是零分，这个位置该怎么分配？难道再按运气，抽签随机分配等级？那么所谓的达尔文测试就失去了意义，不如再进行一次抽签。"

唐陌补充道："达尔文测试是进化测试，弱肉强食，是进化的关键。"

陈姗姗："对。这个测试和运气关系不大，更看个人水平，因为它在督促玩家进化。所以即使它有惩罚，也不会是致命惩罚，否则位置不好分配。其次……"短发女生看着一脸蒙的小男孩儿，笑道，"小声，连我们四个人都回答不出来的问题，你觉得那三个回归者回答得出来吗？有八成可能性，他们回答不出来。所以王小甜问的第一个问题，十有八九，是我们能回答出来的。白送的一分，你要不要？"

傅闻声："……"

就在傅闻声怀疑人生的时候，只听"咔嗒"一声，一扇房门被打开。

年轻女人看到唐陌四人聚集在大厅里，先是一愣，表情变了变。她思索片刻，先去叫出了另外两个偷渡客，接着走到唐陌四人身边。年轻女人没有犹豫，直接开口："分享线索吗？"

唐陌抬起头，微微一笑："好啊。"

一个小时后，当王小甜坐着南瓜马车回到房间里，跳下马车，第一句话便道："你们让我出了大糗！我王小甜，地底人王国的金牌主持人，第一次收视率没有过1！都是你们的错，你们给我等着，这次我一定会出非常非常难的题目，难死你们！"

三个回归者听到这话都脸色微变，唐陌四人倒一脸平静。

这和陈姗姗说的一模一样。

王小甜暴怒地叉着腰，这次也不开直播了，没再召来摄像机，而是直接跳上南瓜马车的车顶："我不想和你们这些没有人气的臭人类说话，你们快点结束测试，快点滚出我的房间。你们都是臭虫，都是垃圾，都是没用的臭家伙！听好了，我的第一题……"

"当当！"

年轻男人激动地按下抢答器，王小甜早有准备，嘴角微微勾起，露出两颗小虎牙："好呀，这次是你抢到了，那你可给我听好了。我的问题是……谁是地底人王国最聪明的人？"

年轻男人的笑容僵在脸上。

王小甜骤然失笑，恶狠狠道："快说！"

年轻男人犹豫半天，试探性地说道："王小甜？"

实在不知道答案，拍马屁应该也没错。这种主观性问题实在不像是有标准答案的样子，年轻男人便冒了个险。谁知他刚说完，王小甜咧嘴一笑，用力地拍了拍身下的巨型南瓜。巨大的南瓜突然张开大嘴，紧贴着年轻男人的脸发出一道刺耳的吼声。

"啊啊啊……"

这声音尖厉难听，众人快速地捂住耳朵。年轻男人竟感觉到自己出现了耳鸣，猝不及防下根本没捂耳朵。他呆滞地抬起头看着南瓜车顶上的王小甜，美丽的少女嘴巴一张一合，可是他根本听不见，几乎被震聋的耳朵只能听到一阵阵的嗡嗡声。

王小甜哼道："对啊，没有惩罚，我也不会打你们。"说不定还打不过……"我就是让我的宝贝马车打了个饱嗝，它吃撑了，打嗝很正常嘛，我才没有对你们施行惩罚。来啊，继续抢答啊，回答错了也没惩罚所以随便抢啊，反正收视率低和你们没关系嘛。来啊，抢答啊。"

中年男人忍不住怒道："你不敢惩罚，是因为黑塔规则规定了不可以有惩罚。"

王小甜："我没惩罚你们，我就是让我的宝贝南瓜打嗝了，怎么样！"

"你……！"

黑塔 BOSS 虽然有的时候好欺负，却也不能欺负过度。

中年男人完全不明白，这王小甜上一轮达尔文测试的时候还好好的，也没发飙，怎么这次就这样了。明明唐陌上一轮气得更过分，她怎么不冲唐陌发火，不过这次倒霉的不是他，是那个年轻男人。年轻男人的身体恢复能力极强，耳鸣慢慢地消失了。可是他有苦说不出，只能打碎了牙往肚子里咽。

现在他们玩的是灰姑娘的游戏，王小甜真要拐着弯欺负他们，他们连个"不"字都不敢说。

王小甜见众人不说话了，"喊"了一声："抢答啊，难道说你们七个人都不知道答案？大笨蛋……"

"当当！"

王小甜扭头看向对方。

傅闻夺神色平静："薛定谔。"

王小甜的目光一滞，下一秒生气地哼了一声："恭喜你回答正确，加一分。第二题……"

有了这一茬，大家都不再随便地抢答。谁也不知道这灰姑娘下一次会用什么手段惩罚玩家，这种小惩罚还好，只是耳鸣。万一她有什么特殊的手段，可以在黑塔允许的范围内实施恐怖的惩罚，那就得不偿失了。

而且玩家们渐渐发现，这次达尔文测试的题目比上一轮困难很多。抢答了也不一定能答对，所以大家不再那么拼命地抢题。

王小甜没好气儿地道："第十题……哼，你们最好别犯到我的手里。刚才那次《开心问答》只是外景特别篇，真正的《开心问答》是有惩罚的。那惩罚有多恐怖……你问问傅闻夺，他知道，他可是差点儿死在里面。"

年轻男人看着傅闻夺，惊道："原来你早就有经验！"

傅闻夺双手插在口袋里，没有回答。

王小甜也不生气，对着傅闻夺做了个鬼脸后又继续说自己的问题："第十题，在场的七个玩家里，王小甜最想吃掉……欸？黑塔这道题居然和我有关？"王小甜呆了呆，吐吐舌头，"原来还能这样啊……嘿嘿，王小甜最想吃掉谁？这道问题好简单。"

"当当！"

七个玩家同时按下抢答器，王小甜看了一下每个人面前的灯，最后看向唐陌："你来回答。"

唐陌收回手，定定地看着王小甜："说出答案之前我想问个问题，你能回答吗？"

王小甜眯起眼睛打量着唐陌："我为什么要回答你？"

唐陌摊摊手："你随意，我只是想问一个问题。你曾经说过，达尔文测试只是改变每个人的位置，不改变食物链？"

王小甜狐疑地看着唐陌，她想了想，这个问题好像没什么陷阱，也是黑塔要求她告诉玩家的规则。"对，达尔文测试只是改变你们每个人在食物链里的位置，不改变原本的食物链。"

傅闻声小声嘀咕："哪儿有改变位置？反应慢的、抢不到题目的，根本就没

166 -

法得分，只能永远在第一等级。"

听了这话，年轻女人目光一动，看向傅闻声。

他这话说得没错。虽然这次题目难了点儿，大家不会那么拼命地抢题目，但是年轻女人、陈姗姗和年轻男人还是没有回答对一道题。年轻男人是回答错误，她们则是根本没抢到回答权。地球上线后每个人的身体素质都得到提高，年轻女人因为异能特殊，在反应能力上提升得不高，所以总是抢不过别人。

按照这样下去，她继续待在第一等级的概率极高。

年轻女人脸色一沉，没有吭声。

"底下的题目会更难一点儿吗？"陈姗姗突然问道。

王小甜："干吗？你还想更难啊？"

陈姗姗点点头："不再难一点儿，我可能很难得分。而且我也想知道，上一轮达尔文测试，我、小声，还有他，"她指了指年轻男人，"我们三个人都是一分，可他们是第二等级，我是第一等级。为什么？随机吗？"

王小甜："当然不随机，达尔文测试和运气没有任何关系。谁让你进化得晚？你当然靠后了。"

陈姗姗："也就是说，现在我们还有三个人是零分，我、杜德、邢思琪，我们三个人是零分。接下来还有三道题，如果我们三个人里有人答对，按照答对的先后顺序可以得到排名。如果三个人都没回答正确呢？"

王小甜咧开嘴，露出可爱的小虎牙："按上一轮达尔文测试的积分呀！"

陈姗姗理解地点头。

还真是公平，只看实力，绝不看运气。

傅闻声道："这是最后一次换顺序的机会了，姗姗姐，你要加油，要不然你就要一直排在最后一位了。"小朋友凑过去，"我这次还是一分，可能又是第二等级，还是这个位置。姗姗姐，我对这个什么食物链一点头绪都没有，不过你放心，我一定不会吃掉你。你是第一等级，我是第二等级，实在不行我就吃了她，我就算吃错了你还活着，你还有机会。"

年轻女人"唰"地抬头，看着傅闻声。

小朋友被吓了一大跳："你、你看我干什么……"

年轻女人定定地看着傅闻声，过了片刻，冷笑一声："你们这些地球幸存者，对队友的感情还挺好的。"

傅闻声理直气壮："我和姗姗姐是队友，我不对她好，难道对你好吗？"

"你的球是我之前拿的球，她的球是你之前的球。她在你的食物链里，你吃她肯定没错。你是傻吗？"

唐陌的声音响起："但是你之前也没有百分之百肯定他在你的食物链里，只是概率很高而已。"

年轻女人笑了："如果傅闻夺不拿刀抵着我的脖子，我早就把那个小男孩儿的球吃掉了。他还会活到现在？"

傅闻声的脸涨得通红，下一秒他看着年轻女人："我不会吃姗姗姐，我只会吃你。"

年轻女人看着小男孩儿愤怒的模样，过了许久，移开视线，无所谓道："随便你。"

陈姗姗双目一亮。

唐陌翘起嘴角，一个抬头发现傅闻夺正在看自己。

两人默契地做了个口型：Good Job。

王小甜对唐陌高声道："喂，你到底还回答不回答了？快点儿回答问题！"

唐陌："王小甜最想吃傅闻夺。"

王小甜舔了舔嘴唇，悄悄地看了傅闻夺一眼："嘿嘿，回答正确。第十一题……"

果然和陈姗姗猜测得一样，十二道题结束，她、年轻女人、年轻男人，全部没得到积分。王小甜摸摸下巴："好蠢的人类。"接着不打算理会他们，直接跳上南瓜马车准备再去参加自己的舞会。但就在她即将进入南瓜马车时，一道男声响起："是要等你走了，我们的小球才会自己换吗？"

王小甜停下脚步，看向唐陌："随便，你们现在就可以换小球。"说着，王小甜没想太多，她拍拍手，唐陌便感觉到自己的口袋一动，一只小球"嗖"的一声飞出来。然而就在那一瞬间，一只手猛地将这只小球截住。

"你们干什么？"王小甜惊讶地看着唐陌，又看向傅闻夺、傅闻声和陈姗姗。

三个回归者也错愕地看着唐陌四人，很快，目光变得警觉起来。

唐陌牢牢抓住手中不断跳动的小球，摸了摸脸上的数字，笑道："如果我没推测错，目前这个小球应该还属于我，我还是第三等级？"

刚才的达尔文测试里唐陌分数最高，这次应该获得第四等级。

王小甜没明白唐陌的意思："对，你的小球还没换，当然是第三等级。"

唐陌："也就是说，我们四个人，还都是刚才的位置、刚才的等级？"

"对。"王小甜，"你到底想说什么？"

唐陌缓缓抬头，语气平静："玩家发现一条属于自己的完整食物链，即可获胜。是要当众说出那条食物链，还是可以私下对你说？"

王小甜："随你啊，可以私下告诉我……"声音戛然而止，王小甜瞪大眼睛，"你刚才说什么？"

"他刚才说……"

低沉有磁性的男声响起，傅闻夺站在唐陌的身后，让他看起来好像是唐陌的代言人。

唐陌见状挑了挑眉。

傅闻夺低声笑道："他说，我们决定……现在通关。"

陈姗姗走上前，抬头看着王小甜。

穿着漂亮礼服的灰姑娘一脸错愕地看着她，过了半晌才问道："你确定你们现在要通关？不是，我得告诉你们，我王小甜很忙的，没时间听你们慢慢说食物链，你们每个人只有一次通关机会，你只能说一次食物链。如果这次没能通关，你就再没有主动权，只能祈祷走狗屎运，其他玩家说食物链的时候顺带把你的顺序说出来，带你通关。你们考虑好了？"

陈姗姗点头道："是，考虑好了。"

王小甜脸色变了变："你们可以再换一次小球，得到新的线索……不要再看看？"

"不要。"

王小甜："……"

灰姑娘从南瓜马车上跳下，没好气道："好吧，那你悄悄告诉我吧。"

陈姗姗走到王小甜的耳边，踮起脚，轻声地说了一句话。王小甜说可以私下把食物链顺序告诉她，就一定不会被别人听见。唐陌凝神仔细听着，并没有听到陈姗姗的话，想来是用特殊手段隔绝了声音。

陈姗姗的话说完，王小甜嘴角一抽，挥了挥手，只见傅闻夺、傅闻声和陈姗姗手里的小球突然飞起，聚集到了空中，与其他三人的小球碰撞在一起。陈姗姗再轻轻地说了一句话，唐陌手里的小球也飞了起来。

七颗小球在空中盘旋。

唐陌隐约感觉到一直束缚着自己的某样东西消失了。那是从进入这场游戏后，就一直缠在玩家身上的枷锁。虽然现在游戏还没有完全结束，但唐陌四人已经通关。他们只需要耐心地等待，等最后一个晚上结束就可以离开这个副本。

王小甜心情糟糕极了，嘴巴高高地噘起，走的时候还对唐陌、傅闻夺做了个鬼脸："下次一定要吃到你们这些坏蛋的肉！"

南瓜马车轰隆隆地驶离房间，七颗小球在空中盘旋了一会儿，其中三颗小球落下飞到三个回归者手中。还有四颗小球直接停在了半空中，没有飞回唐陌四人手里，象征着他们已经结束自己的游戏。

三个回归者的表情好像打翻了调色盘，异彩纷呈。他们用复杂的目光看着唐陌四人的背影，中年男人咬了咬牙，将手里的小球握紧。

年轻男人身体颤抖，仿若不信地说："怎么可能？你们怎么可能这么快通关，还没有、还没有……"

还没有带上他们三个回归者里的任何一个，只有四个人通关！

游戏规则第六条：找出一条属于自己的完整食物链即可获胜。同时，该食物链上的玩家皆可以获得胜利。

在唐陌说自己打算通关游戏时，杜德心里除了诧异，更有一种侥幸。只要有人说出食物链，该食物链上的其他玩家直接通关。如果陈姗姗说的食物链上有他的名字，哪怕他什么都不知道，也能一起通关。

可是没有。

只有四个地球幸存者通关了，他们三个回归者，一个都没有通关。

杜德和廖峰的脸色都十分难看，握紧了小球，眼中是嫉妒的目光。

"你们利用我？！"

一道尖锐的女声响起，众人"唰"地扭头看向邢思琪。

这个穿着衬衫的年轻女人仿佛突然明白了什么，瞪大眼睛，愤怒地瞪着人群中的傅闻声。小朋友吞了口口水，下意识地走到唐陌的身后。

傅小弟："我、我什么时候利用你了？"

邢思琪的双眼睁得极大，仿佛要将这个看上去没什么头脑的男孩儿看清楚，看到骨子里。她又转头看向陈姗姗，接着是唐陌和傅闻夺。目光在傅闻夺的身上停顿了三秒，下一秒，邢思琪双目一亮，快速地闭上眼睛，胸脯起伏，口中发出呼哧呼哧的粗重喘气声。

半分钟后，她慢慢咧开嘴角，笑了起来。

她看着自己手里的小球，又看了眼空中那四颗没有落下来的小球。她笑着说道："我第一次感谢我的反应速度不够快，抢题抢不过你们，所以我现在还是第一等级，我的小球还是上一轮的那颗。你们是故意的？"

唐陌眯起眼睛："故意什么？"

邢思琪指了指空中的四颗球，又指指另外两个回归者："这么巧，我们三个回归者拿到的球还是上一轮的三颗。"

唐陌淡淡道："只是巧合。"

邢思琪："确实是巧合，毕竟即使答题的积分一样，同一等级的两颗球，谁也不知道落到你手里的是哪颗，这个你们也无法决定。不过事实就是，我们三个回归者的球总体没有改变，属于你们的四颗球也没有变，只是拥有球的人变了。"

陈姗姗问道："你想说什么？"

年轻女人走到大厅中央，拉了张椅子坐下。她竟然没有进房间看线索的意思，反而笑道："我想说，谢谢你们，虽然你们利用了我……但是我也该通关了。"

这话一落地，唐陌四人神色不变，仿佛早就猜到了会有这种情况。另外两个回归者却不乐意了，年轻男人走到邢思琪的面前："你这是什么意思？你知道自己该怎么通关了？"

邢思琪指指陈姗姗："谢谢那个小女孩儿，她告诉了我一条属于我的食物链。"

杜德既紧张又期待道："我呢？那我呢？"

邢思琪："我怎么知道你的？"

"你……！"

回归者之间的联盟并不坚固，在知道自己的一条食物链后，邢思琪再也没有和另外两个回归者合作的打算。中年男人语气阴森地让年轻女人说出自己的食物链，遭到了年轻女人的拒绝。两个男回归者憋着闷气回到房间，打开小球查看线索。

房间的正中央，唐陌缓慢地走到椅子旁，拉开坐下，其余三人也纷纷坐了过去。

四个地球幸存者和一个回归者。

五个人沉默地看着对方，谁也没有说话。

过了半个小时，一扇门被人用力地推开。年轻男人双眼通红地跑出来，直接跑向陈姗姗，想要抓住小姑娘的手腕。一道刺眼的金属光芒闪过，傅闻夺坐在椅子上，头也不抬，一把匕首却抵在了年轻男人的脖子前阻止他再往前一步。

年轻男人憋得脸颊涨红，重重地喘气，最后放弃了去抓陈姗姗的念头，走到位子上坐下。没过一会儿中年男人也从房间里出来，表情也很糟糕，只是没像年轻男人那么冲动。他幽幽地盯着唐陌四人，最后又看了眼年轻女人，然后拉开椅子坐下。

中年男人叹了口气，开口道："有什么条件，说吧。"

年轻男人惊讶地看他。

唐陌似乎早有准备。他身体前倾，双手撑在膝盖上，以一种极具攻击性的视线将中年男人死死锁住。他勾起唇角，声音听上去温和平静，可是谁都不会把他当成一个好说话的人。因为他笑着说道："我要你的双臂。"

中年男人猛地抬头："什么？！"

唐陌重复了一遍："我要你的双臂。"傅闻夺适时地将自己的匕首递到唐陌面前，唐陌顺势接过来。他对着中年男人的双肩比画匕首，手腕一动。中年男人身体一颤，一股凉意从手臂与肩膀连接的地方传来。

傅闻夺替唐陌道："一双手臂换你通关，很合适。你是回归者，至少通关黑塔二层，虽然重新长出手臂可能费点儿时间，但不是长不出来。"

中年男人压抑着怒气："但是在七天的'夏娃的游戏'里，我的双臂肯定没法完全长出来。"

傅闻夺垂了眸子："那是你的事。"

中年男人："……"

过了片刻——"好！"

与中年男人的交易谈成，接下来是年轻男人。杜德低着头，将表情藏在头发里。

一共两轮达尔文测试，玩家换了两次小球。一开始，杜德是第四等级，运气很好，抽签抽到了等级最高的球。然而接下来两次他在达尔文测试里表现不佳，拿到的一直是第二等级的球，也就是傅闻夺一开始的球。

他并不蠢，已经反应过来中年男人用他的双臂换到的是什么线索。

一双手臂换一条属于自己的食物链，换一条命，这很值。

深呼吸又缓缓吐出，杜德再抬头时目光坚定："我要怎么换？"

唐陌："一双手臂和一个道具。"

杜德惊道："凭什么我比他多一个道具？！"

唐陌："因为他身上没有道具，他所有的道具早就被我们搜走了。"

年轻男人无话可说。

唐陌没有说谎，中年男人最后靠着特殊的异能差点儿从他们手里逃走，但是在此之前他的道具已经被傅闻夺搜刮干净。

用双臂换食物链，是陈姗姗和唐陌商量很久后做的决定。一双手臂对回归者来说并不是那么重要，以这两个男人的实力，十天内就能长回来。只是在夏娃的游戏里他们会实力大跌，无法对地球幸存者造成太大的威胁。

这个条件是他们可以接受的范围。

同时，这也是唐陌可能得到他们异能的范围。

唐陌逼得白若遥自断一臂，由此得到他的异能。一双手臂应该能得到这两人的异能。

两个回归者原本还想从年轻女人那儿得到食物链，和年轻女人交换条件。邢思琪眸色一暗，本要答应，中年男人却一眼识破了她的谎话："你根本不知道我们的食物链。"

邢思琪耸耸肩。

她确实不知道这两个男人的食物链，她只是从唐陌等人的行为里推测出了自己的食物链。

中年男人脸色铁青地走到唐陌面前，唐陌拿起傅闻夺的匕首。手起刀落，一切快得不可思议，锋利的匕首劈断中年男人的两条手臂就好像在切豆腐，血液瞬间喷溅出来。中年男人痛苦地吼叫起来，脸颊抽搐。过了三分钟他的血止住，唐陌凑到他的耳边轻声说了一句话。

接下来是年轻男人。

唐陌如法炮制，切断了他的两条手臂，并拿走了他的一个道具。

四条手臂落在血泊里，唐陌打了个响指，火舌瞬间卷住了这四条血淋淋的手臂。

年轻女人眯眼嘀咕道："异能……"

唐陌淡笑道："还是道具呢？"

年轻女人闭上嘴不再说话。

中年男人抬头道："你拿走我的手臂，是为了泄愤？"

刚切断手臂就拿火烧掉，唐陌根本不需要他的手臂！

唐陌："猜对了。"

半个小时后，王小甜驾驶着南瓜马车回到房间。她刚下车，赶忙捂住嘴巴，一副惊慌失色的模样，夸张地说道："啊，这是什么？哪儿来这么多血？好可怕呀，我好害怕。"喊了半天没见人回应，王小甜抬起头发现这群人类根本没一个人打算来安慰她。

"懂不懂怜香惜玉？"王小甜撇撇嘴，一脚踩进血泊，踩出一个个血脚印，走到七人面前。

王小甜靠着南瓜马车，懒洋洋地说道："这是你们最后一次机会了，我要去当王妃，没时间陪你们玩这种幼稚的游戏。好啦，你们有话想对我说吗？没有？那我走了，你们赶紧滚吧。"

年轻女人直接道："我知道我的食物链。"

王小甜狐疑地看她。

年轻女人淡定道："我的一条食物链——邢思琪→傅闻声→唐陌。"

王小甜哼了一声："嗯，算你对。你是怎么知道你的食物链的？你听这几个坏蛋说的？"

"这个小女孩儿刚才对你说了两条食物链吧？一条是'她→傅闻声→唐陌'，另一条是'她→傅闻声→傅闻夺'。"王小甜没否认，年轻女人指着陈姗姗，继续道，"因为她说了两次。他们四个人包含了四个等级，如果四个人是同一条食物链上的，只需要说一次就能全部通关。这就证明一件事，他们四个人分成了两条食物链。是我蠢了，我如果没在回答达尔文测试的时候透露我的线索，他们就不会这么轻易地知道答案。"

傅闻声缩缩脖子，因为这女人又瞪了她一眼。

没错，在第二轮达尔文测试的时候，傅闻声突然说哪怕他输了他也不会吃陈姗姗，他会吃掉年轻女人。年轻女人从来没把傅闻声当一回事儿，因为之前这个小男孩儿的表现糟糕极了，完全像个被哥哥带到这个级别的玩家。

傅闻夺、傅闻声。

所有人一听就知道这是两兄弟。

傅闻夺十分出名，在回归者世界也颇有名气。傅闻声就是个跟在他身后的米虫，没有哥哥绝对走不到这里。邢思琪是这么猜测的，所以从来没想过这个弱鸡小男孩儿会对自己下套，于是她被套出了一句话："是我告诉他们，这个小女孩儿也是这个小男孩儿的食物。"

陈姗姗→傅闻声→傅闻夺。

陈姗姗→傅闻声→唐陌。

这就是陈姗姗上一轮告诉王小甜的两条食物链。

第一轮游戏里，年轻男人是第四等级，陈姗姗轻松套出了他的线索：他的食物是一个女性。

这个时候他的目标就变成了两个：当时在第三等级的陈姗姗和当时在第二等级的年轻女人。

第二轮游戏，唐陌拿到了陈姗姗的球，确定自己是最高等级，没有任何人可以吃掉他。另一种答案瞬间被排除，年轻男人应该吃掉的是年轻女人的球。换到第二轮游戏，就是傅闻夺应该吃掉傅闻声的球。

再加上第一轮游戏中年轻女人说傅闻声肯定是自己的食物，差点儿要吃掉傅闻声的行为。这时已经出现了一条完整的食物链——

邢思琪→傅闻声→傅闻夺。

回归者中不乏聪明的人，唐陌从来不敢轻视任何一个回归者。这个年轻女人十分聪明，她的推测完全没错。

年轻女人不解道："但我不懂，你是怎么确定唐陌可以吃掉这个小男孩儿的？"

第二轮游戏里，唐陌是第三等级，也是最高等级。可是为什么他吃掉的是傅闻声的球，不是年轻男人的？陈姗姗是怎么确定答案的？

陈姗姗回答道："我们第一次交换线索，唐陌哥哥说他的线索没有意义，你们都不信他。但是……你还记得那时候我说的是什么线索吗？"

唐陌是黑塔放进游戏规则、点名杀掉可以获得奖励的高级玩家，陈姗姗只是个貌不惊人的小女孩儿。她这么一说，三个回归者谁都没想起她当初说的线索。年轻女人回忆了半晌，猛地一惊，喃喃道："你说，你的线索没有任何意义……"

陈姗姗神色平静："是，我说我的线索没意义，你们都相信。唐陌哥哥说这句话，你们都不信。因为在你们的眼里我只是个路人，你们真正想淘汰的是唐陌哥哥，淘汰我、关注我并不重要。所以我当时撒谎了，你们也都没注意。"

年轻女人突然明白："等等，你从那个时候就……"

"嗯，我一开始就知道你的球是我的食物。也就是接下来的两轮，小声的球是唐陌哥哥的食物。"只是没说而已。

年轻女人沉默许久，突然笑了起来："所以你们唯一怀疑的，就是你的球是不是他的食物。"她指着陈姗姗和傅闻声，"你没从这个小男孩儿身上得到线索，或许是因为他看到的线索真的没意义，或许是他没法把自己的线索告诉你们。所以你们把主意打到了我的身上，因为这个球曾经是我的……"

在紧张的达尔文测试里，每个玩家的神经都高度紧绷。

年轻女人曾经信誓旦旦地说她知道傅闻声在说谎，所以陈姗姗不敢大意。直到第十一道题陈姗姗才让傅闻声配合演戏，让年轻女人掉以轻心，对傅闻声的那句"那我就吃了你"表现出不以为意的态度。

因为她知道，傅闻声的球可以吃掉两个第一等级。

两个第一等级都是他的食物。

一切真相大白，年轻女人冷笑一声，指着两个男回归者："你真的知道他们两个人的食物链？"

陈姗姗迟疑了，没有开口。

傅闻夺低沉的声音响起："我有说过我们知道吗？"

两个回归者"唰"地扭头，难以置信地看向他。

"你说什么！"

年轻男人怒吼着冲过去，如果他有手，现在一定狠狠地将傅闻夺砸到地上。

拦住他的是一把粉色小阳伞，圆圆的伞头抵在他的咽喉上，正好抵在那个闪烁的金色三位数字上。唐陌歪过头，微微一笑："是你们说要和我们交换的，我们从来没说过自己知道你们的食物链。"

"唐陌，傅闻夺！！！"

出主意的是陈姗姗，吸引仇恨的却是唐陌和傅闻夺，毕竟他们名气大。

傅闻夺挑挑眉，没出声。

陈姗姗："你们的食物链是我的推测，因为线索太少，我只能推测出这么多。有八成可能性，你们的食物链是对的。"

年轻男人愤怒地想要将这个一脸淡定的小姑娘撕碎，中年男人更成熟一些。他虽然恨极了，眼睛充满血丝，可是竭力冷静下来，抬头看向正在笑嘻嘻看热闹的王小甜，咬牙切齿地说出一句话："我的食物链，邢思琪→杜德→廖峰→傅闻夺。"

王小甜脸上的笑容僵了一瞬，片刻后，摆摆手："真没意思，你们都通关了，好无聊。喏，这是你们的奖励。我继母种的南瓜可好吃了，就赏给你们了，不用谢我。"一边说着，王小甜一边从口袋里掏出七个南瓜，随手抛给了七个玩家。

两个男回归者没有手，南瓜砸在了他们的脸颊上。

唐陌拿着这个南瓜，心里突然闪过一个不好的猜测。他用力地擦拭南瓜三下，很快，一行行小字浮现出来。

道具：灰姑娘的小南瓜。

拥有者：唐陌。

品质：垃圾。

等级：一级。

攻击力：无，砸人可能有点儿疼

功能：好吃，小矮人挺喜欢吃。

限制：没什么作用，可能是它最大的限制。

备注：辛辛苦苦打游戏，一朝回到解放前。想开点儿，至少它还挺好吃。

唐陌："……"

年轻女人也觉得不可思议，道："通关游戏的奖励只有这个？！"

王小甜不耐烦道："干什么？干什么？你还想要什么？这个还不够？你们这些贪心的人类！"

傅闻夺冷冷道："如果没找到自己的食物链，没通关，会怎么样？"

众人一惊。

王小甜看着傅闻夺，慢慢地，咧开嘴角，露出一个恶劣的笑容。"啊，怎么样……不怎么样呀。你们不通关就得不到我的南瓜，得不到我的南瓜就不能吃到这么美味的东西。哇，你们好亏啊，通关真是太好了。"

众人："……"

失去两条手臂的男人们愤怒地咬紧牙关，发出嘎吱嘎吱的磨牙声。

通关游戏，获得灰姑娘的小南瓜。

不通关游戏，不会受到惩罚，只是得不到她的小南瓜。

从头至尾，这场游戏就是一场安全的游戏。它禁止暴力，黑塔甚至会直接抹杀施暴者。唯一被淘汰的方式，就是被人吃掉，然后这个人选择把你扔进黑塔，成为黑塔的奴隶。

除此以外，这个游戏安全极了。

唐陌默念道："夏娃的游戏第 315 号副本……"所以，这只是个副本……

王小甜笑眯眯道："我要去当我的王妃了，才不和你们这些臭人类说话。"

巨大的南瓜马车呼啸一声，离开了房间。七个玩家留在原地，一道低沉的女声响起："通关游戏，只能获得南瓜。但是淘汰唐陌和傅闻夺，可以打开夏娃的奖励……"

"嗖！"

一根钢针破开空气，从年轻女人的脸颊上擦过，留下一道血痕。

钢针飞过年轻女人的脸颊后便消失在空气里，唐陌收回手，回过头看向她，翘起嘴角："要试试吗？你猜这次是异能，还是道具？"

年轻女人的脸颊上是火辣辣的刺痛感，她怔怔地看着唐陌，嘴唇张了张，最后咬紧牙关没有说话。

比起打开夏娃的奖励，她更惜命。

叮咚！玩家邢思琪、杜德、廖峰、唐陌、傅闻夺、陈姗姗、傅闻声顺利通关"夏娃的游戏第 315 号副本"。

刺眼的白光在众人眼前亮起，这白光亮起的时候，四个地球玩家和三个回归者依旧冷冷地盯着对方。只要谁敢动作，另一方都会立刻回击。

当冰冷的风迎面吹向唐陌，唐陌眼睛一眨，已经回到了地球。唐陌和傅闻夺毫不犹豫地冲向年轻女人，但还是慢了一步。那女人本就站得离他们有段距离，只需要逃跑，唐陌和傅闻夺却需要找到她的位置，再去追。

追了片刻，两人放弃。

另外两个男回归者也趁机逃走。

面对实力较弱的地球幸存者，这些回归者会毫不留情地杀掉；面对强者，他们也会毫不犹豫地逃走。

唐陌无奈道："回归者无论实力强不强，每个人好像都跑得很快。"

唐陌算是开玩笑，陈姗姗却认真地分析道："有时间排行榜在，每个回归者之间都是敌对关系。他们遇到的生死险境比我们多很多，所以跑得快才能活下来。这也是优胜劣汰。"

陈姗姗说得也有点儿道理。

傅闻声："这次的游戏好亏啊，通关了没什么奖励，原来不通关也没什么惩罚。早知道我就不那么担惊受怕了。不过还好，咱们不是最亏的。最亏的是那两个男人，异能被唐哥复制走了，手臂也没了。接下来的七天他们都没法参加夏娃的游戏。"

拿走那两个男人的手臂一方面是帮唐陌复制异能，吃干抹净不给钱。另一方面也是削弱他们的实力。夏娃的游戏一共七天，这七个晚上是地球幸存者与回归者之间冲突最激烈的七天。削弱对方实力的机会，陈姗姗不会放过。

不过有一点傅闻声想不通："其实只要他们其中一个人知道食物链，另一个人也能通关。姗姗姐推测出的那条食物链上有他们两个人的名字，那个中年男人完全可以帮另一个人通关，不需要他砍断手臂。"

"你乐意吗？"

傅闻声一愣，抬头看向自家大哥。

傅闻夺手指一动，将匕首收回袖中。唐陌低头看着小朋友，替傅闻夺解释道："那个中年男人知道自己的食物链后，并不打算告诉另一个人。因为他失去了手臂，另一个人不失去手臂，他不乐意。如果是我和傅闻夺这种关系……"声音顿了顿，唐陌道，"如果是我们四个人这种关系，我当然不会让队友也失去手臂，只要我一个人失去手臂就好。但是他们不同，他们从来只是盟友，可以随时背叛对方的盟友。"

陈姗姗："那个女人……邢思琪，要稍微注意一下，她很聪明。"

唐陌轻轻点头。

四人整理了一下，准备动身去天选基地。

天色微微亮，一缕阳光从地平线下射出，将大地唤醒。唐陌望着黑塔上那个血红色的数字，轻声呢喃："3、2、1……"

叮咚！"夏娃的游戏"暂时结束，请玩家继续攻略其他游戏，努力攻塔！

　　清脆的童声仿佛戳破了弥漫在首都上空一整晚的紧张气氛，巨大的黑塔上，那个血淋淋的倒计时猛地消失。一切仿佛回到 4.0 版本更新前，数以万计的黑塔平静无波，沉甸甸地悬挂在地球上空。

　　微风拂面，唐陌四人互相看了一眼，绕进巷子，悄悄前进。

　　一边走，唐陌一边想起一件事儿。

　　他刚才抽空看了那两个男人的异能。中年男人的异能原来是逃跑型异能，准确来说，他可以在某一时刻加快自己某一方面的能力。比如视力，他可以增强视力，穿透房屋看见敌人，用子弹射击；比如速度，他可以突然跑得极快，但这时视力就会骤降。

　　不仅视力、速度，他还可以大幅增强身体的听力、嗅觉，或者触觉，但这时候其他能力就会猛然削弱。

　　将能力集中在某一个方面完全体现，同时其他能力被削弱，这就是他的异能。

　　这种异能看上去十分强大，其实也鸡肋。如果是在和人打架时，削弱其他能力，只增强一项，面对弱一点儿的敌人是好事儿。然而面对傅闻夺这种强大的敌人，在增强某方面能力的那一瞬间，唐陌就会被他抓住弱点，一击毙命。

　　"那个女人的异能好像更好一点……"

　　能够发现傅闻声在说谎，这种类型的异能唐陌从没有过。要是拥有了这个异能，他以后攻塔可能会更加容易。

　　"你想拥有那个女人的异能？"

　　唐陌一愣，转头看向傅闻夺。他点点头："嗯，看透一个人是不是在说谎，有时候很重要。"关键时候，这是个很强大的异能。当然，那个女人的异能是什么唐陌并不知道，只是猜测。

　　傅闻夺声音平静："我的异能似乎比她更好。"

　　唐陌的脚步猛地停下，他诧异地回过头看向这个男人。朝阳升起，晨光映在傅闻夺的脸上。那双眼睛深沉幽邃，依旧无法被阳光彻底照亮，表情冷静淡定。他定定地看着唐陌，唐陌也静静地看他。

　　过了片刻，唐陌笑道："我要是拿了她的异能，我保证，第一时间用在你的身上。"

　　傅闻夺：？

　　傅闻夺没明白这句话的意思，怎么突然换话题了？

唐陌垂眸扫他一眼："我倒想看看，你每次面无表情地说这种话时，心里到底在想什么。"

傅闻夺："……"

傅闻夺面不改色地移开视线，大步向前走去。

中午，四人来到向阳区附近。一路上唐陌遇到四个回归者，其中三个回归者脖子上的数字是两位数，见到地球玩家他们不仅没有动手，反而警惕地离开。只有一个拥有五百多分钟休息时间的玩家在暗中对他们进行偷袭。

这人手段极为狠毒，在拐角布下了一个陷阱。唐陌距离陈姗姗最近，察觉到不对抱着陈姗姗离开，可炸弹已经爆炸。唐陌的手臂被炸开一个血口，陈姗姗的脑袋也破了一个洞。

这人躲在暗处，一个个地引爆埋在地下的炸弹。最后是傅闻夺找到藏在办公楼里的人，一只手扭断了对方的脖子。

傅闻夺："没时间给你解决。"

唐陌摇摇头："没关系。"

一般这种击杀敌人的机会，傅闻夺都会留给唐陌，特殊情况除外。

经历了这个炸弹男，唐陌四人更加小心。很快，四人进入向阳区地界。天选以第八十中学为基地，占据了整个向阳区的资源，很少有玩家会在这里逗留。风中偶尔传来一两道窸窸窣窣的奔逃声，傅闻夺长眉敛起，时刻提防可能的袭击。

无论是地球玩家还是回归者，都不可以掉以轻心。

唐陌沿着大楼的阴影悄悄行走，道："天选并不是个安全的地方，越接近第八十中学，我们可能越危险。我们对回归者有所调查，回归者也会调查我们的资料。天选是首都最大的组织，还有阮望舒、练余筝两个活靶子。淘汰他们可以开启夏娃的奖励，肯定有回归者早就盯上了他们。"

傅闻声："既然这样，阮望舒他们为什么还要在第八十中学，不能换个基地？"

老窝都被敌人摸清楚了，难道不该换个大本营？

傅闻夺："最危险的地方就是最安全的地方。普通的回归者不敢随便攻击天选，强大的回归者……"顿了顿，傅闻夺眼睛一抬，一边快速说话，一边将菲迪皮茨的飞镖掷向前方，"强大的回归者也是我们想要淘汰的对象！"

"嗖！"

黑色的飞镖刺破空气，以极快的速度射向大楼后方。

然而距离较远，藏在暗处的年轻男人有了反应的时间。那短发男人侧身避开傅闻夺的飞镖，警惕地看向傅闻夺。唐陌怒喝一声，右手一抬，一排冰冷的钢针出现在空气中，"嗖嗖嗖"地射向男人。

男人低呼："李朝成的钢针？"

唐陌闻言一惊。

这身穿牛仔外套的年轻男人身手敏捷，在地上翻滚，躲过一排排的钢针。钢针"嚓"地插入大地，他抬起头，阳光透过大厦间的缝隙照射在他的脸庞上，映出他脖子上悬浮的五位数字——"10235"。

唐陌脱口而出："你是宁峥？！"

时间排行榜第 62 名，宁峥。

宁峥单手撑地，右脚用力一蹬，整个人跃起数十米，跳到了商场的顶层。他站在商场的顶层俯视下方的唐陌四人，俊秀的脸上没有任何表情。双方沉默对视，过了片刻，宁峥眯起双眼，说出两个名字："是傅闻夺……还是唐陌？"

他看着唐陌："你是傅闻夺？"说罢，他又看向站在唐陌身后的傅闻夺。

这个冷漠的黑衣男人刚才第一时间发现了他的踪迹，同时还射出了一支看似普通的小飞镖。这飞镖或许是普通的飞镖，射飞镖的人却不简单。只要双方距离再近一点儿，黑衣男人就只能避开要害，无法完全躲开那支飞镖。这人的实力绝不简单。

宁峥突然想到："傅闻夺和唐陌？"

他竟猜得八九不离十。

宁峥并不知道谁是唐陌，谁是傅闻夺，然而他知道，这两人并不好惹。

淘汰唐陌、傅闻夺，他可以直接开启夏娃的奖励。但这两人竟然是队友，那么双方交手，被淘汰的人是谁还不一定。

大脑迅速地运转，时间只过去几秒，宁峥却已经想到双方交手的多种结局。他毫不犹豫地转身就走，几步便消失在鳞次栉比的大楼间。唐陌和傅闻夺都没再追的意思，陈姗姗看了眼身后高高悬浮在天空中的黑塔。

傅闻声："就这么放他走了？"

首都一共有四个玩家被黑塔进行全球通报，可是时间排行榜上的回归者只有两个。

徐筠生和宁峥。

回归者们只要淘汰唐陌四人中的任意一个，就可以开启奖励。地球玩家想要获得夏娃的奖励，只能淘汰徐筠生或者宁峥。这也就是说，回归者拥有四次机会，地球玩家只有两次。

在硕大的首都碰到一个人的可能性并不高，好不容易碰到宁峥，而且对方好像还落了单。这时候不动手似乎不大对。

然而陈姗姗摇摇头："现在不是游戏时间。"

傅小弟一时间没反应过来。

陈姗姗解释道："夏娃的游戏，游戏时间是晚上6点到次日6点。现在已经中午了，不是游戏时间。黑塔说游戏规则的时候，一开始就说了游戏时间。虽然不是百分百肯定，但在游戏时间外淘汰宁峥，不一定能获得他的奖励。而且现在动手胜算并不高，至少他应该能逃走。"

傅闻声立刻明白过来，说道："这个时间其实也是给回归者、地球玩家养精蓄锐的时间。在这个时间杀死敌人毫无意义，反而会浪费名额。"

所以宁峥权衡利弊后头也不回地直接离开，唐陌和傅闻夺也没去追。

和宁峥的短暂接触，唐陌发现回归者无论实力如何，逃跑的水平确实非常高。同时他也想起一件事："那个廖峰好像确实没有骗我们。"唐陌指了指不远处向阳大阅城的广告牌，"他说昨天早上在向阳大阅城附近看到过宁峥，宁峥果然还在这里。"

傅闻夺："他接下来不会在这里了。"

一个小时后，四人来到第八十中学。

校园外的道路上一片寂静，两侧的行道树被风吹得沙沙作响。唐陌走进校门的时候朝那安静的街道看了一眼，隐约察觉出这条街上肯定藏了人，却也找不出对方藏在哪儿，有几个人。

回归者的实力不可小觑。

抵达第八十中学后，四人找到阮望舒。

阮望舒并不焦急，见到唐陌和傅闻夺，朝他们轻轻点头。没等唐陌说话，他便道："你们发现埋伏在外面的人了？"

唐陌问道："你知道？"

女医生李妙妙趴在桌子上，没好气道："是练余筝发现的。那些人藏得可好了，我们派了好几个人去暗查对方的行踪，只找到两个藏得不好的小尾巴，其他人连在哪儿都不知道。就这样还损失了好几个人。"

这些天来，阮望舒身上的伤几乎痊愈。

他接着李妙妙的话问道："你们有找出对方？"

唐陌摇首："他们藏得很好。"

陈姗姗声音平静："你们是想以天选为诱饵。"

低弱的女声一下子吸引了所有人注意，阮望舒身体微顿。面色苍白的少年缓缓转头看向那个说话的小姑娘，片刻后，道："是。黑塔昨天发布的更新规则和夏娃的游戏规则你们都听到了，我们想获得夏娃的奖励，只有淘汰时间排行榜上的回归者。首都仅剩两个回归者，徐筠生和宁峥。找他们太难，不如让他们来找我。"

唐陌提醒他："宁峥应该不会来了。"

阮望舒一愣："什么？"

唐陌将刚才在向阳大阅城碰到宁峥的事情说了出来。

阮望舒脸色难看了几分："他是为了我们来的。天选的基地在第八十中学，这件事在首都玩家中不是秘密。宁峥肯定知道我和练余筝的位置，他来向阳区，是为了杀我和练余筝。现在他发现了你和傅闻夺，有我们四个人在，他不会再出手。真是可惜了……"

陈姗姗："可惜什么？"

阮望舒叹了口气，站起身拍了拍手。

傅闻夺目光一冷，反手就是一把小刀射向后方，却见一个矫健的身影迅速地躲过这一击。来人是个平头青年，他看到傅闻夺时眼中闪过嗜血的光芒，但很快隐藏。他忌惮地看了眼傅闻夺，又看了看唐陌。他吊儿郎当地一脚踩在椅子上，笑道："傅闻夺我认识，这就是唐陌？"

唐陌淡定地看着他。

很快，又有三四个人从平头青年的身后走了出来。

并不宽敞的教室里慢慢聚集了十几个人。

新出现的人中有男有女，沉默着盯着唐陌和傅闻夺，有时也冷冷地盯着阮望舒。强大的气场从这几人的身上散发出来。唐陌在第一时间明白了对方的身份，阮望舒语气冷淡："愿意和天选合作的首都玩家不多，但我们是首都顶尖的力量。傅少校应该认识他们，以前大家都交过手。"

唐陌定定地看着这几个人，过了会儿转头道："想再找到宁峥很难，但是找徐筠生应该可以。"

阮望舒阴冷的眼睛盯着唐陌："怎么……"

"轰！"

惊变来得太突然，大地猛地震颤起来。整个第八十中学，整个首都城，地面在剧烈震动！天旋地转，一道道手臂粗的裂缝从教室的天花板上裂开，很快崩到墙壁。唐陌想也没想，直接抓起陈姗姗，将小姑娘背到背上，跑到走廊。他单手一撑，翻身从三层楼跃下，稳稳落在地面。

傅闻夺也拎着傅闻声跳到一层。

阮望舒等人反应过来，一个个离开建筑物。

当他们全部聚集到操场后，唐陌抬头环顾四周。大地还在剧烈地摇晃，第八十中学周围的高楼也不断地震颤。可是并没有一座楼倒下，唐陌竖起耳朵也没有听到大楼倒塌的声音。整个首都城在诡异地晃动，只是晃动，看似激烈却没有损伤。

唐陌惊道："不是地震！"

众人错愕地看他。

李妙妙："不是地震是什么？整个首都都在震，这不是地震？"

陈姗姗仔细观察周围的动静，很快脸色变得非常难看："确实不是地震。地震的震级是在地下，哪怕震源再浅，都是在地下。地震是由下至上的，大楼很容易坍塌。但是感受一下我们脚下的地面，这种震动更像是和我们同一水平面的摇晃。"

那么问题来了。

傅闻夺的目光冰冷："什么东西能晃动整个首都城？"

下一秒，一道阴沉细柔的女声带着不屑的笑意忽然响彻首都上空，回答了他的问题——

"地球幸存者？"

地面的震颤好像稍微平稳了一些，所有人惊愕地看向西方。那声音是从西方传来的，当声音响起时，大地的震动和她的声音产生共鸣，好像地面成了她的声带，她每说一句话，大地都会跟着抖动。

这一时刻，整个首都，无论是地球幸存者还是回归者都震惊地看着西方。

向阳区和洋淀区的交界处，穿着牛仔外套的年轻男人停住脚步，惊道："不是地震，这是那个家伙的异能？等等，要让声音传遍整个首都范围，那个人的异能绝对撑不住。这个声音……"宁峥脸色一沉，"徐筠生！"

广阔的首都城，北河、紫宫、天庙……

这道阴冷的女声传遍每个角落，她再次开口，大地都随着她的声音颤动。

她冷笑道："我，时间排行榜第九位，徐筠生。

"在这里给首都幸存者傅闻夺、唐陌、阮望舒、练余筝一封通知函。

"5月25日凌晨5点，首都东三环高架。

"你们要夏娃的奖励，我要成为A国唯一开启奖励的玩家。

"呵呵，静候大驾。

"……对了，宁峥，你来吗？"

低沉嘶哑的笑声响起，这声音听起来完全不像一个 16 岁的少女。

首都西宁区，一座废弃的四合院里，一个中年男人瞪大布满血丝的眼睛，双膝跪在地上，整个人仰头看天，嘴巴大张。

一个长相阴沉的少女一只手按在这男人的后脑勺儿，俯身在他的耳边说话。奇怪的是，她的嘴巴在说话，声音却是从这个男人的嘴里发出来的。

徐筠生的身后跟着三个低头沉默的少女，她咯咯地笑着，按着中年男人后脑勺儿的手又加大了力气，几乎抠进他的大脑。

"傅闻夺，听说你是 A 国最强的玩家？我……"

"啊啊啊啊啊啊……"

唐陌众人正凝神听着天空中传来的声音，忽然，一道凄惨绝望的叫声响起。这叫声后，大地瞬间恢复正常，声音也消失不见。

众人一愣，却没有放松警惕。过了五分钟还没有动静，唐陌才眯起眼睛，转头看向傅闻夺。

傅闻夺朝他摇摇头。

他们并不知道，在那座小小的四合院里，那个中年男人的眼中迸出鲜血。徐筠生一脚把他踹到地上，这中年男人抽搐两下没了呼吸。

"没用的废物。"徐筠生冷笑地骂道，转身走人。

就在她刚刚扭头走了两步时，一道清脆而又熟悉的童声响起，将声音传遍 A 国大地。

叮咚！A 国 2 区正式玩家杰克斯·克朗成功开启夏娃的奖励。

徐筠生"唰"地扭头看向黑塔，脸上全是惊愕。

另一边，向阳区第八十中学。

唐陌听到这个声音也是一愣，渐渐地，表情变得古怪起来。他无奈地笑道："嗯，A 国唯一开启奖励的玩家？"

四合院里。

徐筠生爆了一句粗口。

打脸来得太快，就像龙卷风。

S市，静南路。

鲜血沿着地面砖块的缝隙向道路两侧流淌，很快勾勒出一道道深褐色的印记。有些血早已干涸，有些血还带着温度，十几具尸体躺在地上睁大眼睛看着天空。

道路一侧的某家商店二楼，当黑塔的提示声结束后，高大的外国壮汉先是一脸蒙，接着好像突然受到了什么激烈撞击，整个人双眼瞪大。

洛风城惊道："杰克斯！"

唐巧迅速地跑上去接住杰克斯向后倒下的身体，因为对方过于健壮，她向后跌了半步。

阿塔克组织的几个成员全都茫然地看向洛风城。洛风城眯起眼睛，看了眼窗外一片平静的静南路，快速道："走，先回基地！"

与此同时，令整个首都城颤动的"地震"随着徐筠生不再说话，也渐渐平息。谁也不知道会不会再有下一场"地震"到来，唐陌和傅闻夺对视一眼，默契地决定不再进建筑。

阮望舒也是如此。

众人在操场阴凉处会合，阮望舒直接道："5月25日凌晨5点，那是'夏娃的游戏'最后一个小时的游戏时间。徐筠生看上去狂妄，不把我们放在眼里，直接对我们下挑战书。"说是通知函，其实就是挑战书，"事实上她有做好打算。"

能够在时间排行榜位列第九，徐筠生绝不可能是蠢货。

唐陌点头："是，一个小时的时间，如果她淘汰了我们，可以打开奖励。我们杀了她，也不一定能开启奖励。"

"徐筠生是给你们下的挑战书，听上去似乎和我们这些人没关系嘛。"一道欠扁的声音响起。

唐陌顺着声音看去，是那个躲过傅闻夺飞刀的平头青年。

阮望舒阴恻恻地盯着他，从喉咙里发出一声冷笑："你不想得到夏娃的奖励？"

平头青年顿时失笑："你什么意思？"

阮望舒扫视在场其他首都玩家："你们之所以答应合作，来到这里，不就是为了夏娃的奖励？整个首都，只有淘汰徐筠生、宁峥，才能得到夏娃的奖励。就两个人，我们只有两次机会。六天后，我们想杀徐筠生，徐筠生想杀我们。"他指了指自己和唐陌三人，"但是，一定有很多回归者也会趁乱寻找机会，来杀我们。这和你们没关系吗……其他回归者可以趁乱杀我们，你们也可以找机会杀死徐筠生。"

平头青年神色不变，心里本来就是这个想法，只是被人点破了。

在此之前，谁也没想到徐筠生会下这么一封挑战书。她看似是以一己之力挑战唐陌四人，事实上，她的声音传遍了整个首都。无数回归者听到了她的话，也会跃跃欲试，在那天到东三环高架埋伏。

徐筠生以自己为诱饵，勾出唐陌四人。再以唐陌四人，勾出首都所有想要开启奖励的回归者。同时，有野心的首都玩家也一定会去。在混战之中，徐筠生的胜算更大。

陈姗姗声音平静："这场决战说起来是徐筠生对抗我们，实际上根本就是地球玩家和回归者之间的战斗。说实话，地球幸存者有五百多万，回归者只有32万，但我不觉得我们的实力比他们强。"

没有人反驳陈姗姗的话。

唐陌："徐筠生设定了一个小时的时限，其实也是在保护自己。一个小时的战斗还能控制住，时间再长，这场回归者和幸存者的战争就难以收拾。"

一直冷眼旁观的练余筝道："回归者里果然没有傻子。"

徐筠生不傻。她以前只杀肉猪，现在这么嚣张地下挑战书。不是她疯了，而是一切都在她的掌控中。

众人又讨论了一阵，约好六天后在东三环见面。他们默契地没有问对方准备藏在哪里，每多说一个字，就有可能送掉自己的性命。他们只是暂时组成联盟，从来不是朋友。

唐陌临走时，阮望舒忽然问道："唐陌，以前你通关黑塔一层困难模式的时候，黑塔说你在A国2区。A国2区正式玩家杰克斯开启夏娃的奖励……你认识他吗？"

唐陌淡淡道："不认识。"

阮望舒幽幽地看着他，勾起嘴角："好。"

四人立刻离开第八十中学。

阮望舒并不知道之前跟在唐陌身后的外国壮汉就是杰克斯，但是察觉到唐陌肯定认识杰克斯。

找到一个隐蔽的住宅楼落脚，唐陌直接看向陈姗姗，开门见山："杰克斯·克朗，是杰克斯的全名？S市有第二个叫这个名字的玩家？"

陈姗姗摇头："就是杰克斯。我也没想到杰克斯居然会是A国第一个开启奖励的玩家。唐陌哥哥，现在是13点51分，刚才黑塔通报的时间是13点19分。

这不是夏娃的游戏时间。"

傅闻夺："在游戏时间外淘汰回归者，也能获得对方的奖励？"

陈姗姗犹豫片刻，道："我不知道。但是我的直觉告诉我，最好还是不要尝试。"

这是一个幽静的老式小区，唐陌四人找了栋没人的房子，进去后傅闻声拿出矿泉水递给唐陌。唐陌将水倒在手腕的伤口上，这是他刚才背着陈姗姗跳楼时被地上的碎片划伤的。

四人围着餐桌坐下，这户人家的餐桌正好是张四人桌。

唐陌的手指嗒嗒地敲击着桌面，片刻后，抬头道："夏娃的奖励，这个突发游戏你们觉不觉得和半年前，那次圣诞老人的惊喜副本很像？"

傅闻声回忆道："圣诞老人的惊喜副本，我记得那个副本根本没给我们任何额外奖励。每个人都被强制进入副本，最后游戏结束，一开始抢到圣诞树枝的玩家可以得到奖励，抢不到的就没有奖励。唐哥，你是想说夏娃的游戏也可能和这个游戏一样？"

唐陌点点头，又摇头道："我不是这个意思。我只是在想，回归者如果无法开启奖励会怎么样，地球玩家无法得到奖励……又会怎么样？"

傅闻声："会怎么样？"

傅闻夺淡淡道："不怎么样。"

唐陌下意识地看他一眼。

陈姗姗抿着嘴唇："嗯，是不怎么样。或许这个夏娃的奖励就像圣诞树枝一样，并不强行要求每个玩家都有。事实上，玩家也不可能全部拥有。回归者除了找到正确的开启奖励的方法外，只有淘汰45个地球玩家才有机会开启奖励。这个概率很低，但说不定他们能找到正确的方法。然而另外一边……地球玩家却只有100次机会。"

傅闻声："我知道，时间排行榜上只有100个玩家。"

唐陌补充道："而且时间排行榜固定了，不再变动。换言之，地球玩家想赢得这场游戏，开启夏娃的奖励，前提是我们有这个奖励。全世界，500多万地球幸存者，就算杀死时间排行榜上的所有回归者，也只有100个玩家能得到奖励。"

其实唐陌早就意识到：夏娃的游戏，不是个惩罚游戏。

无法通关游戏不会有惩罚，只是会失去奖励。就像"灰姑娘的食物链游戏"，这个名为"夏娃的游戏第315号副本"的游戏，一直在提醒玩家：通关失败没有惩罚，成功会有奖励。然而……

"我要这个奖励。"

陈姗姗惊讶地看着唐陌。

傅闻夺唇角翘起："嗯，我也要这个奖励。"

唐陌冲他挑挑眉："整个首都只有两次机会，一个是徐筠生，一个是宁峥。"

傅闻夺："正好两个。"

唐陌没再说话。

这个家伙才是真的狂妄，徐筠生不及他十分之一的狂妄。

心里是这么想的，唐陌的脸上却挂着笑容。

任何一个有野心的玩家，想要攻塔、想要变得更加强大的玩家，都不可能放弃夏娃的奖励。这不是圣诞树枝，这是一个稀有奖励。开启奖励，获得的东西一定比圣诞树枝强大许多。

众人又讨论了一阵，回到一开始的话题。

唐陌："杰克斯到底是怎么获得夏娃的奖励，还开启奖励的？"

这件事唐陌和傅闻夺都完全没有头绪，将视线投向短发小姑娘。

陈姗姗镇定地看着桌面，闭上眼睛，仿佛在思考些什么。唐陌静静地等她回答。

在这短短的一分钟内，陈姗姗的大脑里闪过无数的片段。她不断推演，将自己想象成洛风城，按着自家老师的性格，再联系上自家老师一贯的策略风格，想象如果她是洛风城，在面对即将开启的黑塔 4.0 版本，以及杰克斯从首都带回来的信息，会怎么做。

陈姗姗突然睁开双眼："我会联合其他 S 市玩家，直接埋伏。"

陈姗姗从背包里掏出一本地图，翻开到 S 市市地图。她目光如炬，盯着 S 市市中心的几个区。最后，她拿着笔，在静南路上画了一个圈。她道："我离开 S 市前老师就有抓到过一个透明人，对方说过静南路是一个禁区，大多数透明人不敢进入，但是那人没来得及说原因就消失了。"

离开 S 市一个多月，陈姗姗知道了越来越多关于透明人的消息。她快速地分析道："禁区，是因为这里有强大的玩家！就像徐筠生，见到她的回归者大多被她杀死，所以静南路一定有强大的回归者，他把静南路当作据点！"

唐陌直接道："柳潇，柳原！时间排行榜第 53 名和 59 名。"

陈姗姗："就是他们！"她在地图上画了个小圈，圈出了悬浮在静南路上空的那座黑塔，"能够把静南路当作据点的回归者，一定非常嚣张，目中无人。黑塔更新版本的时候，他们一定在静南路，甚至就在黑塔下方。老师会在这里做埋伏，袭击他们。杰克斯就是在这一战里杀死一人，获得了他的奖励。"

"杰克斯是怎么开启奖励的？"

陈姗姗："我也不知道。"

四人再商讨了一会儿，仍旧没得出答案。

不过他们倒是发现了另一件重要的事。

唐陌笑道："夏娃的游戏的其他副本应该都和灰姑娘副本一样，是个安全的副本。失败没惩罚，通关有奖励。虽然奖励不一定很好……"唐陌想起那个又小又破的南瓜，"但是聊胜于无。这六天里我们可以做些准备，同时参与一些游戏。"

和唐陌猜测的一样，之后四人又进入了两个副本。一次碰到的队友全是地球玩家，另一次碰到了一个休息时间极少的回归者。

通关游戏有奖励，失败没惩罚。

唐陌获得了两个看上去十分没用的道具。

傅闻夺："这也是黑塔给回归者的便利。这种禁止暴力的游戏，是实力弱的回归者唯一能淘汰我们，开启奖励的方式。"

唐陌："但他们没能淘汰我们。"

黑塔给了机会，能不能抓住，就看个人。

很快，六天时间过去。

5月24日晚上零点，唐陌四人便埋伏在东三环高架旁的一栋高楼顶层。这里视野开阔，可以将这条长达十几公里的高架路尽收眼底。他们在楼上静静等了28个小时，来得越早，越不用担心被别人埋伏。

5月25日凌晨4点，首都东三环高架，漆黑一片。

微冷的晚风吹过路面，高架上到处是撞成一团的报废车辆。废弃荒芜的味道在黑夜里弥漫，唐陌耐心极了，眼也不眨地盯着那条长长的高架路，等待第一个出现的人。

五月进夏，太阳还没照射上大地，清凉的晚风吹过长长的东三环高架路。天空渐渐起了一点儿鱼肚白，很快，天色透亮，只是那轮太阳还躲藏在地平线下没有出现。

唐陌选择的是东三环偏北的一栋商业楼。

徐筼生不是个简单的对手。半个小时前，唐陌让傅闻声躲在远处不要靠近，陈姗姗则藏在远处的另一栋大楼内，尽量和唐陌、傅闻夺分开行动。因为徐筼生的目标是他们，或者说，所有藏在东三环的回归者，真正想杀的只有唐陌、傅闻夺、阮望舒和练余筝。

唐陌的耐心好极了，他匍匐在大楼的楼顶，一整个小时，没有动弹过一下。

时间一分一秒地过去，唐陌压低声音："她应该早就到了。"

这栋楼的天台上只有唐陌和傅闻夺两人。

傅闻夺："昨天有人看见徐筠生的同伴出现在西宁区，她们是从西边过来的。向阳区是天选的大本营，她们不会选择从向阳区进东三环。所以她应该会从南边出现，埋伏在南侧。"

所以唐陌和傅闻夺提前一个小时来到这栋大楼，几乎将全部注意力集中在南方。

阳光穿破地平线射向这片大地，一层属于夏天的热浪不可避免地从地表喷薄而上。唐陌静静地等着，片刻后，斩钉截铁道："她不会鲁莽地出现。"徐筠生会下战书，却不会蠢到独自出现。唐陌转头看着傅闻夺，握紧了小阳伞："我们分开行动，我去北侧，你去南侧。火鸡蛋联系。"

傅闻夺轻轻点头。

比起其他玩家，唐陌和傅闻夺拥有火鸡蛋。

这不仅是存档器，更是一个联络器。

两人平静地对视一眼，没有说多余的话，目光充满信任。然而就在傅闻夺单手撑着地面准备以最快的速度离开天台时，突然，一道清脆的撞击声从南方传来。

傅闻夺身体一顿，迅速地趴伏下来。

两人同时看向南方。

高架路两侧，还有十几个玩家纷纷挺直身子，以惊愕的目光看向南方。这声音其实非常轻，是球撞在地面发出的声音。这只球弹性很好，在地面、车子上不断弹跳，再回到主人的手中。

晨光熹微，高架路的尽头，一个黑色影子被阳光拉长。她粗暴地拍着一只奇怪的红色皮球，一步步地向前走近。忽然，她一个用力，将这只皮球用力地拍向高架路左侧的一栋高层居民楼。

"轰！"

窗户被砸碎，皮球一连砸穿三堵墙，蛛网似的裂纹顷刻间爬满墙面。下一秒，皮球从碎裂的大楼里弹射回来，被徐筠生稳稳地抓在手中。

从东三环的最南侧到最北侧，十多公里的高架路两端，数以百计的玩家全部惊起，难以置信地看着这个长相阴沉的少女。

"徐筠生？！"

陈姗姗透过窗户，用望远镜看清了那个人。她惊道："怎么可能？她怎么敢这么明目张胆地出现？"短发女孩儿双眼瞪大，嘴巴微微张开。然而仅仅一秒，她便冷静下来。陈姗姗放下望远镜，快速道："不会这么简单，徐筠生不是个莽撞的人。她突然出现肯定有理由，现在是凌晨4点56分，还有四分钟就到5点。她是特意选的这个时间出现，她敢直接出现不怕别人偷袭，她的倚仗是……"

陈姗姗拿起望远镜，死死地盯着徐筠生手里的那只红色皮球。

同一时刻，唐陌看清了那只皮球。

"那是什么？！"

那是什么？

所有人心里同时闪过这个问题。

灿烂的阳光下，徐筠生慢慢咧开嘴角，露出一个阴冷的笑容。她将红色皮球牢牢抓在手中，站在东三环路的最南侧，目光阴沉地看着这条狭长的道路。下一刻，她张开嘴，大声喊出四个名字："傅闻夺，唐陌，阮望舒……练余筝。"

因为整条路足够安静，这个声音竟然响彻了半条路。

徐筠生笑了起来，哈哈大笑着。接着她又将这四个名字念了一遍，然后忽然举起那只红色皮球。

"恭喜你们。游戏，开始。"

"砰！"

红色的皮球被她抓在手里转了一圈，然后"轰"的一声砸向地面。

她用了十成的力道。徐筠生十成的力量将这只皮球直接拍穿路面，砸进大地，砸出了一个十米深的坑，烟尘四起。一股不祥的预感瞬间涌上唐陌的心头，这股预感在陈姗姗的预知里更加强烈。但是一切已经来不及了。

在皮球砸穿地面的同时，轰然破碎，发出剧烈的爆炸声，天空也骤然漆黑。

一道清脆的童声响起——

叮咚！"薛定谔的躲避球"已触发，请玩家选择地图。

徐筠生的喉咙里发出一道笑声，她一脚踩在地上，踩裂路面："这条高架路！"

叮咚！地图已确认，正在载入……

玩家信息正在加载……

A国1区东三环高架路已载入完毕，5月25日凌晨4点59分，41位正式玩家、28位偷渡客、56位回归者正式进入地图。

黑塔没有起伏的声音在东三环的上空回荡，唐陌睁大眼睛，直直地看着眼前的这条路。在漆黑的大地上，众人只见一层淡淡的红色薄膜从道路的两侧缓缓向上攀爬。它仿佛一层壳，将整条东三环高架路以及它两侧的建筑物囊括其中，包括唐陌和傅闻夺所在的这栋大楼。

这层薄膜越爬越高，最后在天空会聚，形成一个穹顶。

当这个蛋壳完全形成后，蛋壳的正中央闪烁起一束灿烂的红色光芒。

"砰！"

一道烟花在天空炸开，数不清的彩带从红色光芒里落下。同时，欢快的音乐声响起，童声齐齐合唱，愉快的歌声笼罩在东三环上空。在这无比愉悦的背景音乐中，黑塔那机械般的声音似乎也生动起来——

叮咚！大型多人游戏"薛定谔游乐场之躲避球大乱斗"正式开启。

游戏规则——

第一，游戏时间为一个小时。

第二，所有玩家只可以用手肘（及以下）、膝盖（及以下）触碰躲避球。

第三，被躲避球砸中其他部位者，失败出局，一分钟内必须以蛙跳方式离场。

第四，友谊第一，比赛第二。

伟大的薛定谔阁下最讨厌别人说猫都喜欢玩球了，所以他做出了一只神奇的红色躲避球。

你才喜欢玩球，你全家都喜欢玩球！！！

——薛定谔阁下如是说，感叹号也是

黑塔的声音戛然而止，但是天空中，彩带纷纷扬扬，不断落下。

高架路的两侧响起数道惊呼声，很快又响起一两道打斗的声音，但无论是叫声还是打斗声都结束得很快。

敢来东三环的玩家，无论是幸存玩家还是回归者，都是其中的佼佼者，对自己的实力颇有信心。但是谁也想不到，他们竟然被徐筠生一个人算计了！

难怪要求最后一个小时，不仅是给自己一条出路，更是为了这场限时一个小时的游戏!

难怪要求在东三环,因为这条高架路不好藏身,更容易玩躲避球游戏!

音乐还在响,彩带不断飘下。在这激烈欢快的音乐声中,唐陌的脸色变得难看起来。他沉默地看向傅闻夺,傅闻夺也看向他。两人对视一眼,一起站了起来,不再躲藏。因为他们的头顶,一个红色的球形光芒不断闪烁。

黑夜中,红色的光球无比明显。

一个又一个红色的光球从高架路的南侧,好像开灯一样,"啪嗒""啪嗒"陆续亮起。

红色的光球零星地遍布在高架路的两侧。

最近的一个红色光球就在唐陌隔壁的这栋大楼。那人躲在大楼中间第17层,发现唐陌和傅闻夺头顶的光芒后,忌惮地看了他们一眼。确定对方是两个人,自己并没有胜算,他扭头就跑,没有一丝犹豫。

唐陌看了看自己头顶的红色光球,又看看傅闻夺头顶的。

刺眼的光芒穿透一切墙面物质,在夜空中无比耀眼。

竟然被徐筠生算计了!

片刻后,唐陌怒极反笑:"恐怕连姗姗都想不到,徐筠生会有这种道具。"

不过唐陌并不着急,这场躲避球游戏将高架路上所有的玩家都包在其中,以他和傅闻夺的身手还真不一定输,而且徐筠生也不一定找得到他们。人这么多,游戏时间只有一个小时,敌在明我在暗。

"徐筠生就在那里。"唐陌转过头,双眼一眯,盯着远处的那个黑色小点。

傅闻夺手腕一动,右手瞬间便成黑色利器,"悄悄靠近。"

"好!"

天空变暗还有一个好处,就是容易隐藏身形。唐陌找到陈姗姗,要求她去找傅闻声,两人找个地方藏好。突然开启了一场躲避球游戏,一切出乎他们的预料,唐陌不打算让陈姗姗插手。这很明显不是一场适合陈姗姗的游戏。

红色光球非常显眼,一开始大家还不敢随意动作,看到光球就远远躲开。

唐陌潜行两公里后,找到一栋矮楼藏身。此时他距离徐筠生只剩下五公里,以他的视力能够清晰地看到徐筠生闭上的双眼。

唐陌:"她在干什么?"

傅闻夺快速观察一遍:"她手里的就是躲避球?"

唐陌注意到徐筠生手里那只红色的皮球。

这只皮球是从天空中落下来,落到徐筠生手中的,不是一开始她拍的那只。

她没有扔出这只球，反而一直站在原地，闭上双眼，高举双手，仰面对着天空，不知道在想什么。

"她干什么？"李妙妙无奈道。

高架路的中段，有14辆车接连追尾，钢铁汽车撞成了一团铁球。在这乱槽槽的车祸废墟中间，有三个红色光球在其中静静地待着。

李妙妙郁闷地骂道："这个徐筠生居然还有这种道具，她这么一来，我们所有人的位置都暴露了。她到底想干什么？拿着躲避球站在那边不动，也不扔球。"虽然气急，自己一行人全部被这个16岁的少女坑了，但李妙妙还记得要压低声音。"头儿，我们真的不换个位置吗？这个光球把我们所有人的位置都暴露了。"

阮望舒："换位置有用吗？"

李妙妙一时哑然。

练余筝冷冷道："躲在哪儿都躲不了，这个光球能穿透所有物质，被别人看见。现在我们要做的是静观其变，我们是三个人，一般人不敢随便动手。"

李妙妙："头儿，那我们接下来怎么做？"

阮望舒说了和唐陌一样的话："敌在明，我在暗。所有人都被拉进这场游戏，我们确实被徐筠生算计了，但是她的处境才是真的不妙。我们……"声音戛然而止，阮望舒脸色一变，看向前方，只见一个中年男人以僵硬的姿势跑到废墟的前方，瞪大了眼睛，直勾勾地盯着废墟中间的三个红色光球。他用力地呼吸着，呼吸得非常古怪，好像溺死的人竭力地喘气，要将肺都喘出胸腔。粗重的喘气声在黑夜里十分突兀。

练余筝翻手取出一把银色小刀，冷漠地等待那人越走越近。

就在那人彻底走到三人身旁时，他俯下身，看见藏在废墟里的阮望舒三人。红色的血丝包了他的眼球，他嘴角诡异地抽搐着，整个身体都在抖动。他缓缓张开嘴，诡异地笑了起来，声带僵硬地抖动道："找到……你们了……"

一束银光亮起，练余筝的小刀一刀封喉割破中年男人的动脉。鲜血喷了满地，可是这男人还在笑。

下一秒，站在道路中央一直没动的徐筠生突然睁开双眼，露出一抹冰冷嗜血的笑容。

"阮望舒、练余筝。"

她目视前方，左手对着空气一抓。

唐陌躲在楼上，惊讶道："那是什么？"只见徐筠生周围三栋楼里，有两个顶着红色光球的玩家突然倒地，身体抽搐了两下。再爬起来时，他们的姿势变得非常僵滞，他们一起跑出大楼，直直地跑向高架路前方三公里外的一处车祸废墟。

与此同时，徐筠生怒喝一声，右手一甩，红色躲避球被她用力地砸向前方。

傅闻夺和唐陌异口同声道："这是躲避球？！"

一颗红色的躲避球"嗖"的一声，刺破空气，以令人惊恐的速度砸向那处废墟。

三公里距离，六秒！

秒速五百米！

废墟被这一球直接撞烂，钢铁四处乱飞，发出刺耳的声音。那躲避球从李妙妙的身边擦过，她向后跌倒，怒骂："这是什么躲避球？！子弹都没这么快！"

话音还没落地，躲避球撞在高架护栏上。球身弯出一个弧度，反射着再射向李妙妙，仿佛认准了她。

红色躲避球砸向李妙妙的同一时刻，四个玩家飞身而至。四人仿佛被人操控的木偶，动作僵硬，行动却无比果决。他们齐刷刷地忽视了李妙妙，直接冲向阮望舒和练余筝。

一道黑影闪过，练余筝挡在阮望舒的面前，双手持着两把短刀，将这四个玩家一刀劈开。这四人目光呆滞，行动僵硬，但是身手丝毫不慢。其中三人至少有黑塔二层水平，另外一人的速度与练余筝不相上下。

阮望舒冷冷地盯着这四人，在练余筝将四人踹开、撞击到高架路的隔音板时，双手按地："重力压制！"

下一秒——"砰"！

四道重物落地声，这四个玩家被齐齐压在地面，不得动弹。

远处的徐筠生看到这情况"咦"了一声，警惕地看向阮望舒："果然不能小看你们。"徐筠生的眼神冰冷起来，那四个玩家被阮望舒的异能压制后，练余筝以飞快的速度奔跑上前，一刀一个。

三秒内，两人睁大眼睛，被一刀割喉没了呼吸。还有两人重伤昏迷，失去了战斗力。

练余筝再抬头看向前方的徐筠生，右脚蓄力准备飞蹬上去，谁料徐筠生诡异地笑了一声，双手抬起在空气中随意地一抓。一道清脆微弱的钢丝声在众人的耳旁轻轻响起，阮望舒脸色一变，转头看去，只见又是四道身影从远处奔来。

李妙妙惊呼："那是刘劭？！"

这次出现的四个玩家中，有一个竟然还是他们认识的，是首都某组织的头目。

阮望舒保持双手按地的动作，那四人靠近他的异能范围后，也被齐齐拉到地面。强大的重力令四人动作迟缓，阮望舒与练余筝对视一眼，后者再飞身上前。

新出现的四个玩家身手比之前厉害许多，尤其是光头壮汉刘劭。他一身遒劲有力的肌肉平铺在身体各个部位，练余筝灵巧地变换方向不断攻击，可刘劭仅仅靠身体力量就能抵挡她的短刀。

锋利的短刀一次次划破光头壮汉的皮肤，渗出鲜血。可他好像不知痛，在徐筠生的操控下用强硬的身体力量与练余筝一次次碰撞，发出"砰砰砰"的声音。

阮望舒抬头冷冷地道："你的异能是操控别人？"

冷漠的声音在高架路上传得极远，徐筠生嘲笑道："你猜啊。啊，我猜你的异能是改变一定范围内的重力？"

阮望舒没有理会对方的嘲弄："你能操控别人的身体，却没法改变他们自身受到的攻击。他们在我的异能范围内不好动作，所以你仅仅能操控他们，却不能改变一切客观事实。"

徐筠生："你想说什么？"

阮望舒冷笑一声，转头看向一旁的女医生。

李妙妙点点头，翻手取出一把小刀。她看向那个和练余筝战斗的光头壮汉，接着眼也不眨地一刀砍向自己纤细的脚踝。李妙妙瘫在地上，双脚的脚筋被她自己划断。随着她这样的动作，那光头壮汉也猛地倒在地上，好像断了脚筋。

徐筠生双目一缩。

远处的高楼上，唐陌见状也惊讶道："她的异能进化了？"

不错，李妙妙的异能发生了进化。

两个月前唐陌和她交手时，她的异能仅仅可以把自身感受的疼痛转嫁到别人身上。可如今，她砍断自己的脚筋后，那光头壮汉也失去行动力。

傅闻夺观察道："断的还是她的脚筋，但是那个光头壮汉确实不能走了。"

徐筠生脸色阴沉地盯着李妙妙，女医生十分记仇，反过来嘲讽道："你猜啊，我的异能是什么？"

徐筠生脸上不断变化，最后沙哑地笑道："你还有多少脚筋可以划？"

说着，徐筠生放弃了光头壮汉，转而继续操纵其他三人。然而仅仅一分钟，李妙妙便又站了起来。徐筠生惊愕地看着她，却见她这次举起小刀，再一刀划向自己的脚踝。一道清脆的断裂声，又是一个玩家倒在地上无法动弹。

唐陌："她的身体恢复得也更快了！"

换作其他人，哪怕是唐陌、傅闻夺，在脚筋被割断后至少也需要十分钟才能恢复。李妙妙则不同。她拥有强大的自愈能力。

狭长的高架路上，那躲避球被徐笃生扔出去后，一直反弹着蹦跳到远方，消失不见。徐笃生与阮望舒三人激烈地战斗着，阮望舒控制重力，李妙妙转嫁身体伤害，练余筝近身攻击。徐笃生渐渐落了下风，然而死掉一个玩家，她就换了再操控一个。

又一个玩家被阮望舒的重力压制到地上，练余筝怒喝一声一刀劈过去，谁料这人竟双脚紧贴地面，向后位移数米躲开了她的攻击。

练余筝身体一震，转头看向徐笃生。

宽敞的路面中央，少女勾起嘴角，露出一个阴毒的笑容："瞧瞧我发现了什么？姓阮的小朋友，你的异能只能操控飞在空中的物体的重力。只要双脚紧贴地面，你就没法操控。很有趣啊……"

下一秒，她看向李妙妙，讽刺地笑道："阿姨，你可以再砍上十刀八刀，这里一共有一百多个玩家，你看看是你的自愈能力更强大，还是这些肉猪更多。"

李妙妙："我去你的阿姨！"

李妙妙怒不可遏，但是局势一下子逆转。

今晚敢来这里埋伏的玩家，本就是首都的精英玩家。练余筝的实力比他们大多数人高，却不可能以一敌四。徐笃生操控这些玩家的身体，让他们紧贴地面，减少暴露在半空中的机会。阮望舒的异能形同虚设。

李妙妙虽然可以通过自残限制敌人的动作，但速度有限，练余筝渐渐落了下风。

阮望舒见状抬头道："你认为每个组织的队长都像你一样，不擅长格斗？"

徐笃生心中一紧："你什么意思？"

下一秒，苍白瘦弱的少年阴冷地笑了一声，翻手取出一支颀长的银色狙击枪。这支狙击枪有他手臂长短，他右手一甩，子弹"砰"的一声随枪口而出，直直射穿一个玩家的胸口。阮望舒动作快极了，在黑夜中宛若一道白色的影子，数秒内翻越数辆报废的汽车，同时用子弹射向那四个被徐笃生操纵的人。

在阮望舒加入后，练余筝直接反向冲向徐笃生。

阮望舒一人牵制四人，练余筝身如闪电，双手执着两把短刀，如燕子一般冲到徐笃生的面前。徐笃生大惊，赶忙后退。那四人立刻停住动作，呆滞的双眼中出现一丝清明。

徐笃生不是不会格斗，只是水平很一般。强大的身体素质令她不至于被练余筝一刀解决，技巧上的差别却让她只能一味地抵抗。又是凌厉的一刀劈断了徐笃生的头发，她狼狈躲开后，愤怒地朝后吼道："你还不上？看够了吗！看够了就出来！"

练余筝抬头一看，只见一道黑色的影子从旁边大楼的窗户里一闪而过，下一秒便出现在她的面前。

一身黑衣的年轻男人用单手撑地，左脚横扫向练余筝的脑袋。练余筝双臂挡住，向后倒跌三步。

年轻男人走到徐筠生的身边。

一时间，漆黑的高架路上，五人沉默地对峙。

阮望舒望着站在徐筠生身旁的年轻男人，道："宁峥。"

是肯定句。

宁峥："阮望舒，练余筝。"

阮望舒："你们是一伙的？"

徐筠生笑道："回归者不是一伙，难道和你们这些只有运气的肉猪是一伙？"说着，她转头看着宁峥："一人一个，没问题吧？我要那个姓阮的小孩儿，至于练余筝……大明星，送你了。"

宁峥定定地看了她一眼，没有吭声。

下一刻，两人双腿蹬地，"嗖"的一声蹿了出去。练余筝与宁峥对上，徐筠生一拳砸向阮望舒，同时手在地上一撑，扫腿向李妙妙。

有了宁峥的加入，阮望舒三人再次被动起来。

虽然徐筠生想要使用异能的时候，似乎需要定格不动。但如今她近身与阮望舒战斗，还是能简单地操控玩家，让他们骚扰阮望舒，只是无法再做出复杂的格斗技能。宁峥的异能则十分诡谲，每当练余筝的刀快要击中他时，他突然消失，再出现时，已经在练余筝的身后。

即使是三打二，三人也丝毫占不到上风。

唐陌趴伏在高楼上远远地看着这一幕，眯起眼睛。

这时却听阮望舒突然喊道："你还不上！"

这句话和徐筠生之前说的话十分相似，徐筠生下意识道："傅闻夺、唐陌？！"她竟以为唐陌二人与阮望舒联手，在周围埋伏她。她顿时戒备起来，提防四周可能出现的敌人。谁料就在她的身后，当宁峥避开练余筝的一刀时，再出现竟然是在徐筠生的身侧。

徐筠生惊道："你……！"

"砰！"

宁峥反手一枪，徐筠生紧急关头避开要害，还是被射穿了肩胛骨，流出汩汩鲜血。

她狼狈地捂着肩膀，面露震惊："你们……"她看着宁峥，再看看阮望舒等人，只见宁峥缓步走到阮望舒的身旁，冷冷地看着她。她立刻明白："混账，宁峥，你居然背叛我！"

宁峥面不改色："我和你从来不是队友。五天前我们才刚刚认识，以前在那个地球，我们一直是敌人。你不是一直想杀掉我吗？"

徐筼生冷笑道："你不也想杀掉我？"她不再废话，"这群人肉猪给了你什么好处？"

一道低哑的声音响起，阮望舒淡淡道："我保证他能够开启'夏娃的奖励'。"

徐筼生双目睁大："你什么意思？你知道怎么开启'夏娃的奖励'？"

"黑塔公布了45个名字，除了慕回雪，杀掉另外44个人中的任意一个，就可以直接开启奖励。"

"不可能！"徐筼生吼道，"你难道想送死？还是说，你要让那个大明星去死？"她又说道，"只剩下不到一个小时了，你要帮他杀了唐陌和傅闻夺？"

阮望舒朝四周看了一眼。

他明明没有看到唐陌，唐陌却知道他在看自己。

练余筝开口道："谁说只有这四个人了。"

徐筼生："还有谁？"

练余筝："从首都去H国，正常人走陆路需要半个月，我只需要一天，来回。"

阮望舒："第四十二条，回归者杀死东亚6区偷渡客金晨浩，可直接开启'夏娃的奖励'。"

徐筼生的脸色沉了下去。

谁都没想到，从一开始阮望舒就把主意打到了其他高级玩家的身上。5月18日，黑塔向全世界公布了45个名字，除去慕回雪，按照世界人口密度划分，A国一共有五个玩家上榜。其中四个在首都，一个在A国315区，不知道在哪个城市。这个比例已经十分惊人。

按照常理说，黑塔只公布了玩家所在的区域号码，没公布具体位置。但是仅仅通过名字，有些玩家属于哪个国家就一目了然。比如东亚1区的正式玩家藤原浩也，一听就知道是J国人。又如金晨浩，这是个H国人。

阮望舒在权衡利弊后，放弃了抓住唐陌和傅闻夺的念头。因为这两人是队友，想要抓住其中一个人他们还有希望，抓住两个人，希望极其渺茫。所以他看中了就在A国旁边的分区，也就是东亚6区的金晨浩。

听了这些话，徐筼生沉默地低着头，许久后，忽然笑了起来。

"你们地球幸存者原来也是这样的吗？绑架自己的同胞，拿他的命当筹码，换取回归者的合作……我还以为就我们回归者冷血无情，原来你们也不过如此啊。"

练余筝："成王败寇。"

四个字，直接将徐筠生所有的话都堵了回去。

徐筠生怒极反笑，并不认输，举起双手又操控了四个玩家。双方缠斗在一起，很快她落入下风。鲜血将徐筠生的衣服染成刺目的红色，她后背紧贴着高架路的隔音板，捂着腹部一处最大的伤口。

练余筝执着短刀，冷漠地向她走来。

徐筠生忽然大笑道："傅闻夺，唐陌，你们再不出来，我的奖励可就落不到你们手里了！"

练余筝的脚步停了一瞬，又继续走向徐筠生。

徐筠生怒吼道："傅闻夺、唐陌！"

高楼上。

唐陌："……"

傅闻夺："……"

轻轻叹了口气，唐陌双手一撑，和傅闻夺一前一后跳下楼，落在高架路上。

阮望舒看到唐陌并不惊讶，神色平静："你想抢走她的人头？"声音很平缓，练余筝却已经握紧了短刀，随时准备攻击唐陌、傅闻夺。

阮望舒、练余筝、李妙妙，再加上宁峥——如果是这四个人，哪怕唐陌和傅闻夺联手，也不一定能从他们手中抢走徐筠生的人头。因为徐筠生不是死人，她会跑。只要他们打起来，徐筠生肯定会找机会逃走。

不过……

唐陌神色平静："你还不上？"

阮望舒："……"

练余筝："……"

已经被"队友"背叛过一次的徐筠生："……？"

李妙妙一脸蒙道："等等，你什么意思？这话怎么这么耳熟？！"

下一秒，她却见宁峥一枪射向李妙妙。李妙妙赶忙躲开，不过宁峥似乎也没下死手，击退李妙妙后趁机走到唐陌和傅闻夺的身边。

在场除了唐陌和傅闻夺，其余人看向宁峥的眼神都变得十分古怪。

冷静如阮望舒在憋了半天后，都忍不住说道："你这样……合适吗？"

宁峥沉默许久，用手一指，幽幽道："他抢走了我的夏娃的奖励。"

被人指着的唐陌微微一笑："嗯，我抢了，虽然打不开，但是拿走了。所以即使你们把金晨浩交给他让他杀了，他也没法打开夏娃的奖励。"唐陌分析道，"我一直认为，比起利益和诱惑，威胁才是一个稳固的合作关系最需要的筹码。"

阮望舒："……"

徐筠生："……"

从一开始唐陌就没相信过阮望舒。

共同利益是合作的前提，但如果这个利益对双方而言是存在竞争关系的，那这样的合作关系比纸还薄。所以在徐筠生下战书的第一天，陈姗姗就开始找起了真正的盟友。分析地球幸存者和回归者，最后他们将目光放在了宁峥的身上。

首都的地球幸存者有四个，回归者却只有两个。

唐陌注定了不可能和阮望舒合作，宁峥却可以和他们合作。

所以三天前，唐陌和傅闻夺联手布下一个局，抓住了宁峥。原本唐陌想直接杀了对方，谁料宁峥的异能十分古怪，唐陌用橡胶绳捆住他，都被他跑了。橡胶绳的功能是在因果律作用下，被捆住的对象一分钟不可挣开。

然而宁峥跑了。幸好傅闻夺从宁峥手中抢到一颗红色的苹果，唐陌检查时发现这就是夏娃的奖励。

道具：夏娃的奖励。

拥有者：宁峥。

品质：稀有。

等级：无。

攻击力：无。

功能：隐藏。

限制：在未打开前，无法毁坏该奖励。

备注：夏娃的奖励可以有很多，夏娃却只有一个。

有了这颗苹果，宁峥迫不得已和唐陌四人合作。

于是才有了今天的情况。

唐陌也没想到那天之后，阮望舒居然也找到宁峥，和他合作。

"威胁永远比利益更有效。"唐陌语气平静。

阮望舒："……"

徐筠生："……"

阮望舒冷冷地看着唐陌，又看了眼站在他们身边的宁峥。他声音冰冷："唐陌，所以你现在是想抢走她的人头？"没有指名道姓，但所有人都知道他说的是徐筠生。下一秒，阮望舒面不改色，竟开始挑拨离间，笑道："那宁峥呢？"

阮望舒指着站在一旁的宁峥，目光却对着唐陌："你们是队友，和我们天选的关系不一样，我们是一个组织，我是他们的头儿，我做出的决定，他们都会遵从。这次我并没有打算要宁峥的命，我们组织里，我选择让练余筝获得这次夏娃的奖励，由她杀了徐筠生。但你和傅闻夺是两个人……唐陌，一个徐筠生，够吗？"

唐陌反问："你想说什么？"

阮望舒直接看向宁峥："是夏娃的奖励重要，还是你的命重要？"

宁峥眯起双眼。

苍白的少年再看向唐陌，嘴角泛笑："你和傅闻夺，谁拿走徐筠生的人头，谁拿走宁峥的人头，商量好了？我猜一猜，徐筠生的异能看上去诡异，现在却不是没有破解的办法，她已经是必死之人。我不打算和你们动手，让她有机会趁乱逃走。我就站在旁边，看你杀了徐筠生，然后再看傅闻夺杀了宁峥。"

唐陌的脸色慢慢沉了下去，他冷冷地盯着这个瘦弱的少年。

阮望舒的话比直接动手更加阴毒！

而且他猜得一丝不差。

唐陌和傅闻夺从没有打算放过宁峥。他们有两个人，徐筠生却只有一个。宁峥一直是他们的目标。然而阮望舒在这个时候提出来，虽然宁峥被逼无奈选择和唐陌合作，但只要阮望舒放弃参与，宁峥的处境就危险起来。

没有阮望舒和练余筝，只有唐陌、傅闻夺、宁峥和徐筠生。

唐陌想要趁机杀了宁峥，十分容易。

宁峥脸上表情不变，但是没有出声反驳阮望舒的话，就表明了他的态度。

三方站在荒废混乱的高架路上对峙。

唐陌在心中默数时间，不动声色地抬起头看了眼远处的黑塔。巨大的黑塔上，那血淋淋的数字已经倒数到了最后 20 分钟。距离夏娃的游戏结束，只剩下 20 分钟。他耐心很好，不断地倒数数字。

时间差不多了，陈姗姗和傅闻声应该已经到附近了。

"我没打算杀了宁峥。"唐陌抬起头，短短几秒，做出了决定，"阮望舒，徐筠生的事你不打算插手了？"

阮望舒没有回答，反而问宁峥："你信他的话？"

唐陌打断阮望舒的话："徐筠生的事，你真的不插手？"他"唰"的一声举起小阳伞，伞尖对准徐筠生。

阮望舒沉默片刻，倒退两步，让出一条路。他幽深的双眼盯在唐陌身上，眼睁睁看着唐陌和傅闻夺一步步走近徐筠生。矮瘦的少女背倚着高架隔音板，用古怪的笑容看着这两个强大的地球玩家。

徐筠生捂着胸口，身上早已遍布伤口。她就这么直勾勾地看着唐陌和傅闻夺慢慢走近，忽然转过头："没种的小屁孩儿，你真把我的人头让给他们？"

阮望舒："挑拨离间我很喜欢用，但是我从来不喜欢被别人挑拨离间。"

徐筠生："你……！"

徐筠生原本是打算引出唐陌、傅闻夺，让战局更加混乱，她可以借机逃脱。谁知阮望舒竟然选择挑拨唐陌和宁峥，直接放弃杀她。这让她的计划全盘崩溃。

唐陌走到她的面前，看向傅闻夺："我还是你？"

傅闻夺："你来。"

两人说话只用了两秒，可是已经决定了这一次夏娃的奖励的归属。唐陌说了不会再杀宁峥，就不会杀。所以徐筠生是他们唯一可以得到的奖励。

唐陌定定地看着傅闻夺，没有多说什么。下一刻他扭过头，直接举起小阳伞，猛地刺向徐筠生。但就在粉色的小阳伞即将刺到徐筠生时，一道尖厉的破空声从远方以极快的速度飞来。

唐陌的心里涌起一种不祥的预感："不对！"

唐陌侧身避开，刚刚侧开身体，一颗红色的躲避球擦着他的发丝砸在墙上，又用力地弹到地面。徐筠生怒喝一声，右脚蹬地跃到空中，用双手抓住了这颗躲避球。她抱着躲避球，看着这群面露错愕的玩家，大笑起来："一群蠢货，这是我的躲避球游戏！"

话音刚落，徐筠生怒吼着一掌拍在躲避球上，将这颗球砸向宁峥。

"我去你的宁峥，你给老子去死！"

宁峥本就速度很快，再加上他诡异的异能，顺利躲开这颗球。可是这颗球并没有停下。一颗小小的红色躲避球在高架路之间不断撞击，令众人只能不断避让。这颗球的速度实在太快，当地形限制在一个非常小的范围后，它改变方向的频率极快，令众人很难抓住它。

唐陌眼尖地发现徐筠生也在躲避这颗球。他的大脑迅速运转起来，他忽然道："不对，刚才是谁把这颗球扔过来的？！"

徐筠生翻身在地上打了个滚，舔了舔嘴唇，对着唐陌笑道："被你发现了呀……"

唐陌心中一紧。他的双手按在地上，隐隐地察觉到一丝地面的震动。唐陌转身看向身后，当看到那三十多个奋力向这边跑来的玩家时，他的心瞬间冰冷。然而这时候发现不对已经来不及了。

徐筠生红了双眼，愤怒地大笑着："你们做得真的很好，真的非常好。阮望舒、练余筝，还有唐陌！傅闻夺！"说到最后，她已经咬牙切齿起来，"你们出乎我的预料，肉猪原来也可以这么强。那我这次用掉这颗躲避球，也不算浪费。你们这次输得不冤，这是我最强大的道具，它是一次性消耗品，死在这颗躲避球之下，你们应该感到荣幸。"

徐筠生一脚踹在躲避球上，将这颗球踹向傅闻夺。

傅闻夺侧身避开，将这颗球砸向徐筠生。

李妙妙怒吼："我去你的荣幸！"她发现那些向这里跑来的玩家，奇怪道，"那些人干什么？怎么都跑过来？他们想死吗？"话刚说完，那三十多个玩家已经跑近。李妙妙发现这些玩家跑步的姿势略显僵硬，表情也十分呆滞，和之前被徐筠生控制的玩家一样。她瞬间明白："你竟然可以同时控制这么多人？！"

徐筠生疯狂地大笑起来。

是的，在场的四个地球排行榜玩家，谁都没想到，徐筠生竟然可以一次性控制这么多人。

红色躲避球就已经出乎唐陌的意料，徐筠生能控制这么多人，又是一个不可控的意外。这两件事分开看，似乎都不是死局。但两件事加在一起，局势瞬间逆转。

徐筠生："这些都是我的肉猪！"

拥挤的高架路上，徐筠生控制玩家，让他们集体攻击唐陌四人。她的目标就是唐陌四人，在操控玩家攻击时，她甚至还可以操控他们的身体，让他们为自己挡住躲避球。

在这种游戏里，个人实力再强大，也不如集体力量。

徐筠生一方一下子多了三十多个队友，他们齐齐地对唐陌等人发起进攻，唐陌只能狼狈地躲闪，没有办法反击。原本唐陌已经打算发信号，让陈姗姗、傅闻声出现，现在按兵不动，思索方法解决现在的难题。

阮望舒突然道："被躲避球击中并不会死！"

唐陌闻言，迅速地扭头看去，果不其然，只见一个年轻男人被红色躲避球击中。他原本是被徐筠生控制的，见状徐筠生啐了口唾沫，解除了对他的控制。这男人的眼神恢复清明，可还没获得自己的身体控制权多久，就瞪大双眼，突然蹲下身体，双手抱头，开始向场外进行蛙跳。

"这是怎么回事儿！"

年轻男人惊恐地叫道，一边叫，一边蛙跳着离开高架路。

蛙跳的行为竟然不受玩家控制！

唐陌意识到这一点，一边避开躲避球，一边目送那玩家完全跳到高架路外。当那个人离开高架路后就不再蛙跳，再想回来，却被关在红色的光膜屏障外，无法再进入。他愤怒地拍击红色光膜，光膜纹丝不动。

游戏规则第三条：被躲避球砸中其他部位者，失败出局，一分钟内必须以蛙跳方式离场。

唐陌快速道："被这颗球击中了并不会死，但是会在一分钟内，被迫蛙跳离场。"

傅闻夺看向唐陌。

唐陌侧头躲开一颗球，也看向他。

两人异口同声："她的目的是什么？"

很快，他们便知道了徐筠生的目的。

阮望舒是四人中身体素质最差的，哪怕有重力压制异能，在这么混乱的场面下，还是不可避免地被躲避球击中。阮望舒蹲下身体，开始蛙跳离场。徐筠生发现这一情况，惊喜地笑了一声，脚下一蹬，冲阮望舒而来。

她操控那些玩家缠住练余筝，虽然使用异能的时候行动能力减缓，却仍旧一步步逼近了蛙跳离场的阮望舒。阮望舒根本没法躲避，双手抱头，冷冰冰地看着徐筠生走近。但就在徐筠生举起小刀砍向阮望舒时，一支锋利的飞镖从她的脸庞擦过。

徐筠生抬头一看，傅闻夺已经到了眼前。

小刀与匕首相撞，徐筠生倒退两步。这时阮望舒已经安全跳到了场外，站在红色光膜外，面无表情地看着高架路上傅闻夺和徐筠生战斗的情况。他转头看着唐陌，做了个口型：谢谢。

唐陌勾起唇角："不是为了救你，她杀了你，就直接开启夏娃的奖励，不需要再待在这里，可以逃走。我们想再抓她很难。"

阮望舒这次开了口："谢谢。"

唐陌没回答他。

论单打独斗，十个徐筠生都不是傅闻夺的对手。她心知肚明，找到机会操控玩家用躲避球砸傅闻夺，自己顺利脱身。眼见时间一分一秒地过去，唐陌三人的实力远超徐筠生猜测。三人中最不擅长战斗的唐陌都能屡次躲开躲避球，避免蛙跳离场被徐筠生攻击。

十分钟后，宁峥也蛙跳离场。他在离开高架路后根本没做停留，竟然直接放弃了自己的奖励，闪身离开这个危险的地方。

徐筠生愈加烦躁。

忽然她找到一个机会，唐陌差点儿被躲避球击中，为了保护他，傅闻夺露出了一个破绽。

"就是现在！"

徐筠生操控一个中年玩家，一拳将躲避球砸向傅闻夺。傅闻夺躲避不及，被躲避球稳稳砸中胸口。他眼角微眯，冷漠地看了徐筠生一眼，接着双手抱头开始蛙跳。徐筠生惊喜极了，距离夏娃的游戏结束只剩下五分钟，她再也不能错过这次机会。

她操控15个玩家缠住唐陌和练余筝，自己则冲向傅闻夺。

漆黑的高架路上，一个瘦弱的少女穿过人群，怒喝着举起武器，疯狂地劈向一个抱头蛙跳的黑衣男人。明明那把刀离自己越来越近，傅闻夺竟然头也不抬，依旧冷静地蛙跳离场。这时徐筠生已经察觉到不对了，她的刀砍在傅闻夺的头上，往常十分锋利的道具小刀竟然发出一道清脆的金属碰撞声。

徐筠生的双眼缓缓睁大，她看到傅闻夺的双手变成了漆黑的颜色。

徐筠生惊道："我的道具是精良品质的武器，怎么可能……"声音戛然而止，一把粉红色的小阳伞从后胸穿过徐筠生的身体。她低下头，看到一个圆滑的伞尖从自己的胸口刺出，她缓慢地转过头，看到唐陌喘着气，手指微颤地看着她。

在唐陌的身后，练余筝艰难地缠住了15个人。

徐筠生忽然有些不明白起来："为什么……"

为什么你们明明不是队友，你却帮他缠住敌人？

为什么明明是她找到的破绽，你却一副早有准备的模样？

徐筠生喷出大口鲜血，唐陌拔出小阳伞，她捂着胸口，可是血怎么都止不住。小阳伞的伞柄上，那颗红色宝石散发着熠熠光辉。徐筠生重伤濒死，倒在地上。她没法再控制那些玩家，那些玩家看到唐陌几人也不敢再动手，扭头离开。

练余筝身上全是血，她抹了把脸上的血，冷冷地看着地上的阴沉少女："比起被你逃走，我宁愿让别人拿走你的奖励。所以你去死好了。"丢下这句话，练余筝主动用肩膀撞向躲避球，蛙跳离场，与阮望舒站在一起。

傅闻夺也站在场外，双手插在口袋里，看着高架路上的情况。

唐陌："蛙跳这件事，对他而言实在太简单，我相信他。哪怕他在蛙跳，也能反手杀了你。至于躲开那颗，你太低估全球第一个通关攻塔游戏的偷渡客傅闻夺了，无论什么情况，我或许躲不开那个球，他一定能躲开。"

徐筠生立即明白："你们是故意的！"

不错，在发现被躲避球击中后也不会死，甚至没有任何惩罚后，唐陌和傅闻夺就想到了这个对策。

一个人故意装作被球撞到，另一个人在徐筠生攻击时，趁机杀死她。

只是这个被球撞到的人是谁？

什么时候才是最好的时机？

唐陌和傅闻夺按兵不动，耐心地等到最后，等到徐筠生焦躁起来。

至于被球砸到的人，最好是傅闻夺。哪怕在地球上线前，蛙跳对傅闻夺来说也像走路一样，是家常便饭。这些事儿根本不需要言语交流，他们明白对方的意思，配合着演了一场戏，骗徐筠生上当。

练余筝的帮忙不在唐陌的计划内，他们本来策划的是，唐陌尽可能抽出身去杀徐筠生。傅闻夺蛙跳时隐藏锋芒，也找机会反杀徐筠生。他们两人中无论谁杀了徐筠生，计划都算成功。

最后是唐陌获得了胜利。

遥远的首都中心，那座黑色巨塔上，血红色的倒计时数字开始倒数最后一分钟。

徐筠生看着唐陌，又看向场外的傅闻夺等人。她忽然笑了起来，血液顺着她大笑的嘴角流淌下来。她一边笑着，一边闭上眼睛，倒在地上没了呼吸。这时黑塔上的数字也倒数到最后十秒。

一道清脆的童声响起——

叮咚！大型多人副本游戏"薛定谔的躲避球大乱斗"正式结束。玩家唐陌成功通关游戏，淘汰对手14人，获得奖励"薛定谔的……"

叮咚！数据修正，薛定谔阁下不打算给爱玩球的人类任何奖励。

所有爱玩球的家伙都很傻！

——尊敬的薛定谔阁下如是说

这场躲避球游戏的规则非常奇怪，失败没有惩罚，胜利也没有奖励。唐陌并没有太过惊讶。红色光膜消失后，唐陌系好小阳伞，走向傅闻夺。正在此时，远处的黑塔上，红色倒计数字已经变成"1"。

在最后一个数字跳动到"0"的那一刻，一颗红色的东西从天而降，重重地砸向唐陌的头。

唐陌和傅闻夺都在第一时间发现这个东西，两人一起出手阻拦。可是这东西竟然直直地穿过小阳伞和傅闻夺的手，"砰"的一声砸在唐陌的脑袋上。

唐陌只感觉大脑里"嗡"的一声，缓慢地抬起眼睛看着傅闻夺。

红色的苹果从唐陌的头上滚落，掉在地上。

昏过去前唐陌的耳边响起黑塔的提示音，还有傅闻夺惊恐的呼声。

"唐陌！"

叮咚！A国1区正式玩家唐陌成功开启"夏娃的奖励"。

下一秒，无数的画面和信息如同洪水，汹涌地冲碎了唐陌的意识。他整个人向后倒去，被傅闻夺稳稳地扶住。傅闻夺根本没时间反应，将唐陌打横抱起，冲到了李妙妙的面前。

李妙妙也反应过来。

地球上线前她就是医生，她检查唐陌的身体后道："没什么问题，应该就是昏过去了。以他现在的身体素质，别说是被苹果砸中脑袋，就是被子弹射穿脑袋，应该也不会立刻死掉。"

傅闻夺也冷静下来，点点头："谢谢。"说着，他抱着唐陌，几步就离开了高架路。

傅闻夺抱着唐陌，以最快的速度奔向与陈姗姗之前约好的地点。唐陌似乎在昏迷中受到了极大的冲击，脸色苍白难看，呼吸急促。傅闻夺低头看了他一眼，默不作声地加快脚步，闪身进入一栋大楼。

在躲避球大乱斗游戏结束后，天空骤然大亮，太阳早已跃出地平线。

傅闻夺在漆黑的办公楼中找到一个隐蔽的房间，将唐陌放在床上，确定大楼里非常安全后，出去寻找陈姗姗和傅闻声。五分钟后，三人回到大楼，傅闻声立即使用异能制作出一瓶矿泉水，递给傅闻夺。

这些天来，傅闻声的异能也有了进化，他可以生产出更加高级的治疗矿泉水。但是他生产出的矿泉水不能储藏，且每天生产的数量有限。

傅闻夺坐在床边，一只手将唐陌扶起，另一只手将矿泉水灌进他的口中。

过了许久，唐陌仍旧没有醒来，双眉紧紧蹙着。

陈姗姗思考道："傅少校，你之前说有个苹果砸中了唐陌哥哥？"

傅闻夺将那个苹果拿了出来。

陈姗姗再从口袋里掏出一个一模一样的苹果。

"这个苹果和宁峥的一样，"她在苹果上擦了三下，苹果上显现出一行行金色小字，陈姗姗说，"这是夏娃的奖励，唐陌哥哥杀了徐筠生，得到了她的夏娃的奖励。但是宁峥的苹果是没有打开的状态，唐陌哥哥这个苹果已经打开了。"

傅闻声："难道说唐哥突然昏迷，是因为得到了夏娃的奖励？"

还有这种奖励？

得到奖励的人昏迷了，没得到的反而活蹦乱跳地逃走了？

傅闻声觉得这答案也太不可思议了，但现在只有这种解释。

陈姗姗："如果真的是因为夏娃的奖励，那唐陌哥哥不会有问题，他早晚会醒。黑塔给的是奖励，不是惩罚。"

傅闻夺仔细检查唐陌的身体。作为特种兵，他具备非常出色的战地医疗技能。将耳朵从唐陌的胸口移开，傅闻夺认可陈姗姗的推断。唐陌这次的昏迷或许是一件好事，因为得到了夏娃的奖励。众人没再多想，耐心地等唐陌醒来。

陈姗姗："当时我和小声躲得比较远，高架路上发生的事儿没有看得特别清楚。傅少校，你能告诉我们具体情况吗？"

傅闻夺点点头，将之前的情况说了出来。他声音低沉，语速不急不慢，用的语句都是最简单易懂的，句子都很短，显然习惯于用最简单的话阐述问题。他一边说，一边解开唐陌的外套，用矿泉水帮他擦拭身上的伤口。

唐陌受的伤不多，就胸口两处和胳膊上三道。傅闻夺的伤更严重，傅小弟十分自觉地拿了矿泉水帮自家大哥清洗伤口。小朋友的手碰到傅闻夺背上一道深可见骨的刀伤时，傅闻夺说话的声音微顿。

傅闻声："啊，我碰到你的伤口了吗，大哥？"

"没有。"

小朋友更加小心地清洗伤口。

傅闻夺其实是想起很久以前，他和唐陌还在Ｓ市时，唐陌曾经在阿塔克组织的医务室帮他清洗过一次伤口。那时两人刚见面，还不熟，互相提防。这样想着，傅闻夺垂眸看着唐陌苍白的脸色，嘴唇慢慢抿起。

唐陌看上去似乎很不好受。

事实上傅闻夺猜得没错。

唐陌从没做过这么可怕的噩梦。他能清晰地听到傅闻夺和陈姗姗说话的声音，甚至能感受到傅闻夺给自己擦拭伤口时的手指温度。可是他睁不开眼，说不出话，不能动弹。

数不尽的信息和画面疯狂地涌进他的大脑，哪怕以唐陌现在的身体素质，都觉得脑壳要炸裂，快要被这么庞大的信息量冲垮。然而他根本说不出自己看到的是什么东西，也不知道那些涌进自己大脑里的信息是什么。

这是一种奇妙的感觉。

大楼外，天色阴沉，首都城下起了今年的第一场雷雨。

雷声轰鸣，大雨滂沱。

水滴溅在地上的声音，雷电劈下空气中微量的氮气与氧气发生反应的微妙感觉。万物构成了一种微妙的世界，空气中好像多了一张可以拨动弓弦的弓，唐陌碰不到它，却清晰地感觉到它就在那里，拨动弓弦可以跨越一切坐标上的长短距离。

一维的点，二维的面，三维的空间，四维的……

四维的是什么？

不，或许不是四维，那是其他东西。

四团强烈而蓬勃的生命力在这栋大楼里闪烁光辉。大楼里，最耀眼的那团生命力就坐在唐陌的身边，傅闻夺的身体中，成千上万的细胞如同太阳，刺眼无比。唐陌也能听到自己身体里每个细胞复制衰败的声音，崩裂又聚合。生命热烈又强盛，每个细胞都在茁壮成长，朝着一个不知道终点的方向进化。

还有什么……

还有什么？！

唐陌仿佛一块干渴的海绵，疯狂地想知道那藏在这种奇妙感觉下的真相。

又是一道闪电从高空中劈下，将房间照得通亮。经历了一整晚的躲避球游戏，傅闻夺有些疲惫，靠着床坐在地上闭目休息。似乎察觉到唐陌的动静，他抬眼看向躺在床上的青年。唐陌并没有动。

傅闻夺奇怪地挑挑眉，不动声色地观察着唐陌的反应。想了想，他又屈起手指，轻轻地在唐陌的胳膊上敲击。昏迷的青年并没有反应。傅闻夺抬头看了眼天花板，往唐陌身边凑近了一点，以便随时观察情况。

两个小朋友出去搜集情报了，傅闻夺靠着床板，闭目养神。

A国大地上，同一时刻，有四个人陷入昏迷，还未苏醒。其中最早陷入昏迷的杰克斯已经昏了六天，最后一个昏迷的唐陌才刚刚昏迷五分钟。

A 国，古通沙漠东部。

黄沙漫天，狂风暴起。

广袤无垠的沙漠中，一个黑色小点出现在天空与沙漠的交界处。那个黑色小点越来越大，越走越近。忽然，他的右脚向地下猛地一陷，竟是碰到了一处流沙。高壮如熊的男人沉默地低下头，看着自己深陷流沙的右脚。很快，他的左脚也被流沙缠住，向下陷落。

但就在一瞬间，壮汉忽然以肉眼不可见的速度向空中一跃，神奇地从那处恐怖的流沙中逃了出来。接着他没有任何反应，继续默默地低着头，一步一步地走向前方。

当他彻底走出这片沙漠时，抬起一双黝黑沉闷的眼睛，看着路旁一块写着"欢迎来到河子市"的蓝色告示牌。

安德烈定定地看了一会儿，从随身背着的厚重大包里掏出一本砖头似的字典。他查阅里面的文字，低声念出了一句发音怪异的中文："河子？"将字典收好，他迈步走进了这座城市。在他进入的那一刻，十几双眼睛"唰"地盯向他出现的方向。

壮硕老实的 S 国男人仿佛拥有如同外表一样的憨厚，他静静地走着，似乎并不知道在这座小城市里，任何一张陌生的面孔都会吸引所有人的注意和攻击。他的一双大脚踩在水泥路上，无声地走进路边的一家小卖部。

在他刚刚进去的那一刻，两个矮瘦的男人从一旁的小楼里跳了出来。两人对视一眼，拿着武器悄悄地跟了进去。

只听两道沉闷的撞击声，十秒钟后，安德烈从小卖部里出来，舔了舔干裂的嘴唇。他想了想，又走回小卖部。

昏暗的商铺内，两个矮瘦的男人正捂着胸口痛苦地在地上打滚。忽然见到这恶魔回来，两人吓得屁滚尿流地倒退，连连求饶。

安德烈沉默片刻，用古怪的发音说出了三个中文字："慕会薛。"

两个男人一愣，意识到这个巨熊一样的男人回来不是想杀他们。两人对视一眼，决定静观其变。

安德烈再次说了一遍："慕会薛，A 国，晚家。窝……找她。"

三人就这么对峙着。安德烈又说了几遍，一个平头男人突然明白："等等，你是说慕回雪？！"

安德烈点头："慕会薛。"

平头男人："你找慕回雪？"

"慕会薛，窝找她。"

平头男人："可是慕回雪不在这儿。这位……这位大哥，慕回雪在 A 国 3 区，我之前听人说 3 区很可能是 G 省、深市这种地方，或者在长三角？反正肯定不在我们西北。您、您找错地方了……"

安德烈不会说中文，更听不懂中文。这男人叽里呱啦说了一大堆，他只能听懂"慕回雪"三个字。他没有说话。过了片刻就在这两个男人以为他真的只是想找人，并不想杀人时，安德烈一拳头砸裂了他们身后的墙壁，整个小卖铺剧烈一颤，竟然就要塌了下来。

两个男人惊恐地瞪大眼，谁料更惊悚的一幕出现，安德烈一只手抬起撑住了那塌下来的房梁，仅仅一只手，就将厚重的混凝土顶棚全部撑住！

两个男人吓得脸色煞白，一个字说不出口。

撑着整栋房子重量的男人却仿若在撑伞，表情正常，没有一丝异常。他再次开口："慕会薛，窝找她。"

两个男人："……"

安德烈抬起头："带窝，找她。"

"……"

你只会这两句中文吗！

七天后，首都，向阳区。

唐陌缓缓睁开眼睛，看着头顶的天花板。他的双眼没有焦距，几秒后才慢慢聚焦。在他醒来的一瞬间，傅闻夺也睁开眼，转头看他。那一刻傅闻夺忽然觉得眼前的青年多了种玄妙诡谲的气质，但是再一看，唐陌已经恢复正常，只是略显疲惫。

两人看着对方，不用言语便明白了双方的意思。

傅闻夺拿出一包饼干，唐陌接过吃了两片，恢复体力，又喝了口水。

傅闻夺开门见山："夏娃的奖励是什么？"

唐陌放下水，抬头看他。

对傅闻夺来说，唐陌昏迷了七天，对唐陌来说，他却一直听得到周围的动静。

唐陌靠着墙，盘腿坐在床上，抬首看着傅闻夺。

半晌后，他忽然道："是你先信任我的吧？"

傅闻夺猛地怔住。

唐陌仰着头："我想明白了，那天晚上的答案我大概知道了，维克多，是你输了。"声音停住，又继续道，"哦，对，不过这件事不重要，先放一边，刚才你问我夏娃的奖励……其实我也不知道。我不知道那是什么东西,我昏迷的时候似乎做了一场很长的梦,梦里的东西我醒来的那一刻就全忘了。"

傅闻夺:"……"

唐陌:"……你表情有点儿怪?发生什么了?"

傅闻夺:"……"

静静地对视片刻,傅闻夺忽然道:"你什么时候知道我生日的?"

唐陌:"……"

傅闻夺挑了挑眉:"去年12月,狼外婆的怪物山谷,你的秘密是有个对你来说很重要的人,他的生日是9月9日,所以你会知道你的幸运数字是9。但是我从来不在网络上泄露个人信息,包括生日。"

唐陌神色平静,靠在墙上,淡淡道:"谁说是你?"

傅闻夺难得露出惊讶的表情:"不是我?"

唐陌翘着嘴角:"也没说不是你。"

傅闻夺:"……"

唐陌:"你紧张了,傅闻夺。换作正常时候,你一眼就能看出我开了个玩笑,不会问出刚才那句话。但是无论如何,是你先信任我的吧……嗯,去年2月?"

去年2月,黑塔还没有降临,唐陌和维克多认识半年,两人经常在网络上组队打牌。

唐陌不喜欢见网友,也不喜欢在网络上泄露自己的信息,从不参加线下桥牌比赛。维克多比他更神秘,连年龄都没透露过。

去不了高手云集的线下桥牌比赛,2月的时候圈子里有人组织了一场网络桥牌大赛。正巧那段时间维克多经常上线,两人就报了名。不过没进决赛,半决赛的前一天晚上维克多忽然在QQ上给唐陌留言,告诉他自己第二天有事来不了。

唐陌没想太多,知道维克多工作一向很忙,现在想来,傅闻夺当时可能突然有了任务。

不过那次唐陌下班回家,打开QQ时看到那则留言时,惊讶大于失望。

"维克多:明天有事,来不了,抱歉。"

五分钟后。

"维克多:下周去E市出差,见面吗?"

唐陌没有立刻答应。

那时的他与维克多很友好,却不至于说信任。维克多好像一杯冷咖啡,香味并不够浓郁,他很想真切感受藏在冰冷温度下的醇厚,又不想打破自己从不见网友的习惯。

犹豫了几天，看到维克多又上线，唐陌考虑再三，回复："你方便的话，可以。"

维克多却沉默许久，回答他："抱歉，临时改变行程，去不了。"

唐陌愣了半天才回道："好。"

这种感觉顿时古怪起来。

他做足了心理准备去见维克多，对方却一口回绝。唐陌不知道自己到底是从什么时候对维克多真正有了关于信任的感觉，但这件事绝对是一个转折点。在此之前他对维克多的感觉更多的是那种极为合拍的默契度，不用言语的配合。强大而有决策力的维克多吸引着他，引力很强，却不是黑洞。

自那以后，他更在意对方，那种信任的感觉也渐渐变成了只要对方提出见面，他就再也不会犹豫。

唐陌靠着墙壁，微笑着分析道："以你的性格和身份，如果不是真的很想见面，绝对不会去见一个网友。所以……去年2月？"

这个青年聪明到过分。

不过这种聪明和敏锐正是傅闻夺最喜欢的地方。他对唐陌的问题避而不谈，闭上眼睛思索了许久，开口："前年10月？"

唐陌身体一顿。

傅闻夺勾起唇角，知道自己猜对了。

2016年10月，磨糖和维克多刚认识三个月。他们是在一场网络桥牌游戏上认识的，当时还不是队友，是对手，傅闻夺是唐陌的上家。明明是对手，唐陌却察觉到旁边位子上的这个人和自己的步调完全一致，每一个想法和出牌的套路，都与自己有种诡秘的契合。

那局游戏是唐陌输了，他的队友实在菜到大神都带不动，输得干干脆脆。游戏结束唐陌就申请添加傅闻夺为好友。在他们玩的桥牌平台上，申请添加好友时系统会自动发给对方一句问候。唐陌的问候还没发出去，信息栏就亮了。

"维克多：你的牌打得太好了，交个朋友吧。"

"磨糖：你的牌打得太好了，交个朋友吧。"

两人的发言仅仅相差一秒。

唐陌微微一愣，下意识地念出了这个名字："维克多……"

之后随便聊了几句就加了QQ好友，接着就是一起组队打牌的半年。

10月的时候，他们匹配到一对ID非常有趣的情侣。这两人ID搞笑，打牌的技术却不差。四人厮杀了五分钟，眼见唐陌和傅闻夺要赢了，男生急道："今天是我女朋友生日，两位大哥给点面子吧，bbu。"

唐陌第一次遇到这样的情况，发了六个点。

维克多却问："bbu 什么意思？"

来日方长："Ball ball you。我们今天特倒霉，碰到的都是大神，连跪十场。给点儿面子吧大佬，我女朋友说不赢一局绝对不睡。"

唐陌和傅闻夺对赢不赢牌兴趣不大，只在乎打牌的过程，直接点了退出。

私下聊天时，唐陌忽然说了句："天大地大，生日最大？"

维克多："你什么时候生日？"

唐陌没想到他会说这个："没，还早。"想了想又问，"你呢？"

维克多："也算还早。"

这是他们唯一一次谈到两人的生日，且相识尚短，谁都没透露自己的生日。但是从那以后，唐陌就下意识地记住了这件事。他细心地注意到傅闻夺那句"也算还早"。

"也算"这个词很特殊。

后来有次唐陌推测出了傅闻夺的生日，就明白了他那句"也算"的意思：他的生日刚过，所以说是"也算还早"。

硬是要说谁先信任谁，其实很难说出答案。唐陌自知很早，或许在第一次见面时，他就对维克多产生了一种"这个人是特殊的"的感觉。然而要说信任，他说不清一个具体的时间。换作傅闻夺，恐怕也一样。

不过……

唐陌面不改色："你先信任我的。"

有时间为证。2017 年 2 月，就傅闻夺的性格和他的身份，他要不是信任自己，能来见网友？

傅闻夺却道："你先信任我的。"

也有时间为证。2016 年 10 月，要不是非常信任，唐陌为什么要去注意一个网友的生日，还千方百计地猜到了具体时间又不说出来？

不蒸馒头争口气，唐陌很久没吃馒头了，却很想争这口气。就像那天晚上傅闻夺说出那句话后，唐陌迅速地明白眼前这个男人是信任自己的，可是有点儿惊讶这个人是什么时候开始信任自己的。到底他信任的是唐陌，还是磨糖，抑或两者都是？

傅闻夺垂着眼睛，坚定的目光凝视在唐陌的脸上。唐陌也不甘示弱，淡定地看着他。

许久，当楼梯附近传来脚步声，唐陌笑道："你幼不幼稚？"

傅闻夺收回撑在墙上的手，没回答这句话，却用眼神回应：你不一样幼稚？

唐陌承认，在某些方面，磨糖和维克多一向非常幼稚。

脚步声越来越近，傅闻声推开门，惊道："欸，唐哥，你醒了？"

陈姗姗走进屋："唐陌哥哥醒了，怎么样？身体有哪里不舒服吗？"

唐陌从床上起来，在屋子里走了两圈，活动了一下身体。"没什么问题，就是几天没吃饭有点儿饿。傅闻夺说我昏迷了七天，这七天有发生什么事吗？"

陈姗姗从包里拿出一袋压缩饼干："很多事。傅少校没和你说？"小姑娘帮唐陌找到了理由，"你刚醒？"

唐陌撕开饼干袋的动作停顿了一瞬，点头默认。

傅闻声："唐哥，夏娃的奖励到底是什么？你快告诉我们！"

唐陌吃了两块饼干，腹中饥饿感缓解后便将饼干放回包里。他认真地看着陈姗姗，神色郑重："这件事需要姗姗你分析一下。首先……我并没有得到任何实质性的奖励。"

众人一愣。

陈姗姗迅速反应过来："嗯，道具这类的奖励肯定是没有的。你是被一个红苹果砸晕的，傅少校当时把这个苹果拿了过来，但是我们检查后发现这个苹果和宁峥的那个一样。它叫'夏娃的奖励'，没有任何特殊作用，仅仅代表夏娃的奖励。"短发女孩儿从包里掏出一个红苹果，递给唐陌，"可以说这个苹果就是一个象征，代表了夏娃的奖励，却和夏娃的奖励没关系。"

唐陌点点头："宁峥和徐筠生都有这个苹果，全世界所有回归者，都有红苹果。但只要不打开，它就只是个苹果。"

陈姗姗："嗯，就是这个意思。所以实质上的奖励是没有的。你昏迷的时候我和傅少校、小声讨论过，我们一致觉得……夏娃的奖励，可能和黑塔降临的真相有关。"

话音落下，小姑娘用期盼的目光看着唐陌。

然而她注定要失望了。

唐陌叹了口气："这是我要说的第二点。我昏迷了七天，但是在我的感知里，只是一瞬。我做了一个好像很长又好像很短的梦，梦醒忘得一干二净，对梦里的情况没有丝毫记忆。你们讨论的事情我知道，我在昏迷的时候能听到你们的声音，声音触感也依旧存在。"

傅闻夺正抱臂站在一旁淡漠地听着，忽然听到这话，眉毛抽动了一下，看了唐陌一眼。

傅闻夺："……"

DI QIU

SHANG XIAN

第 6 章

糖果屋

陈姗姗思索片刻，道："能记得昏迷时发生的事，却对夏娃的奖励没有一点儿记忆。黑塔竟然能做到这点……"声音停住。

小姑娘抬起头："唐陌哥哥，和昏迷前相比，你觉得自己有什么变化？"

"实力好像更强了。"顿了顿，唐陌补充道，"综合实力。"

关于这一点儿，唐陌没有隐瞒自己的队友。

醒来后，他隐约意识到自己可能变得更强了。这种实力的增强不是说他突然得到了什么道具，也不是得到几个异能，而是："我的视力更好了。从窗户往外看，傅闻夺，你能看到哪儿？"

傅闻夺走到窗边："五公里外那个白色的广告牌上，是华为最新款的手机。"

唐陌："你能看清右下角代言人的名字吗？"

傅闻夺眯起双眼，定定地看了片刻："有些模糊。不过广告牌上的明星我有点儿印象，在知道他名字的基础上再看那几个字，能分辨出来是什么。"言下之意，如果不知道那几个字是什么，傅闻夺也不敢说自己能看清。

唐陌看向他："我能看清。没有那么清楚，但是能看出是哪几个字。"

傅闻夺："圣诞树枝？"

陈姗姗也道："升级版的圣诞树枝？"

唐陌笑着摇头："可能是，但我感觉没那么简单。现在我能察觉到的是五感得到提升，反应能力、速度也有所提高。至于其他方面的实力……"声音顿住，唐陌微微侧首看向站在自己身旁的男人。

傅小弟在一旁一脸蒙："欸，其他方面的实力怎么了？唐哥，你怎么不说了？"

陈姗姗笑道："这栋楼后面有一个路边篮球场，要不去那里实战一下？"

求之不得！

四人很快来到篮球场，唐陌将小阳伞放到一边，傅闻夺也没用武器。两人站在篮球场的两侧，默契地对视一眼，下一秒，只听两道"嗖嗖"的破风声，两道黑色人影以肉眼难以辨别的速度猛地撞击在一起，震动波及大地，篮球场的篮筐发出一道剧烈的嗡声。

这样级别的战斗远不是身体素质无法提高的陈姗姗能看清的，但小姑娘没有放弃。她睁大眼睛，仔细盯着场中，只见短暂的碰撞后，唐陌和傅闻夺互换位置，唐陌单手撑地，倒滑了三米才稳住身形。他抬起头，看到傅闻夺惊讶的神色。

唐陌的速度和力量确实得到了明显的提升！

傅闻夺沉稳的脸上露出一丝难得的期待，他很期待接下来的格斗。

男人低沉的声音响起："再来？"

"好！"

下一刻，唐陌再次冲了上去。他看似是一拳砸向傅闻夺的心口，在两人接触的一瞬间，竟一腿扫向傅闻夺的下盘。傅闻夺双手隔开他这一击，左手如迅雷，眨眼间擒住唐陌的手臂。唐陌快速挣开，一记左勾拳迎上。

赤手空拳的肉搏在这种极限的速度和力量下，具有一种纯粹野性的暴力美学。

"砰砰砰"的撞击声连绵不断，因为双方都用了十成十的力量，身上不免都挂了点儿彩。傅闻夺身形诡异，忽然从后方以手肘制住唐陌的脖子，另一只手按住他的颈部。那一瞬间唐陌几乎察觉到了死亡的气息，清晰地意识到只要傅闻夺一用力，他的脖子就会被对方扭断。

战斗至此结束，傅闻夺松开唐陌，唐陌轻轻地咳嗽两声，扭了扭脖子。

"刚才那是什么格斗技巧？"

傅闻夺清了清嗓子："裸绞。"

唐陌没听过这种格斗技巧，只当这种技巧比较难学，所以傅闻夺之前就没教他。他并不知道，裸绞在柔术技巧中都属于杀伤性极大的一招。正常人被扼住咽喉后立即会呼吸困难，容易昏迷，正规比赛中被这一招直接扼昏迷的选手也大有人在。

傅闻夺也没想到这次和唐陌比试居然逼得他用上这种杀人的招式，想了想决定以后也不把这招告诉唐陌，免得被唐陌记住。

唐陌发现自己的近身实力还是比傅闻夺差了一筹。他确实比以前更强了，但真打起来还是不及傅闻夺。

四人回到房子里，唐陌做出总结："目前看来，夏娃的奖励更偏向于身体素质方面的提升，也可以说是升级版的圣诞树枝。"

傅闻声道："夏娃的奖励是一个红色苹果，欸，这有点儿像平安果。"

这么一说，还真能和圣诞树枝扯上点儿关系。

陈姗姗潜意识里觉得这个奖励不会这么简单。全世界得到这个奖励的玩家最多 20 个，如果仅仅是为了奖励高级玩家，提升他们的身体素质，黑塔不至于特意设定一个长达七天的夏娃的游戏。

然而目前他们信息量有限，只能猜测这么多。

唐陌昏迷了七天，很多事并不清楚。陈姗姗向他解释现在首都城的局势："徐筠生死了后，回归者收敛很多。这七天来，首都城确实有很多玩家被杀死，或者在游戏里被淘汰，但是意外身亡的大多是实力较弱的正式玩家，而且人不多。"

这点很好理解，唐陌道："徐筠生可以说是首都最强大的回归者。她的死对那些回归者是个警钟。地球幸存者并没有他们想象中的那么弱，所以他们不敢再那么明目张胆地杀人。"

但是还是有不少玩家死了。

回归者回到地球后，还是被时间排行榜束缚，他们依旧不是正式玩家。

想要真正获得自由，将那个悬浮在自己脖子旁的金色数字除去，他们就必须淘汰地球玩家。杀人是最简单的方式，如果不是唐陌几人以干脆利落的方式杀了徐筠生，震慑了回归者阵营，现在首都城的局势会更加严峻。

如今两方倒是有了一种微妙的平衡。

回归者必须淘汰地球玩家，这是黑塔给予他们的生存方式。但他们也不会随意杀人，这种对立是两方都能接受的程度，甚至可以说，回归者还处于劣势。因为他们并没有什么组织，大多是独行侠，而且时刻遭受时间排行榜的威胁。

唐陌双手抱臂，手指在手臂上轻轻敲击着。他皱眉沉思许久，忽然抬头："宁峥呢？"

没错，宁峥呢？

徐筠生一死，宁峥就是首都最强大的回归者。

回归地球已经成了事实，聪明的回归者不会再单打独斗。见识了天选组织和傅闻夺等玩家的强悍，他们会变得团结一些。或许不会太过团结，但宁峥完全可以凭借自己的影响力，趁机创建一个强大的回归者组织，由此和地球幸存者抗衡。这一点恐怕也是很多回归者想看到的。

但是……

陈姗姗："没有宁峥的消息。"

唐陌有些惊讶，下意识地看向傅闻夺，想从对方那儿得到肯定的答案："完全没有消息？"

傅闻夺："没有。"

唐陌脸色变了变。

完全没有消息……只要和人接触，就肯定有蛛丝马迹留下。难道宁峥没有抓紧时间淘汰地球玩家，摆脱自己回归者的身份？

与此同时，首都西六环，一座废弃的服装工厂。

天色渐暗，一道微弱的白光在厂房深处一闪而过，很快，一道白色身影出现在厂房里。宁峥回到地球，先是握紧武器，警惕地观察四周，确定没有异样后，神色冷漠地走出厂房。

就在他刚刚走出这家工厂的大门时，宁峥"唰"地转身，朝厂房一侧扔出小刀。

工厂大门的旁边，一个高瘦的娃娃脸青年侧头避开这一刀，夸张地喊道："哇，刚见面就动刀子，这么凶的吗？"嘴角慢慢地咧开，娃娃脸青年眨了眨眼睛，双手插在口袋里，看了眼宁峥的脖子，笑道，"嘻嘻，刚从副本里出来？数字没了哦，淘汰够人数了？"

能够隐藏气息不被自己发现，宁峥知道，这个看上去很像神经病的娃娃脸青年绝对不可小觑。他将手插进口袋里，握住了藏在口袋里的道具。

宁峥冷冷道："你是谁？"

"你不知道我的名字？"娃娃脸青年嘴巴微张，脸上现出惊讶的神情，"一周前，东三环高架，你和唐陌、傅闻夺都联手了……他们居然没告诉过你我的名字？"

宁峥没回答，但是一副"你很重要吗，为什么要说你的名字"的表情。

白若遥："……"

他啧啧了两声，嘴里嘀咕了一句"就不怕一周前我也去捣乱吗"，很快又嬉皮笑脸地抬起头看着宁峥，道："那现在知道我的名字也不晚。白若遥，唐唐的好朋友，也是最大的敌人，我很想杀了他哦，还有傅闻夺。"

宁峥双瞳一缩，但依旧没有表情："你想说什么？"

"敌人的敌人就是朋友……你不想杀他们？"

宁峥握紧手指，转身就走。

白若遥没有追他，只是站在他的身后，嘻嘻笑着："宁峥，时间排行榜第62名，居然这么尿，以后就叫你尿尿好不好？"

宁峥脚步一顿，还是没有回头。

白若遥的笑声如同生锈的铜铃，明明应当很好听，却像生了锈，嘎吱嘎吱地钻进宁峥的心里，令他烦躁生气。但他忍住了。他不想和地球幸存者有过多牵扯，只想活下去，活到最后。

然而就在他快走到道路尽头时，白若遥的笑声戛然而止。白若遥再开口，声音低哑而富有魔力，笑着说道："喂，听说你有个双胞胎妹妹？嘻嘻，她真的存在吗……"

宁峥猛地回头，错愕地看向远处的娃娃脸青年。

三天后。

虽然唐陌完全不记得自己昏迷时经历了什么，但是随着时间的流逝，部分失去的记忆渐渐回到他的脑海中。他肯定地对傅闻夺说道："要攻塔。"

傅闻夺冷静地问道："这是黑塔给的信息？"

唐陌摇头："我不记得了，但是我的潜意识告诉我，只有攻塔，才能得到更多的东西，知道真相。我们必须以最快的速度，不断攻塔。而且你需要快点儿攻塔，摆脱偷渡客的身份。"

回归者需要淘汰地球幸存者，由此获得自由，成为被黑塔认可的玩家。然而偷渡客的情况并不比他们好多少。偷渡客参与任何黑塔游戏，都会被黑塔BOSS觊觎。傅闻夺这种强大的偷渡客还好说，许多实力并不强大的偷渡客在一开始就被黑塔BOSS偷吃下腹。

黑塔怪物真的会吃人，他们从来不开玩笑。

傅闻夺不动声色地笑了笑："好。"

东三环高架上那一战，唐陌和傅闻夺是最后的赢家。但自那以后，他们和天选本就不稳固的合作关系直接崩裂，双方再没联系过。唐陌没打算将自己从夏娃的奖励里得到的信息告诉对方，思索着什么时候去挑战黑塔五层，在此之前要做哪些准备。

漆黑的夜幕中，傅闻夺靠在窗边，回首看着屋内的青年。唐陌的左手撑着下巴，右手拿着一支笔，在纸上画出一张首都的粗略地图，并且在其中圈出几个圆圈。

这些地方都是首都有可能触发副本、现实副本的地方。

五分钟后，唐陌抬起头："姗姗和小声什么时候回来？"

傅闻夺："只是一个普通副本，以他们俩的实力，再过两天应该能出来。"

唐陌点点头。

唐陌和傅闻夺从没把陈姗姗、傅闻声看作自己的附属，两个小朋友也是强大的玩家。虽然两人武力值不高，但陈姗姗的头脑和傅小弟的治疗异能，在黑塔游戏里有时候比武力更加重要。放在任何一个组织、小队里，他们都会是核心成员。

唐陌不会带陈姗姗参与每场游戏、保护她，同理，傅闻夺也不会一直把傅闻声拴在身后。

两个小朋友需要独立成长的机会。

唐陌心中已经有了几个地点，打算等陈姗姗回来商量一下，确定四人接下来进入哪个副本。

房间里一片寂静，只有微弱的风声拍打窗户，发生嗡嗡的震动声。

傅闻夺定定地看着唐陌，手指敲击窗台，目光时不时地瞄向唐陌撑着下巴的手，似乎在思索些什么。就在思考很久打算开口时，傅闻夺神色一变，唐陌也猛地抬头。傅闻夺已经从口袋里拿出小飞镖，"嗖"的一声射穿窗户，射向窗外。

玻璃破碎的声音在大楼里传得极响，门外的人躲开那支小飞镖后，非常不满地笑道："喂喂，每次见面就这么打招呼，唐唐，傅少校，你们就是这么对朋友的？"语气很轻松，在躲开小飞镖时这人却悄悄地松了口气，确定这不是那支坑人的菲迪皮茨的飞镖。

唐陌站起身，握紧腰间系着的小阳伞，冷冷地盯着那个不该出现在这里的娃娃脸青年。他声音冰冷地喊出对方的名字："白若遥。"

白若遥笑了，意味深长地说道："原来你还记得我呀，唐唐。"

唐陌察觉到他泛酸的语气，却没明白对方这是怎么了。不过精神病人欢乐多，白若遥的想法他没兴趣去猜。

大楼内，白若遥只有一人，唐陌和傅闻夺却有两人。

唐陌和傅闻夺都没动手的意思，十分淡定，站在屋内淡淡地看着门外的娃娃脸青年。白若遥不可能杀得了他们，但既然敢来，就说明有离开的把握。所以唐陌、傅闻夺也没动手的打算。

"你想做什么？"

白若遥一脸真诚："我想你了，唐唐。"发现傅闻夺表情沉了几分，白若遥对他说："嘻嘻，也有点想（杀）你哦，傅少校。"

唐陌没理会这个神经病的调戏，手指在小阳伞的伞柄上摩挲着，警告的意味不言而喻。

白若遥耸耸肩："难道我们不是朋友？"

唐陌扫了他一眼，就差直接拿小阳伞攻上去，告诉这个娃娃脸，谁是你的朋友！

白若遥也不生气，但是退了半步，半张脸隐在黑暗里，笑着说："昨天黑塔发布的集结副本感觉很有意思啊。唐唐，你去吗？"

唐陌和傅闻夺早就打算去，但唐陌冷冷地反问："和你有关？"

"嘻嘻，因为我会去。"

唐陌："……"

他突然有点儿不想去了。

傅闻夺低沉的声音响起："你来这里就是为了说这个？"

白若遥没有回答，模仿黑塔的声音，用平淡而无起伏的语气说道："叮咚！集结副本限时开启。游戏地点：地底人王国的奇趣商业街。游戏奖励：未知。游戏 BOSS：圣诞老人。6 月 6 日早上 6 点 6 分，请玩家前往东宁区天庙，参与游戏……"

声音戛然而止，白若遥嘴角的笑容愈加灿烂。

"唐唐，傅少校，来吗？"顿了顿，他嘻嘻一笑，又道，"对了，应该说……"

"敢来吗？"

A 国 G 省，宝江旁，G 省新电视塔。

漆黑的夜空中，一轮圆月高悬于天空中，洒下淡淡清辉。

这是世界第二高塔 G 省新电视塔，回转狭长的设计让这座塔拥有一个窈窕纤细的腰身，也被戏称为"G 省小蛮腰"。从塔底向上看去，尖细的塔身高不可见，几乎与月同齐。然而谁也不知道，此时此刻，就在这座塔的顶端，一个扎着马尾辫的高瘦身影站在天线桅杆的顶头，微微抬首，看着那轮陌生而熟悉的月亮。

慕回雪伸出手，摸向那轮月亮。她的双眼里倒映着浅浅的月色，脖子上是一行金色六位数字。

冰冷的风将她的黑色皮衣吹得猎猎作响，她仿佛不觉得冷，也不觉得高，就这么站在塔顶静静地看着月色。过了许久，她低声呢喃了一句"一齐去睇月光呀"，慢慢收回了手。

又看了一会儿，似乎是看腻了这月亮，慕回雪很想躺下来晒一晒月光，却发现这尖细的塔顶根本没给自己一个可以躺下的地方。她郁闷地看了看四周，除了脚下的塔尖，确实不可能给她睡下，她要是真不嫌弃地躺下，说不定还能被塔尖戳个对穿。

现在又没法抓住设计者的领子，质问他怎么不设计出一个晒月光的平台，一点儿都不人性化。无奈至极，慕回雪叹了口气，忽然整个人向后倒去。

这动作来得猝不及防，只见一个黑色的身影从 G 省新电视塔顶猛地向下坠落。600 米的高度，15 秒的下坠时间，她闭上眼睛，静静地享受这一刻被月光笼罩的感受。在距离地面还剩 50 米左右时，她从腰间拔出鞭子，手腕用力，韧性十足的鞭子几下击碎玻璃幕墙，射入屋内，缠上一根柱子。

慕回雪低喝一声，借力在空中荡了半圈，再稳稳落地。

她将鞭子系回腰间，抬步打算离开。不过才走了半步她就停下脚步，也不回头，对着身后的人开了口。才说了两个字，她就想起一个月前，自己说方言结果对方听不懂的情况。她再开口道："不用跟着我了，我今天离开 G 省。"

萧瑟的夜风中，五个藏在建筑后的玩家齐齐一愣。其中有地球幸存者，有回归者。

慕回雪双手插在口袋里，迈步离开 G 省新电视塔。她走了数百米，发现竟然还有人跟着。她挑挑眉："真系当我唔杀人？"

五人齐齐停住脚步，不知道该不该动弹。

慕回雪抬起头又看了眼月亮，忽然笑了起来。那是一个发自肺腑的喜悦的笑容，仿佛背着沉重的行囊艰辛地在沙漠里走了三天三夜，终于看见了绿洲，快要得到解脱。不在乎生死，或许更在乎自由和解放。

她笑着说道："我去首都找人杀我，你们不用再跟着我了。"

五人被她这话震得一时间怔在原地，等反应过来，一抬头，人早已消失不见。

"我去首都。"

"找人杀我。"

这话听起来完全是个笑话，可是这五人觉得慕回雪没有一点儿开玩笑的意思。她是真的很诚恳地想找到一个人，请那个人结束自己的生命，甚至，还有点儿迫不及待的意味。

2018 年 6 月 6 日，凌晨 1 点。

寂静的首都城中，数道黑色身影以极快的速度穿越楼宇，悄悄地向东宁区的方向行进。他们的身影几乎与夜色融为一体，微风吹过，一个眨眼就不见了踪影。到凌晨 5 点时，东宁区天庙附近已经有三十多位玩家集合。

从黑塔 2.0 版本更新了集结副本开始，几乎每个月，黑塔都会发布一个集结副本。

大部分集结副本没有生命危险。每座黑塔发布的集结副本都不相同，任务不同，BOSS 不同，奖励也不同。唐陌参与过两个集结副本，一次在 S 市，一次在首都。

然而这次的副本，有点儿与众不同。

天庙公园位于首都的市中心范围，是一片平坦的区域，没有太多可供遮蔽的建筑物。一周前，在黑塔发布了这次的集结副本后，唐陌和傅闻夺一致决定参与游戏。就算没有白若遥故意挑衅，下战书，他们也会选择进入。因为进入这个副本有个前提——进入者必须在半年前的"圣诞惊喜副本"中，得到"圣诞树枝"奖励。

半年以来，唐陌参与过的、听说过的集结副本，只有当初在 S 市的"怪奇马戏团副本"有对进入者进行条件限制。根据唐陌的经验，这种有进入门槛的副本，一般得到的奖励会非常丰厚，副本内容也关乎地底人王国的一些机密，能接触一些比较高级的黑塔怪物。唐陌将这种集结副本称为"特殊副本"。

天色渐明，唐陌四人躲藏在天庙公园的一栋小楼中，静静地盯着不远处的天庙公园。

唐陌和傅闻夺都见过圣诞老人，双方实力差距非常大，两人都不敢小觑。傅闻夺将自己的手枪交给唐陌，唐陌也带上了国王的金币。

"特殊副本不同于普通的集结副本，死亡的可能性很大。"唐陌低声说道。怪奇马戏团集结副本，一共进入 23 个玩家，最后活下来的只有 9 人。

"在这种副本里，保命要紧。结合之前的经验，集结副本就算失败大多玩家不至于死，还有翻身的机会。"所以最重要的是保住性命。

陈姗姗和傅闻声齐齐点头。

时间一分一秒过去，距离 6 点 6 分越来越近。

傅闻夺将身体紧贴着窗户，目光平静地扫视整个天庙公园。公园里静悄悄一片，漆黑的树木在风中微微晃动，除此之外，没有一点儿声响。傅闻夺的视线在一棵树上停留片刻，再看了看天庙和另外两栋平房。

傅闻夺拉住唐陌的手，在他的手心里写下了一个数字"9"。

接着，他也在陈姗姗和傅闻声的手背上写下同样的数字。

唐陌微愣，惊讶地看他。

傅闻夺将食指抵在唇上，做了个"嘘"的动作，同时指了指天花板。唐陌瞬间明白他的意思。

唐陌从口袋里拿出手机，打了一行字——有人？

傅闻夺接过手机：来得比我们早，我刚刚才发现他们的存在。

唐陌神色一沉。

陈姗姗从包里拿出纸笔，写道——有资格来这里的，都是得到过"圣诞树枝"奖励的玩家。回归者应该没有参与过圣诞惊喜副本，半年下来，很多当初得到奖励的玩家也已经死亡。首都城有机会进入这个集结副本的玩家，不该超过50人。

然而这同时意味着，这个副本里的玩家每个都拥有超越平均水平的实力。

傅闻夺刚刚写下的"9"，意思是他发现了9个藏在天庙公园里的人。但是他们知道，还有更多玩家藏得极好，连傅闻夺都没有发现。

唐陌想了想，敲下一个字：等。

众人轻轻点头。

朝阳完全跃出地平线，天庙公园中，仍旧空无一人。就在时间逼近6点6分，只剩下一分钟时，只见一道黑色的影子从一棵大树后突然跃过，跳进了天庙前的广场。下一刻，又是十几道身影跳跃过去，稳稳地落在平台上。

最后十秒，一共有25个玩家站在天庙前，警惕地盯着周围的人。

唐陌听到自己的头顶传来一道破风声，知道那个藏在他们头顶的人也出发了。

事不宜迟，唐陌："走！"

四人"唰"地从楼上跃下，唐陌背着陈姗姗，傅闻夺拎着傅闻声，以恐怖的速度奔跑到天庙前的广场上。唐陌刚站稳，便看见白若遥那张令人厌恶的笑脸从天庙后露了出来，对他嘻嘻一笑，朝他和傅闻夺眨了眨眼。

唐陌眯起双眼，这时已经只剩下1秒。

突然，唐陌的视线里冒出一个不该出现在这里的身影，他错愕地看向对方，还没看清对方的脸，一道刺眼的白光从眼前闪过。

黑塔清脆的童声响起——

叮咚！玩家唐陌成功进入集结副本"圣诞老人的奇趣商业街"。截至2018年6月6日6点6分，共有31位玩家成功进入副本，正式玩家20人，预备役1人，偷渡客7人，回归者3人。

黑塔的声音传入所有玩家的耳中，虽然眼前是一片白光，唐陌却能听到身边传来一阵惊呼声。

竟然有预备役？！

竟然还有回归者？！

所以刚才那个人真的是宁峥？！

叮咚！集结副本"圣诞老人的奇趣商业街"前情提示：圣诞老人从未经历

过如此糟心的圣诞节。好好的一个给小朋友们发礼物的节日，被一些无耻的黑塔怪物破坏。这件事让圣诞老人糟心极了，半年来都没睡过一个好觉。于是今天，圣诞老人决定给那些被坏 BOSS 欺骗的好孩子一个真正的奖励。所有喜欢圣诞老人、喜欢玩圣诞老人的游戏的孩子，都是诚实的好孩子。这次的"圣诞节之特别惊喜"，圣诞老人一定不会搞砸。

唐陌猛地感觉到一阵剧烈的下坠感，在快要坠落到地面时，下意识地单手撑地，想稳住身形，手指触碰到的地方居然软绵绵的，很有弹性。唐陌惊讶地低下头，只见这地面是一个大型的蹦蹦床，粉白格子相间，他的身体落下去后稍微弹了几下，才落稳。

站好后，唐陌赶紧查看周围的情况。

他看到了傅闻声！

傅小弟的速度比唐陌慢点儿，他稳住身体后也看到了唐陌，露出惊喜的神情。唐陌再想看看其他人，这时，黑塔机械般的声音在房间里响起——

叮咚！玩家正式进入奇趣商业街。商业街内禁止暴力，禁止使用异能，禁止使用一切道具。在神奇的奇趣商业街里，玩家不再拥有正式玩家、预备役、偷渡客和回归者等特殊身份，所有玩家的身份暂定为预备顾客。

友情提示：请玩家寻找正确方式，早日成为奇趣商业街的正式顾客。

这句话落下，唐陌终于看清了房间里的另外两人。

这是一间糖果色的小屋子，地面上是富有弹性的橡皮糖蹦蹦床，墙壁是用饼干做的，窗户是用冰糖砌成的。天花板是一个巨型巧克力穹顶，屋子里没有家具，甜腻的香味刺入唐陌的鼻子，令他皱起眉头。

这个糖果屋里一共就四个人。

唐陌、傅闻声、一个陌生的黑衣女人，以及宁峥。

没错，就是宁峥。

四人都在蹦蹦床上站稳，站在四个角落，冷静地打量他人。

傅闻声一开始看到唐陌的时候十分欣喜，但发现屋子里有其他人后，快速地收起自己惊喜的表情。他仿佛不认识唐陌一样，戒备地盯着房间里的三个大人。

宁峥也没想到自己居然会和唐陌落到同一个房间，忽然觉得自己的脖子有点儿痛，又想起自己那个夏娃的苹果。他冷冷地盯着唐陌，思索片刻，没有动手，而是观察起这个房子。

那年轻女人倒是好奇地看了唐陌好几眼，又看了看宁峥。最后她的目光落在傅闻声身上，她笑了一下："居然有咁细仔？"

唐陌一挑眉：G省人？

那女人察觉到唐陌的视线，朝唐陌爽朗地笑了笑，也转身去寻找房间里的其他线索。

唐陌和傅闻声没有交流，各自将房间观察了一遍。

想必31个玩家，应该在进入游戏后，就进入了不同的房间。唐陌一边在房间里走动，一边提防宁峥和那个年轻女人突然动手。不过他们并没有出手，四人在房间里各走了一圈，齐齐地回到房间正中央。

宁峥默默地看着唐陌，没有开口。

傅闻声此刻装作和唐陌不认识，也不说话。

唐陌想了想正要说话，一道清澈干净的女声在他前面开口道："看样子大家都看好啦？"

这人好像心情不错，语气很愉悦。唐陌奇怪地看了这女人一眼。他是第一次见到进入黑塔游戏后，还能保持这么好心态的玩家。怎么感觉她好像就是来玩游戏的，一点儿都不害怕游戏失败……她不怕死吗？

傅闻声点头道："看好了。"

年轻女人笑道："小朋友今年有13岁没？"

傅闻声反射性地回答："我今年12。"说完才想起来，这完全是个陌生的玩家，他根本没必要回答对方的问题。傅闻声有点儿懊恼，可这女人说话的语气完全就像在唠嗑，让他没起防备心。

"这么小啊。"黑衣女人摸了摸下巴。

宁峥打断他们的聊天："唐陌，夏娃的奖励是什么？"

年轻女人身体一顿，惊讶地抬头看向唐陌。

唐陌拧起眉头。

宁峥这话听上去是饱含怨气，随口一问，事实上却十分刁钻。之前唐陌和傅闻夺抓住宁峥时，傅小弟不在场，所以并不知道唐陌和傅闻声认识。但他这么说了后，那个年轻女人就知道唐陌拥有夏娃的奖励。

夏娃的奖励是一个足以让高级玩家眼红的东西。这就像一个潘多拉的魔盒，谁都以为里面是好东西，想得到里面的宝物。哪怕唐陌告诉他们，自己失忆了，根本不知道夏娃的奖励是什么，这些玩家也不会信。

宁峥一句话将唐陌安在了房间里三个玩家的对立面。

唐陌思考了许久，时间却只过去几秒。他淡定地回宁峥："一个很不错的道具。不过在圣诞老人的集结副本里，禁止使用任何道具，很巧我也没把它带在身上。宁峥，你怎么会在这里？你是回归者，也有圣诞树枝？"

这话一落，那年轻女人又惊讶地看向宁峥。

整个首都的玩家都知道，宁峥是首都幸存的最后一个时间排行榜上的回归者。唐陌的名声在A国极响，宁峥也不遑多让。如果说唐陌拥有夏娃的奖励，使他成为玩家公敌；那宁峥身为回归者，他的身份本身就让他成为地球幸存者的敌人。

杀了宁峥，肯定可以得到一个精良品质道具，这是时间排行榜的游戏规则。

宁峥想让唐陌被房间里的玩家排挤，唐陌也如法炮制。

黑衣女人看着这两人间隐隐的敌意，笑道："唐陌，宁峥，没想到我这么幸运，一下子就碰到两个出名的高级玩家。你们看来是不用互相介绍了，你们都认识。我叫莫雪，这个小朋友叫什么啊？"

黑衣女人的反应出乎唐陌和宁峥的意料。

她居然就这么一笔带过了？

傅闻声道："我叫陈声。"

黑衣女人笑道："游戏还是要开始的，黑塔刚才说，建议我们早点儿找到正确方法，成为正式顾客。关于这一点，你们有什么看法？"

以宁峥谨慎的性格，唐陌知道他不会在这里动手。双方都不能使用异能和道具，宁峥没有必胜唐陌的把握。同理，宁峥也知道唐陌不会动手。

宁峥道："这个房间一共有四扇窗户。左右两侧各两扇，还有一扇门。刚才我试着开门，但是没打开。门是被锁上的。从这四扇窗户往外看……各有四家店铺。"

四人走到一侧的窗户旁，透过窗户往外看，只见四家一模一样的商店矗立在窗外。每家店铺都有漂亮的玻璃橱窗，橱窗里有摆放精致礼物的，有摆放蛋糕饼干的。他们再走到另一边，另一边的窗户外也有四家一模一样的商店。

一共八家商店，以这个房子为中心轴对称。左侧的商店分别是蛋糕店、糖果店、饼干店和礼品店，右边的四家商店也是这四个。

在这四家商店的店牌上都用五彩的霓虹灯，圈出了各自的店名——

"圣诞老人的蛋糕店，圣诞老人的糖果屋，圣诞老人的饼干屋和圣诞老人的礼品店。"傅闻声读出了这四个名字。

门打不开，窗户根本是封死的。

奇趣商业街禁止暴力，但黑塔没有说是禁止玩家与玩家之间的暴力，还是禁止所有暴力。所以唐陌不敢暴力开门，只能在屋子里静静地等待黑塔宣布新的游戏规则。

屋子里的四个玩家，除了不知底细的黑衣女人，其他三人都是参与过许多游戏的高级玩家。三人没有一点儿着急。

黑塔从不会给一个莫名其妙的谜题，他们已经找出了能找出的所有线索，一定还有其他线索没有公布。

不过在此之前，唐陌问宁峥的那个问题，宁峥并没有回答。

唐陌垂下眸子，给傅小弟使了个眼色。

傅闻声虽然没自家大哥那样和唐陌无比默契，过了会儿也明白了唐陌的意思。他此刻好像一个好奇又胆怯的小孩儿，紧张地盯着"回归者"宁峥看，悄悄地把身体往唐陌那边缩。他这种行为并没引起宁峥的怀疑，毕竟唐陌是正式玩家，宁峥是回归者。小朋友会选择谁，一目了然。

傅闻声小声道："回归者怎么会进入这场游戏？"

唐陌顺着他的话，淡淡地问道："你是怎么进入的？回归者也参与过圣诞惊喜副本？"

宁峥靠着冰糖窗户，听到唐陌的话，神色冰冷地反问："圣诞惊喜副本？"

唐陌："没参与过圣诞惊喜副本，你是怎么得到圣诞树枝的？"

宁峥用奇怪的眼神看着唐陌，忽然冷笑着自语了一句"你们不会想知道我们参与的是什么圣诞惊喜副本"，接着没再多说，撇开眼去，安静地观察窗外的那四家店。

唐陌捕捉到关键信息。

回归者也参与过圣诞惊喜副本。

回归者参与的圣诞惊喜副本似乎不是个很好的回忆。

唐陌看向宁峥的脖子："你现在已经成为正式玩家了？"

宁峥的脖子上没有了那串金色数字。

宁峥定定地看着唐陌，过了片刻，道："徐筠生死的时候和你说过什么吗？"

她该说什么？唐陌道："说了。"

宁峥身体一僵，认真地观察了一会儿唐陌的表情，从鼻子里发出一道哼声，松了口气："她没说。"

唐陌心中一动。

房间里一共只有四个人。

唐陌和宁峥的关系绝对算不上朋友，傅闻声不敢明目张胆地亲近唐陌。那个叫莫雪的黑衣女人一直站在旁边，也不参与他们的对话，看上去甚至好像根本没在意唐陌和宁峥的话。她伸出手摸了摸饼干墙，轻轻地掰下来一块放进嘴里嚼了嚼。

"嗯？甜的。"

唐陌："……"

宁峥："……"

大千世界，无奇不有！怎么什么样的奇葩玩家都能出现？！

然而下一刻，唐陌忽然见到这女人空手抠下了窗户上的一小块冰糖，脚下微微用力，身如轻燕，灵活地跳到天花板旁掰下一块巧克力。她的动作漂亮极了，好像走路吃饭那么轻松，在这张富有弹性的橡皮糖蹦蹦床上来去自如。

唐陌和宁峥齐齐意识到：这女人的实力并不简单。

就在房间里诡异僵滞的气氛持续快有五分钟时，一道熟悉的童声响起，终于打破沉默。

叮咚！100位虚拟顾客全部就位。

请31位预备顾客做好准备，五分钟后，奇趣商业街将迎来第一轮顾客狂潮。请玩家仔细观察，找出真正属于圣诞老人的店铺。三轮顾客狂潮后，玩家可选择自己想要进入的商店。

请注意！只有走进正确的商店，才能转正成为正式顾客。

没有给玩家一点儿反应时间，黑塔的提示打了唐陌四人一个措手不及。这个房间里，唐陌和傅闻声是合作关系，但装作不认识，四人都互相提防对方。

当黑塔给出游戏提示后，他们并没有立即交流，而是各自思索。

时间一分一秒地过去，那一身黑衣的年轻女人先开口道："刚才黑塔说的规则，你们都有想法吗？"

宁峥冷冷地盯着那女人，没有开口。

唐陌沉默地摇头。

傅闻声紧随唐陌，毫不犹豫地说："不知道。"

很明显，房间里的三人都没有合作的意向，年轻女人挑了挑眉。不过她没勉强，而是透过窗户看着外面的四间商铺。

五分钟后，一道微弱到几不可察的震动声在房间外响起。唐陌呼吸一顿，四人立刻走到窗边，只见在糖果屋和四间商铺之间的马路上，突然出现了四扇光门。这四扇光门恰好正对店铺的大门，明亮的红色光芒在门框处闪耀。

唐陌忽然想到什么，立即转身跑到糖果屋的另一边，从另一侧的窗户向外看去。

果不其然，这里也有四扇光门！

"八家店铺，八扇光门……每道光门都和一家商铺一一对应。"傅闻声惊讶道。

突如其来的八扇光门令玩家们摸不着头脑，然而很快黑塔就给了答案。

震动声越来越响，光门上的红光也愈加闪耀。当这震动和光亮达到一个顶点时，一切戛然而止。忽然，一道浅色的光芒身影从一扇门中突然迈出脚，走出了门。

那是一个被红色光芒遮盖住的人影，完全看不出长相、穿着，只依稀能分辨出来似乎是个成年男人。他手里拿着一袋钱币，一边搓着双手，一边穿过光门，走进糖果屋右侧的礼品店。

唐陌的脑海中瞬间出现一个词。

"虚拟顾客？！"

四人齐齐惊讶出声。

这个红色光人只是个开始。

紧接着，一个又一个红色光人从八扇门中鱼贯而出。他们从哪扇门出来，并不意味他们会走进正对那扇门的商铺。同时，他们也不一定只进入一家商铺。从第一家商铺出来后，可能会进第二家、第三家商铺，也可能直接返回光门，消失不见。

数不胜数的虚拟顾客在八家商铺中进进出出，整条商业街热闹得仿若过节。唐陌也一下子蒙了，眼睛飞速地扫着左边的四家商铺，可看了左边的，就看不了右边的。

这些顾客脚步很快，走进走出，买好东西，再一个个返回光门，将大地踩得砰砰作响。

五分钟后，所有顾客走进光门，全部消失。如果不是那脚步震动大地的震感还没完全消散，唐陌都不敢确定刚才是否有出现红色光人。他很快回过神，看向房间内的其他两人。

宁峥虽然极力掩藏自己的错愕，但故作镇定的模样反而暴露了他也一头雾水的事实。那个叫莫雪的黑衣女人则皱了眉头，看了看左右两侧的八家店铺，转头对房间里的三个玩家说道："那八扇门没有消失。"

众人立即再次查看。

唐陌："人全部消失了，但门还在，所以说……他们还会再回来？"

宁峥："什么时候回来？回来的还是刚才那批人？"

下一秒，一道清脆的童声响起——

叮咚！请预备顾客做好准备，五分钟后，第二批虚拟客人即将抵达。

唐陌闭上眼睛深呼吸，将剧烈跳动的心安抚下来。傅小弟察觉到他的异常，担心地看他。唐陌朝他投去一个放心的眼神，傅闻声移开视线，再装作和唐陌不熟。

唐陌冷静地看着宁峥和年轻女人，沉默了下，说道："刚才我数了一遍，一共出现了100个红色光人，和黑塔说的100位虚拟顾客数量一致。"

房间里的四人都不是普通玩家，也做了和唐陌同样的事。

宁峥藏着不肯透露自己发现的信息，但年轻女人大方许多，直接道："我记住了其中67个人。这个小朋友，这么吃惊地看我做什么？"她笑道，"虽然那些光人都没有脸、没有衣服，但他们的身高、体形还是有差别的，仔细看，能看出一些差异，辨别出他们。"

唐陌也惊讶地看了年轻女人一眼，不过她只盯着傅闻声看，似乎没注意到唐陌。

能在这么短时间内记住六十多个长得几乎一致的光人，这个女人的实力恐怕比他想象得还要强大。

女人说出自己的信息后，又扫视了在场众人一圈，再次问道："这次，大家有线索了吗？"

宁峥戒备地盯着她，又没吭声。

傅闻声以为唐陌也会拒绝，便开口道："没……"

"如果我说有，会怎么样？"

年轻女人嘴边的笑容停住，她转头看向唐陌，眼神中难掩惊讶，似乎没想到唐陌会这么说。她明亮黝黑的双眼静静地凝视着唐陌，唐陌也安静地看着她。两人就这么对视了片刻，那女人微微一笑："好巧，我也有线索。所以……唐陌，要合作吗？"

傅闻声万万没想到，在一场他和唐哥分到一支队伍（房间）的游戏里，唐哥居然没选他合作，反而……反而选了一个女人合作！

这女人和唐哥到底什么关系！

这是哪儿来的小妖精！

唐陌和黑衣女人走到墙角，悄悄地交换信息。宁峥眯起眼睛盯着他们，傅闻声很想跑过去，可权衡再三，还是决定继续隐瞒自己和唐陌的关系。正在小朋友开始怀疑人生的时候，唐陌抬眼给他使了个眼色。傅闻声愣住，接着反应过来。

唐哥这么做肯定有原因，他选择相信唐哥。

唐陌和年轻女人低声说了许多话，宁峥和傅闻声都没听见。当他们走回去时，女人在宁峥身旁停步，笑问："宁峥，想不想加入我们的队伍，一起合作？"

宁峥迟疑片刻，抬头淡淡道："不用。"

年轻女人耸耸肩，又走到傅闻声身边，微微俯身："我很久没见过小孩子了，一起过关吧。"

傅闻声没明白她这句话的意思，等反应过来后，错愕地抬头看向唐陌。

唐陌开口："要开始了。"

"嗡！"

地面再次抖动起来，屋子两侧，红色光门闪烁出耀眼的光芒，好像真的有顾客从门里出来逛街买东西一样，嘈杂的说话声流入每个玩家耳中。一群长相模糊的红色光人陆续进入店铺，购买自己想要的东西。

他们的速度竟然比第一轮更快了。

如同一片片红色的落叶，哗啦啦地从玩家眼前翻滚而过，令人眼花缭乱。傅闻声瞪大眼睛看着，想学年轻女人尽可能地多辨认出几个光人，可才分辨出20个人就感到头脑爆炸，双眼干涩。

光人们轰隆隆地成批出现，又轰隆隆地成批消失。

唐陌的眼中充满了血丝，在最后一个光人抱着礼品盒消失在光门里后，他闭上眼睛缓了许久才缓过神。唐陌看向年轻女人，对方朝他点点头。两人悄声交流一番，唐陌低声道："果然是这样吗……"

宁峥握紧手指。

黑衣女人："第三遍再确认一下好了。"

唐陌："嗯。"

这次黑衣女人再次走到宁峥的身边，没有停住脚步。但是她走过去后，又回过头："你还是不想合作吗？"

宁峥沉默许久，转头看了眼唐陌。

以目前的局势，宁峥如果想合作，就意味他暂时放下了之前和唐陌结下的梁子。换作白若遥，他或许能觍着脸合作，出了这扇门扭头就把唐陌卖了。但宁峥做不到，他承了人情，就不好向唐陌报仇。他并不想因为这个没有生命危险的简单游戏就和唐陌握手言和，他想做的事情还有很多。

宁峥声音平静："不用。"

年轻女人："真不用？"

宁峥警觉起来："你想说什么？"

女人笑了："没什么。只不过圣诞老人是黑塔世界最强大的几个BOSS之一，在他的游戏里还是小心点儿为好。"

宁峥正准备开口，忽然大地轻轻震动了一下。

唐陌："来了。"

四人立即以最快的速度凑到窗边。唐陌和傅闻声一边，年轻女人和宁峥一边，各自从一扇窗户向外看去。这一次，虚拟顾客出现的速度更快，进入商店，买东西的速度也更快。仿佛被人按下了加速键，红色的光芒重叠在一起，连辨别出有多少人都十分困难。

傅闻声很快就看得两眼干涩，好不容易熬过了这五分钟，只听黑塔冷冰冰地说道——

叮咚！一分钟后，请所有预备顾客选择进入正确的店铺。

请注意，进入正确的店铺是转为正式顾客的唯一途径。

傅闻声一脸蒙道："如果没法转正呢？"

仿佛听到了他的话，黑塔十分人性地回答——

游戏失败，玩家立刻离开圣诞老人的奇趣商业街。

——原来还是不会死？

这句话在四人的脑海里同时响起。

在黑塔这句话落下的时候，糖果屋的棉花糖大门上，忽然出现了两个红色的光点。光点隐去，出现在众人眼前的是两个麦芽糖做成的小转盘。上面一个转盘平均分成两块，左边写着"左"，右边写着"右"。下面那个转盘则分成四块，用糖汁在每一块上分别勾画出一个Q版棒棒糖、巧克力、蛋糕和礼品盒图案。

转动转盘，可以让指针指向任意小块。

傅闻声："这两个转盘是要我们选择八个商铺里的任意一个，进入商店。"

第一个转盘将八家商铺分成两队，第二个转盘则直接要玩家选择具体的店铺。时间紧迫，傅闻声紧张地看向唐陌。他心里有个答案，但不敢确定。年轻女人早就说过要帮傅闻声通关，所以唐陌理所当然地走上去，拉着小朋友的手，帮他转动了两个转盘。

他转完后，转盘扭扭回原位。棉花糖房门上闪过一道亮光，一行字浮现在门上——

请所有预备顾客选择好自己要去的商铺。选择完毕，大门打开。

接下来轮到唐陌和年轻女人。

两人明明是合作关系，却没有交流，而是各自挡住图案，转动了转盘。

最后只剩下宁峥。

宁峥站在原地静静地看着棉花糖房门和门旁的三个人。他抬步走到门旁，镇定地伸出手，摸上了第一个转盘。就在他准备转动转盘时，一道女声响起："左边的糖果屋。"

唐陌惊讶地看向年轻女人。

宁峥也十分诧异，用奇怪的眼神看着这女人。

过了许久，他幽幽道："我们认识吗？"

黑衣女人笑道："不认识，不过我听说过你的名字。时间排行榜上的A国玩家不多，你很厉害。"

宁峥："那你为什么要帮我？"

"你是回归者。"

唐陌一惊，意识到一件事。

宁峥抢他前面："你也是回归者？！"

"我有说我是回归者？"黑衣女人挑起眉，笑道，"你是因为身为回归者，所以才对地球幸存者有这么大的敌意？或许没有必要。我们都是人类，何必分得那么清？而且……或许我并没有帮到你吧？"

宁峥眯起眼睛，冷冷地抛下一句"我猜的也是左边的糖果屋"，接着快速地转动转盘。

当他选择完毕后，棉花糖大门散发出一阵诱人的甜香。在这浓郁的香味中，黑塔冰冷的声音响起——

一分钟时间到。19位预备顾客成功转正，12位预备顾客转正失败。圣诞老人认为只有不诚实的坏孩子才不知道他开的是一家糖果店，还是全地底人王国最好的糖果店。坏孩子一定会得到应有的惩罚，圣诞老人的驯鹿笑眯眯地伸出了它们的蹄子。

话音落下，大门"吱呀"一声打开。

"啊啊啊啊！！！"

大门打开的同时，十几道刺耳的惨叫声在众人的耳边响起。等唐陌看清眼前的情景，只见 12 头肌肉发达的驯鹿伸出了蹄子，用力地踹在 12 个玩家的屁股上。这些玩家痛苦地哀号一声，被驯鹿踹进光门，消失在商业街上。

唐陌四人立刻转过头，终于看清了自己身处的地方。

这是一条狭长宽阔的街道，街道尽头是一扇五彩斑斓的霓虹灯大门，上面是一行彩灯大字——"圣诞老人的奇趣商业街"。

街道中央，八扇红色光门渐渐消失在空气里，随着它们一起消失的是七家假商店。刚才从房间里看，唐陌并没意识到圣诞老人的糖果屋如此巨大。它仿佛一座宫殿矗立在路边，一根硕大的棒棒糖悬挂在店招牌上。在路的中央，是八间小小的糖果屋。

和圣诞老人的糖果屋比，这八间糖果屋小得仿佛玩具。

可刚才所有玩家就被送到了这些糖果屋里。他们以为自己是单独玩游戏，实际上是同时进行着同一场游戏。他们看到的是同样的红色光人，最后有 12 个人没选到正确的商店，还有 19 人进入了下一场游戏。

唐陌在人群中找了一下，发现了陈姗姗和傅闻夺。

傅闻声十分聪明地没看傅闻夺一眼，径直地跑向陈姗姗。两个小朋友会合后，其他玩家诧异地多看了他们一眼，没把他们当回事儿。傅闻夺找到唐陌，迈步走向他。走到唐陌的身边时，他发现了宁峥和一个存在感极强的黑衣女人。

傅闻夺脚步一顿，目光在宁峥身上掠过，最后落在那黑衣女人身上。

当众人离开糖果屋后，被限制的异能、道具全部得到释放，一种不可忽视的压迫感瞬间从头顶压下。唐陌站到傅闻夺的身边，同样审视这个黑衣女人。

人群中，大多数玩家在观察傅闻夺、唐陌和宁峥这三个知名玩家，只有白若遥瞪大了双眼看着那黑衣女人。慢慢地，他的嘴角越咧越大，他嘻嘻地笑了一声，笑声越来越大，引来周围人的侧目，可他依旧旁若无人地放声大笑。

傅闻夺盯着黑衣女人看了半晌，声音低沉："怎么称呼？"

黑衣女人没回答，而是说出一个名字："傅闻夺？"接着她看向街上的所有人，看到白若遥时她视线一停。她笑道："唐陌，傅闻夺，宁峥……这个游戏真是让人惊喜。唐陌，我发现那个人在用很有趣的眼神看你，你们认识？"

唐陌顺着她手指的方向看去。白若遥朝他挥了挥手，做出口型"唐唐"。

唐陌冷冷道："不认识。"

黑衣女人道："不如我们打个赌，你要是猜出我是谁，我就告诉你他的身份。正好我也有点儿讨厌他。我讨厌的人不多，死之前碰到一个比较讨厌的也是难得。他和你们的关系看上去不怎么好，硌硬他一下挺不错的。不过你要是猜不出，我要你最重要的道具。"

唐陌："你确定要打赌？"

黑衣女人："是。你不想打这个赌？也行，我从不勉强人……"

"不，我和你打这个赌。"

黑衣女人的声音戛然而止，她饶有兴趣地看着唐陌。她从没以这么认真的眼神凝视唐陌，或者说在傅闻夺出现前，唐陌本以为这个女人对他和宁峥是有兴趣的，而她也从没掩饰过那种兴趣。但是傅闻夺出现后，一团炽热好战的火焰瞬间在这女人的眼中点燃，根本无法掩藏的战意在她的眼中熊熊燃烧。

但是他们并不认识。

如今，她用同样认真的眼神看着唐陌。

黑衣女人笑道："你不用再考虑考虑？我能分辨出你给我的道具是不是你最重要的。"

"第一批虚拟顾客出现，在什么都不清楚的情况下能直接辨认出 67 个红色光人。第二批、第三批的顾客狂潮里，能非常轻松地观察并记住进入四家商铺的光人特征，一点儿都不吃力。"

不远处，傅小弟正从陈姗姗口中得知这个任务真正的完成方式。小朋友惊呼："要记住 100 个长得一模一样的光人进入的每一家商铺，全部记住？！"

陈姗姗纠正道："他们并没有长得一模一样，有分别。有小孩儿，有大人。"

"那也太强了吧，100 个欸，那么短时间，他们还长得那么……那么雌雄莫辨。"傅小弟找到一个合适的形容词。

陈姗姗发现唐陌二人和黑衣女人的对峙，一边观察那边的情况，一边说道："第二次、第三次就不用了，只需要观察其中每个小孩儿去的商铺。圣诞老人喜欢诚实的孩子，孩子们也最喜欢圣诞老人。第一次顾客狂潮里，只要发现所有小孩儿都去了糖果屋，就能推测出一个模糊的目标。接下来只需要检验自己猜测的答案，就可以通关。"

她说得非常轻松，但是所有玩家中，恐怕只有她有资格这么说。凭借拥有超智思维的大脑，陈姗姗在第一次顾客狂潮就知道了答案，甚至不需要再做检查，因为她的大脑能够同时驾驭住这样的计算和运转。连唐陌和黑衣女人都是到第二次才确定答案的。

陈姗姗问道："小声，那个女人是谁？她刚才和你们是一个房间的？"

傅闻声点点头："她叫莫雪，是个挺奇怪的人。姗姗姐，你刚才也说，正常来说这个游戏两个人合作才最好通关。你不知道，唐哥竟然没选择和我合作，反而和那个女人合作。这女人也很古怪，好像是 G 省人，还帮那个宁峥通关了游戏。宁峥也没领她的情。"

陈姗姗双目睁大，扭头便道："等等，你说她是 G 省人？"

傅闻声摸摸脑袋："对，她在房间里说了句方言，好像是南方人。"

陈姗姗错愕地看着不远处的黑衣女人："她难道是……"

与此同时，唐陌定定地看着这女人，语气平静地说出了那三个字。

"慕回雪。"

慕回雪瞳孔一缩，接着勾起唇角。她的手摸在腰间的鞭子上，下一秒，她突然拔鞭，猛地甩向傅闻夺。傅闻夺侧身避开这一鞭，同时伸出手抓住了鞭尾。但他的手刚刚碰到鞭子，长鞭变成了一团灼热的火焰。

傅闻夺眉头一蹙，将鞭子扔开。

鞭子回到慕回雪的手中，又变回原样。

慕回雪没给他反应的时间，低喝一声，一鞭子抽向地面，借力跃到空中。灵活的鞭子在地上砸出一道裂缝，以肉眼难以企及的速度刺向傅闻夺，唐陌想也没想，快速念出咒语，打开小阳伞挡在傅闻夺的面前。但他刚刚举起伞，一股从脚底蹿上来的寒意令他立刻意识到这把伞很可能被那根鞭子洞穿！

傅闻夺将他的伞推到一旁，右手一甩变成黑色利器，挡住了长鞭。

两者相撞，发出刺耳的金属碰撞声。

慕回雪兴奋起来，看着傅闻夺变为武器的右手："这是你的异能？再来！"

谁也不知道这女人为什么突然发疯，但谁都看得出来，这女人和傅闻夺之间的战斗绝不是普通玩家可以参与的。其他玩家见到这一幕纷纷避开，唯有白若遥双眼一亮。傅闻夺和慕回雪并不是单打独斗，唐陌也出手阻挡。白若遥找到一个机会，抓住了唐陌露出的破绽。

"嘻嘻，让我发现了，唐唐。"

两束银色光芒闪过，锋利尖锐的蝴蝶刀如死神镰刀，破风而至。唐陌在应对慕回雪的同时还要小心白若遥的偷袭，脸色一沉，正要艰难挡住。谁料红色鞭子在空中转了个方向，"嗖嗖"两声缠住了白若遥的手腕，将他的双手牢牢捆住。

白若遥一惊，娃娃脸上第一次失去笑容。

慕回雪一拽鞭子，将这娃娃脸青年拉到身边，笑着踢了他的腿弯一脚。

"圈内最让人讨厌排行榜第一名的幸运遥，今天你似乎不是很幸运哦，我是不是第一个抓到你的人？"

白若遥手腕一动，便要挣开鞭子。傅闻夺直接拿出道具，用因果律绳子捆住了他。

白若遥："……"

这三个人刚刚不是还在打架吗！

唐陌瞥了他一眼："你是不是在心里骂我？"

白若遥："……"

慕回雪："这么多年没人抓住过你，滑不唧溜的幸运遥，这外号弄得我很想抓住你。所以演场戏把你钓上钩，效果好像不错。我似乎还有演戏的天赋。"

白若遥试了试，没法挣开傅闻夺的道具。他竟然也不着急，又嬉笑起来："慕回雪，我们好像不熟吧？"

慕回雪："不熟不代表你不惹人讨厌呀。"

白若遥很想反驳这句话，但发现自己竟无言以对。

他好像确实被很多很多很多人讨厌。

慕回雪只是想抓住白若遥，但是如白若遥所说，他们并没有什么深仇大恨，所以转头看向唐陌："打算怎么办？"

打算怎么办？

唐陌眼也不眨："杀了。"

白若遥："……"

片刻后，娃娃脸青年委屈地挤眉弄眼："唐唐，你怎么舍得？我们可是好朋友呀。你可别一时冲动做出后悔的事，你多考虑一下，比如找人商量商量？"

唐陌意味深长地"哦"了一声，看向傅闻夺，商量了一下："你说呢？"

傅闻夺毫不犹豫："杀了。"

白若遥："……"

很快，他不满道："喂喂，这么草率，你真的会后悔的哦，唐唐。"

慕回雪笑道："看来你今天是幸运不起来了。"

白若遥的目光在这三人的身上扫过，他抬起头，看向不远处冷眼旁观这一切的宁峥。他勾起嘴角正打算开口，却听一首熟悉的《圣诞快乐歌》从商业街的尽头响起。欢快愉悦的歌声越来越近，响彻整条商业街。乘坐雪橇的圣诞老人一边驾驶驯鹿，一边豪迈地大笑道："哈哈哈哈，Merry Christmas！"

圣诞老人很快驶到糖果屋的门口，看着门外的 19 个玩家，笑道："我亲爱的孩子们，今天就是你们来参观我的糖果屋吗？来到这里的孩子都是诚实善良的好孩子，你们可不许打架哦。"

刚说完，黑塔机械般的提示声在众人耳边响起——

叮咚！圣诞老人的奇趣商业街中，禁止使用异能、道具，禁止一切暴力行为。

唐陌："……"

傅闻夺："……"

慕回雪："……"

刹那间，刚刚才回到身体里的异能再次被压制下去。

捆在白若遥手腕上的道具绳"嗖嗖嗖"地钻回傅闻夺的口袋里，娃娃脸青年先是愣了一下，接着扬起嘴角，歪着头笑道："嘻嘻嘻嘻，唐唐，我一开始就和你说了，我的外号叫幸运遥哦。"

道具绳自动收回后，白若遥便向后一跃，从唐陌和慕回雪中间穿过，跳远保持安全距离。他对着唐陌捂住自己的心口，一副心碎失恋的模样，还没演上几秒，又嬉皮笑脸地穿进人群，让人看得很想将他拎出来打死。

唐陌忽然有点想笑，双手插进口袋，瞥了白若遥一眼就收回视线。

有的人你不去理他，他会如同牛皮糖，疯狂地黏上你；但你理了他，他又会立刻逃开。白若遥就属于这种人。地球上线后所有人都想着如何通关黑塔游戏，活下去，他却每天都想着怎么找乐子，仿佛这样人生才有了意义。

但他是怕死的。

即使用笑脸掩盖，唐陌也能察觉到，这个娃娃脸青年并不想死，他想活。

圣诞老人从高大的雪橇车上走下，穿过人群走到巨大的门前。

这是一栋城堡式的糖果屋，古希腊式的穹顶大门，雪花一般的镂空墙壁。圣诞老人把手放进屁股后的口袋里用力地掏了掏，似乎没掏到任何东西，他一拍脑袋："哎呀，又放错地方了。"接着众人便见他，在裤兜里掏了两下，掏出一把金灿灿的钥匙。

一股难以察觉的微妙味道在空气中弥漫开来。

高级玩家们的五感都得到相当高的提升，但这味道极淡，大多数人并没在意。唐陌本该也不在意，傅闻夺突然面不改色地捂住了他的口鼻。唐陌微愣，下一秒他的脑海里响起了薛定谔的那句怒吼——"我要把你做成圣诞老人的臭马桶！！！"

唐陌："……"

圣诞老人用金钥匙开启大门，"吱呀"一声，仿佛尘封多年，一束刺眼的亮光从门内照射出来。下一秒，欢快的《圣诞快乐歌》从店内响起，圣诞老人大笑着高呼一句"Merry Christmas！欢迎来到圣诞老人的奇趣糖果屋"，众人终于看清了这家商店。

映入眼帘的是一颗硕大的红色宝石糖，钻石形状的红宝石糖高高悬浮于半空中，随着歌声旋律，轻轻旋转舞动，放射出耀眼夺目的光芒。宝石正下方是一座巧克力喷泉，有游泳池大小，浓郁的可可甜味刺入鼻中，令唐陌不适地皱起眉头。

圣诞老人高兴地绕过巧克力喷泉，带着玩家们参观起来。

"这里就是圣诞老人的奇趣糖果屋，每年都有无数的孩子想来参观，但我只喜欢诚实的好孩子，地底人王国的坏孩子太多了。"高壮威武的圣诞老人从喷泉旁拿起一个甜筒，把甜筒放进巧克力喷泉里转了两下，递给站在他身后的一个玩家："诚实的孩子，你喜欢吃巧克力吗？"

那玩家心中一紧，警惕道："不喜欢。"

能活到现在、进入这个副本的玩家，都不是简单的人物。他们大多知道圣诞老人在黑塔怪物中的特殊性，知道圣诞老人的强大。万一他回答"喜欢"，圣诞老人把这只甜筒递给他，他是吃，还是不吃？吃了会出现什么结果，谁也不知道。

圣诞老人眼中闪过一道暗光，摸着白胡子，遗憾道："可惜了，不喜欢吃巧克力可不要勉强。孩子们，你们来吃巧克力吗？吃了它，就可以获得更加强大的力量哦。"

黑塔清脆的提示声适时响起——

叮咚！圣诞老人给孩子们准备的第一个礼物，逆反巧克力。

道具：逆反巧克力。

拥有者：圣诞老人。

品质：精良。

等级：一级。

攻击力：无。

功能：一块神奇的巧克力，吃下可以增强一定的身体肌肉力量。

限制：只有第一次食用时会有效果。

备注：据说吃了巧克力一定会发胖，然而谁能想到，这是一块正处于叛逆期的逆反巧克力。

圣诞老人开口，玩家们不一定会吃这巧克力。但黑塔说了，所有人都放心大胆地拿起甜筒，从巧克力喷泉里卷走一点儿巧克力，吃了起来。

那玩家脸上忽青忽白，眼见所有人都吃了巧克力，忍不住伸出手也想去拿巧克力。手才伸到一半，便被人用力拍下，他抬起头，白胡子的圣诞老人慈祥地看着他，微笑道："圣诞老人从不勉强孩子。"

"我……我喜欢吃巧克力。"

圣诞老人脸色骤变："那你刚才是在撒谎？难道你是个不诚实的孩子？"

房间里回荡的《圣诞快乐歌》戛然而止，这音乐一直播放时大家都没注意，一旦停下，一股阴冷的寒风从门缝里钻进来，空气凝滞，恐怖的气场从头顶压下。那玩家也不是蠢的，立即改口："我不喜欢吃巧克力，一点儿都不喜欢！"

圣诞老人突然变脸，哈哈大笑道："你果然是个好孩子。"

比起吃个道具增强体质，命才是最重要的。

圣诞老人带着玩家继续向前走，那位玩家走到最后，再也不敢站在圣诞老人的身后。

接下来倒没再出现过类似的情况，圣诞老人进入下一个房间，带着玩家继续参观，不再请他们吃东西。唐陌和傅闻夺站在最后，白若遥仿佛害怕他们再抓自己，一直笑嘻嘻地站在人群正中央，时不时地冲唐陌挤眉弄眼。

"他叫白若遥，外号Fox。"

温润的女声响起，慕回雪双手抱臂站在后方，瞧着白若遥那副神经病的模样，朝他挑了挑眉。白若遥原本正对唐陌、傅闻夺抛媚眼，突然被慕回雪瞥了一眼，他也回了一个眼神。

Fox，狐狸。

从某方面说，白若遥还真像一只狐狸，还肯定是一只骚狐狸。

慕回雪："不过很多人都不喜欢他这个外号，给他改了名字，叫Fly。"

唐陌："飞？"

慕回雪："是苍蝇。嗡嗡嗡整天在你脑袋旁边转，想拍死他又有点儿费力气。"

唐陌点点头，深以为然。

只有起错的名字，没有起错的外号。

这外号简直是为白若遥量身打造的。

傅闻夺忽然道："他是Fox？"

男人的声音非常平静，唐陌却从其中听出了一丝不可思议的意思。傅闻夺居然认识白若遥，难道说白若遥的身份和他们之前猜测的一样……连傅闻夺、洛风城都没法查清资料，国家却好像一直有调查白若遥的身份；貌似认识傅闻夺，傅闻夺却不认识他；几年前从国外回来，身手好到明显不是普通人。

慕回雪笑道："傅少校原来也听说过他？Fly 在圈子里是挺出名的，从各种意义上说，比我名气大很多。毕竟他很惹人厌。"

此时圣诞老人已经带着大家参观完了第二个房间，走向第三个房间。

傅闻夺停下脚步，认真地看着慕回雪。

他沉默片刻，问道："Deer？"

慕回雪露出一个爽朗的笑，点点头："安监六组，代号 Deer。第一次见面，久仰了，傅少校，你出乎我意料地优秀。"顿了顿，她转头看向唐陌："不过今天更让我惊讶的是你，唐陌。A 国最强大的幸存者是偷渡客傅闻夺，但 A 国最强大的正式玩家，应该是你。等等，Fly 是正式玩家吗？"

白若遥是正式玩家，唐陌道："他是。"

慕回雪皱起眉："那我或许得收回这句话。地球上线前，我完全打不过 Fly。现在，在不使用异能和道具的情况下，我和他也只是五五开。就身体素质而言，应该只有傅少校有机会击败他。"

唐陌一怔，没想到白若遥能在慕回雪口中得到这么高的评价，但随即明白过来。

"凡人终死"，是白若遥的异能。

这是个鸡肋到几乎可以忽视的异能，能让白若遥看到一个人身上的死气，不具有任何攻击力，不具有任何突袭效果。但是白若遥好好地活到了现在，靠的不是异能，也不是脑子（他的脑子只会让他陷入困境），而是强大的个人实力。

但是白若遥竟然能打得过慕回雪？

"他这么强？"

慕回雪语气郑重："是，Fly 很强。如果他不强，早就会死在国外。圈子里想杀他的人太多了。我们名义上隶属国家，却从不真正属于国家。我们纪律松散，只知道各自的外号，如果不愿露面，有些人长什么样都没人知道。没有规则限制，没有条件惩罚，只要能完成任务，哪怕杀了队友也无所谓。"

"你来首都，是为了找他？"

慕回雪声音一顿，看向傅闻夺。

这个问题其实唐陌也早想问。

白若遥实力强悍，性格乖张，却很不"出名"，这种不出名指的是他从来没被黑塔注意过，没被黑塔通报过。这也是唐陌察觉到白若遥其实很怕死的原因之一。那慕回雪是怎么知道白若遥在首都的？

白若遥是 C 市人，慕回雪怎么会千里迢迢来首都找他？

虽然目前看上去很好相处，但无论如何，慕回雪是个回归者，还是时间排行榜第一的回归者。她杀的人数不胜数，唐陌和傅闻夺从没对她放松警惕过。两人不动声色地盯着她，只要她动作，两人都会同时反击。

　　慕回雪摸了摸下巴，笑着自语道："我来找他？"她"啧"了一声，"找苍蝇做什么？我来找傅闻夺。"

　　唐陌和傅闻夺齐齐一愣。

　　傅闻夺知道自己完全不认识慕回雪，两人都听过对方名号，却肯定是第一次见面。唐陌则是想到了另一件事。最强大的回归者和最强大的幸存者，难道说慕回雪这次来，是想……

　　"我来找你，杀了我。"

　　耀眼的宝石灯光下，扎着马尾辫的黑衣女人咧嘴一笑，露出洁白的牙齿。她长得并不算多美，看上去却很顺眼，强大的实力隐藏在高挑纤瘦的身体里，任谁也想不到这就是目前地球上最强大的人类。

　　唐陌的双眼缓缓睁大，错愕地看着慕回雪。

　　傅闻夺却眯起眼睛，许久，低声道："你很想死？"

　　慕回雪还没回答，跟着人群走进了第三个房间。忽然她闭上嘴，扭头看向圣诞老人。她举起手制止了这次的谈话，语速极快："那两扇门不大对劲。我们从进门开始一共参观了三个房间，这三个房间连成一条线，被一扇扇门挡着。但现在这第三个房间里有两扇门，分别对应两个房间。两扇门的墙壁中间有一条线，把这两个房间分开……这么泾渭分明。"

　　明明刚才一直和唐陌、傅闻夺闲聊，慕回雪竟然丝毫没错过圣诞老人的介绍。

　　唐陌扫视这个房间，再看向那两扇门。

　　慕回雪："选择其中一个房间，进入？"

　　唐陌和远处因为避嫌而没有走近的陈姗姗齐齐摇头，同时道："游戏还没有开始，这是一场没有危险的参观。直觉告诉我，这两个或许是游戏的关键，而现在圣诞老人会带我们参观它们。"

　　话音刚落，一道洪亮的笑声响起，圣诞老人站在两扇门的中央，大笑道："到做一个选择的时候了。这两间屋子，孩子们想先参观哪一间呢？圣诞老人都听孩子们的，那么现在，大家就来举手投票吧！"

　　圣诞老人的糖果屋从外面看，只是一间颇为高大的屋子，但进入大门后，空间比唐陌想象中的更宽敞。如今玩家已经跟随圣诞老人参观了三间屋子，每间屋子里是各种不同的糖果甜品。

三间屋子规格一样，大小相同，而这第四间、第五间屋子，和前三个并没有太多差别——它们还是一模一样。因为完全一致，所以这两间屋子的门几乎紧贴第三间屋子的两侧墙壁。圣诞老人站在两扇门的中央，笑着看眼前的玩家。玩家们面面相觑，嘴上没说话，心中却各有算盘。

　　唐陌和傅闻夺对视一眼，唐陌走向左侧，傅闻夺走向右侧。

　　很快，玩家们陆续分成两队，站在各自想进的房门前。一队选择进入左边的房间，一队选择进入右边的房间。圣诞老人对他们的选择毫无意见，伸出大手，数着两队玩家各自的人数："一个、两个、三个……嗯，左边有8个可爱的孩子。"

　　一共19个玩家，按理说数出一边，就可以直接算出另一边的人数。但圣诞老人一副数学很不好的样子，又将右边的人数数了一遍。

　　"……8个、9个。咦，怎么少了两个？"

　　圣诞老人抬起头找了一会儿，找到站在两队中间的小女孩儿和年轻女人。

　　圣诞老人惊讶地问道："我亲爱的孩子，你们是没听清刚才圣诞老人说的话吗？地底人王国最民主的圣诞老人，决定让你们投票选择先进入哪个房间。你们不想投票吗？"

　　慕回雪双手抱臂，听了这话，灿烂地一笑："一定要加入投票？"

　　圣诞老人一愣。

　　"如果一定要选择的话，那我现在选好了。"嘴上这么说，慕回雪却没动。

　　圣诞老人："好吧，如果你不想选择，圣诞老人也不会勉强你。因为我是最民主的圣诞老人。"摸了摸自己茂密的白胡子，圣诞老人无奈地将手伸进裤裆，摸了几下又摸出一把钥匙。他走到右侧的房门前，将大门打开。

　　众人陆续进入房间。

　　慕回雪和陈姗姗因为刚才站在队伍外，距离房门比较远，是最后进入房间的。陈姗姗进入房间后就径直走向傅闻声，默默融入了大队伍中。慕回雪看着小姑娘的背影，摸摸下巴，没有作声。

　　唐陌一直悄悄观察这个女人，从没放松警惕。见慕回雪没有下一步动作，他收回视线，观察起这个房间。

　　"恭喜你们，可爱的孩子，你们选择了我的糖果屋里最受欢迎的巧克力豆屋。"

　　硕大的房间中央是一张直径五米的巨型充气床，圣诞老人站在充气床旁，弯腰从床上捧起一大堆彩色圆球。这些彩球有人的拳头大，圣诞老人张开手指，彩球从他的指缝间落下，互相撞击，发出哗啦啦的声音。

"这个世界上没有孩子能拒绝彩色巧克力豆的诱惑，糖果屋里卖得最好的商品就是这些巧克力豆。"圣诞老人这次没有将巧克力豆送给玩家，耐心地讲解这些巧克力豆是怎么做成的，"……感谢伟大的薛定谔阁下发明的巧克力豆机，那是我第二喜欢的发明，只比它制作的黄金马桶不实用一点儿。"

把巧克力豆和马桶混为一谈，众人忽然觉得这个房间里弥漫起某种诡异的味道。

唐陌认真观察房间的每一个角落，最后把视线落在这些巧克力豆上。

除了没有"M"字，这些巧克力完全就是放大版的 MM 豆。

圣诞老人介绍完后，十分吝啬地没让玩家们碰巧克力豆一下，就带着他们走向隔壁房间。一走进房间，玩家们身体一歪。以他们的身体素质还不至于摔倒，唐陌踩在柔软的地板上，仔细分辨了一下。

唐陌："是棉花糖。"

傅闻夺："第一个房间是巧克力喷泉，第二个房间是玻璃糖球，第三个房间是草莓冰淇淋，这两个房间分别是巧克力豆和棉花糖。"

两人互相看着对方，唐陌张开嘴巴，无声地说了一句话——"棒棒糖呢？"

没错，就是棒棒糖。

谁也不知道，在之前的真假商店游戏里，从一开始唐陌和傅闻夺就有一个天然优势——他们知道圣诞老人开的是一家糖果店。

半年前的怪奇马戏团集结副本，唐陌和傅闻夺扮作 A、B 先生，在地底人王国的都城生存了七天。两人故意走遍王国都城的每一条街道，收集信息。唐陌曾经看到过一家店，那家店叫作"圣诞老人的糖果屋"。店铺招牌上印着一个巨大的彩色圆圈棒棒糖，许多地底人小孩儿进进出出，生意极好。

只可惜这类信息太过琐碎，两人并没有告诉陈姗姗、傅闻声，幸好傅闻声分到了唐陌这个房间，四人才能全员通关。

任何一个看似微不足道的信息，都可能是决定游戏胜负的关键。

唐陌从不忽视任何线索。

棒棒糖被圣诞老人印在糖果屋的招牌上，唐陌并不觉得这个是随便为之。如果说每个房间都会出现一个糖果……那棒棒糖在哪儿？

圣诞老人被玩家包围着，没注意到两个小玩家之间的眼神交流。他带领玩家们走进下一扇门。这一次并不是并列的两个房间，第六个房间和前三个一样，只是一个单独的房间。然而第七、第八个房间又是并列的。

圣诞老人再一次要求玩家们进行选择，这一次放弃投票的玩家又多了几个。

众人先进入的是左边的房间，再进入右边的。

当这两个房间全部参观完后，圣诞老人拿着钥匙，站在第九个房间的门口。高达 3 米的穹顶巨门，在巨人似的圣诞老人的面前竟只与他的头顶平齐。他转身看着 19 个玩家，目光慈爱，声音浑厚："孩子们，愉快的时光总是如此短暂，这就是最后一间屋子了。"

众人心中一紧，纷纷戒备地看着那个白胡子老头儿。

圣诞老人的脸上写满了不舍，可谁都不会真的以为这是个单纯无害的老人。他是圣诞老人，从去年圣诞节惊喜副本到如今，从来没对玩家表现过一丝恶意，可他永远是一个黑塔怪物。

"圣诞老人什么时候最喜欢诚实的人类了？圣诞老人自己就很不诚实呀！"

《开心问答》里，王小甜幸灾乐祸的笑声在傅闻夺的脑海里响起。他凑到唐陌的耳边，压低声音说出了这句话。唐陌虽然从没把圣诞老人当成一个真正的友方 BOSS，但听了这话后，对圣诞老人更加警惕。

不过，傅闻夺道："这并不意味着圣诞老人想杀玩家。狼外婆对玩家抱有恶意，想吃了玩家。薛定谔对玩家的态度就保持中立。"

世界不是非黑即白，就目前而言，圣诞老人似乎不是一个阴险狠毒的黑塔 BOSS。

唐陌点点头："再观察观察。"

圣诞老人用匮乏的词汇量，表达了自己对这次短暂的参观之旅的遗憾。

"孩子们，我多想永远和你们在一起，可惜快乐不能被永久保留。在进入最后一间屋子前，让圣诞老人再送你们最后一样礼物吧。"

巍峨高大的圣诞老人从腰间解下红色礼物袋，皱起眉毛，把手伸进袋子里摸了半天。"啊，终于找到它了！"白胡子老人哈哈一笑，脸上全是皱纹，只见他从袋子里掏出一颗水晶般的冰糖骰子。

灿烂的灯光下，这颗冰糖骰子闪烁出钻石般的光芒。一共六个面，每个面上写着一个数字。圣诞老人将袋子系回去，难得露出一丝得意，笑道："这就是圣诞老人的幸运骰子。

"每年 12 月 25 日平安夜，圣诞老人都会乘坐驯鹿雪橇，将礼物送给孩子们。可是全世界的孩子那么多，我的礼物也非常多。我总是不知道，该将哪个礼物送给哪个孩子。所以伟大的薛定谔阁下为我量身定制了这个漂亮的幸运骰子，赞美薛定谔阁下。"

圣诞老人高兴地说道："这是一颗神奇的骰子，它总是能找到最适合孩子们的礼物。每次把礼物放进孩子们的袜子前，我都会先抛出它，由它进行选择，选出那个充满爱意的礼物。现在，孩子们，我决定将这份运气分享给你们。"

圣诞老人举起冰糖骰子："一共六个数字，数字越大，幸运越多。投出它吧，孩子们，这是一场幸运的小游戏，也是我送给你们的礼物。"

话音落下，圣诞老人手腕一动，将冰糖骰子抛向天空。在这颗骰子自由落地的过程中，灯光穿透它，在空中照射出一行行金色小字。起初玩家们看到这些文字时并没有觉得奇怪，黑塔从不在道具方面为难玩家，会一五一十地把每个道具的功能、作用告诉玩家，只不过每次找到使用说明书的方式各不相同，有时会很诡异。

然而在看清这些字后，玩家们齐齐发出吸气声。所有人呼吸急促，目光瞬间炽热起来，空气温度骤升。

唐陌睁大双眼，下意识地向前走了半步。傅闻夺眯起眼睛，目光锁定在那颗晶莹剔透的骰子上。

慕回雪也惊讶地"咦"了一声，嘴里快速地说了句没人能听懂的方言，更加认真地把这颗骰子的使用说明从头到尾看了一遍。

陈姗姗错愕道："这颗骰子真的这么神奇？"

"砰"的一声，骰子落在地上，仿佛一只充满诱惑的手勾引着玩家们上前拿起它。

"没错，它就是这么神奇。"圣诞老人哈哈大笑，"来吧，孩子们，在进入最后一间屋子前，这就是圣诞老人给你们最后的礼物！"

道具：圣诞老人的神奇骰子。

拥有者：圣诞老人。

品质：稀有。

等级：一级。

攻击力：一般。比较坚硬，或许砸人有点儿痛。

功能：提高使用者的运气。抛出这颗骰子，按照上面数字的大小，使用者可提升自身运气值。数字越大，运气值提升越多。该提升为因果律作用，不会逆转。运气分级按黑塔规定，具体提升数值不做详细说明，一切解释权利归黑塔所有。

限制：只能在副本中使用，离开副本后该骰子的效果自动消失。不过圣诞老人似乎有方法能够解决这个问题。

备注：少年，赌一把吗？偷渡西洲，这是最后的机会啊！

运气，虚无缥缈，有时却能决定一个人的命运。

唐陌曾经想过自己是不是脸有点儿黑，比如第一次参加集结副本，就倒霉地被黑塔当作典型，开启全民公敌模式，被迫与傅闻夺联手对抗19个黑塔一层玩家。但他从没真的说过自己运气差。

能活到现在的玩家，没有一个是运气差的。

地球上线半年，能活到现在的人，实力与运气缺一不可，甚至很多时候运气比实力更重要。回归者就是运气极差的一批人，他们的实力不比地球玩家的弱，却因为没有在前三天顺利进入游戏，就被黑塔无情地扔进另一个世界，经历残酷的生存厮杀。

现在圣诞老人说，这颗骰子可以增加人的运气。

唐陌的呼吸急促了一分，他表面上依旧镇定，目光扫过房子里的其他玩家。

玩家们的脸上，贪婪急切的眼神完全遮掩不住，这颗骰子的价值超过了他们的想象。如果这颗骰子的主人不是强大的圣诞老人，毫无疑问，这些玩家拼尽全力也会将它夺走。

圣诞老人用慈祥的目光俯视玩家，似乎没有看出这些玩家内心的贪念。他大笑道："我可爱的孩子们，快来掷骰子吧。让这颗神奇的骰子赠予你们运气，这是圣诞老人唯一能送给你们的礼物了。"

谁都没敢先动。

欲望终究让人放下戒备，一个玩家忍不住道："只要掷骰子就可以了吗？"

"当然。你只需要走上去，抱起这颗骰子，将它扔到半空中。神奇骰子就会给出一个正确的数字，将这份运气送给你。"

众人面面相觑，终于有人按捺不住，吞了口口水走上去。他小心翼翼地伸出手抱起这颗巨大的骰子，惊呼一声："咦，好轻。"

骰子的重量完全没有玩家想象中得那么重，轻飘飘的，好像是用泡沫做的。这个玩家抱起骰子用力向空中一抛，骰子滚了五圈落到地上，露出一个数字。

"哇，真是个幸运的孩子。"圣诞老人摸了摸茂密的白胡子，"你一定是个诚实的孩子，所以神奇骰子才会给出'5'。恭喜你，我的好孩子！"

一束耀眼的白光从骰子正上面的数字"5"上跃出，"嗖"的一声飞向那个玩家。那玩家下意识地伸出手将这抹白光接住，只见白光在他的手里变成一颗小小的骰子，骰子的每一面上都只有一个红色的数字"5"。

那玩家愣愣地问："这就可以了？"

圣诞老人点头："当然，孩子，你已经得到了一份天大的幸运。还有哪个孩子想来试一试？"

玩家们放下防备："我来！"

一连七八个玩家纷纷上前投掷骰子，投出大数字的玩家兴奋地露出笑容，投出小数字的玩家面色不悦。唐陌正准备上前掷骰子，一个白色的身影猛地蹿上去挡在他的前面。白若遥抱起硕大的骰子，转过身，仿佛刚刚才发现唐陌想掷骰子。

娃娃脸青年无辜道："唐唐，你想掷骰子？"

唐陌面无表情地看他。

娃娃脸青年十分大方："那就先让给你掷骰子吧，毕竟我们可是好朋友呀，是不是，唐唐？"俊秀的脸上是不怀好意的笑容，明明掷骰子这种事纯粹看运气，黑塔不可能允许玩家作弊，可唐陌总觉得自己只要现在拿走白若遥怀里的骰子，运气就会被这个神经病偷走。

所以他没有动，冷冷地盯着白若遥。

娃娃脸青年故做捧心状，正打算哭诉一下唐陌误会自己，自己明明就是想谦让一下，没想使坏。谁料一双修长的手忽然毫不客气地将骰子从他怀里抱走，白若遥演戏的表情顿时僵在脸上，转头看向一旁。

扎着马尾辫的黑衣女人微微一笑，露出一口洁白的牙齿。

"那我就不客气啦，苍蝇。"

白若遥：……

去你的苍蝇！

慕回雪单手举起骰子，手腕一动，将骰子抛向空中。

骰子落在地上。

慕回雪："5？不错啊。"说着，慕回雪就把骰子递给站在不远处的陈姗姗。陈姗姗一愣，不明白这位回归者是怎么注意到自己的，慕回雪笑道："小朋友先来。"说完，双手插进口袋，笑眯眯地离开，走到白若遥身边时又轻声说了一句"苍蝇"，接着才走开。

陈姗姗依旧假装不认识唐陌、傅闻夺，抛出骰子，数字是5。

傅闻声抛了骰子，数字是2。小朋友脸上一黑，生气地抽了抽嘴角。

白若遥被排斥在玩家圈子之外，傅闻声把骰子给了一个不认识的玩家，又过了几人，才轮到唐陌和傅闻夺。唐陌深吸一口气，将骰子抛向空中。当数字"1"出现在他的眼前时，他眼皮跳了一下，没有表态，把骰子交给傅闻夺。

傅闻夺的运气好一些，掷出了"4"。

最后是白若遥。

娃娃脸青年随手一抛，一个刺眼的数字"6"出现在众人的面前。

唐陌淡淡地扫了白若遥一眼，白若遥笑嘻嘻地朝他眨眨眼。

圣诞老人大手一挥，将神奇骰子捞进口袋。玩家们眼睁睁地看着他把骰子收走，即使再不情愿，也不敢阻拦。

圣诞老人："现在孩子们都拿到了圣诞老人给你们的最后的礼物，那么……只剩下它，糖果屋的最后一间屋子。"他侧开庞大的身躯，露出一扇高大的门。圣诞老人的喉咙里溢出一道沙哑古怪的笑声，唐陌以为自己听错了，再看向圣诞老人，后者依旧是那副慈祥和善的模样。

穿着红色圣诞衣的白胡子老人哈哈一笑，高喊一句"Merry Christmas"，接着用力地推开大门。

"吱呀"一声，大门向两侧缓缓拉开，耀眼的白光刺入每个玩家的眼中，唐陌情不自禁地眯起眼。等他看清房间里的东西，只见一根巨大的彩虹棒棒糖飘浮在整个房间的正中央。

这根棒棒糖的大小超过了所有人的想象。

这是玩家们参观的第九间屋子，前八间屋子大小一致，装饰相同，只有屋子里的糖果甜品不同。但这第九间屋子的规模是前面八间屋子的两倍，整个房间里只有一根棒棒糖，它头顶天花板，下抵地面，悠然地飘浮在空中。

浓腻的甜糖味盈满房间，明明只有一根糖，这种甜味却远超前面的八个房间。

圣诞老人得意地挺起胸脯，自豪地介绍道："这就是我的镇店之宝，圣诞老人的棒棒糖！它也是一个道具，但实在是太珍贵了，孩子们，你们不可以触碰它，碰到它我就会生气，会非常非常生气。"说这话时圣诞老人明明还在笑，可所有玩家都不觉得他在开玩笑。那股隐匿的杀意令人毛骨悚然。

圣诞老人道："地底人王国的许多孩子做梦都想来看这根棒棒糖一眼，可我从不允许。这是一根神奇的棒棒糖，也是我最骄傲的作品。连伟大的薛定谔阁下都做不出这么棒的棒棒糖，无论是糖的甜度，还是彩虹花纹的颜色和圆圈的层数，它简直就是一件完美的艺术品。但是今天，孩子们，你们实在太幸运了，我允许你们参观这根棒棒糖。"

不可以触碰棒棒糖，否则圣诞老人就会生气。

这似乎是一个必死 FLAG。

一根不许碰的棒棒糖，玩家们谁都不想参观，可圣诞老人逼着他们参观。所有人都谨慎地距离棒棒糖数米远，不敢靠近，生怕自己碰到。所幸没人碰到，圣诞老人将众人又带回房间门口。

站在巨大的棒棒糖面前，圣诞老人感慨道："真是好久没见过像你们这么听话懂事的好孩子了。因为你们实在太诚实、太善良了，所有好孩子都应该得到快乐。距离奇趣商业街的歇业时间还有三个小时，孩子们，你们想玩游戏吗？"

一个玩家道："这个游戏可以让我们带走神奇骰子赐予的运气？"

圣诞老人惊讶道："原来神奇骰子赐予你们的运气，可以带走？"

玩家一愣。

黑塔明明说：圣诞老人似乎有办法能够解决这个问题。可现在圣诞老人居然一副不知道的模样，难道黑塔在撒谎，还是说"似乎"的意思是圣诞老人也不知道怎么解决？

一道低沉的男声在唐陌耳边响起："圣诞老人很不诚实。"

唐陌点点头，看向傅闻夺："和下面要玩的这个游戏有关？"

两人对视一眼，明白了对方的意思。

目前看来，想要带走神奇骰子赐予的运气，玩家必须参与圣诞老人的游戏。

圣诞老人继续装傻充愣，渐渐有玩家也发现这个圣诞老人绝不是个完全意义上的好 BOSS。有人忍不住问："到底是什么样的游戏？"

圣诞老人的声音戛然而止，他低下头看向那个打断自己说话的玩家，漆黑的双眼里倒映着一个女玩家瘦弱的身影，圣诞老人静静地看了她两秒，看得那女玩家后背发凉，双腿一软差点儿跪下。圣诞老人又笑起来："这可是地底人王国最出名的游戏之一。"

唐陌挑了下眉。

诚实卡牌游戏，开心问答游戏……现在又冒出一个地底人王国最出名的游戏？

圣诞老人："每年都有很多孩子来我的糖果屋，玩这个有趣的游戏。跟我来吧，孩子们，让我们走回游戏的起点。"

圣诞老人带领 19 个玩家，按照之前参观屋子的顺序，再路过一间间屋子回到糖果屋的大门口。唐陌和傅闻夺跟在人群中，走过这九间屋子。渐渐地，唐陌察觉到一丝诡异的熟悉感。

等等，这些屋子的位置分布，这些屋子如出一辙的大小，一共有九间……

唐陌错愕地看向傅闻夺，发现傅闻夺也和他一样意识到了那件事。

这时，圣诞老人粗犷地大笑道："没错，它就是'圣诞老人的跳房子游戏'！"

所有玩家怔在原地。

跳房子游戏，在场的大部分玩家玩过。

这是一个非常普遍的童年小游戏，只需要用石头在地上画出九个格子，随时随地都能玩。

圣诞老人的糖果屋就是一个天然的游戏场。

它一共有九间屋子，前三间屋子单独成排，第四、第五间屋子并列。第六间屋子又单独一行，第七、第八间屋子再次并列。最后是第九间屋子。那是最大的屋子，是前面屋子的两倍大小，因为包括了第七、第八间屋子的面积。

第二遍走这九间屋子，唐陌便发现这九间屋子的布局和跳房子游戏的布局完全一致。

显然，在场的玩家也玩过跳房子游戏，圣诞老人似乎不知道这个游戏十分普遍，乐此不疲地介绍游戏规则："曾经有孩子想在我的糖果屋里玩捉迷藏游戏，结果我的糖果屋太大，三天后我才在巧克力豆的海洋里找到他的尸体。所以从那以后，我再也不让孩子们在糖果屋里捉迷藏，我给他们发明了一个有趣的游戏——跳房子！看到这九间屋子了吗，孩子们？"

众人没有吭声，圣诞老人不生气，侧开身体，笑道："这就是你们的游戏场。"

"轰隆隆！"

地面剧烈摇晃起来，糖果屋的墙壁发出震耳的声响，它们仿佛崩塌，全部沉到了地面下方。在九间屋子原本的地址上，房屋全部消失不见，出现了九个与房子同样大小的蓝色图形花纹。这些花纹勾勒出一个个房间模样的长方形，只有房子消失了，房子里原本的东西还在。图形中央有巧克力喷泉、玻璃糖球、草莓冰淇淋……

第九间屋子里，还有那根巨大的棒棒糖。

"砰！""砰！""砰！"

好像灯泡亮起的特效音，只见一个个蓝色数字出现在这些长方形的上空。从第一间屋子开始，依次是1、2、3……直到9。

有玩家小声地自言自语："1，2，3，4，5，6，7，8，9……这还真的就是跳房子？"

不错，这还真就是一个跳房子游戏。

圣诞老人得意地介绍自己设计的游戏："这是一个简单又有趣的游戏，既可以锻炼你们的身体，又可以让你们更熟悉圣诞老人的糖果屋。孩子们，看到你们刚刚从神奇骰子那儿拿到的运气骰子了吗？"

众人从口袋里掏出自己刚刚拿到的小骰子。

圣诞老人："这就是你们的道具。在游戏开始前，将骰子扔到你想去的格子里，接着你就可以跳到那个格子。不过得注意了，速度一定要快哦，也不能踩到格子的线。在每个格子里，你只能停留一步，留下一个脚印。"

圣诞老人摸着自己的大胡子，惋惜道："总是有孩子特别贪心，明明我已经给了他很多礼物，很多糖果，可是他玩的时候不好好做游戏，总想偷吃糖果。所以我便设定了这个规则，在沿途的每个房间里不可以逗留，只有用骰子抛到的那个房间里的东西，你才可以吃一点儿。"

陈姗姗："如果逗留了会怎么样？"

圣诞老人："怎么样？"一道阴险的亮光从他的眼底闪过，"你猜，可爱的小姑娘，你猜会怎么样呢？"

陈姗姗闭上嘴，不再说话。

只是玩游戏，为什么会有人死在巧克力豆的海洋里？

这个答案似乎昭然若揭。

圣诞老人没有再说废话，大手一指，指向了白若遥："那个孩子，你明白这个游戏该怎么玩了吗？"

白若遥难得露出惊讶的表情："我？"他仿佛在问——为什么会是我？

圣诞老人："我早就发现了，你和圣诞老人一样，特别爱笑。我可爱的孩子，爱笑的小朋友运气总是不会太差。"

白若遥："……"

虽然觉得十分无奈，但白若遥大大方方地走上前。圣诞老人："拿出你的骰子，让我看看你有没有明白这个游戏。来，给大家演示一下。"

白若遥手腕一动，一颗小小的骰子出现在他的指间。

圣诞老人惊讶道："6点的骰子？"

白若遥道："我直接演示吗？"

圣诞老人："你真的全都明白了？"

娃娃脸青年嘻嘻一笑，回头看了唐陌和傅闻夺一眼，转身就抛出骰子。

小小的骰子在空中划出一道巨大的弧度，眼看就要落进第九个房间里，但在空中稍稍拐了个弯，最后落入第八个房间。骰子落地发出一道清脆的声音，下一秒，白若遥脚下一蹬，整个人瞬间飞了出去。

他宛若一只矫健的猎豹，在每个房子里轻轻点地，轻松避开房子里的糖果，跳入第八间屋子里，没有多一步，也没有少一步。

高瘦的娃娃脸青年站在第八个房子里，双手插袋，笑眯眯地朝众人挥了挥手。

其他玩家立刻察觉这个娃娃脸青年实力不可小觑，对他更加警惕。

慕回雪用不大不小的声音感叹道："真不愧是 Fly。"

白若遥脸上的笑容突然僵住。他嘁了一声，再次飞一样地跳回原地。

圣诞老人感慨："对，就是这样，你刚才进入的是第八个房子，这个房子现在已经被你点亮。只要按顺序把骰子抛进正确的房子，一次次跳进那个房子，再回头，点亮所有房子，就通关游戏了。你可真是一个聪明的孩子。"话落，他再看向其他 18 个玩家："其他孩子懂游戏规则了吗？"

白若遥："我可没看到那个房子被我点亮了。"

圣诞老人指了指自己的双眼："我看到了。"

一个中年男人问道："怎么样才算游戏胜利？"

圣诞老人："啊，游戏胜利？"

他好像刚刚才意识到一个游戏应该有胜利和失败两种结局，魁梧的白胡子老人摸着自己的红帽子，想了一会儿："那就前三个通关游戏的孩子，都算胜利吧。不过你们可要抓紧时间哦，还有三个小时，奇趣商业街就要关门了。"

慕回雪举起手："房子的地图只有一份，谁先开始跳房子呢？"

圣诞老人摸摸下巴："这好像是个问题。哈哈，不，这太简单了，谁说圣诞老人只有一份房子地图？我明明还有！"话音落下，圣诞老人大手一挥，两束蓝色的光芒各自飞向两侧。它们落在地上拔地而起，瞬间又变出了两份房子地图。

这两份地图的前八个房间与之前的地图完全一致，与第一份地图呈 120°的夹角。三份地图勾出一个完整的圆形，圆心处是第九个房间。

起点不一致，但殊途同归。

现在一共有三份地图，但是有 19 个玩家。

没等玩家提出疑问，圣诞老人大声道："刚才掷骰子的时候，掷出 1 和 6 的孩子过来，到我的面前。"5 个玩家奇怪地看了对方一眼，走到圣诞老人的面前。

"掷出 2 和 5 的孩子，站到我的左边。"7 个玩家站到圣诞老人的左侧。

"掷出 3 和 4 的孩子，站到我的右边。"7 个玩家站到圣诞老人的右侧。

圣诞老人拍拍手："你看，多简单，你们分别使用这三份地图。我相信，现在每个孩子都有机会玩游戏了吧？"

傅闻声又道："不对，这还是不行啊。"他掷出的数字是 2，他指了指周围的六个玩家，"我们这组一共有七个人，我们七个人里，谁先玩游戏，谁后玩游戏呢？只有三个小时，说不定最后一个人玩不到。"

"相信我，你一定有办法解决，我可爱的孩子。"圣诞老人朝傅闻声眨了眨眼睛。

傅闻声一愣："可是……"

陈姗姗拦住他。小姑娘静静地盯着那个慈祥笑着的白发老人:"他说得没错,即使不分成三组,我们也有办法决定谁先谁后。"

仿佛认可了陈姗姗的话,圣诞老人脸上的笑容更加深邃。

世界上最残酷的从来不是黑塔游戏,也不是黑塔怪物,而是人类本身。

一道清脆的童声响起——

叮咚!大型集结副本游戏"圣诞老人的奇趣商业街"之"圣诞老人的跳房子游戏"正式开启。

游戏规则——

第一,玩家必须使用幸运骰子进行抛掷,抛进哪个房子,就只能跳到哪个房子,再回头。

第二,踩到房子的边线或在房子里多逗留一步,即算作犯规,需要重新开始。

第三,玩家可随意把骰子抛进哪个房子,但只有按照正确的顺序走完九个房子,才能点亮所有房子,完成游戏。

第四,游戏内,玩家禁止使用任何道具、异能,禁止暴力。

圣诞老人最讨厌偷吃糖果的坏小孩,至于什么算是偷吃,圣诞老人有他自己的看法。

玩家们还在理解黑塔的话,圣诞老人提醒道:"哇,已经过去十分钟了。孩子们,你们还剩下两小时五十分钟。"

玩家们再不浪费时间,走到各自的房子地图前。

在三组玩家走到各自的地图前时,一层蓝色光膜从地面上升起,将他们隔开。玩家们诧异地抚摩光膜,光膜软软的富有弹性,可是坚韧地挡住三组玩家,不让他们接触。唐陌对傅闻夺说了一句话,傅闻夺朝他摇头。

这光膜竟然连声音也无法穿透。

看来圣诞老人是禁止玩家们互相交流了。

玩家们收起自己的小心思,一个个站到第一个房子的入口处,等待抛骰子、游戏开始。

"嘻嘻,这就是缘分啊,唐唐。"

唐陌目不斜视地看着眼前的九个格子。

白若遥并不气馁,好像一块牛皮糖,黏到唐陌的眼前,笑嘻嘻道:"你看,

- 260 -

我是6，你是1。我们俩这么好运地分到一组，这是天大的缘分呀。"

唐陌冷冷道："我们这一组一共五个人。"

言下之意是，你和其他三个人也是天大的缘分。

白若遥看了其他三人一眼，最后看向唐陌，一脸认真："我的心里只有你，唐唐。"

唐陌只觉得可笑，还没开口，发现白若遥的笑容忽然僵在脸上。他顺着白若遥的目光看去，只见一个高挑的黑发女人夸张地拍着蓝色光膜，将光膜拍得凸出一个手印，她对着白若遥大笑着，做出一个口型——"Hello，Fly."

白若遥："……"

唐陌笑出声。

对白若遥这种人，武力压制确实是最好的办法。而且这个人对女人似乎没有对男人那么随便，不是很爱开女人的玩笑。

唐陌明白慕回雪是在帮自己，这个强大的回归者貌似很爱凑热闹，哪里有热闹她就往哪里凑。看到白若遥调戏唐陌，她便毫不犹豫地凑过来，掺和一脚。

唐陌的目光在慕回雪那组的两个小朋友身上停了一瞬。

有姗姗在，傅闻声应该问题不大，至少不至于被欺负。

傅闻夺那边，他肯定没有问题。

他只需要管好自己。

唐陌收回视线，看向自己这组的五个人。

按理说掷骰子这种事属于大概率事件。就像抛硬币，抛出正面和反面的概率都是0.5。掷骰子的话，抛出每个数字的概率都该是1/6。但这是大数据得出的概率，如今只有19个玩家。抛出1和6的玩家只有五人，分别是唐陌、白若遥。一个抛出6的年轻女人，一个抛出1的中年男人。

还有抛出1的……宁峥。

唐陌仔细地审视宁峥。

自从进入糖果屋，宁峥就降低了自己的存在感，没有与任何玩家交流。他好像一个透明的影子，默默地跟在人群后。圣诞老人让玩家们吃巧克力甜筒，他吃了一支。圣诞老人让玩家们掷骰子，他也没落下。

可他就是没存在感。

如果唐陌不知道他是谁，恐怕以为他只是一个普通的玩家。

他们这组只有5人，正常来说竞争不会有其他组那么激烈，两个多小时的游戏时间，足够他们5人顺利通关游戏。但是圣诞老人说了，每组只有前三名可以算是游戏胜利。

这一组看似简单，或许比其他两组更加恐怖。

唐陌、白若遥、宁峥。

唐陌知道，他们三人谁都不会放过这个机会。但唐陌不想第一个上，白若遥和宁峥也是如此。

那两个玩家眼睛转动，视线在唐陌和白若遥之间徘徊，怀疑他们打算联手。

唐陌没有解释，反而将计就计，身体稍稍往白若遥的那边凑了半分。

隔壁的两组因为人数众多，已经开始抉择谁第一个玩游戏。非常有默契地，傅闻夺和陈姗姗都选择站在一边，放弃了第一次玩游戏的机会。慕回雪也抱臂站在一旁，似乎很喜欢和孩子待在一起，与陈姗姗、傅闻声靠得很近。

唐陌这一组中，那年轻女人按捺不住，开口道："谁第一个上？"

白若遥嘻嘻笑道："女士优先。"

宁峥不说话，冷静地看着这群人，似乎没想放弃机会。

唐陌更加直接："我想第一个，你们还有谁想第一个玩游戏？"

年轻女人和中年男人眉头一皱，犹豫片刻，上前半步。

唐陌转头看向宁峥："你呢？"

宁峥捏紧手指，良久，道："……我不参与。"一副损失重大的模样。

唐陌下意识地笑了一声，那年轻女人和中年男人都古怪地看着他。唐陌收起笑容。他只是觉得宁峥挺有趣，第一次发现这位首都最强大的回归者竟然还有演戏的天分，只可惜演技比白若遥差了一点儿，如果那两人不是把注意力都集中在唐陌的身上，应该能发现宁峥的异常。

年轻女人："所以，现在就我们三个人想第一个玩游戏。"

三人中，那年轻女人看上去实力最弱，直接开口提醒："黑塔说了，禁止使用异能和道具，禁止暴力。"

白若遥笑出声："不暴力地折磨一个人，方法可是有很多很多种哦。"

两个玩家脸色一变。

白若遥故意指着唐陌："他是这方面的行家。"

一听这话，那两人都有点儿退缩。谁都看得出来，刚才所有玩家从糖果屋子里出来时，唐陌和白若遥几人打了一架，两人身手极好。他们绝对是高级玩家。游戏可以晚点儿玩，不是第一个玩并不是大事，如果因为这件事和唐陌作对，那就得不偿失了。

这样一想，年轻女人和中年男人都有点儿退缩，不想再与唐陌争。

唐陌嘴角泛起一丝冷笑："白若遥，你在挑衅我吗？"

白若遥微微一愣，总觉得现在的唐陌和他认识的有点儿不一样。把疑惑藏在肚子里，娃娃脸青年继续嬉皮笑脸地说道："有吗，唐唐？我明明是在夸你心狠手辣。"

有这么夸人的吗？

唐陌不气反笑："那你要试试我有多心狠手辣吗？"

白若遥越来越觉得不大对劲儿，道："我好想试一试，可是唐唐，黑塔禁止暴力呀。"

唐陌："你刚才不是说我有很多很多种方法，不暴力地折磨一个人？"

白若遥的笑容突然停住。

那中年男人和年轻女人立刻明白，刚才娃娃脸青年是在陷害唐陌。这两人根本不是队友，还有可能是仇人。

唐陌本想误导这两人，让他们以为自己和白若遥是队友，让他们心生忌惮。但事已至此，他顺水推舟地说道："我放弃。"

中年男人诧异道："你放弃？为什么？"

唐陌转身走开，走到距离白若遥1米处的位置，以极快的速度从腰间拔出小阳伞。嗖，一道尖锐的破空声响起，圆润的伞头随即抵在白若遥的喉咙前。娃娃脸青年毫无畏惧，对着唐陌灿烂地笑着。

"禁止暴力哦，唐唐。"

唐陌："我有把握跳进每个房子，不踩到线。但我没把握在某些人捣乱的情况下，不踩到线。"

为了防止白若遥搞破坏，唐陌直接放弃玩游戏的机会。

有理有据，令人信服。

那中年男人总觉得哪里怪怪的，却找不到奇怪的点。他看向年轻女人。

两人都不想动手，不知对方深浅。中年男人建议道："剪刀石头布，胜利者先开始玩游戏？"

"好。"

"剪刀石头——布！"

中年男人获胜，露出一丝欣喜。

敢第一个挑战游戏，说明他有实力做到白若遥刚才的动作，不踩到任何一根线。

房子上的数字在空中闪烁飘浮，中年男人看着这九个数字，在心里默数了一遍。接着他拿出骰子，轻轻抛入第一个格子。男人轻松地跳了进去，再跳回原地。

身形巨大的圣诞老人站在最中央的第九个房子里，抚摩着自己心爱的巨型棒棒糖，忽然高声道："瞧我看到了什么？已经有可爱的孩子点亮了一间属于他自己的屋子。"

另外两组因为人数众多，还在争论谁先玩游戏，听到这话，齐齐看向唐陌这一组。

只见中年男人高兴地攥紧骰子，再向前一抛，抛进了第二个格子。

第二个格子也非常简单，即使这些格子每个都有房子大小，以在场 19 个玩家的身体素质，基本上也能一步跃出房间范围，只留下一个脚印。中年男人一脚蹬地，借力在第一个房子里蹬了一下，跃进了第二个格子。

他弯下腰，捡起自己丢在地上的骰子，接着转身准备跳回原地。然而就在他跳入第一个房子的瞬间，房子中央，原本温和平缓的巧克力喷泉突然汹涌起来。

男人瞪大眼睛，惊呼一声："不……"澎湃的黑色巧克力洪水"唰"的一声冲没他的头顶，在没有异能和道具的情况下，这男人猝不及防地被洪水淹没。

玩家们惊骇地看着这玩家在巧克力洪水中不断起伏，浓腻的巧克力洪水重量极大，将他压得抬不起头。这男人不可避免地在房子里留下了无数的脚印，洪水也愈加凶猛。很快，这些洪水将他冲入了喷泉下方。

当男人的身体完全消失后，一切归于平静，只有地上黏糊糊的巧克力汁液暗示了刚才发生了什么事。

圣诞老人的声音所有玩家都可以听到，只听他遗憾地说道："可怜的孩子，你为什么要偷吃圣诞老人的巧克力呢？"

年轻女人立即道："不，他没有，他根本没有去碰那些巧克力一下！"

圣诞老人"唰"地抬起头，盯着那个女人。半晌后，他奇怪地笑道："你怎么知道他没有呢？孩子，他就是想偷吃我的巧克力，我知道的哦。"

"圣诞老人最讨厌偷吃糖果的坏小孩，至于什么算是偷吃，圣诞老人有他自己的看法。"

一盆凉水从众人的头顶浇下。

曾经有孩子死在巧克力豆的海洋里，因为他"偷吃"巧克力豆。

现在，这个中年男人死在巧克力喷泉里，尸体也找不到。因为圣诞老人觉得，他想偷吃巧克力。

唐陌抿起嘴唇，沉默地看着那个平静的巧克力喷泉，接着移开视线。

唐陌和白若遥、宁峥从没想过第一个玩游戏，因为都知道，圣诞老人不会那么简单，这个游戏也绝不可能那么无害。

原来这就是这个游戏真正阴险的地方。

一共九个房子，玩家要按顺序把骰子依次投到正确的房子里，然后一次次地走进那个房子，点亮房子。这意味着玩家要在这些房子里路过许多次。谁也不知道上一次你走过的这个房子里，那些安安静静躺在房子中央的糖果会不会突然发动袭击。

玩家不可以碰糖果，因为碰了圣诞老人就认为你要偷吃。

可糖果可以主动攻击玩家，只要圣诞老人认定你想偷吃糖果。

有玩家心生畏惧，不想再参与这个游戏，然而蓝色光膜将他们框在其中，无法逃脱。

陈姗姗抬起头，冷静地问道："如果游戏失败，会怎么样？"

圣诞老人歪了歪头："游戏失败呀……"脸上露出一个和蔼的笑容，圣诞老人漆黑的双眼里却没有一丝光亮，他嘿嘿一笑，"你猜，我可爱的孩子。"

想要退缩的玩家立刻收回自己的脚。

这些玩家中，除了一个神秘的预备役，其他所有人都至少通关黑塔一层，甚至实际上，有 18 个玩家都至少通关黑塔二层。

既然无法离开游戏，那他们只能扭头迎上。

中年男人的死仿佛一个警告，令唐陌这一组剩下来的四个人都沉默不言。那年轻女人不敢再随便玩游戏，后退半步。谁料她忽然看到三个人一起上前，站在了第一个房子前。

年轻女人茫然地睁大眼，看着这三个玩家。

明明他们三个人刚才全不想玩游戏，把机会让给了她和那个中年男人，怎么现在同时站了过去？下一刻，年轻女人脸色一白，她的手指慢慢捏紧，眼神愤恨。

"他们，是把我们当小白鼠！"

是的，无论是宁峥还是白若遥，或者唐陌，都没打算在第一轮就玩游戏。他们要观察这个游戏，不打无准备的仗。所以中年男人和年轻女人跃跃欲试地想抢先玩游戏，三人都没阻拦。

中年男人的死出乎了唐陌的预料，他也没想过居然有玩家这么快就死了。他拿着自己的骰子，看向一旁的宁峥和白若遥。

白若遥把骰子当成石子，抛在空中把玩，笑道："唐唐这么快就想玩游戏了？现在不怕我捣乱啦？"

唐陌淡淡道："有道理，那你先吧，我捣乱。"

白若遥笑容一顿。

三人早就认识，互相也在提防。

其他两组也陆续有人开始玩游戏，只有唐陌这组，年轻女人不敢轻举妄动，唐陌三人互相制约，谁也没先动。时间一分一秒过去，白若遥走到房子前。

唐陌抬头看他一眼："不怕我捣乱了？"

白若遥眯起眼睛："我和那个男人不一样，唐唐，那场巧克力洪水可弄不死我哦。而且从头到尾，巧克力洪水一直被限制在房子里。只要我逃出房子，它就再也不能跟上我。其他房间也一样吧——离开，就可以得救。"

年轻女人恍然大悟。

唐陌："继续。"

白若遥："唐唐，你真这么想杀了我？"

唐陌没有开口。

白若遥定定地看着他，忽然笑道："嘻嘻，那你快来哦。"说完，他将骰子抛向前方，落在了数字"1"上。灵巧的身影一闪而过，年轻女人还没看清楚，白若遥已经跳完第一格，回到原地。

接着是数字"2"。

不知是不是运气太好，一直跳到数字"4"，白若遥都没遇到任何攻击。他嬉皮笑脸地回到原地，笑眯眯地又把骰子抛进了数字"5"。白若遥身轻如燕，三两下便跳进了第五个房子里。他捡起地上的骰子，踩在软绵绵的棉花糖上。

右脚轻轻蹬地，白若遥快要跳出第五个房子，然而他的脚还没离开地面，整个人便被棉花糖粘住。

白若遥的娃娃脸上露出一道阴冷的笑意，沼泽一般的棉花糖疯狂地吸噬这个踩在它头上的人类，可这个人类仿佛一只鸟轻松地借力踩在这一朵朵棉花糖上。每踩一下，他的脚都会被棉花糖吸深一点儿。

因为被粘住，原本只需要一步就能离开的房子，白若遥一共跳了五步才跳开。最后一步时他的整个右脚都被吸进棉花糖，白若遥当机立断，从口袋里掏出一把漂亮的银色蝴蝶刀，一刀将自己的裤脚和鞋子全部割开，跳出第五个房子。

圣诞老人惊奇地"咦"了一声，把视线转向白若遥。

当白若遥稳稳地落回原地时，转了转手里的骰子，对唐陌笑道："嘻嘻，唐唐，我厉害不厉害？"

唐陌没搭理他。

他又看向那年轻女人："你说，我厉害不？"

年轻女人意识到白若遥恐怖的实力，不敢说话。

白若遥自讨没趣，无聊地把骰子抛进第六个房子，再次跳向前方。唐陌却在他跳过去的一瞬间猛地看向宁峥，再看向白若遥的背影。

等等……

唐陌的大脑迅速运转起来，他的余光里看到其他两组玩家，有玩家被玻璃糖球砸死，有玩家被巧克力豆的海洋淹没。他渐渐抓住了那个奇怪的地方，然后一抬头，只见白若遥正好跳进了第六个房子。

白若遥是第一个跳到第六个房子里的玩家，其他两组的玩家最多只能跳到第四个房子就被糖果们攻击致死。

白若遥懒洋洋地走到房子的中间，弯腰捡起骰子。他的手刚刚碰到骰子，一道清脆的童声在奇趣商业街的上空响起，不断回荡。其他两组的玩家也全部停住动作，错愕地听着黑塔的提示声。

黑塔平静地说道——

叮咚！玩家白若遥成功触发"幸运的格斗大舞台"。请玩家选择任意一个玩家，上台参战。格斗时间：五分钟。格斗时，玩家可使用道具，不可使用异能。胜利者的骰子可选择与失败者的幸运骰子对换，两者互换运气。

圣诞老人最喜欢这个隐藏的奖励大舞台，对此圣诞老人有话要说……

"哈哈哈哈，打起来，打起来！"

不等黑塔说完，第九个房子里，圣诞老人就迫不及待地拍起手来。

"轰隆隆！"

第六个格子里，一层红色光膜迅速从地面攀升，将这个房间与其他房间隔开。白若遥都没想到会出现这种事，难得地露出错愕的表情。其他两组的玩家也纷纷看过来，很快白若遥镇定下来，摸了摸下巴，意味深长地"哦"了一声。

"嗯……格斗大舞台？"

圣诞老人纠正他："是幸运的格斗大舞台。圣诞老人知道，孩子们都不喜欢单机游戏，要多和其他小朋友玩耍，才能真正开心。所以我可爱的孩子，你想选谁做你的对手呢？我真是太期待了。"

白若遥问道："只能选择他们三个人？"他指向唐陌三人。

圣诞老人遗憾道："看样子你很想和其他小朋友玩耍，但是我必须遗憾地告诉你，你只能选择这三个孩子。圣诞老人的游戏是最讲究民主的，我从来不会勉强孩子。这是我对你们唯一的限制，你不可以选择其他两组的人。但是选择权还是在你手上。来吧，孩子，说出你想选的人。"

一道不怀好意的视线"唰"地落在唐陌的身上，令人无法忽视。

唐陌抬起头，冷冷地盯着娃娃脸青年。

两人隔着五间屋子的距离，远远相视。白若遥歪头笑了一下，唐陌神色淡定，不为所动。

其余两组虽然听不到白若遥的话，却能听到圣诞老人和黑塔的话。他们警惕试探地看着唐陌这一组发生的情况。

无法使用异能，只能使用道具，这对唐陌并不利。

傅闻声有点儿担心："唐哥不会出事吧？那个神经病真的挺厉害的，唐哥也说过，白若遥的贴身格斗非常强，他可能不是白若遥的对手。"

陈姗姗冷静分析道："白若遥的幸运骰子是6点，唐哥的是1点。如果他格斗赢了，可以与唐陌换点数，也可以选择不换。但万一唐哥赢了，唐哥就可以得到6点。正常人不会选唐哥，杜绝不确定性。"但白若遥不是正常人。

傅闻声道："我怎么觉得他会唐哥呢？那种神经病的想法我们谁都想不到……"

是的，任何人触发"决斗大舞台"，都一定不会选择点数比自己低的玩家。

唐陌的幸运骰子是1点，白若遥是6点。哪怕白若遥赢了，也得不到任何东西。相反他要是输了，就会被唐陌对换幸运骰子，自己变成1点。任何一个有智商的人都知道该如何选择，偏偏白若遥不是没有智商，而是喜欢做一些损人不利己的事儿。

这一点陈姗姗和傅闻声都深有体会。

白若遥笑眯眯地摸着下巴，深邃的目光一直停在唐陌的身上。就在他准备开口时，一道沉稳的男声吸引了圣诞老人的注意："黑塔说，这场游戏禁止暴力。格斗算是暴力吗？"

圣诞老人一愣，摸着脑袋："对啊，黑塔禁止暴力……"

仿佛才意识到这个问题，圣诞老人琢磨了半天，一拍手，大笑道："孩子，你想得真周到，不过伟大的圣诞老人怎么可能没想到这件事呢？"明明压根儿没注意到这个问题，圣诞老人却装作一副了然于心的模样，道，"你们要团结友爱，当然不可以打架，但这只是切磋。友谊第一，比赛第二，当然不可以杀人了。圣诞老人最讨厌不诚实的小孩儿，其次是杀人的小孩儿。所以你们不能下死手，要把握住这个度！"

傅闻夺挑起一眉："可以决斗伤人，不能决斗杀人？"

圣诞老人点头道："对，不能杀人。"

白若遥眼中的兴趣降了几分，无聊地问道："要是想杀人呢？"

圣诞老人："那么圣诞老人会在第一时间阻止你。"

白若遥突然双眼一亮："什么叫第一时间？"

圣诞老人"嘿嘿"地笑了一声，露出慈祥的笑容："就是用最快的速度阻止你。"

众人全部沉默。

什么是最快的速度？

圣诞老人的实力深不可测，他如果真想阻止玩家杀人，一定不会失手。但他真的会尽全力去阻止吗？

平心而论，圣诞老人是一个比较亲近玩家的BOSS，不会像狼外婆那样疯狂地想吃玩家，也不会像薛定谔一样无比厌恶玩家，不断地找机会杀死玩家。但他一直置身事外，看似对玩家友好，却不会真正保护玩家。

每一个玩家死在跳房子游戏里，都在揭示这个黑塔怪物的真实面目。

他再怎么平易近人，也是黑塔BOSS。

谁也不知道当白若遥真的想杀死对手时，圣诞老人会以多快的速度来阻止。玩家们用警惕的目光盯着圣诞老人，对这个一脸和善的白胡子老人有了更深的认识。

似乎是被这种赤裸裸的怀疑目光看得有些心虚，圣诞老人严肃地咳嗽一声，决定挽回自己的形象："杀了人的孩子全是坏孩子，圣诞老人一定会给他们惩罚的。"

唐陌："什么惩罚？"

圣诞老人被问得语塞，憋了半天才道："我会把坏孩子全部逐出我的糖果屋，再也不允许他们进入！"

众人："……"

这算是什么惩罚！

圣诞老人："那，那以后我再也不给他圣诞礼物？"

这个惩罚弱智得让慕回雪不客气地笑出声，她似乎不怕圣诞老人发火杀了她，惹得其他人看向她。

圣诞老人慢慢收起笑容，声音沙哑地说道："坏孩子，一定会有惩罚的。"这句话的语调和之前截然不同，玩家们看向圣诞老人。此时圣诞老人已经恢复正常，对白若遥笑道："好了，我可爱的孩子，你还没有选择你的对手。你要记住，不可以杀人哦，要好好玩游戏。"

唐陌做好准备白若遥会选自己，只见娃娃脸青年盯着自己，嘴角一咧，露出一个恶意满满的笑容，然后右手一指——

"我选她。"

年轻女人整个人僵在原地："我？！"

白若遥："嘻嘻，是你呀。"

年轻女人在圣诞老人的督促下，脸色煞白地走到了第六个格子里。她的身体在颤抖，她最清楚自己的实力，不可能打过白若遥，白若遥想杀了她简直易如反掌。豆大的汗珠从她的额头上滚下，她很想质问这个娃娃脸青年，他明明和那个男人（唐陌）是仇人，为什么会选择自己，他就不能有点儿骨气，选仇人，手刃仇人吗！圣诞老人又没说一定会杀了坏孩子。

白若遥把幸运骰子扔到半空中，又稳稳接住。他回过头，看见年轻女人正用赤红的双眼盯着自己，歪头一笑："我长得这么像傻子吗？"

年轻女人愣住："什么？"

白若遥笑道："打败唐唐又得不到任何东西，他那么倒霉，骰子都是1点。我不是傻子，为什么要选他？嘻嘻嘻嘻……当然选你了。"

竟然是在回答年轻女人的疑问。

虽然听不到另一组的声音，但慕回雪、陈姗姗几人都猜到白若遥在说什么。慕回雪不屑地笑了一声："明明是怕死，说得真好听。"

陈姗姗不动声色地看了慕回雪一眼。

第六个格子里，当年轻女人站上去后，两只红袜子突然出现在半空中。

圣诞老人："把你们的骰子放进去，格斗就正式开始。谁赢了，谁就有资格先选择袜子。"

白若遥走上前，好奇地打量了一下这两只袜子，竟然还凑上去闻了一下。"没味道？"他顿感无趣，直接耸耸肩，把骰子扔进袜子，顺便回头对年轻女人做了个抹脖子的动作，挑衅对方。

年轻女人咬紧牙关，缓慢地走上去，把自己的骰子扔进袜子。就在她的骰子刚刚掉入袜子的一瞬间，白若遥还在转身走回原地，年轻女人突然暴起。她怒喝一声，从口袋里拿出一把银色小刀。

银色的小刀绽放出刺眼的白光，将整个糖果屋照射得不可睁眼。所有人都没想到看上去恐惧不已、实力较弱的年轻女人会做出这么果断的行为，主动出击，打白若遥一个措手不及。眼看那诡异的银色小刀即将刺入白若遥的后脑勺，年轻女人也怕了："不要！"

她以为自己会杀了白若遥，接着被圣诞老人惩罚。

电光石火间，白若遥侧开头避开这把小刀，小刀就像长了眼一样在空中滑了一个小圈又射向他的双眼。白若遥嘻嘻一笑："咦，这东西有点儿眼熟。"会跟踪对象的暗器小刀，这和唐陌的 Checkmate 的异能有些像。

白若遥手腕一动，一把银色蝴蝶刀出现在他的右手中。

银色蝴蝶刀在空中舞出一道漂亮的刀花，速度快极，只听一道清脆的金属碰撞声，闪烁白光的小刀被蝴蝶刀削成两段，落在地上。白若遥没有停歇，右脚一蹬，整个人如同火箭"嗖"的一下蹿了出去，直指年轻女人。

那女人吓得脸上没了血色，惊恐地从口袋里掏出许多白色小花，双手扔出去。这些小花落在地上立刻炸开，限制白若遥的走位。可实力的差距不是几个精良品质的道具可以弥补的，蝴蝶刀顷刻而至，银色的死神手持镰刀，将刀刃抵在了这女人的喉咙上。

冰冷的死亡气息压得年轻女人大气不敢喘一口。她只要动一下，这把刀就能轻松地割断她的脖子。

白色小花炸开后形成的烟尘慢慢消散，娃娃脸青年咧开嘴，露出一个灿烂的笑容。

"我赢了。"

说完，白若遥将蝴蝶刀收回袖中。

年轻女人往地上一瘫："我……我认输。"

这种一面倒的碾轧局势令圣诞老人非常不满，它实在太不精彩了。他眼睁睁看着白若遥走到圣诞袜子前随手拿了一个，那女人从地上爬起来走回起点。她才走了一半，白若遥开口："我没打算动手，嘻嘻，都是 6 点，你认输就好了。没想到你这个坏女人居然想打我……"

年轻女人猛地扭头，难以置信地看着白若遥。

"你明明对我做手势，说要杀了我……"

白若遥眨眨眼："我可没说。"

"你！"

唐陌站在起点，远远地望着这一幕。他转头对傅闻夺低声说了句话，傅闻夺听不到声音，却点点头，也对他说了句话。

"神经病。"

只有起错的名字，没有起错的外号。

明明非常怕死，却喜欢各种作死。

白若遥拿着自己的骰子，准备回到起点。不过这一次他从第六格跳回来时，在第三格触发了草莓冰淇淋的龙卷风袭击。白若遥一边吼着"我最讨厌草莓了"，一边不小心在这一格里多踩了一下，最终输掉了这一局游戏，换宁峥上场。

另外两组，也有玩家玩到了第六格。当他走到第六格时，黑塔清脆的提示声再次响起——

叮咚！玩家李觉成功触发"幸运的格斗大舞台"，请玩家选择任意一个玩家……

原来第六格就是格斗大舞台的触发格！

这人先是一愣，接着缓过神来。他激动不已，赶紧伸手指向自己那一组中的某个年轻的女孩儿。女孩儿的脸色瞬间变了。

这是傅闻夺那一组，女孩儿的骰子是4，男人的骰子是3。很明显这女孩儿是这一组玩家中体能最差的一个，即使决斗可以使用道具，不出意外，一定是男人胜利。

果不其然，那女孩儿在伤了一条胳膊后很快投降。这个叫李觉的玩家兴奋地拿走了她的骰子，继续自己的游戏。

圣诞老人给玩家进行分组时，点数3和4是一组，2和5是一组，1和6是一组。第一组的点数比较相近，还不至于让玩家疯狂。可另外两组点数相差较大，当可以对换骰子的机会出现在面前时，大多数相信自己实力的玩家绝对不会放弃这个机会。

这时，弱小的女性玩家和小孩儿就成了众矢之的。

傅闻声也紧张起来。他还好，他的点数是2，除了点数同为2的玩家，没人会选择他进行决斗。陈姗姗却不一样。没有唐陌、傅闻夺在，傅闻声压根儿保护不了陈姗姗，他甚至自顾不暇。

傅闻声担忧道："姗姗姐，你的点数是5，他们会不会……"

陈姗姗拍了拍小朋友的肩膀："放心。"

傅小弟压根儿不能放心。

他已经从唐陌的口中得知，陈姗姗出于异能原因，体能永远不能提升，在格斗上天生具有劣势。他身为一个男人，没法保护陈姗姗。如果唐陌和大哥在，一定有办法威慑其他玩家，可他不行。

小朋友正胡思乱想着，一道微哑的女声从不远处响起："我选她。"

傅闻声抬头一看，只见一个短发女人恶狠狠地盯着陈姗姗，毫不掩饰眼中的贪婪。陈姗姗竟也不慌，那短发女人脸上有两道伤疤，一身小麦色皮肤，薄薄的肌肉贴在身上，明显是个狠角色。可陈姗姗淡定地走到第六个格子里，走到圣诞袜子前准备把自己的骰子放进去。

放进去前，她抬头问道："圣诞老人，格斗大舞台可以弃权吗？"

圣诞老人一愣："啊？"

陈姗姗："弃权，或者认输，可以吗？"

圣诞老人没反应过来，回答道："可以。"

陈姗姗点点头，把骰子扔进袜子，下一瞬间便转头对那女人道："我认输。"

短发女人："……"

圣诞老人："……"

陈姗姗直接伸手把那女人的骰子拿出来，将自己的骰子留给她。

短发女人："等等，你……你认输了？"

陈姗姗："圣诞老人说可以认输，我打不过你，所以认输。"顿了顿，她道，"或者你是想说，你不想拿我的骰子，你想拿的是自己原来的骰子？那是我自作主张了，我可以再和你换回来。"

短发女人感觉自己一拳打在棉花上，有气也没法说。她把陈姗姗的骰子拿走，嘴里嘟囔道"哪有这么淡定的小朋友"，接着继续玩自己的游戏。

放弃得果断决绝，毫不拖泥带水。

这个瘦弱的女孩儿比玩家们想的还要沉稳。怀璧其罪，她实力不够，知道自己肯定无法胜利，于是干脆连打都不打，直接认输。正常玩家都不会冒着被圣诞老人惩罚的危险杀了她，她不会有生命危险，可这个小姑娘一点儿都不尝试。不是胆小到极致，就是冷静到极致。

这下陈姗姗和傅闻声的骰子都是两点，玩家不会为了提高自己的点数，特意邀请他们决斗。

陈姗姗的想法傅闻声能懂，但不会像对方这么果断。

憋了一会儿，傅闻声忍不住小声道："姗姗姐，咱们现在只有 2 点了。幸运骰子的点数，其实会影响触发的惩罚吧？"

不错，游戏已经开始一个小时，玩家们早已发现幸运骰子不仅可以充作石子被扔进自己想要进入的格子里，还影响着玩家可能遇到的危险。

白若遥的点数是 6，所以他非常幸运，一直玩到第五个格子，才触发一次惩罚。第一个死在糖果屋的那个中年男人，他的点数是 1，他就比较倒霉，才玩到第二个格子就触发了惩罚。

其他玩家的游戏也是如此。

点数越大，触发的惩罚越少；点数越小，触发惩罚越频繁。

陈姗姗把自己的骰子从5换成2，确实让自己不再变成众矢之的，可是以后她玩游戏，遇到危险的可能性也就越大。而且幸运骰子是有概率永久提升玩家的幸运值的，圣诞老人给出的礼物中，只有这个才是所有玩家都想要的。

陈姗姗："想要提升幸运值，前提是能活下去。"

傅闻声一愣，很快明白陈姗姗的意思。

他惊讶道："姗姗姐，你是说……很多人会死？"

话还没说完，只听一道凄厉的惨叫声，傅闻声抬头一看，只见一个年轻男人踩到第四个格子里，瞬间触发巧克力豆海洋的惩罚。刚刚还风平浪静的巧克力豆突然涌出一道三米高的巨浪，浪花一拍而下，狠狠地砸在这男人的身上。后者甚至都没看清，就被成千上万的巧克力豆砸在身上，淹没在巧克力豆的海洋里。

圣诞老人用心疼的语气，笑着说道："这个可怜的孩子，你为什么要偷我的巧克力豆？如果你诚实一点儿，或许就不会死了。"

众人敢怒不敢言。

陈姗姗神色平静地看着坐在第九个房子里的圣诞老人，这时她的余光瞥到一道高挑的身影。她转头一看，只见扎着马尾辫的慕回雪走到起点前，俯下身开始压腿。她做了一些热身动作，其余人诧异地看她，只觉得她多此一举。

陈姗姗却知道，在他们这一组玩家中，体能最强大的就是眼前这个正在做高抬腿热身运动的黑衣女人。

做完一整套运动，慕回雪蹲在地上，双手按地，做了一个起跑姿势。

"啊，对了，好像要先扔骰子，扔进自己想要的格子？"

手腕微微一动，一颗白色的骰子在空中划出一道漂亮的弧线，落在了第一间屋子里。下一秒，黑色的闪电随之而动，骰子刚刚落到地面就被一双手稳稳接住。众人再看清时，她已经回到了起点。

仍旧是刚才的起跑姿势，哪怕很多玩家已经玩过了前两格，这两个格子对她没有任何威胁，她也没有表现出一丝轻视。

慕回雪勾起唇角，右手一抛，骰子落入第二格。

接着是第三格、第四格、第五格……第六格。

她的动作如行云流水，没有多余的动作，就是简单地脚尖点地，飞入下一个房间。中间也触发过惩罚，可那些汹涌的巧克力豆还没碰到她的衣角，她已经飞到了下一个房间。

终于，慕回雪落入第六个房间。

慕回雪转头对圣诞老人道："真的不能选其他组的玩家？"

圣诞老人点点头："当然不可以，我的孩子，要不然分组又有什么意义呢？"

慕回雪遗憾地笑了笑，抬起手指："那我选她。"

陈姗姗眉头一皱，慕回雪朝她挥挥手，展开一个笑脸。

"姗姗姐！"

傅闻声紧张地喊出声，陈姗姗回过头递给他一个放心的眼神，自己转身走向第六个格子。

短发女生一步步地走到格子里，神色平静，有着不符合年龄的沉稳。她冷静地看着对方，慕回雪朝她笑着挥挥手，露出一个灿烂的笑容。

谁都不明白，慕回雪为什么会选择陈姗姗当作对手。她的点数是5，陈姗姗是2。所有人都知道这个小姑娘看上去很弱，可她的点数是2。哪怕输的概率只有万分之一，一旦输了，自己的幸运骰子就会变成2。慕回雪应该选择一个点数同样是5的玩家，这样无论胜负，两人都不会吃亏。

"难道她对自己的实力这么自信？"

众人纷纷想。

陈姗姗看上去镇定，脑海中却闪过无数念头。

慕回雪选她是必胜的，别人不清楚，她非常明白。但慕回雪选这一组的任意一个玩家，都不可能输。实力的差距犹如天堑，既然选谁都一样，那慕回雪为什么选择了她？

在超智思维下，她不断地思考，可陈姗姗依旧想不通。

这件事完全没有逻辑可言。

只能随机应变。

陈姗姗正思考着慕回雪的意图，只听一道含笑的女声响起："你的体能增长得好像不怎么多？"

陈姗姗一愣，抬头看向对方。

慕回雪压低声音，用只有两人能听到的音量笑道："吃了那个巧克力冰淇淋，所有玩家的体能都有一定程度的提升。我粗略地把每个人的体能分出一个数量级，以你的体能为1，那么别人提升了1～2个体能值。只有你，并没有一点儿提升。"

陈姗姗心中大惊。她在圣诞老人的副本里根本没有动过一次手，之前被人邀请挑战她也直接投降。慕回雪是怎么看出来的？

"呼吸、走路，每一分每一秒，人的肌肉力量和五感官能都没歇着。"顿了顿，慕回雪扯开嘴角，"看一个人的体能并不一定需要他去战斗，就算是走路也能看出一点儿门道。欸，小朋友，你今年多大了？看上去你比那个小男孩大一点。"

陈姗姗沉默了。

这不能怪她没思考到，这种身体力量方面的事她确实了解甚少。

"15。"

慕回雪："很小啊。"

陈姗姗："开始决斗吗？"说着，她从口袋里拿出自己的骰子，走向圣诞袜子。小姑娘将骰子放到袜子里后故意走到格子的角落里，离那双袜子远远的。

慕回雪需要把骰子放进袜子，两人才可以开始决斗。慕回雪的实力强到刚刚把骰子放进袜子，就能在眨眼间秒杀她，不给她投降的机会。陈姗姗做足准备，杜绝一切意外。

慕回雪走到袜子前，转了转小巧的幸运骰子，眼中闪过一道亮光，将骰子扔了进去。

"我认……"

"我认输。"

一道干脆利落的女声打断了陈姗姗的话，小姑娘错愕地看向对方。

穿着黑色紧身衣的高挑女人将手伸进袜子里，拿出了陈姗姗刚刚放进去的骰子。她一副懒洋洋的模样，走到第六个格子的中间，准备继续玩自己的游戏。慕回雪抬起头，发现陈姗姗还没离开格子。她挑挑眉："不走？我可要继续游戏了。"

陈姗姗定定地看了她几秒，转身走回起点。

傅闻声小声惊呼："姗姗姐，她到底想干什么……"

陈姗姗把食指抵在唇前，做了个嘘声的手势。她看着第六个格子里，那个锋利如刀的黑衣女性轻巧地跳过六个格子，回到起点。这一路上她遇到了两次突发危机。幸运点数变成2，霉运瞬间倾轧过来，可她毫不动容，仍旧是那副云淡风轻的样子，却并不放松警惕，倾尽全力。

看到慕回雪又跳到第七个格子，陈姗姗小声对傅闻声说道："她想看我能不能守住这个骰子，或许她也很好奇，我的身体素质无法提升，是怎么活到现在的，我的异能是什么，能帮我走到哪一格。"

另一侧，唐陌看到慕回雪把骰子让给陈姗姗后，思索片刻，明白了她的意图。

游戏开始前慕回雪说过，她来找傅闻夺，希望傅闻夺杀了她。

这句话不是在撒谎，她说得非常认真。她是真的想死。

把骰子让给陈姗姗或许会带给她更多危险，可慕回雪并不害怕。

在白若遥无限作死的行为下，是一颗无比怕死的心。在慕回雪谨慎小心的外表下，是真正想要死亡的决心。

连死都不怕的人，其实是最恐怖的。

唐陌收回视线，走到格子前。他的点数是 1，如果贸然开始玩游戏，肯定会遇到比点数为 2 的慕回雪更恐怖的惩罚。唐陌不打算冒险。他抛出骰子，小小的骰子在空中划出一道抛物线，稳稳落在了第六个格子里。

圣诞老人惊讶地"咦"了一声，抬头看向唐陌。

唐陌淡淡道："可以直接去第六个格子吗？"

圣诞老人懊恼道："还可以这样？呃……好吧，我好像确实没说不可以这样。孩子，你真聪明，居然抓住了圣诞老人的漏洞。看来下次我得把这条规则加到游戏规则里了。"

毫无疑问，唐陌选择的是那个年轻女人。

后者面色难看，双眼通红地瞪着唐陌，恨不得将他碎尸万段。然而怀璧其罪，这个女人的实力放在 19 个玩家里或许算是中流，放在这一组里，远不是唐陌三人的对手。她挣扎着与唐陌交手几下，在小阳伞即将抵上她的喉咙前，她赶紧认输。

唐陌拿过她的骰子，回到原位。

另一边，陈姗姗拿着骰子，走到起点。傅闻声紧张地看着她的背影，瘦弱的小姑娘腰背挺直，沉默地走到最前方。她看了眼手里的骰子，将它抛进第一个格子，然后轻松地走进去，再走出来。

接着是第二个格子。

陈姗姗的身体素质无法提升，那是和其他玩家相比。比起地球上线前，她肯定强大了许多，只是她的提升都是正常人类训练可以达到的程度。以她的实力，在每个房间大小的格子里跳跃并不留下第二个脚印，已经是极限。一旦遇到危险，她极难逃脱，且肯定闯关失败。

傅闻声想劝她见好就收，千万别冒险通关游戏。

谁料陈姗姗一连跳了三个格子，一直没遇到危险。

傅小弟摸摸脑袋："5 点数的幸运骰子居然这么有用？"

慕回雪双手抱臂站在一旁，黝黑的双眼凝视在陈姗姗身上，若有所思。

陈姗姗再把骰子扔进了第四个格子，略微吃力地跳过四个格子再跳回来。就在所有人以为她准备跳第五个格子时，她突然收起骰子，对圣诞老人道："我放弃，换下一个人吧。"

众人惊讶地看着她。

慕回雪也愣了一下，眼睁睁地看着这个小姑娘走回傅闻声的身边。

傅闻声："姗姗姐，你怎么不继续了？"

陈姗姗："下一次应该会有危险，触发惩罚。"

"你怎么知道？"

陈姗姗看着一个玩家在她之后，开始掷骰子、玩游戏。看了一会儿后她转头解释道："小声，你觉得这个游戏的惩罚机制是完全随机的吗？一共九个格子，最后两个格子目前没人去过，前七个格子里，每个格子的惩罚难度是一样的吗？"

傅闻声凝神思考道："惩罚是不是随机的我并不清楚，但是这七个格子的惩罚难度是不一样的。前面有个男玩家连续经历了玻璃糖球和巧克力豆的惩罚。玻璃糖球是第二个格子，它的惩罚就像植物大战僵尸，不停地吐出糖球砸人。巧克力豆那个更可怕，整个格子都被巧克力豆占据。如果不在两秒内离开格子肯定会被巧克力豆的海洋淹没，再也逃不出去。"

陈姗姗："所以格子的惩罚难度是不一样的，依据每个人的骰子点数，遇到危险的概率也是不一样的。在我之前，一共有 16 个玩家开始过游戏。"

"16 个？"傅闻声没想到陈姗姗居然连其他两组玩家的游戏过程都记在心里。

陈姗姗："嗯。我大概地算了一下他们遇到惩罚的次数，是哪一轮遇到惩罚的，以及他们的幸运点数是多少。我的幸运点数是 5，正常来说我在走到第五格前应该会碰到两次惩罚。但是慕回雪在我前面玩了游戏，触发的惩罚次数有些多。"说着，小姑娘看了眼坐在第九个格子里的圣诞老人，"是他，在操控这个游戏。

"他非常想杀死在场的所有玩家，但是在黑塔的监视下，他不能这么做。甚至他还得控制惩罚的次数和频率，保证游戏的公平性。慕回雪很强，所以即使她的幸运点数是 5，也遇到了过多的惩罚。我很弱，稍微给我一点儿甜头没有关系，只要在第五个格子里给我惩罚，我就会全军覆没。"

傅闻声惊道："居然都是圣诞老人在控制？"

陈姗姗："这也只是我的猜测。持有同样点数的幸运骰子，实力强大的玩家会遇到更多的惩罚，实力弱的玩家遇到的更少。我只观察了 16 个人，样本太少，这个推测并不准确。不过还好，这证明出一个百分之百的事实……"

傅闻声："什么事实？"

陈姗姗认真地看着小朋友："小声，我们俩是不可能通关这个游戏的。"

傅闻声："……"

这一点儿也不好！！！

另一边，唐陌还没想到陈姗姗这一层。他们这一组现在轮到宁峥玩游戏。

宁峥的点数是1，他站到起点前，毫不犹豫地学习唐陌，将骰子扔进了第六格。清秀高瘦的青年站到格子里，视线在组内另外三个玩家的身上一一扫过。年轻女人是最不担心的，因为她的点数是1。宁峥直接把骰子扔进第六格，显然是想开启格斗大舞台，和别人换骰子，选谁都不会选她。

唐陌冷冷地看着宁峥，看着宁峥把目光对准白若遥，开口道："我选他。"

白若遥摊摊手，嬉皮笑脸地走上去。

他们各自将骰子放进袜子，准备决斗。就在这时，唐陌笑了一声，吸引了两人的注意。

唐陌看着白若遥："你准备把骰子让给他了？"

白若遥看着唐陌，慢慢地咧开嘴角："唐唐，你说什么？我怎么听不懂？"

唐陌："我说，你打算这一轮故意放水，把骰子让给宁峥。"

"唐唐，你冤枉我，我干吗要让骰子？"娃娃脸青年故做捧心状，伤心地说道，"我在你心里居然这么大公无私。我要让也该把骰子让给你，我和你什么关系嘛。"

唐陌："你和我什么关系，我不知道。但是很显然，你们的关系不是很简单。"顿了顿，唐陌转头看向宁峥，说出四个字："你还不上？"

宁峥"唰"地黑了脸。

唐陌笑了："你们什么时候勾搭到一起的，参观糖果屋的时候……还是更早？"

白若遥眯起眼睛看着唐陌，过了片刻，大笑起来。

"嘻嘻，你猜？猜中，我把6点的骰子让给你。"

唐陌没有回应他的话，娃娃脸青年又说了一遍，语气诚恳："唐唐，猜中我真的把骰子给你哦。"白嫩的脸庞上是一个大大的笑容，看得人刺眼无比。

"一开始我就在想，宁峥为什么会来参加这场游戏。"唐陌看着格子里的白若遥和宁峥，声音平静，"能来参加这场游戏的，必须是得到过圣诞树枝的玩家。幸存玩家和回归者刚刚经历过一场大战，大多数玩家不会贸然进入这么一场危险的游戏，所以能进来的，必然是玩家中的佼佼者。"再次，也应该通关了黑塔二层，或者对自己的实力有很大信心。

白若遥笑得眯起眼："继续。"

唐陌："无论是正式玩家、预备役，还是偷渡客，共同的敌人都是回归者。

回归者在这种副本里处境非常危险。但是黑塔说，一共有三个回归者进入了这场游戏。其他两人进入游戏的原因暂且不谈，宁峥……"声音顿住，唐陌看向一旁的年轻男人，宁峥沉默地看着他。他继续说道："宁峥是个很谨慎的人，哪怕只有三成概率威胁到自己的性命，他也不会参与。"

所以在躲避球大乱斗里，明明有概率夺回自己的苹果，甚至开启夏娃的奖励，但在离开高架路后，他选择的是头也不回地转身离开，直接放弃奖励。

唐陌："一开始我只是觉得奇怪，后来很凑巧，你、我、宁峥分到同一组里。以你的性格，哪怕你根本不认识宁峥，也会故意挑衅他。但刚才你偏偏与我和其他两个玩家搭了话，有意地回避宁峥，所以我判断你们早就认识了。"

白若遥笑着看着唐陌，没有说一个字，然而仔细观察会发现他嘴角的弧度更加上扬了几分，似乎是被猜中了心思。

唐陌摸了摸手里的 6 点骰子："游戏开始前，你就找到了他，和他联手。手段无非是威逼利诱。"唐陌思索半晌，抬起头，"你很强，但宁峥是时间排行榜上的回归者，参与的游戏比你多很多，你不会有东西能诱惑到他。利诱不可能，所以是……威逼？你抓住他什么把柄了，白若遥？"

"啪啪啪——"

格子的中央，娃娃脸青年毫不吝啬自己的掌声。

"唐唐，你这么懂我，我差点儿以为你就是我的知己了呢。"白若遥皱起眉头，"怎么办，我要把骰子给你了？"

唐陌不置可否，他并不缺 6 点的骰子，而且白若遥的话，连一个标点符号都不能信。

果不其然，下一秒，娃娃脸青年举起手："不过好可惜，唐唐，我也想把骰子送给你，可是我现在没有 6 点的骰子了。"说完，他转头看向圣诞老人："我认输。"

圣诞老人津津有味地听着唐陌这一组的对话，仿佛猜到了什么，无奈道："唉，孩子们，你们怎么都这么善良，不愿意和同伴动手，每次决斗都没开始就结束了战斗？好吧，圣诞老人最喜欢诚实善良的孩子，拿走你的骰子吧。"

白若遥笑嘻嘻地从袜子里拿走了 1 点的幸运骰子。

唐陌猜中了，他就把 6 点的骰子送给唐陌。可是很不幸，他已经没有 6 点的骰子了，当然不可能再变出一个骰子送给唐陌。

白若遥走回原位，朝唐陌眨了眨眼。

唐陌视若无睹。他淡定地看着格子中央的宁峥，看着对方跳跃着回了起点，结束自己的游戏。

"唐唐？"

唐陌没搭理白若遥，手指轻轻搓动那颗小小的幸运骰子，大脑迅速运转起来。

白若遥和宁峥到底想干什么？

如果是其他多人游戏，这两人确实可以联起手对唐陌造成威胁。但很显然，圣诞老人的游戏表面上是禁止暴力的，他们唯一的机会就是第六格的决斗大舞台。

白若遥第一次触发决斗，没有选择唐陌，选择的是年轻女人。

如今他特意把骰子换给宁峥，自己拿1点的骰子……他的目的是什么？这样做对他们有什么好处？在一场杀人者必死（被圣诞老人惩罚）的游戏里，这两个怕死的人打算怎么对付他？

唐陌的心里涌出一丝不祥的预感，超智思维令他嗅到了一点儿不对的味道，可是以他的逻辑，并不能明白神经病的脑子里在想什么，也无法代入转换。

闭上眼长长地舒了一口气，唐陌冷笑着摇头。

对付神经病的方法，就是无视他，不把他当人。反正到时候对方的阴谋自然会水落石出。

真相来得比唐陌想得还快。

轮到白若遥掷骰子时，他毫不犹豫地一下把骰子扔进了第六格。看到这一幕，唐陌眼皮微微抽动，看着远处跳进第六个格子里的白若遥，只见对方朝他挥挥手："唐唐，来决斗吗？"

唐陌："……"

圣诞老人说过，在决斗大舞台里，玩家不可以杀死对手，否则会受到圣诞老人的惩罚。可是受伤在所难免。

唐陌面无表情地走进第六个格子，将自己的骰子扔进圣诞袜子。小巧的白色骰子刚刚离手，还没有落到袜子底部，一道黑影迅速闪过，"嗖"的一声冲向站在格子中间的娃娃脸青年。

白若遥惊讶地"咦"了一声，接着侧身躲开唐陌的突袭。

唐陌从腰间拔出小阳伞，"啪嗒"一声打开，以伞面将白若遥击开。粉色伞面好似钢铁，白若遥下意识地用单手格挡，触碰到伞面时却感觉到一股沉重如山的压力。这把小阳伞远不像它外表看上去的那么脆弱。

白若遥笑道："唐唐，你居然认真了？"

回答白若遥的是尖锐无比的伞尖。

唐陌招式凌厉，猎猎出风，小阳伞在空中划出一道道残影。时而打开防御，时而关闭攻击，白若遥不断地左右避让，俨然落了下风。

唐陌从没想过认输。确实，在不使用异能和道具的情况下，他的身体素质和格斗技巧无法与白若遥相比。但现在两人可以使用道具。

白若遥显然是一个不常使用道具、依靠外物的人。

又是一道破开空气的攻击，白若遥目光一冷，手腕一动，银色的蝴蝶刀从袖中倏地飞出。双刀飞上空中，白若遥侧身回旋踢在刀柄上，两把小刀齐齐飞向唐陌。唐陌立即撑开小阳伞阻挡，银色小刀在伞面上留下两道白印，飞回白若遥的手中。

白若遥手指舞动，将蝴蝶刀"啪嗒"合上。他看着唐陌，嘻嘻一笑："唐唐，我真的要上了哦。"

下一刻，两人根本没有一丝犹豫，一起冲向对方。

两个小时过去，圣诞老人的决斗大舞台上一共迸发了十场战斗，前九场完全无法和这一场相提并论。实力的差距在此刻体现得淋漓尽致。被白若遥抢走骰子的年轻女人已经无法用视力捕捉到白若遥和唐陌的攻击动作，后怕地吞了口口水，这才明白白若遥刚才完全是在戏弄她，没把她当回事。

另外两组，傅闻夺、慕回雪几人也注意到了这边的战斗。

傅闻声有些着急："姗姗姐，你不是说仅凭身体力量和道具，唐哥不是那个神经病的对手？这可怎么办？"

陈姗姗呼吸也急促了几分，她对战斗这方面的事了解不多，也没法给唐陌提供建议。但她选择相信唐陌："唐陌哥哥肯定有自己的判断。"

傅闻夺双手抱臂，隔着一层光膜，静静地看着这场凶狠的决斗。

唐陌完全没有留情，白若遥几乎也尽了全力。银色刀花和粉色的小阳伞不断撞击，发出"砰砰砰"的声音。圣诞老人看得十分投入，就差在一旁大喊"打起来"。

锋利的蝴蝶刀刺破唐陌的手臂，他的衣服被划成一条条碎布，袖子完全搭在胳膊上。红色的血液顺着皮肤流下，滴淌到地上，沾了唐陌一手。白若遥也受了一点儿伤，可情况比唐陌好许多。

时间一分一秒过去，当一首欢快的《圣诞快乐歌》在白色空间里响起时，所有人都没反应过来。

连圣诞老人都错愕道："这是什么……啊！是时间到了！"

不错，圣诞老人的决斗大舞台有五分钟的时限。

时间一到，唐陌本还想再动手，白若遥竟然先停下了。唐陌已经猜到了他的意图，冷冷地盯着他。

圣诞老人道："啊呀，这可就难办了。你们两个孩子都非常出色，五分钟内没有分出胜负。那只能由圣诞老人给出一个公平的裁决了。我可是最公平最民主的圣诞老人，孩子们的每个建议我都会听从。在我看来，这一局应该是这位小朋友……"

"我认输。"

圣诞老人的声音戛然而止，他愣愣地看着白若遥。过了片刻，他收回自己指着白若遥的手，低哑地笑道："原来是这样吗？好，既然你自己认输了，那获胜的就是这个孩子了。"

白若遥擦了擦脖子上被小阳伞擦破的血痕，笑眯眯地走到唐陌身边，伸手从他身后的袜子里拿出一颗1点的骰子。

唐陌明明赢了，表情却更冷了几分。

唐陌："我和你有什么深仇大恨？"

是肯定句，不是疑问句。

这话居然问倒了白若遥，他愣了片刻，才嘻嘻笑道："好像没有，不过唐唐，你不觉得很无聊吗？"

唐陌："无聊什么？"

白若遥："每天都很无聊啊。游戏、副本、攻塔……你这么可爱，只能找你玩啦。"

唐陌扫了他一眼，拿走自己的骰子，转身离开。

白若遥无辜地摊摊手。

神经病的脑回路你别去猜，唐陌不能理解白若遥的动机。仔细想来，他们两人的关系确实不至于到血海深仇的程度。白若遥会对唐陌上心，一开始是因为唐陌周身浓郁到几乎成实体的死气，可偏偏死不掉。然后唐陌又逼迫他自断手臂，从此白若遥便记住了唐陌。

而唐陌之所以对白若遥使用大火柴，逼他自断手臂，是因为白若遥夺走了唐陌的月亮花。

那次的宝石走廊攻塔游戏最后只剩下三个玩家——唐陌、白若遥和傅闻声。白若遥和傅闻声想通关，完全不需要月亮花，月亮花是他们的通关奖励。唐陌想通关，却必须将月亮花放到红桃王后的卧室里。所以在最后，白若遥突然反水夺走了唐陌的月亮花，由此得到两份奖励。

他只抢走唐陌的，不抢实力更弱的傅闻声，是出于他自己的恶趣味。同时他也给唐陌留了条活路，只要唐陌抢走傅闻声的月亮花，唐陌就可以顺利通关。

偏偏唐陌就不乐意抢小朋友的奖励，他有火鸡蛋，可以读档重来。

白若遥这辈子都想不到，为什么唐陌当初能猜到他的意图，继而将他逼上绝路。但这不妨碍他决定缠上唐陌，令自己的生活不再"无聊"。

　　唐陌走回起点时，已经想通了自己和白若遥互相厮杀的关系。

　　"精神病人思维广，智障儿童欢乐多。"唐陌冷笑着总结。

　　这时白若遥正好跳跃回了起点，听到唐陌似乎说了话，凑过来："嘻嘻，唐唐，你说什么？"

　　唐陌皮笑肉不笑："夸你聪明。"停了停，唐陌补充道，"还守信用。"

　　白若遥被唐陌这话逗笑了，故作严肃："我非常守信用的，等我下次有6点骰子，一定给你。"

　　唐陌信他不如信傅小弟不怕傅闻夺。

　　白若遥真的会把骰子给唐陌？

　　唐陌的目光在他和宁峥的身上左右移动。

　　不，他们是想打消耗战。

　　唐陌没有获胜，是因为根本打不过白若遥。而白若遥没有击败唐陌，一方面确实无法在五分钟内结束战斗，另一方面，从来没想过打败唐陌。他想的是令唐陌受伤。

　　伤敌一千，自损八百。

　　这就是唐陌猜测到的，白若遥的想法。

　　不用怀疑，这种事神经病绝对做得出来，而且白若遥的损失并没有八百，最多四百。这笔买卖十分划算。

　　圣诞老人的副本里禁止杀人，可出了副本呢？

　　一旦唐陌受了重伤，无法短时间内痊愈，那就是白若遥的机会。

　　眼下唐陌唯一能做的，就是静观其变，尽快通关游戏。然而很快，宁峥将骰子扔进了第六格里，看着唐陌："我选他。"

　　唐陌沉默了下，走上格子。

　　宁峥和白若遥不一样，他更想赢得比赛，所以没有一开始就把骰子扔进第六格，而是先扔了前五格，一步步地走到第六格。但他依旧选择唐陌。

　　唐陌拿出骰子："你和白若遥不一样，我或许会赢。"

　　宁峥实力很强，但也强在异能。没有了异能，他和唐陌谁胜谁负，很难说。

　　宁峥沉默片刻："所以现在我和你都是6点。"

　　言下之意是：哪怕他输了也没损失。

　　唐陌心道：原来这就是你和白若遥换骰子的原因。

唐陌笑了："我很好奇，白若遥到底抓到了你什么把柄，让你这么帮他？"

在躲避球大作战里，宁峥身为三方间谍的事，唐陌至今历历在目。什么把柄能让这样一个谨慎惜命的人义无反顾地帮一个神经病做事，哪怕会对自己的生命产生威胁？

宁峥没有说话，把骰子扔进袜子里，接着转身对唐陌发起攻击。起初宁峥的攻势并不凶猛，似乎没尽全力。白若遥双手放到嘴边做喇叭状："宁宁，你要努力变强啊！"

宁峥眼角一抽，翻手拿出一把赤红色的道具匕首刺向唐陌。

五分钟后，宁峥和唐陌没有分出上下。唐陌思考半晌，开口道："我认输。"

宁峥看了他一眼："我不会领你的情。"

唐陌笑道："我有说需要你领情？"说完，拿走自己的 6 点骰子。

圣诞老人的跳房子游戏里，玩家可以把骰子随便扔进哪个格子，甚至可以一开始就把骰子扔进第六格，触发决斗大舞台。然而决斗结束，无论胜负，玩家都算游戏失败，结束这一轮游戏。

除此以外，决斗失败，玩家的这一轮游戏也结束。

唐陌主动认输，是让宁峥可以继续玩游戏。他表面说"不需要宁峥领情"，嘴角却微微翘起，淡定地走回起点。

接下来，白若遥和宁峥轮流上阵，消耗唐陌的体力。

游戏时间极短，又不断与高手交战，唐陌的身上不可避免地出现了许多伤口。傅闻夺在另一组静静地看着这一幕，视线冷冷地扫了白若遥一眼。娃娃脸青年察觉到男人冰冷的目光，以为傅闻夺是想和他打招呼，抬起手朝傅闻夺挥了挥。

傅闻夺忽然笑了，薄唇勾起，伸出右手抹了抹自己的下唇。

第三组里，傅闻声倒吸一口凉气："大……大哥生气了！"

陈姗姗："？"

傅闻声害怕得头皮发麻，求生欲极其强烈："大哥真的生气了！完蛋了，好可怕，姗姗姐怎么办？我们离开游戏后能不能也装作不认识大哥啊？我不想和这个样子的大哥碰上啊！！！"

陈姗姗本想说"哪怕傅少校真的生气，也不是因为你"，忽然，只听一道刺耳的系统宕机声。

洪亮的系统宕机声在整个空间里响起，所有玩家齐刷刷地扭头看向发出那道声音的地方，只见点数"2"和"5"这一组的格子最前方，一道黑色的身影稳稳地落到圣诞老人的面前，双脚踩进了第九个格子里。谁都没注意到这个女人是什么时候走完全部格子，来到圣诞老人面前的。或许是因为她动作太快，一旦掌握技巧，便能飞速地学以致用。

听到这道熟悉的计算机系统宕机声，慕回雪有一瞬间失神。她双手撑地，额头上有一道血口，是在第五格被棉花糖丝线擦破留下的。慕回雪咳嗽一声，额头上的血液流淌下来遮住眼睛。她将血擦干净，站直身体，抬头看着面前高大的圣诞老人。

"我赢了？"

圣诞老人呆了许久，嘴角一点点咧大，露出一个笑容："我的孩子，很显然你闯关失败了。"圣诞老人的笑容阴险狡诈，偏偏他要装作非常惋惜又很慈祥的模样，导致他的表情看上去有点儿搞笑。

慕回雪也猜到如此。

她活动了一下身体："所以我输在哪儿了？"

从第一格到第九格，她顺利地走完每一格，没有在任何格子里多走一步，也成功躲开了糖果们的攻击。最终她来到第九格。

慕回雪想了想："难道说，来到第九格不算通关游戏，还是说，我得返回起点？"

圣诞老人："不，孩子，按照正确的顺序，不违反游戏规则，进入这第九格就算通关游戏了。"

慕回雪："我没有违反游戏规则，也进入了第九格。"慕回雪用手指敲击下巴，"果然啊，正确的顺序没有这么简单。"说着，她转过身看向自己的身后。

在她的身后，是八个悬浮在半空中的硕大数字。

八个格子的正上方，分别对应了一个闪烁红光的巨大数字，刚才慕回雪就是按照这八个数字的顺序一步步跳到第九格的。

慕回雪低声笑道："有点儿意思。"

话音落下，她竟然没对圣诞老人再提出质疑，而是走回了起点。

圣诞老人已经做好准备羞辱这个玩家一番，谁料对方扭头就走，圣诞老人下意识道："孩子，你竟然不再问问了？"

慕回雪："问了你就会回答吗？"

圣诞老人："不会。"

黑衣女人笑着咧开一口白牙："So。"

三两步，慕回雪便跳回了起点。

圣诞老人："……"

白色的空间里是一片寂静。

陈姗姗不断思考慕回雪和圣诞老人刚才的对话，另外两组因为只能听到圣诞老人的声音，听不到慕回雪的声音，所以获取到的信息比陈姗姗那一组的玩家少许多。

然而同一时刻，唐陌、傅闻夺、白若遥、宁峥……齐齐意识到："顺序不对！"

唐陌转头看向前方。

九个硕大的数字高高悬浮在空气中，从一开始玩家就是按照这九个数字的顺序投掷骰子、跳房子的，然而慕回雪刚才失败了。

唐陌相信以慕回雪的实力，不可能违反规则，所以只可能是走错了顺序。

什么是真正的顺序？

圣诞老人在慕回雪那儿吃了瘪，十分郁闷。他高声发泄道："喂，孩子们，圣诞老人必须提醒你们，只剩下半个小时我的奇趣商业街就要关门了。可是你们居然一个都没有通关。你们真是我带过最差的一批孩子！"

只剩下半个小时了？！

玩家们一阵哗然。

傅闻夺的视线在九个数字上一一停留，最终他走上起点，准备开始玩游戏。另一边，白若遥故作夸张地睁大眼："哇，只剩下半个小时了。怎么办怎么办？如果不通关游戏我会死在这里吗？嘻嘻，让 Deer、唐唐和傅少校和我陪葬，哦，对了，还有宁宁……别这样看我，我没忘记你宁宁。我们一起死在这里，感觉也很不错哦。"

宁峥："……"

他突然想再叛变一次，一巴掌把这个神经病拍走。

年轻女人则顾虑不到这么多。她焦急极了。

她早就发现，这一组的四个人中她实力最弱，甚至和其他三人完全无法相比。

每一组最多通关三人。

无论如何，她是不可能通关的。她该怎么办？难道她真的要死在这里？

"合作，怎么样？"

白若遥令人厌恶的笑声骤然停止，他看向唐陌，片刻后，笑道："唐唐，你居然想和我合作？我好开……心。"

"我说，我们俩合作、联手……怎么样？"

白若遥脸上的笑意瞬间敛去，宁峥皱起眉头。

年轻女人惊愕地看着唐陌，指着自己："你说我？我们合作？！"

白若遥淡淡道："唐唐，你挑选队友的眼光好像不行哦。"

唐陌没有看他一眼，认真地看着这年轻女人："他是首都目前最强的回归者，时间排行榜上的宁峥。他叫白若遥，实力不比宁峥差。"顿了顿，他道，"有他们在，你不可能成为前三，很不幸，我也没打算为你牺牲，让你成为前三。所以……合作吗？唯女子与小人难养也，以前我不认可这句话，现在我觉得，小人确实很让人心烦。"

白若遥嚷嚷起来："唐唐，你不要以为我不知道你在说我。"

黑发年轻人神色平静，目光令人信任而具有力量，他勾起嘴角："喂，合作吗？"

年轻女人眼眶热了。她瞳孔震颤，死死地盯着唐陌，下一秒，用力地说道："好，合作！"

唐陌轻轻一笑。

时间仅剩半个小时。

唐陌将那年轻女人拉到一旁，附到她耳边悄悄说了几句话。白若遥伸长了耳朵都没听到一点儿声音，翘起嘴角："宁宁，你说唐唐到底有没有说话？这么近的距离，以你和我的听力都听不到一点儿声音……他真的有对那个女人说话吗？"

宁峥看了他一眼，不吭声。

白若遥本就没想从宁峥口中得到回答。

他饶有兴致地看着唐陌的背影，眼珠子转了转，不知又想到了什么主意。

一旁，年轻女人的脸色不断变化，从一开始的紧张期待，忽然涌上了一丝惊恐，最后苍白起来。她看着唐陌的眼神十分复杂，怀疑眼前这个年轻的男人，可是她的处境令她根本没有选择。

不相信唐陌，她不可能通关游戏。

相信唐陌，她也有可能无法通关游戏。

横竖都是死……

"好，我知道了，我相信你。"

唐陌抬头看了一眼白若遥，白若遥立即朝他激动地挥手。

唐陌眯起眼睛，脑海中闪过自己与这个神经病接触过的每一个画面。他正在思索自己到底是怎么招惹上对方的，只听一道忐忑的声音低低地响起："唐陌，A国第一个通关黑塔三层、四层的正式玩家，我知道你。一个月前，首都东三环高架路，那次我在远处围观、没敢上。但我知道你是一个很厉害的高级玩家。"

唐陌转头看向这个女人，第一次认真地看清对方。

这是一个长相普通的年轻女人，不过 25 岁左右的模样。没有黑塔，她可能就是个再寻常不过的白领，和其他同龄人一样，过着日复一日的生活。但是现在她目光坚毅，即使知道自己在这一组四个玩家里实力最弱，极有可能半个小时后就闯关失败面临死亡，也坚定地做出决定，相信眼前这个陌生的玩家。

"我叫白露。"年轻女人第一次说出了自己的名字，"唐陌，我想知道……你为什么要帮我？"

唐陌神色平静："我没有帮你。"

年轻女人一愣："什么？"

唐陌嘴角泛起一丝不易察觉的弧度："我只是不想让那个神经病好过。顺便，也不想让他的同伴好过而已。"

半个小时的时间，对于其他两组的玩家来说，都是分秒必争。

大部分玩家在看到慕回雪通关失败后，面露惊色，手足无措。有一部分玩家却很快想通了其中的关键，抓紧时间通关游戏。唐陌这一组依旧照常，白若遥似乎完全不怕自己无法通关游戏，不断地将骰子掷进第六格，邀请唐陌进行决斗。

另一边，陈姗姗的骰子又变成了 2 点。

慕回雪将 5 点的骰子给了陈姗姗，但她不可能守住。只要有人开启决斗大舞台，她就只能将骰子让出去。傅闻声的实力比陈姗姗强一些，守住过一次。然而两个小朋友在玩家中实在太过刺眼，最后半个小时，两人的骰子都变成了 2 点。

傅闻声急道："姗姗姐，这可怎么办？ 5 点的幸运骰子遇到的危险都那么可怕，我们只有 2 点，怎么可能跳过这九个格子。"

陈姗姗："我们不是本来就不可能通关这场游戏吗？"

傅闻声："……"

他突然想起之前陈姗姗说的那句话。

小朋友郁闷道："不是，那姗姗姐你还这么淡定？"

陈姗姗想了想："小声，你想获得更好的奖励吗？"

傅闻声："当然想。不过我们不是连游戏都没法通关吗……"

陈姗姗将傅闻声拉到自个儿跟前，伸出手，对傅闻声做了两个手势。傅闻声愣住："就这样？"

陈姗姗点点头："就这样，去吧。"

"你确定唐哥能明白我的意思？"

短发女孩儿无奈地笑道："快去吧，再不去就来不及了。"

一分钟后，唐陌的余光里瞧见一个矮小瘦弱的身影。他定睛一看，只见傅闻声整个人贴在圣诞老人布置出来的光膜上，不断地敲击光膜，想吸引他的注意。

唐陌淡定地走过去，面无表情地看着傅闻声。

傅闻声伸出两只手，左手竖起食指，比了个"1"，右手做成竖大拇指的模样。傅小弟完全不懂这个手势是什么意思，唐陌却目光一变，悄悄地抬头往陈姗姗的方向看了一眼。过了许久，他勾起唇角，右手比出一个大拇指，接着转身离开。

傅闻声跑回去，将唐陌刚才的手势比给陈姗姗看。

陈姗姗："嗯，我看到了。"

傅闻声："姗姗姐，你和唐哥葫芦里到底卖的什么药啊？我就比了个大拇指，就能获得更好的奖励了？"

"还没有，但是很快就能有了。"

傅闻声："？"

陈姗姗往前走了两步忽然停住，短发女生的脸上难得地露出一丝羞涩。陈姗姗咳嗽一声，音量都变小了几分："那个，小声……你有求过人吗？"

傅闻声："啊？"

十分钟后，一首悦耳的《圣诞快乐歌》突然响起，圣诞老人坐在巨大的棒棒糖上也是一愣，转头看向身后，只见在他的身后，一个高大英俊的黑衣男人穿着厚厚的军靴，轻轻地踢了一下地上的白色骰子。

小小的骰子唰地飞向空中，被他稳稳接住。

傅闻夺抬起眼睛，看着圣诞老人。下一秒，他声音低沉地问道："我通关了？"

圣诞老人张大嘴巴，良久，郁闷地嘀咕了一句"现在的玩家怎么都这么强了"，接着迅速变脸，换上一副兴高采烈的笑脸："孩子，你真是太聪明了，没错，你通关了。恭喜你，完成了圣诞老人的跳房子游戏。"

这话一落，整个白色空间里响起一阵惊呼声。

傅闻夺那一组的玩家大多注意到了他跳房子的顺序，惊喜极了，争着抢着要跳房子。傅闻夺已经通关，那他跳房子的顺序肯定是正确的，只要跟着他的顺序跳就一定能通关。另外两组中，大多数玩家没注意傅闻夺那边的情况。

他们懊恼不已，但有心机的玩家并不着急，他们默不作声地盯着傅闻夺那组的情况，想从剩余玩家的顺序中找出正确答案。

慕回雪还是第一次玩游戏被人抢先通关，颇有新鲜感。她手里把玩着一颗小小的骰子，脸上带笑，不知道在想什么。下一刻，她转过身看向自己的身后，两个小孩儿还没接近就被她发现踪迹。

定定地看着两个小朋友，慕回雪笑道："怎么，有事儿？"

傅闻声知道慕回雪的身份，埋着头不说话。

陈姗姗仰起头："对，有事儿。"

慕回雪挑起一眉："什么事儿？"

小姑娘求人求得理直气壮，一身正气地说道："求您帮忙，带我们通关。"

慕回雪："……"

另外两组的游戏进行得如火如荼，或许是因为玩家比较多，两组人急切地玩游戏，不浪费一点儿时间。中间这一组却有些安静。唐陌、白若遥、宁峥、年轻女人，四个人谁都没有先上。

直到上一轮游戏，白若遥和宁峥仍旧轮流挑战唐陌，消耗他的体力，使他受伤。但现在只剩下十分钟了。

宁峥不再犹豫，走上前，决定开始通关自己的游戏。

这一组安静得吓人。

宁峥将骰子依次扔进第一格、第二格、第三格……然后是第六格。他跳跃进第六格里，表情变得复杂起来。他抬起头看向前方，目光在唐陌三人的身上掠过。最后，他说道："我选他。"

唐陌早有准备，熟练地走到第六格，站在宁峥面前。

两只红色的圣诞袜出现在半空中，唐陌和宁峥走上前，将自己的骰子扔进袜子。正在此时，唐陌握着骰子的手悬在半空中，笑了一声："你和白若遥的联盟好像也不是很稳固。"

宁峥身体一震，把骰子扔进袜子，没有说话。

唐陌声音响亮："这一组一共四个人，只有我和你的骰子点数是6。幸运骰子的点数和接下来会触发的惩罚、陷阱有关。哪怕圣诞老人再想将我们团灭，也必须遵守黑塔的原则。点数为1的玩家，必须受到比点数为6的玩家多很多倍的惩罚。"

圣诞老人正津津有味地听着，听到这儿，不满地为自己叫冤："孩子，我可没想杀了你们，我可是最喜欢小朋友的圣诞老人呀。"

圣诞老人的话能被所有玩家听见，有玩家压低声音："你是不是，你自己心里还没有点数吗……"

圣诞老人不以为耻，反以为荣，脸上的笑容更加灿烂。

唐陌继续对宁峥说道："你选择我开启决斗大舞台，是因为只有我和你的点数是6。哪怕那个女人的实力很明显在你之下，你也不想冒险。万一她有一个出乎意料的道具能击败你，就算只有百分之一的可能性，你也不会让它发生。所以你选择了我。"

宁峥："你到底想说什么？"

唐陌伸手指向后方："你为什么不选他？"

白若遥指着自己："嘻嘻，唐唐，你说我？对啊，宁宁，我也想知道，为什么你不选我呢？我们可是好朋友。"

宁峥面色难看。

唐陌替他回答："因为你不相信他。他的点数是1，他击败你的可能性极大。只要他不认输，你就很容易失去骰子，同时游戏失败，要从头再来。比起他，宁峥，你更相信我。之前的每一轮游戏都是为了消耗我的体力，只有这次，你认真了。时间不足，你不想死，你想通关。这次的决斗，你一定要赢，还一定要得到6点的骰子。"

宁峥："唐陌，我没有……"

"所以我成全你。"

声音戛然而止，宁峥怔怔地看着唐陌。

手指紧紧攥着一颗骰子，唐陌微微一笑，将手松开，骰子稳稳落入圣诞袜。在这颗骰子落进去的一刹那，唐陌笑道："我认输。"说完，他将手伸进圣诞袜，将自己的骰子拿了出来。

宁峥愣愣地看着唐陌，看到唐陌将骰子塞回口袋，径直走回起点。明明没有回头，却仿佛知道他在看，唐陌抬手挥了挥，十分洒脱。

宁峥嘴唇抿起，转过头拿回自己的骰子，继续游戏。

很快，第二首《圣诞快乐歌》在白色空间里响起。宁峥站在圣诞老人的面前，看了眼一旁的傅闻夺，轻轻松了口气。他转头看向身后，只见白若遥又凑到唐陌的身边，叽叽喳喳地不知道在说些什么。唐陌没搭理白若遥，而是将年轻女人推到起点："你来。"

白若遥声音停住："唐唐，你这是要和我来一个世纪对决？"

唐陌："世纪对决？"

白若遥："嘻嘻，是啊，就剩下你和我了嘛。这个游戏非常简单，那个顺序几乎所有人都知道了。但知道顺序是一回事，能通关是另一回事。现在场上只剩下你的点数是6，如果骰子的点数是1……唐唐，你能应付地狱级别难度的惩罚吗？"

言下之意竟是，他一定会夺走唐陌的骰子。

唐陌直接问道："你要和我决斗？"

"你不想？"

唐陌："好，我在第六格等你。"

白若遥正想再说些什么，一道颤抖的女声响起："我……我选他！"

白若遥下意识地扭头看向对方，只见年轻女人伸出手指，指向了圣诞老人身旁站着的宁峥！

白若遥惊讶道："这也可以？"

年轻女人："圣……圣诞老人也没说过不可以挑战已经通关游戏的玩家。我们都是喜欢圣诞老人的好孩子，游戏是娱乐的，圣诞老人说过决斗大舞台是给我们交流感情的地方，已经……已经通关了，就不可以玩了吗？"

圣诞老人摸摸胡子："确实可以挑战已通关的玩家，这是条隐藏规则。很少有人会关注到这一点，你真是个聪明的孩子。"

白若遥嘻嘻一笑："确实有点儿聪明嘛，知道自己如果拿1点的骰子，肯定走不了两格就会死，所以直接投到第六格里，先努力把自己的骰子换成6。这是唐唐你教的？"他凑到唐陌身旁，挑拨道，"不过唐唐，她怎么打得过宁峥？她完全可以选择你，你再认输，把你的骰子让给她。你们不是合作伙伴嘛，特别信任对方的那种哦。"

宁峥走到第六格，从口袋里拿出自己的骰子。年轻女人胆战心惊地走到他的身边，宁峥低头看着这个对手，忽然觉得刚才自己太小心翼翼了。这样的玩家怎么可能有隐藏道具能击败他？

他不该选唐陌，就该选这个女人。

然而他已经选了唐陌，而唐陌在最后悄悄对他说了那句话。

宁峥眸色暗了暗，将骰子扔进圣诞袜。年轻女人拿出了自己最强大的道具，只要宁峥动手她绝对第一时间躲开，同时大声认输。谁料宁峥淡淡地说道："我认输。"

白若遥脸上的笑容一下子僵住。

宁峥从圣诞袜里拿走年轻女人的1点骰子，走回第九格。

一切发生得极快，年轻女人呆在原地，没有回过神来。

白若遥手指捏紧，干涩的笑声从他的牙齿缝里漏了出来："原来这就是你刚才故意挑拨我和宁峥的关系，主动认输的原因。唐唐，我都不知道你是个这么温柔的人。哪怕这个女人拿了 6 点的骰子，以她的实力，也只有一成的可能性通关这场游戏。你凭什么认为你们两个人都能通关这场游戏？而且，她守得住这颗骰子？"

唐陌："你为什么觉得她守不住？"

白若遥："她刚刚才玩过一轮游戏，按照规则，不能立刻玩游戏。底下能玩游戏的只有你和我。我如果玩游戏，绝对会把骰子扔进第六格，再选她，把 6 点的骰子夺回来。"

唐陌眯起双眼："我和她的点数都是 6 点，你为什么不选我，一定选她？"

白若遥笑了："唐唐，我看上去像个傻子吗？"

这是白若遥第二次对唐陌说这句话。

白若遥怕死，怕得要死。

到这种时候，为了通关游戏，他不会再和唐陌纠缠，只会选择百分之百胜率的道路，保住自己的命。

唐陌静静地看着白若遥："我会让她顺利通关。"

白若遥笑道："那你可以试试。"

"我和你不同，我答应别人的事儿，一定会兑现。"唐陌停顿片刻，"你先，还是我先？"他神色淡淡，并没有很情愿的样子。

白若遥本想先掷骰子，直接把 6 点骰子从年轻女人的手里抢回来，狠狠地打唐陌的脸。但他还未开口又闭上了嘴，想到了一个更有趣的游戏。他故意道："女士优先。"

唐陌难得露出一个笑容："你这样让我想起一个黑塔 BOSS。"

白若遥："谁？"

唐陌："一个和你一样，不是很惹人喜欢的家伙。"

唐陌没有客气，把骰子扔进了第一个格子里，显然是要认真玩游戏了。骰子"啪嗒"一声落进格子，唐陌一脚跳跃进去，缓慢地走向那颗骰子。在弯腰准备拿起那颗骰子时，他竟然没再起身，而是直接顺势坐下。

隔着一层薄薄的红色光膜，唐陌拿起那颗骰子，微笑着看着白若遥。

白若遥脸上的笑容"唰"地消失，他的心中涌起一丝不祥的预感。慢慢地，他咧开嘴角："唐唐，你这是做什么？想坐下来和我唠家常吗？还有五分钟哦，你还来得及通关吗？就算你来得及……你的这个小女伴来得及吗？"

唐陌盘腿坐在地上，占着格子不挪动："圣诞老人的跳房子游戏一共有九个格子，其中第九个格子是终点格，其他每个格子的大小都和房间一样。也就是说，这是一个非常庞大的地图。每次除了骰子投掷到的那一格，其他每一格玩家只能留下一个脚印，否则算是违规，要接受惩罚的。不过骰子所在的那一格，因为玩家要去把骰子拿回来，所以圣诞老人没规定可以踩多少下，也没规定可以停留多久。"

白若遥忽然意识到了什么，双目漆黑，死死地盯着唐陌，从牙齿缝里吐出两个字："唐陌！"

唐陌笑道："所以我在这一格里，想待多久就待多久，你管不着。"

白若遥怒极反笑："姓唐的，你为了不让我通关，自己也不想通关了？原来这就是你说的守信。你答应了这个女人，会让她通关，到最后你就是这样让她通关的？"

"白若遥，你怕不怕？"

白若遥噤了声，冷冰冰地看着唐陌，面露杀气。

唐陌笑了，又说了一遍："白若遥，告诉我，你现在怕不怕？"

"唐陌！"

事态峰回路转。

唐陌用手撑着下巴，微笑道："还有四分钟，以你和我的实力，一切还来得及。告诉我，你怕不怕，怕不怕无法通关游戏，死在这里？是不是特别想求我，求我继续游戏，不要拉你下水？"

白若遥的指甲深深嵌进手心，只是一秒，他便笑了："是，我怕死，我特别怕死。唐陌，继续玩你的游戏吧，为了我这种人，让自己死在这里，值得吗？"

唐陌站起身，白若遥眼睛一亮。

然而下一刻，唐陌竟然只是换了个姿势，又一屁股坐了下去。

"值得哦。"

白若遥："……"

"唐陌！！！"

DI QIU

SHANG XIAN

第 7 章

回归者

白若遥静静地看着唐陌，唐陌坐在第一格的正中央，微微歪头也看着他，嘴唇带笑。

两人便这样隔着一层薄薄的红色光膜，无声地凝视对方。

过了几秒，白若遥笑了："集结副本我一共参加过四个，每一个都不会是必死结局。游戏失败，不代表一定会死，很有可能触发其他游戏，或者接受某种可承受的惩罚，有一定危险，却不一定会死。集结副本是黑塔给予玩家提升实力的一个捷径。唐唐，你这样气我，我忽然觉得有点儿开心。你这么在意我，故意拖延时间。原来我在你心里这么重要。"

唐陌："你是这样想的？"

白若遥眨眨眼："你拿着 6 点的幸运骰子，圣诞老人就算再想让你吃瘪，最多只能开启三个惩罚格子。以你的实力，三个惩罚格子并不是难事。哪怕不能使用异能和道具，抓紧时间，一分钟内也能过去。"

唐陌故作惊讶地"哦"了一声，接着道："万一我跳错格子的顺序呢？"

白若遥戏演得比唐陌还夸张，捂住嘴巴："哇，这都弄错，那唐唐你真的好蠢，这么蠢的唐唐可不是我的好朋友哦。"

唐陌没有吭声，白若遥又笑着调戏他几句。

一人稳坐泰山，一人不断笑闹。

白若遥的脸上没有一丝紧张的情绪，仿佛真的不在意游戏的结果。明明唐陌看上去已经不可能快速通关游戏，给他腾出通关游戏的时间，他注定游戏失败。可他并不在意。

另外两组，有人注意到唐陌坐在第一格里不再动弹的情况。他诧异地多看两眼，就移开视线。所有人都忙着通关自己的游戏，没人有时间浪费在陌生的玩家身上。

只剩下四分钟，再强大的玩家想要通关九格，都至少需要一分钟。

傅闻夺那组游戏进行得很顺利，慕回雪这组倒出了一点儿意外。谁也不知道游戏开始前，那两个小孩儿找到这个黑衣女人，拉着她说了什么话。这个女人开始玩游戏后，起初也很正常地一个格子、一个格子地抛掷骰子，攻略游戏。当把骰子投进第六格时，她选择小男孩儿为决斗对象。

这很正常。

在这一组里，陈姗姗和傅闻声是所有玩家优先选择的决斗对象。

除了骰子点数为 2 的玩家，可能会选择点数为 5 的玩家挑战一下，由此提高自己通关游戏的概率。点数为 5 的玩家都会选择这两个小孩儿下手，因为他们会立刻认输，不浪费自己的游戏时间。

果不其然，傅闻声走到第六格后，将骰子扔进圣诞袜，然后赶紧道："我……我认输！"接着小朋友睁大眼睛，紧张地从下往上，悄悄地看着慕回雪。

慕回雪似笑非笑地看着这个小男孩儿，转头对男孩儿的同伴——那个矮瘦的短发女声吹了声口哨，接着伸出手，从男孩儿扔骰子的那个袜子里，取走了他的骰子。

玩家们错愕地看着慕回雪。

她拿错了吧！

他们完全不明白，这个女玩家到底在想什么。

那个男孩儿的骰子是 2 点，她的骰子是 5 点。她是不是搞错袜子了？不会啊，那男孩儿上一秒才把骰子扔进去，傻子都不会认错！

玩家们一头雾水，很快慕回雪回到起点，再次……把骰子扔进了第六格！

此时此刻，留在这一组的玩家只剩下六个。除了傅闻声，还有三个玩家的骰子是五点，是两个男玩家和一个女玩家。其中一个男性玩家在看到慕回雪把骰子又扔进第六格后，心中大呼不妙，脸色骤黑。当慕回雪用手指着一个女玩家，要她上来决斗时，这男玩家的脸色已经难看到极点。

他快速地跑到仅剩的另外一个点数为 5 的男玩家身边，小声道："她在故意帮别人换骰子的点数！"

那人一惊："什么？！"

男玩家赶紧道："你没看出来吗？她故意把 5 点的骰子换给那个小男孩儿。这次她喊那个女人上去，是想从女人的手里夺走 5 点的骰子。如果我没猜错，那两个小孩儿不知道对她说了什么，居然让她愿意帮忙，帮他们拿到 5 点的骰子！"

这人惊骇道："不会吧？就算那两个小孩儿拿到了 5 点的骰子又怎么样？我们还可以找他们俩决斗，把他们的骰子拿回来啊。那两个小孩儿那么弱，拿到了也守不住。"

"如果说，你拿回来，她一定会帮着再决斗，把骰子要回去……你还会去拿那两个小孩儿的吗？"

事态朝着这男玩家预测的最坏情况发展下去。

当慕回雪再次玩游戏时，真的选择陈姗姗作为决斗对象，将自己的5点骰子换给陈姗姗。不过这一次，她正好看到唐陌那一组，年轻女人选择宁峥作为决斗对象的情况。她挑挑眉："还能这样？"

接着，慕回雪没再挑战组内未通关的玩家，而是挑战已通关的两位玩家中的一位。

这人十分茫然，不懂慕回雪为什么要挑战自己。

他自知实力不如这个恐怖的女人，对方可是早早就"通关"九格的高级玩家，立即认输。

如此一来，最后三分钟时，慕回雪、陈姗姗和傅闻声手里的骰子都是5点。

时间一分一秒过去，越到最后，抢着挑战游戏的玩家越多。谁都不肯让出挑战机会，因为每一秒都意味着距离游戏结束更近一秒。

只有唐陌这一组。

黑发年轻人淡定地盘腿坐在地上，娃娃脸青年灿烂地笑着，眯眼看着他。

当时间还剩两分钟时，白若遥笑嘻嘻道："唐唐，你这样做，这个女人或许会很伤心吧。原来你是这样的唐唐。"

半个小时前，唐陌承诺了年轻女人会带她通关游戏。可是唐陌坐在这儿，一来是阻止白若遥通关，二来也阻止了她通关。

这女人额头上渗出汗珠，苍白的脸色似乎也证明白若遥说穿了她的心事。

最后一分半，白若遥还在出声调侃唐陌。他语气带笑，脸上的笑容灿烂到明显是在演戏，带着一丝嘲讽。直到最后一分钟，当白若遥发现唐陌依旧坐在地上，用手撑着下巴淡淡地笑着看他。白若遥的声音戛然而止。

唐陌静静地看了他一会儿，笑道："怎么不说了？"

白若遥"唰"地抬头，看向圣诞老人。

下一刻，他目光冰冷，表情前所未有地难看。白若遥的脸色冷到如从冰窖里取出来一样，大声道："那颗骰子到底是怎么回事！"

圣诞老人被问得一愣，下意识地反问："什么怎么回事？"

白若遥向前一步，指着唐陌："他根本没想过通关这场游戏！"

圣诞老人摸摸胡子，对唐陌道："孩子，你竟然不想玩游戏？你真是令我好失落啊。是圣诞老人这个游戏做得不够好吗，所以你才不想玩？我的孩子，你为什么要这样做呢？"

唐陌顺着他的话道："是啊，我为什么要这么做呢？"

另一组，傅闻声听不到唐陌那边的声音，却能看到白若遥瞬间大变的脸色和质问圣诞老人的模样。

傅闻声皱起眉毛："唐哥到底为什么这么做？"

"因为对这场游戏而言，通关不代表胜利，不通关也不代表失败。"陈姗姗摸了摸那颗点数为5点的骰子，将它仔细地放到口袋里，"从游戏还没开始的时候，圣诞老人就告诉了我们这个答案。"顿了顿，陈姗姗看向傅闻声，"小声，你还记得在我们抛幸运骰子，决定自己拿到的骰子点数前，圣诞老人说了什么话吗？"

傅闻声思索片刻，忽然明白："啊……他说这是他给我们最后的奖励！"

"不错，幸运骰子，这就是圣诞老人的集结副本里，玩家所能拿到的最后一个奖励。"

两个小朋友齐刷刷回头，看向那个走过来的黑衣女人。

慕回雪双手抱臂，笑着道："继续，我也想听听你们的看法。"

陈姗姗看了她一眼，继续说道："这场游戏正确的通关顺序，我想在场的11个玩家（死了8个）现在都明白了。圣诞老人是个民主的黑塔怪物，非常在乎小朋友的感受。格子上悬浮的数字是他标出的格子顺序，可我们选择的顺序不是这个。我们选择的顺序，是我们之前参观糖果屋时，两次投票得到的顺序。"

"跳房子游戏的地图是——1→2→3→4、5→6→7、8→9。"陈姗姗看着眼前这幅巨大的游戏地图，说道，"第七、第八个房间没什么问题，我们投票出来的顺序和圣诞老人标的顺序一样。但是我们在第四个房间和第五个房间，选择的是相反的顺序。所以要通关这场游戏，只要按照1、2、3、5、4、6、7、8、9，把4和5调换一下，就可以成功。傅少校就是这么做的。"

慕回雪笑道："你们果然和唐陌、傅闻夺认识。"

小姑娘一下子意识到自己居然大意，把自己和傅闻夺、唐陌认识的事情说出口。她自责地沉默片刻，更加谨慎地说道："这场游戏的玩家基本属于高级玩家，正确的顺序不难猜到，在慕……慕姐姐那次失败过后，一部分人就已经猜出真相了。"既然已经暴露了身份，陈姗姗干脆没再隐瞒。"然而大多数人并没有意识到，这场游戏真正的目的不是让玩家通关游戏，它真正的目的……是第六格。"

唐陌那一组中，唐陌微微仰首，道："第六格，幸运的决斗大舞台。这个格子表面上看是为了让玩家产生互动，使这场游戏成为一场非单机游戏，给玩家创造一个交战的机会。这也符合圣诞老人想让玩家自我消耗，最好全部死掉的心态。"

圣诞老人笑眯眯道："喂喂，伟大的圣诞老人最喜欢小孩子了，怎么会想让孩子们都死掉呢？"

唐陌没理会他："但是，假设幸运骰子是圣诞老人给玩家的最后一个奖励，那通关这场游戏就不会得到任何奖励。圣诞老人会设置一场毫无用处的游戏，黑塔从来不会。正如同黑塔永远不会以单一标准去衡量玩家，谁运气好，谁就能投到更大的点数，以后还获得更好的运气？不是这样的。"

黑塔的公平性，从回归者和地球幸存者之间就能看出。

回归者是不幸的，他们经历了更加残酷的世界。可是他们并非永远不幸，他们可以通过自身实力回归地球，实力更胜地球幸存者。

天无绝人之路，黑塔也是。

唐陌："运气好的人，一开始或许会得到 6 点的幸运骰子。但是他武力差，在格斗大舞台里守不住 6 点骰子，那就会得到 1 点的骰子。武力值不够的玩家头脑好，可以通过其他手段，比如将自己的信息与强大的玩家共享，让自己获得更高点数的骰子。"

停顿了一会儿，唐陌坐在地上，笑着道："通关很重要吗？一点儿都不重要。重要的是在游戏结束的那一刻，你手里拿到的是几点的骰子。我有些忘了，幸运的 Fly，你手里现在拿着的是几点的骰子呢？"

话音落下的一刹那，一首欢快的《圣诞快乐歌》在整个糖果屋的上空响起。

圣诞老人从巨型棒棒糖上一跃而下，落在地上，发出"砰"的巨响。

"哈哈哈哈，孩子们，游戏结束！ Merry Christmas ！"

没有通关游戏的玩家脸色煞白，害怕自己受到惩罚。通关游戏的玩家却并非个个欣喜。在唐陌一开始说话时，宁峥还没什么表情变化。当唐陌说到一半，他已经猜出了整个游戏的真相。

"唐陌！"宁峥的手里死死捏着自己的幸运骰子，几乎要将它捏成齑粉。

其实从一开始，黑塔就在提醒玩家这场游戏真正重要的东西是什么。

是第六格。

圣诞老人的奇趣商业街副本，开启于 2018 年 6 月 6 日早晨 6 点 6 分。

幸运骰子是圣诞老人给予玩家的最后一个奖励。

圣诞老人不会伤害孩子，哪怕他再想杀人，也被黑塔制约，所以闯关失败也不会死。

约束异能，在决斗大舞台玩家只能使用道具，这是黑塔给身体素质差的玩家最后的一点儿公平，让他们更有可能获得高点数的骰子。

甚至在这场游戏里，猜出正确的顺序并不意味能通关游戏。因为点数过低，玩家会遇到更多的惩罚，玩家本身就想要得到更高的点数。

但白若遥和宁峥都没想到的是，这场游戏根本不是希望玩家通关，而是希望玩家通过闯关，互换手里的骰子点数。

白若遥低着头，阴影洒在那张娃娃脸上，让人看不清他的表情。良久，他抬起头，勾起嘴角，却不再发出那古怪刻意的嘻嘻笑声："唐陌，你为什么那么肯定不通关这场游戏，也不会出任何事儿呢？"

这是白若遥最后不明白的一件事儿。

不通关游戏也不会死，白若遥能猜到这一点儿，却不敢如唐陌一样肯定。这是他没有察觉真相，哪怕察觉了也不敢冒险的根本原因。

对于这件事，唐陌学着白若遥的模样眨眨眼睛："你猜。"

十分钟前。

慕回雪低下头，看着眼前这个一脸认真的小女孩儿。陈姗姗的语气很镇定，说话时似乎也没有什么明显的求人态度，但慕回雪低眸一看，小姑娘双拳紧握。

明明很紧张，却装作很淡定的模样。

再怎么聪明，也只是个15岁的孩子。

想到这儿，慕回雪勾起唇角："求我，带你们过关？为什么？"

问的是为什么，其实是在问：我凭什么帮你们？

陈姗姗："因为我可以告诉你，这场游戏的真相。"

慕回雪："你是说正确的游戏顺序？这个非常简单，我早就猜出来了。只要把第四格和第五格的顺序调换一下，就可以通关。如果你想说这个，那你想错了，小朋友。"顿了顿，她看着陈姗姗镇定自若的表情，眯起眼，"真相不是这个？"

陈姗姗开门见山："这场游戏根本不需要通关。"

慕回雪呼吸一顿，却也没太惊讶。她笑道："继续。"

陈姗姗说的话和唐陌后来说的一模一样。两人从没交流过，但是聪明的人想到的东西，总是一致的。

慕回雪问出了和白若遥一样的问题："你凭什么这么肯定，这场游戏不需要通关？"

这个猜测，慕回雪也想过，可不可能像陈姗姗这样肯定。

对于这个问题，小姑娘给她的答案是："因为我不可能通关。"

慕回雪第一次真正愣住。

陈姗姗："之前你曾经说过，你发现我虽然吃了圣诞老人给的巧克力冰淇淋，可是身体素质没有提升。你没说错，出于一些原因，在任何情况下我的身体素质都不会提升。半年前的圣诞惊喜副本，那根圣诞树枝对我毫无作用。这次，圣诞老人的巧克力冰淇淋也一样。"

傅闻声在一旁大气不敢出一口，陈姗姗却声音平静，完全没有恐惧。她明明知道自己眼前这位看上去乐观豪爽的黑衣女性是时间排行榜的第一名，杀人如麻，拥有 26 万分钟的休息时间，但依旧抬起头，目光坚定地看着这个人。

她说道："圣诞老人的九个格子，每个都有房间大小。在格子里最多留下一个脚印，这意味着不可以踩第二下。我的身体素质比地球上线前还是有所提升的，因为我一直有努力锻炼。但是我的身体能做到的极限，就是在每个格子里留一步。所以，我不可能通关这场游戏。"

一个小时前陈姗姗对傅闻声说：我们不可能通关这场游戏。

其实这句话是错的。

傅闻声还是有机会的。

如果他拿到 5 点的幸运骰子，再运气极好地只触发一个惩罚，又侥幸避开，那就能通关。因为傅闻声的身体素质可以提升，他比陈姗姗强大很多。他随身还带有用自己异能制作的矿泉水，喝了后可以短时间提升身体力量。

但陈姗姗绝对不可能。

"黑塔从来不会给玩家一场不可能通关的游戏。这场游戏我不可能通关，所以真相只有一个……"短发女生抬起脸，眼神坚定，"这场游戏，从不需要玩家通关。"

聪明的玩家慕回雪见过许多，但是此时此刻，看着这个只齐到自己胸口的小姑娘，静静地看了片刻，忽然扑哧笑出声。

陈姗姗耳朵一红，担心慕回雪的回答。

慕回雪问道："那最后一个问题，你为什么肯定我会帮你？"

"因为……你是个好人。"

慕回雪挑挑眉，没再出声。

陈姗姗松了口气：她算是蒙混过关了。

为什么决定来找慕回雪帮忙？

其实两点的骰子也不是不行，对两个小朋友来说，能活下来还能得到奖励就挺好。但陈姗姗让傅闻声去问了唐陌一件事。

左手的"1"手势，意思是：时间排行榜第一名。

右手的大拇指，意思是：她是不是一个可以信赖的好人？

对此，唐陌的回答是：是，慕回雪确实算是一个好人，可以求助。

于是陈姗姗大胆地向其求助。

接下来发生的事儿，就是慕回雪帮着两个小孩儿明目张胆地换骰子，使得游戏结束时，两个小朋友手里拿的都是5点的骰子。

谁都不明白慕回雪为什么要这么做，就像游戏开始这么久，大部分玩家渐渐忘了这个幸运骰子是圣诞老人给自己的奖励。他们将这个骰子当作一个游戏道具，只要游戏通关了，手里拿的是几点的骰子并不重要。

整个糖果屋里，只有唐陌四人敢百分之百肯定，这场游戏不需要通关。因为只有他们四个知道，陈姗姗绝对不可能通关。

只有在肯定"游戏不需要通关"的基础上，玩家才会将注意力从通关游戏转移到幸运骰子身上，才会注意到第六格真正的意义不是让玩家互相厮杀，而是让玩家得到更好的奖励，以确保游戏的公平性。

圣诞老人从巨大的棒棒糖上一跃而下，双脚落地，震得整个空间为之颤动。

没有通关的玩家脸色惨白，有人虚脱地瘫坐在地上。

通关的玩家则面露喜色。

宁峥站在原地，冷冷地看着唐陌的背影。良久，他沙哑着说道："之前的十四次决斗，你没有主动认输，任凭我消耗你的体力，是为了告诉我你有实力和我一战。"

唐陌转过身，看着他。

宁峥继续道："你知道白若遥抓住了我的把柄，威胁我攻击你，所以卖我这个人情，让我能一次次打伤你。直到最后一次，你不浪费我的时间直接认输，让我的愧疚达到了顶点……"

唐陌："宁峥，是你想多了。"

宁峥看着唐陌淡淡的神色，握紧手里的骰子，忽然仿佛意识到什么，双眼睁大："不，不仅这样。你是故意的！你明明知道如果你说，让我记住你的人情我反而会不屑一顾，你最后对我说的那句话，你让我不需要记在心上，反而会让我决定还你人情，把自己的6点骰子给你的同伴，让她有机会通关游戏……"

"是你，你算计我，夺走了我的奖励！"宁峥咬牙切齿，"唐陌，你到底是从什么时候开始算计我的？！是从我第一次选你决斗吗！"

唐陌看着他，没有回答。

宁峥："唐陌！"

唐陌慢慢勾起唇角："你猜。"

宁峥气得恨不得现在就冲上去，将这个两次夺走自己奖励的玩家撕成碎片，可是他的理智让他冷静下来。他看了眼唐陌，又看了眼站在一旁，似乎没有注意这里情况的傅闻夺。

他不能动手。

唐陌嘴角的笑容更深邃几分。

对于宁峥，其实唐陌并没有必要夺走他的 6 点骰子。那颗骰子并不会便宜唐陌，让他的幸运值翻倍，只会便宜一个陌生玩家。但他还是这么做了。

唐陌从不是个不记仇的人。无论出于什么原因，宁峥帮着白若遥消耗唐陌的体力，使他受伤。这一点，唐陌必然会报复回来。

算计是一回事，得手是另一回事。如果这次唐陌没有算计成功，也懒得再对宁峥下手。只不过他成功了。

圣诞老人将手指圈在口中，用力地吹响口哨。声音落下后，很快，一阵激烈的震动声在白色空间里响起。那声音一开始极弱，从商业街的远处传来。众人向远处看去，只能看到一个小小的黑点。当众人看清那个小黑点时，四头健美的驯鹿呼啸而过，冲进了长长的奇趣商业街。

它们踏上这条商业街的街头，消失的商铺也开始逐渐回到原位。

商店拔地而起，砖石、墙瓦如同倒下的多米诺骨牌被按下倒退键，以肉眼可见的速度恢复原样。当驯鹿拉着雪橇长啸一声，停在圣诞老人的面前时，糖果屋、蛋糕房、礼品店、饼干店一一复原。

"哞！"为首的那头驯鹿高傲地抬起蹄子，吓得一个玩家倒退三步。

圣诞老人哈哈一笑："你这个家伙，可不要欺负我可爱的孩子。"

驯鹿不屑地瞪了那玩家一眼，乖乖收回蹄子。

圣诞老人转头看向仅存的 11 名玩家，摸了摸胡子："欢乐的时光总是如此短暂，孩子们，又到了说再见的时间。"

话音落下，玩家们还没明白发生了什么。

圣诞老人坐上雪橇，拉起缰绳就准备离开。这时才有玩家反应过来："等等，游戏呢？游戏奖励……还有游戏失败的惩罚？"

圣诞老人奇怪地看他，表情夸张："惩罚？圣诞老人从不惩罚好孩子，只惩罚坏孩子。咦，难道……你是不诚实的坏孩子？"

那玩家吓得立即道："我……我不是。"

圣诞老人咧开嘴，露出一个诡计得逞的笑容："那还有什么事吗？可爱的孩子，奖励不是一直都在你的手中吗？你居然还想要奖励，难道要我给你一个热情的吻？你真是个贪心的孩子。"

圣诞老人拉着缰绳，无奈地叹气："圣诞老人这个季度糖果屋的生意可不好了，不知道为什么，地底人王国的孩子们开始疯狂地长蛀牙。蛀牙这个该死的东西，让孩子们都不喜欢吃糖了。我该走了，我要抓紧时间研究出一种不会让人长蛀牙的糖。"

听着圣诞老人的话，玩家们的表情各有变化。

反应慢的玩家听到最后，才听懂圣诞老人的意思；反应快的玩家则在圣诞老人说完的那一刻，便"唰"地低头，看向自己手里的那颗骰子。

年轻女人欣喜若狂，对唐陌小声道："谢谢！"

小小的白色骰子上，点数比较大的玩家激动得脸色潮红，点数小的玩家呆呆地看着那颗骰子，到这时才明白这场游戏真正的意义。

还有的玩家愤怒地瞪着那个一身黑衣的女人："你抢走了我的骰子，你早就知道这场游戏没有输赢，只有奖励的好坏！"

最愤怒的是已经通关游戏，却被慕回雪拉回决斗大舞台，输走了自己骰子的那个年轻男人。他气急败坏地从腰间拔出一把小刀，脚下一蹬，冲向慕回雪。

一道红色的影子从他的眼前一闪而过，那玩家惊骇地立即侧身避开，红色的长鞭"啪"的一声打在地上，令地面微微震动。

这力量远不是他可抵抗的。

慕回雪歪头看他，笑道："有事吗？"

年轻男人张了张嘴，又咬紧牙关闭上，收回小刀转身离开。

胜者为王。

这男人的 5 点骰子也是从别人手里抢的，虽然想将慕回雪千刀万剐，但他并不蠢。他真要动手了，那根鞭子眨眼间便能绞断他的脖子。

圣诞老人看着玩家们愤怒又不敢言说的表情，满意地发出一声难以察觉的笑声。他好心提醒道："天要黑了，奇趣商业街也快关门了，好孩子可不要在街上逗留。"接着他挥舞缰绳，大笑着一边高喊"Merry Christmas"，一边驾驶驯鹿雪橇，离开商业街。

白色的光芒从每个玩家手里的幸运骰子上亮起。下一秒，骰子消失，一团白色的光球飞上半空中，接着猛地俯冲，没入每个玩家的心口。

唐陌抚摸着自己的胸口，突然感觉身体更轻松了一些，似乎有什么不可捉摸的东西改变了。他下意识地转头看向站在不远处的傅闻夺，还没来得及开口，一束耀眼的白光便从他的眼前闪过。

在这束白光还没消散时，唐陌便猛地蹬地，向右方冲去。

虽然看不见，可是他清晰地记得白光亮起前，白若遥就站在这个位置。与唐陌同时动作的，还有两道破风声。白若遥在离开游戏的一刹那也开始逃跑，但傅闻夺比他速度更快。傅闻夺身体一沉，右腿快速地扫向白若遥的下盘。

白若遥听见风声，单手撑地在地上跳跃两下，避开袭击。

唐陌拔出小阳伞，站在三米外，伞尖对准白若遥。一把银色的手枪在傅闻夺的手上漂亮地转了一圈，阴冷的枪口对准白若遥的脑袋。

首都天庙公园，上午 10 点。

玩家们回归地球，齐齐地出现在天庙前的这片平地上。发现唐陌三人的对峙，这些玩家转身便跑，不想掺和其中。一时间，空地上只剩下唐陌、傅闻夺、白若遥，还有陈姗姗、慕回雪、宁峥和傅闻声。

娃娃脸青年被唐陌和傅闻夺夹在中间，左看看、右看看，佯装可怜地眨眨眼："唐唐，傅少校，你们这是干什么？"白若遥的脑袋晃了晃，他晃到哪儿，傅闻夺的枪口就随着他移动到哪儿。

白若遥委屈道："哇，你们这是要联手欺负我。"说着，他抬起头看向宁峥："宁宁，你看，他们二打一，欺负我！"

宁峥没有走。

他看了眼唐陌，又看了眼傅闻夺。宁峥以极快的速度在心里估算了自己报复这两个人的可能性。如果单打独斗，他报复成功的可能性不足一成。他不是白若遥，喜欢搞事作死。宁峥捏紧手指，决定吃了这个亏，以后再也不和这两个人有交集，大不了躲着他们走！

宁峥抬头道："白若遥，你要我做的事我全做到了，希望你遵守你的诺言。"

白若遥目光冷了冷，片刻后，嘻嘻笑道："我永远不会违背我的诺言。"

宁峥看着他："希望你记住你说的话。"话音落下，宁峥头也不回地转身离开。

唐陌："好像你唯一的帮手跑了？"

白若遥眨眨眼："唐唐，你真的想杀我？你怎么舍得？"

唐陌笑了："我非常舍得。"

然而白若遥并没有回答他的话，而是缓缓地转头，看向另一边的黑衣男人。

他看着对方片刻，吐出三个字："傅少校。"

傅闻夺勾起唇角："Fox。"

白若遥："你想杀我。"

傅闻夺没有回答。

比起唐陌毫不掩饰的杀气，傅闻夺只是拿着手枪对准白若遥的脑袋。他低沉地笑着，十分淡然。然而那冰冷如蛇的视线令白若遥无法忽视，他第一次从傅闻夺的身上察觉到这种凛冽的杀意。

白若遥忽然意识到：这个人是真的生气了。

他玩了这么多次，几次三番地搞事、制造麻烦，这次傅闻夺终于生气了。

白若遥的大脑迅速运转起来。他不是不聪明，只有起错的名字，没有起错的外号。Fly 这个外号没起错，Fox 这个外号也从没有错。白若遥聪明极了，正是因为他极其聪明，才能在屡次作死搞事中完好无损地活下来。

他的仇人遍布全球各国，可这些年来，他的仇人死了不少，他却好好地活着。

傅闻夺干什么这么生气……

白若遥感觉自己似乎察觉到了什么，还没完全抓住，只听一道讶异的女声响起："你们是真的想杀 Fly？"

傅闻夺看向慕回雪："嗯。"

慕回雪无奈地举起双手："那我不参与。虽然杀同行对我们来说不算什么，想杀他的人不少，A 国也有很多想弄死这个烦人惹事的家伙，但我不打算杀他。生死有命，弱肉强食，你们动手，我旁观。"

白若遥这才注意到她："喂喂，Deer，你就这么看我死？我们在莫克奇喝过酒。"

慕回雪笑道："所以我不插手呀。"

慕回雪笑道："另外，如果你说的一起喝过酒指的是秘密参加同一个酒会，各自执行不同的任务，远远地瞧上过一眼……那和我喝过酒的人，Fly，多得我自己也数不清了。"

套近乎被揭穿，白若遥并没显得尴尬。

他的表情无奈极了。

他朝慕回雪挤眉弄眼，慕回雪歪着头朝他微微一笑。白若遥知道这个女人是真的不可能帮自己了，但偏不放弃，反而做出一副被辜负的可怜模样："圈子里能活下来的人不多，半年多了，你是我见过唯一的。Deer，你怎么舍得看着我去死……"

慕回雪还没回答，白若遥抓住唐陌和傅闻夺放松警惕的一刹那，眼神骤变，脚下一蹬向天庙的方向奔去。

炎热的日光下，一道黑色人影以极快的速度奋力逃跑。唐陌确实有些愣神，但傅闻夺立即冲了上去。他身体放低，与地面平行，几乎紧贴地面，手肘、膝盖与地面相撞，发出微弱的金属撞击声。

慕回雪惊讶地睁大眼，恐怖的动态视力令她看到傅闻夺的身体每次与地面接触时，都会变成一小块黑色金属。每一次的相撞都是一次加速，白若遥的速度已经极快，慕回雪自认在对方逃出数米后自己追不上他，可傅闻夺追上了。

傅闻夺右臂一挥，漆黑的三棱锥形状利器直直刺向白若遥的后心。

白若遥仿佛脑后长了眼，权衡自己是否能逃脱后，直接放弃逃走，转头挡住这一击。两把银色蝴蝶刀与黑色利器相撞，发出铮的响声，两人各自倒滑半米。

粉色小阳伞瞬间而至，白若遥再出手挡住。

接下来便是一场人类顶尖级别的贴身近斗。

天庙前方的广场上，三道人影不断靠近、撞击，很快三人身上都有了细小的伤口。白若遥的伤口最多。他收住笑容，冷静地盯住唐陌和傅闻夺的每一个动作，谨慎地回避。

场上只有慕回雪能看清三人的动作。

随着打斗的继续，她的表情渐渐严肃起来，似乎有浅金色的光芒在她的眼中闪烁。她盯着的每一个地方，下一秒，唐陌三人都会攻击上去。

白若遥手腕一动，两把蝴蝶刀被他一起甩出，射向唐陌和傅闻夺的眼睛。就在这时，他转身便跑，竟是不再要自己的武器。谁料唐陌翻手从口袋中取出一块发光的石头，这石头貌不惊人，可唐陌将它抛到空中，两把蝴蝶刀竟然同时向它飞去，如同吸铁石一般，将蝴蝶刀牢牢吸住。

白若遥暗道一声"不好"，因蝴蝶刀的攻击没起作用，他很快被傅闻夺擒住。

傅闻夺没给他挣扎的机会，直接取出因果律道具绳，将娃娃脸青年捆了起来。刚被捆起来时白若遥脸色阴沉，面露不悦。随即他看了唐陌、傅闻夺一眼，勾起嘴角，又嘻嘻地笑了起来："傅少校，你绑人的姿势一点儿都不好看，我有种特别有趣的绑法，你要不要试一试？"

唐陌收起小阳伞，摊手接住从空中落下的石头。

"把你的绳子解开，然后再绑一回？白若遥，你说好不好呢？"

白若遥一脸无辜："我可没说要给我松绑，唐唐，这是你自己说的。"

唐陌没搭理他。他拿着石头，想将上面吸着的两把蝴蝶刀取下。这两把刀粘在发光石头上整整半分钟，第30秒到来的那一刻，好像突然失去磁力，两把蝴蝶刀迅速向地面坠落。唐陌下意识地伸手去接，白若遥低声喊道："回来。"

蝴蝶刀的速度比唐陌还快，在空中划出一道漂亮的刀花，飞入白若遥的袖中。

唐陌双目一缩。

这道具至少是稀有品质！

唐陌眼珠子一转，已经想好杀了白若遥后，自己该怎么搜刮对方的道具，能得到多少好东西。但他低头看向娃娃脸青年，在看到对方脸上的表情时脸色骤然一沉。

沉默了片刻，唐陌问道："你还有什么保命手段。"

"我都被唐唐你抓住了，竟然还有保命手段？"娃娃脸青年笑嘻嘻地看着他，眼珠漆黑，依旧在笑。他是在问这个问题，可是问题的答案他比谁都清楚。

白若遥还有保命手段。

他是一个怕死的人，现在唐陌和傅闻夺确实要杀了他，他虽然愤怒，却并不觉得自己会死。

唐陌想不明白，这个人到底还有什么把握，觉得自己能活下去。

慕回雪走过来："我也很好奇，都这样了，滑不唧溜的幸运遥，你还能逃？我可不会给你求情，我们不熟。"

白若遥被她这句话"伤"到心了，如果不是被绑着，或许会做出一个擦眼泪的表情。做戏做了一会儿，见唐陌和慕回雪都不回应他，白若遥将目光转向傅闻夺，片刻后，笑道："嘻嘻，傅少校，我要你保住我的命。"

傅闻夺眼皮一动，神色淡漠，从鼻子里发出一道低沉的声音："嗯？"

白若遥："第一，游戏我也玩够了，比起乐子，我更想保命。以后我不会故意找你们麻烦，但如果是不小心碰到我们进同一场游戏，那可不是我故意的。当然，我也不会刻意害你们。"顿了顿，娃娃脸青年委屈道，"其实我从没杀过人啊。唐唐，那次在红桃王后的宝石走廊里，虽然我有想过抢走你的月亮花，可不是没抢走嘛。再说了，就算我抢走了，你也可以抢了这个小朋友的月亮花，照样可以通关嘛。"

傅闻声怒道："什么叫抢走我的月亮花就可以通关！"

白若遥："我就说说，那次不是什么都没发生嘛。"

傅小弟愤怒地想冲上去踹这个神经病一脚，被陈姗姗拦住："你打不过他。"

傅闻声："……"

小朋友委屈巴巴地缩回傅闻夺的身后，决定告家长："大哥，你帮我揍他。"

傅闻夺垂眸看着白若遥："就这样？"

白若遥定定地看着傅闻夺，继续道："第二，我用一条关于黑塔的消息，换你们让我走。欸，唐唐，你先别动手，这条消息绝对值得。你还没听我说，怎么知道没用呢？"

唐陌收起小阳伞，笑问："那你说说，什么消息？"

白若遥先停顿一会儿，卖了个关子。日光从天庙后方照射过来，恰好打下一片阴影，将他笼在其中。他带笑的声音此刻听上去竟有些神秘："半年前，黑塔还没上线，玩家被选择的那三天……我在 C 市执行一个秘密任务，执行到一半我发现自己心跳加速，本来想自己控制住这种身体异变，但我没承受过去，昏在了一条暗道里。"

唐陌双眼眯起，意识到白若遥说的是什么了。

白若遥："那时我心跳最快达到了 194 下。"

傅闻夺："真实数据？"

白若遥眨眨眼："你猜。"

当然不是真实数据。

半年前，S 市阿塔克组织基地，洛风城将"地球上线前极少数人类心跳加速"的信息告诉给了唐陌和傅闻夺，那时两人也告诉洛风城，自己确实有心跳加速的现象。但当时三人并不完全信任对方，所以说的都是假数据。

唐陌实际最高心跳为 532 下，他却说是 169 下。傅闻夺说是 171 下，如今看来，绝对不可能是这个数。

但这不是重点。

唐陌："极少数人有心跳加速现象，这我们都知道，所以呢？"

白若遥："我知道，这个心跳加速意味着什么。"

唐陌一惊，与傅闻夺对视一眼，没有吭声。

慕回雪："意味着什么？"

白若遥没说话，笑眯眯地看着唐陌和傅闻夺。

傅闻夺："是什么？"

白若遥："傅少校答应放我走啦？"

傅闻夺沉默半晌，看着唐陌："好。"

白若遥："心跳加速的数字并不重要，这只意味着曾经拥有这个异能的玩家到底有多强大。心跳数越高，曾经的拥有者就越强大。"

唐陌"唰"地扭头看向傅闻夺，傅闻夺也正在看他，两人的视线对上。

你的异能备注？！

嗯，我的异能备注。

陈姗姗惊道："曾经拥有者？！"

白若遥看向她："不错，曾经的拥有者。地球上共有70亿人口，其中有一部分人是地球幸存者，一部分成了回归者。地球幸存者中，正式玩家和偷渡客一开始就有异能。预备役中，也有一些人通关黑塔一层，由此获得异能。而回归者的情况……"白若遥看向慕回雪。

慕回雪并不吝啬自己的情报："那个世界里，黑暗时代的第七天，幸存的所有回归者全部通关黑塔一层，当时还剩下16亿人。"

言下之意，至少有16亿回归者获得过异能。虽然回归者如今只剩下30多万人，但加上拥有异能的地球幸存者，白若遥道："有异能的人类……至少有17亿？18亿？嘻嘻，不过这也不重要。"

唐陌低声道："白若遥！"

陈姗姗："难道说在我们之前，早就有人类拥有过异能？"

"我有说过曾经的拥有者，是人类吗？"

陈姗姗一下子噤了声。

傅闻夺："那是什么？"

白若遥理直气壮道："我不知道呀。"没等唐陌几人动手，白若遥赶紧道，"但我知道，每一个心跳加速的人，都是因为有个玩家曾经和他们拥有一样的异能，而那个玩家通关了黑塔七层。我的凡人终死……"顿了顿，白若遥无奈地叹口气，"好像我的异能都不是秘密了呢，唐唐，你早知道了，你还拥有它。"

慕回雪看了唐陌一眼。

白若遥堂而皇之地把唐陌的异能情报泄露给慕回雪，唐陌只能冷笑着踹他一脚。

白若遥可怜地说道："我的凡人终死，你的神秘异能，还有傅少校这种莫名其妙能变成钢铁侠的异能，之前都有玩家拥有相似的，还都通关过黑塔七层。至于他们通关的是不是我们这个黑塔，又是不是同一个黑塔……我也不知道哦。"

明明是阶下囚，在求人饶自己一命，白若遥总是有各种办法，让人很想打他一顿。

唐陌的大脑迅速运转，片刻后，道："我凭什么相信你的话？"

白若遥："我可没撒谎。"

"你撒没撒谎我们又不知道。"

白若遥眯起双眼，决定再透露一个信息："这件事是一个黑塔BOSS告诉我的。她很高级，非常强大。欸，唐唐，看你这个表情我就知道你肯定又要说，那么强大的黑塔怪物干什么要告诉我这么重要的信息呢，嘻嘻，大概因为我善良可爱吧。"

唐陌直接准备一脚端上去，白若遥赶紧道："好嘛好嘛，因为我完成了一个隐藏任务，然后她和我同姓，也姓白，所以就决定告诉我一个有趣的消息哦。"白若遥眼神真诚，"我真的真的没有撒谎。"

唐陌当然知道他没撒谎。这个消息对唐陌来说信息量极大，他闭上眼睛将自己的疑惑吞进肚子，准备等结束了白若遥的性命后，再与陈姗姗、傅闻夺讨论这件事儿。

不错，唐陌和傅闻夺从没想过放过白若遥。

唐陌一般不会违背自己的诺言，答应了别人的事儿，大多数时候会做到，傅闻夺更是如此。

可这是白若遥。

从傅闻夺的眼神中唐陌知道，白若遥是个会信守诺言的人。白若遥答应了宁峥不会再为难他，会帮他保守秘密，哪怕宁峥并没能帮白若遥坑到唐陌，两人还一起被坑了，白若遥也没泄露宁峥的秘密。

但白若遥只说不会故意找麻烦，没说以后双方真的不小心在同一场游戏里碰到了，会怎么样。对方强大的实力令唐陌不得不忌惮，而且怕死的人，总是非常记仇的。白若遥有多怕死，就有多记仇。

在一了百了和放虎归山之间，唐陌选择前者。

傅闻夺帮他做出承诺，是因为白若遥相信傅少校会信守诺言，他不信唐陌。唐陌也承认，在一些必要时刻，他不会管这些东西，可傅闻夺会。

然而在傅闻夺答应白若遥的时候，用眼神告诉唐陌：反悔没关系。

唐陌的手悄悄地摸上小阳伞，傅闻夺站在一旁，神色平静。

就在唐陌快要握紧伞柄时，白若遥看着傅闻夺，突然道："还有第三件事。"

唐陌动作一顿。

慕回雪笑了："果然，幸运遥的保命手段从来都会让人啧啧称奇。这可真有意思，我也想知道，你还有什么东西能拿出来，让他们不杀你？"

白若遥眨了眨眼，用真诚的目光看着傅闻夺："2014 年 7 月 18 日，缅甸，密支那，独龙江。"

傅闻夺神色一变："竟然是你？！"

白若遥抛了个媚眼，笑嘻嘻道："是你的 F 哦。"

傅闻夺沉默了。良久，他道："你走吧。"话音落下，他抬起手，将绑着白若遥的道具绳收了回来。唐陌惊讶了一会儿，但没吭声。

娃娃脸青年一副心碎的表情，对唐陌道："唐唐，你就真的这么讨厌我？"

唐陌握着小阳伞，冷笑着学着他的语气："白若遥，你就真的这么想死？"

白若遥无辜地摊摊手，不过下一刻，转身便跑，很快消失在天庙公园的树林中。

慕回雪感慨道："原来四年前那次是 Fly 给报的信啊。"

唐陌看着傅闻夺："他做了什么？"

傅闻夺将四年前的事一一说明。

唐陌还真没想到，白若遥这种看似吊儿郎当、只会搞事作死、令人厌恶的家伙，居然还曾经救过人。他救了当时 A 国的两支精英特种队。

四年前，傅闻夺得到密报，带领枭龙大队和另外一支特种队一起集结在缅甸密支那，准备抓捕一个大毒枭。就在他们即将动手的前一夜，有人通过一个当地小孩儿送给他们一根棒棒糖，打开后糖芯藏着一张字条——

请君入瓮。

——F

字条上还画着一只大乌龟，被人用脸盆盖在下面，挣扎着翻开肚皮。

这个 F，原来指的是 Fox。

慕回雪说："估计当时幸运遥是在当地执行另外一个任务，意外发现了这个情况，才用这种方式提醒你们。圈内每个人对同伴的任务和行踪是不知晓的，我们也不知道其他人的长相、身份。密支那事件在圈内还挺有名气，没想到是他做的。不过也不用担心，Fly 这个人的承诺就跟他的人缘一样，非常出名，他从不违约，他以后应该不会来搞事儿了。"

傅小弟嘀咕道："那也该揍他一顿再放他走啊，刚才揍得还不够狠……"

唐陌与傅闻夺交换一个眼神，决定离开天庙后，再讨论白若遥带来的这条重要信息。

灿烂的阳光照耀在五人身上，太阳已过了天空正中央，向西方微微倾斜。慕回雪身材高挑，但毕竟是个女人，并不及唐陌和傅闻夺。唐陌低下头，看着对方脖子间，那串长长的金色数字——"260126"。

圣诞老人的奇趣商业街里，所有玩家都被限制异能和身份。他们不可以使用异能，同时所有人的身份都是圣诞老人的顾客。离开副本后，唐陌发现宁峥已经成为正式玩家，脱离回归者身份。

慕回雪依旧是回归者。

淘汰五个正式玩家，包括并不限于游戏方式，就能成为正式玩家。慕回雪想要成为正式玩家，非常简单。但她至今还是回归者。

陈姗姗问道："为什么？"

慕回雪对小孩子的耐心尤其好，微微弯腰看着陈姗姗，笑问："什么为什么？"

陈姗姗心想：我有这么矮？

小姑娘再说道："你还是回归者。"

这个世界上谁是回归者都有可能，只有慕回雪不可能。她以绝对的实力凌驾于其他 35 万回归者之上，她的休息时间是第二名的数倍。她没有变成正式玩家，只有一种可能。

慕回雪笑道："回归者和正式玩家有什么区别吗？反正我很快就会死了。"

这个女人是真的想死，连变成正式玩家的兴趣都没有。

或许是和慕回雪相处久了，对方还曾经帮自己拿到 5 点的幸运骰子，傅小弟胆子大了许多，好奇地问道："那个……你脖子上的那个数字，是你真的曾经杀过这么多人？"

慕回雪乐于解答小朋友的疑问："杀死一个没有休息时间的回归者，可以获得对方的十分钟休息时间。杀死一个有休息时间的人，除了这基础的十分钟，还可以得到对方一半的休息时间。小朋友，你觉得我杀过多少人？欸，对，我还不知道你叫什么。"

傅闻夺："他叫傅闻声。"

慕回雪瞬间明白过来，她的视线在傅闻夺和傅闻声之间来回转了转，一拍手掌："所以我一开始被你骗了呀。"她看着唐陌："你在糖果屋里假装和这个小朋友不认识，我真的信了。"她给自己找到了原因，笑道，"或许是因为地球太和平了，待久了就会让人放松警惕吧。"

傅闻声奇怪地看她。

傅小弟从不觉得地球和平，虽然比起回归者的世界，他们这些地球幸存者好像生活得比较"安逸"。但活到现在的玩家，谁不是经历过生死。

慕回雪指着自己的脖子："我不转正有两个原因。第一是懒得这么做，反正我就快死了；第二是有这个数字在，我从 G 省到首都的路上，没有人敢对我下手，都好有用嘅呀。"说到最后，还笑着说了句方言，似乎心情不错。

"你想找傅闻夺杀了你？"唐陌问道。

"对。"

"为什么？"

慕回雪："有两个原因。首先，回归者的世界里，大家都很惜命。除了有把握，不会轻易挑战时间排行榜上的玩家，更不会随便挑战比自己排位高的。我很久没有和强者动过手了。我喜欢打架。"

这一点唐陌完全没看出来，慕回雪居然这么好战？

傅闻夺问道："第二个原因？"

慕回雪认真地看向他："这一点……和我的异能有关。在说出我的异能前我想先确定一下，傅少校，你同意和我决斗吗？"

傅闻夺没有回答，反而问道："你杀了多少人？"

慕回雪仿佛早就猜到他会这么问，快速回答："76个。"

傅小弟惊呼出声："这么少？！"

确实，76个人听上去很多，至少地球上线至今，死在唐陌手里的人绝对不超过20个。但慕回雪是个回归者，还是个拥有26万分钟休息时间的顶级回归者，位于那条残酷食物链的顶层。

"这26万里，有12万是杀死上一个时间排行榜第一名得到的。那个男人有24万分钟休息时间，我得到了一半。"慕回雪指着那串金色数字。那数字是完全透明的，悬浮在她的脖子旁，因为数字太多，轻轻滚动，泛着一股淡淡的血腥味。"至于其他14万，在我刚成为第一名时，有一些人想来杀了我，被我反杀后，我得到了他们的一半休息时间。挑战我的大多是时间排行榜上的高排名玩家。"

慕回雪摸着自己的脖子，笑着勾起唇角，笑容却带着一丝不容忽略的凌厉杀气。她回忆着那段岁月："我杀第一名前，在时间排行榜上没有名字。突然出现，立刻跃升至第三名。一个陌生的女性玩家，或许是凭借运气才杀了第一名……她很有吸引力，不是吗？"

阳光下，慕回雪轻轻地笑着，露出一颗尖尖的虎牙。

慕回雪说得没错。

一个名不见经传的女人突然杀了曾经的第一名，得到他的休息时间，一跃成为高排名玩家。大多数高级回归者会下意识地认为这女人是用了什么方法，才杀死曾经的第一，于是跃跃欲试，想杀了对方获取休息时间。

但随着越来越多的高排名玩家死在慕回雪手上，他们知道这个女人的真实实力，不会再贸然地挑战她。而在此之前，慕回雪已经积攒了极多的休息时间，成为时间排行榜的第一名。

慕回雪不是个嗜杀的回归者，这对唐陌、傅闻夺，乃至所有地球幸存者来说都是件好事。然而……

傅闻夺："我没有理由杀你。"

如果说慕回雪是个穷凶极恶的回归者，手上有十多万条人命，傅闻夺还可能尝试着与她交手，杀了她也算"为民除害"。傅闻夺拥有这份责任心。当然，慕回雪要是实力极强，傅闻夺也不会拼命去做这件事。

如今看来，慕回雪实力强，也不是凶恶的人，傅闻夺没有任何理由杀她。

傅闻夺："与强者交战，我也有这样的想法。"说着，他转头看了唐陌一眼。很显然，唐陌也希望能与强者交手，实战是提升实力最好的想法。傅闻夺继续道："但是我一来不一定能杀了你，二来我没有理由杀你。"

慕回雪笑道："我想死，就是最好的理由。"

"你为什么想死？"

一道低哑的女声突然响起，众人纷纷低头看去。陈姗姗抬起脸，目光认真地看着慕回雪，似乎想从她的表情中看出她的真实想法。

慕回雪低头看着这个小姑娘，过了片刻，笑着说道："没有活下去的理由……所以想死。这个原因可以吗？"

陈姗姗沉默了，没有开口，可谁都知道这个理由完全站不住脚。

无论是傅闻夺还是唐陌，都完全没有理由要慕回雪的命。他们与这位排行榜第一的回归者算不上朋友，更算不上敌人。交手切磋可以，杀死对方十分费力，还不一定能成功。

唐陌思索片刻，准备说清原因。这时，一道低柔的女声轻轻地笑了一下，唐陌下意识地抬起头看向对方，只见慕回雪用食指摸了摸下巴，微笑道："如果说，杀了我可以复活任意一个死在黑塔游戏中的玩家呢？"

"扑通——"

唐陌睁大双眼，听到自己的心脏在胸腔中剧烈地颤动了一下。

黑塔4.0版本的更新规则中，回归者依旧受休息时间限制，却可以主动转正为正式玩家。除此以外，时间排行榜被黑塔强制冻结。唐陌杀死了时间排行榜第七位的徐筠生，原本的第八名却没有因此变成第七名。

因为时间排行榜已经被冻结了。

一百位回归者，死一位，少一位。

除此以外，时间排行榜本身的规则并没有改变。杀死徐筠生后唐陌得到了一个精良品质的道具。这个道具表面上看是一块银色的小石头，道具简介介绍这个道具在一定情况下可以吸引金属材质的道具。然而这个道具的备注是——

备注：作为一块善良的石头——我能帮别的石头成为夜明珠！

唐陌记忆力极好，立刻从记忆里翻出熟悉的画面。他从背包里找出一块黑不溜秋的石头，当把两块石头放在一起后，两块石头突然融合。银色石头消失，黑色石头开始发光。新合成的道具简介是——

道具：一颗神奇的夜明珠。

拥有者：唐陌。

品质：精良。

等级：二级。

攻击力：无。

功能：拥有强大磁力，可吸住金属材质的任意道具。

限制：被吸住的道具必须为稀有品质，对精良品质及精良以下品质的道具只有一定概率可以吸住，品质越低，吸住的成功率越低。垃圾品质的道具被吸住的概率为0。被吸住的时间为30秒，30秒后立刻掉落。每七天只能使用一次。

备注：丑小鸭可以变白天鹅，我小石头也可以变成夜明珠！

这块石头是唐陌参加铁鞋匠副本前，用马里奥的帽子撞出来的。精良品质的道具也有优劣之分，毫无疑问，这是唐陌撞出来的最好的道具。谁也没想到一块普通品质的道具石头居然能和其他道具相融合，变成精良品质道具。

这块石头遇强则强，遇弱则弱。之前唐陌就是用它吸住了白若遥的蝴蝶刀，令他猝不及防地被抓住。

唐陌知道，这不是巧合。他会得到那块银色石头，应该是黑塔早就知道他有黑石头，才会给他这样的奖励。

而如今，杀死慕回雪，能复活一个死在黑塔副本里的玩家……

唐陌的呼吸微微急促了几分，他抬起头，静静地看着慕回雪。

慕回雪知道他心动了。

她继续道："除了复活一个人，杀了我，还可以得到我所有的道具。傅闻夺，唐陌，我不是傻子。如果我不死，我不会舍弃我这些道具，把它们送给其他人。但我死了，你们就可以顺理成章地得到它们。回归者的道具肯定多于地球幸存者，"轻轻地笑了一声，慕回雪笑道，"你们知道我在说什么。"

这个条件令唐陌和傅闻夺不能不动心。

然而，陈姗姗问她："为什么你不让自己死在黑塔游戏里？普通的黑塔BOSS可能杀不了你，但是圣诞老人，一定能杀了你。"

慕回雪再强也只是一个通关黑塔四层的玩家，圣诞老人是马戏团团长那个级别的黑塔怪物。唐陌与马戏团团长交过手，不到黑塔六层，世界上没有人是那几个怪物的对手。慕回雪完全可以在之前的奇趣商业街游戏里故意违反规则，让圣诞老人出手杀了她。

慕回雪第一次收了笑容，认真地看着这个短发小姑娘："被一个黑塔怪物杀死，不符合我的美学。死在强者手下，我甘之如饴。死在一个怪物的手中……小朋友，那是在践踏我的尊严。"

陈姗姗张了张嘴，没有出声。

杀死慕回雪的好处十分明显，可半晌后，唐陌和傅闻夺一齐摇头。

傅闻夺："我没理由杀你。"

还是那个回答。

他们没有任何理由，杀死一个并不算坏人的女玩家。

慕回雪想了一会儿，道："如果……我还有另外的理由呢？"

G省，山花广场。

火辣辣的太阳高悬于空中，阳光洒在地面上，几乎要将地上的水泥晒成液体。G省位于北回归线上，6月温度极高，山花广场缺少遮蔽物，在这种大热天很少有人会在上面行走。然而今天偏偏有三个人走在发亮的路面上。

那是两个黑瘦的矮子男人和一个高大魁梧的壮汉。

地球上线后人们体质提升，对酷热寒冷的极端天气承受能力大幅提高，这种天气并不会让他们感到不适。可这么热的天，前两个中年男人穿着单薄的衣服，最后那个强壮如熊的大汉竟然裹着一件厚厚的毛皮大衣。

他胡子很长，脸上邋遢又脏，戴着一顶动物毛皮做的绒帽，将脸埋在衣服里，一双银灰色的眼睛静静地看着外界。

走在前面的两个男人正老实地走着，忽然，只听一道破空声从G省新电视塔的中部响起，只见一支银色小箭以恐怖的速度"嗖"的一下破开空气，直直地射向走在左侧的一个中年男人。这中年男人发现不对，暗道"不好"，可来不及反应。

眼见那支小箭快射穿他的头颅，一只大手伸到他的面前，稳稳地抓住了这支箭。

G省新电视塔的中部，两个中年男人面色一变，赶紧从通道离开。但他们刚刚抵达G省新电视塔的底层，只见一个高壮的黑色身影挡在了电视塔的大门处。茂密的胡子遮住了对方的长相，他们只能看到一双灰沉沉的眼睛。

　　两人拔腿就跑，安德烈的速度却比他们快上更多。他一手一个，便将这两个实力不错的G省玩家提了起来，按在电视台一层的塑料休息椅上。

　　这时，那两个西北玩家终于跑了过来。

　　两个G省玩家胆怯地看着这个陌生的外国壮汉，这人仿佛一只巨熊，恐怖的压力压得他们止不住地瑟瑟发抖。西北玩家见状忽然觉得感同身受：半个月前他们就是被这么威胁的！

　　安德烈对那两个西北玩家道："说，窝……找她。"

　　相处了快一个月，这两人早已能和安德烈简单地交流。他们转告了安德烈的话："别怕，我们也是A国人，他是个S国玩家，叫安德烈。我们从西北边陲过来，他想找慕回雪。听说慕回雪最后一次出现是在G省新电视塔，所以我们就来看看。你们知道慕回雪在哪儿吗？"

　　闻言，两个G省玩家脸色微变。

　　片刻后，一人道："慕回雪……半个月前离开G省了。"

　　"啊？"

　　那人解释道："如果你说的是那个时间排行榜的第一名，回归者慕回雪，那她在半个月前就离开G省新电视了。她是个很奇怪的人，两个世界融合后她什么都没做，一直站在G省新电视塔的塔尖……看星星、看月亮。她看腻了后突然就跳了下来，然后告诉我们，她走了，要去首都，因为她想找人杀了她……"

　　西北玩家："……"

　　完全没听懂的安德烈："慕会薛在拉里？"

　　西北玩家问道："不是啊大哥，她想找人杀了她……这个怎么听上去这么不靠谱呢？"

　　G省玩家也很无辜："真的，她就是这么说的，然后她就走了。我们组织是G省最大的正式玩家组织，我们派人盯着慕回雪，眼睁睁看到她离开G省朝北边去了。至于她是不是去了首都，我们也不知道。"

　　再怎么不可能，两个西北玩家也只能对安德烈如实相告。

　　安德烈："……"

　　别说安德烈了，两个西北玩家也不信。

　　然而接下来他们又问了其他一些G省玩家，得到的答案都是如此。

　　安德烈沉默着不再说话，慢慢地抬起头，看向北方。两个西北玩家心中一紧，忽然涌上一股不好的预感。果不其然，下一秒，安德烈看着他们道："窝们，去瘦都吧。"

西北玩家："……"

你以为站在地图上吗？想去哪儿去哪儿啊！

与此同时，首都，天庙。

慕回雪从腰间解下一根红色的长鞭，攥在手中。她的对面，傅闻夺和唐陌站在另一边，三人静静地看着对方。

在慕回雪解释自己的异能后，唐陌和傅闻夺决定联手杀了她。

慕回雪的异能并不是完全的攻击型，却极难杀死。一方面是她不愿意随便地去死，她想有尊严地死于一个可以杀死自己的强者手下；另一方面是她的异能会令她下意识地还击。

唐陌："你真的想好了吗？"

慕回雪笑道："你们或许杀不死我。"

唐陌没有回答。他反手拔出小阳伞，冷静地盯着慕回雪。他与傅闻夺对视一眼，知道对方正在思考该怎么破解慕回雪的异能。下一刻，没有一丝预兆，唐陌和傅闻夺突然从两侧冲向前方，攻击慕回雪。

金色的光芒在慕回雪的眼眸中流动，她的眼中出现了几个金色光点，映照在唐陌和傅闻夺的身体几个部位上。

"找到了！"

红色的鞭子立即拍下，这一鞭甩向的是唐陌。长鞭的角度极为刁钻，从唐陌的身后甩来，正好卡了唐陌一个跳跃起身的关键时机。唐陌整个人飞跃在半空中没有借力避让，尽可能地旋转身体，让自己避开这条鞭子，可红鞭还是从他的手背擦过，留下一道浅浅的痕迹，伤口处传来火辣的疼痛感。

唐陌抬头看向对方。

慕回雪勾起唇角："我不会随便认输。"

唐陌无奈道："你这样我会以为你根本不想死，你是想来杀了我们。"

慕回雪正打算开口，忽然面色一变，侧身避开这一击。黑色利器从她的眼前擦过，傅闻夺扫向她的下盘，慕回雪避让不及，倒退三步。

傅闻夺："生死决斗？"

言下之意是，生死之战，你们还有时间聊天？

确实没有时间。

三人同时冲上去，再继续战斗。

有件事慕回雪不知道。

其实杀了她，不仅可以获得复活一个玩家的机会，得到她的道具，唐陌还可以得到她的异能。但这不足以诱惑唐陌，杀了一个看上去没理由被杀害的人。真正让他们下定决心的，是慕回雪的话——

"幸运遥不断地搞事、作死，因为这让他觉得他还活着，而我已经死了。

"我杀死时间排行榜的第一名，是为了复活一个人。

"而四个月前，那个人被我亲手杀死。

"傅闻夺，唐陌。杀了我……让我获得真正的自由。"

于是傅闻夺和唐陌答应，尽全力去杀她，她也要尽全力地回应这场战斗。

高手的战斗不存在实力的差距，就是看细节之中，谁先失误。

唐陌的格斗技巧远不如傅闻夺和慕回雪，但胜在异能多，总能出奇制胜。他没使用"一个很快的男人"异能，除此以外，几乎用了自己所有的异能。慕回雪被他逼入死角，但每次总能用最快的时间发现唐陌的破绽，以攻代守，令他只能防御。

这场战斗注定不是陈姗姗和傅闻声能看懂的。

太阳渐渐西沉，天庙公园里，几棵行道树被三人砍断成两截，掉落地面。

当月亮从云层中露头的一刹那，傅闻夺猛地发现慕回雪的一个破绽。他一只手撑地，黑色金属与地面相撞，另一只手化为尖锐的黑色利器，直直地刺向对方。与此同时，唐陌也以极快的速度逼近慕回雪，在靠近对方的一瞬间手掌一翻，一根巨大的火柴出现在他的手中。

大火柴用力地摩擦地面，燃起火花。

黑色利器刺破空气，逼近慕回雪的咽喉。

此时此刻在慕回雪的眼中，金色的光芒不断闪烁。她的异能竭力地想要找到自己生还的可能，可眼前的两个人明明破绽百出，有很多她能攻击的地方。却恰恰因为破绽太多，她反而不可能躲过这两人的攻击。

傅闻夺的黑色利器令她嗅到危险的味道，那根巨型火柴更是可怖。

几乎是眨眼间，慕回雪便做出决定。她抬起左臂挡住黑色利器，半只手臂被削断落在地上。由此她避开了那根火柴，整个人向后倒跌数步，单膝跪地，捂着断裂的手臂粗重地喘气。

唐陌和傅闻夺同时停了动作。

他们身上的伤口并不比慕回雪少，尤其是唐陌。不算慕回雪最后自断手臂的伤，唐陌的伤也比她多。

三人都没开口。

过了片刻，唐陌张开嘴，声音有些沙哑："你真的想死吗……慕回雪？"

傅闻夺收起武器和道具，将傅闻声叫了过来，让他立即制作新鲜的矿泉水，治疗唐陌身上的伤口，同时从鸡窝里拿出两瓶矿泉水，扔给慕回雪："治疗伤口的。"

慕回雪没有拒绝。

慕回雪本身自愈能力就极强，用了矿泉水后，手臂慢慢地长回原样。

唐陌："找个安全的地方慢慢说。"

众人同意。

离开天庙公园后，傅闻夺找了一栋废弃的写字楼，五人先行落脚。

因为受伤，慕回雪倚靠着墙壁，用纱布将自己的伤口收拾干净。唐陌和傅闻夺的伤看似较多，其实都是皮肉伤。唐陌坐在一张电脑椅上，从这人的办公桌里抽出一包面巾纸，用水蘸湿后擦去皮肤上干涸的血渍。

"你为什么想死？"

慕回雪抬起头，看向唐陌。

唐陌一边清洗血污，一边道："活下去，你还有很多事可以做。"

慕回雪沉默片刻，笑了："很多事？攻塔吗？"

傅闻夺："还有三层黑塔没有攻破。"

唐陌："七层黑塔全部被攻略后，会发生什么事，你不好奇？"

慕回雪本想回答"不好奇"，但是想起自己刚才竭尽全力的保命行为，还是闭上了嘴。抬头看着天花板，慕回雪闭上眼睛，思索了很久。她睁眼再看向唐陌，终于说出了那句话："我不想死。"

如果真的想死，就不会拼尽全力，哪怕自断手臂，也要活下来。

如果真的想死，就不会千里迢迢从 G 省赶过来，找人将自己杀死。

对这个世界再没有任何兴趣，可坚持着活到现在，就证明了这个世界上还有可以留恋的东西。慕回雪说不出那东西是什么，可是只有活着才能找到答案。

这个时候双方也算是交了底，唐陌和傅闻夺对视一眼，决定询问让慕回雪想死的真正原因。然而就在唐陌准备开口时，一首悠扬的《小星星》忽然响起。此时已是深夜，众人以最快的速度赶到窗边，看向那座悬浮在首都上空的黑色巨塔。

没有歌词，但这旋律是全球闻名的《小星星》。

好像真正的小星星一样，黑塔闪烁着银色光辉，忽明忽暗，不断闪动，将整个城市照亮。同样的情况也发生在世界各地，上万座黑色巨塔一起闪光。处于白天的地区这种闪光并不明显，但是在东半球，这种光芒宛若星辰，谁也无法忽视。

傅闻夺："黑塔很少会放这种非常大众的曲子。"

唐陌双目一缩："新版本？"

放完一整首《小星星》，一道清脆的童声响起——

叮咚！西洲1区正式玩家莉娜·乔普霍斯成功通关黑塔五层！

叮咚！西洲1区正式玩家莉娜·乔普霍斯……

一共通报三遍。

响亮的声音传遍全球。

唐陌没想过居然有人这么快就通关黑塔五层，但更令他警惕的是："黑塔很久没有这么大张旗鼓地通知玩家通关攻塔游戏了。"

这不正常！

叮咚！预计于2018年6月7日6点00分，黑塔4.5版本正式更新，预计更新"抢六模式"。截至2018年6月10日，没有攻略黑塔五层的地区将会强制攻塔，请所有玩家做好准备。"

上一次黑塔专门放出一首歌，庆祝玩家攻塔成功还是两个月前。那时候慕回雪通关黑塔四层，揭开黑塔4.0版本的神秘面纱，黑塔专门放了一首歌感谢她。而如今，黑塔竟然出了4.5版本。

慕回雪："黑塔从没有过0.5版本，这是第一次。"

唐陌的心里渐渐涌上一种不祥的预感。

没让他等多久，很快，黑塔解决了他的疑惑——

叮咚！西洲区已顺利通关黑塔五层，获得免攻塔优待。

其余九区……

请玩家努力攻塔！

将塑料瓶里的矿泉水全部浇在自己的伤口上，手臂恢复，伤口完全愈合，慕回雪把瓶子还给傅闻夺。

硕大的首都城中一片寂静，黑塔不再出声，夕阳西下，黑色的巨塔映在晚霞之中。

　　慕回雪："刚才那一架打得很开心，我有点儿饿了。你们饿了吗？"

　　唐陌看着她，摇头道："还行。"

　　慕回雪笑着摆摆手："我饿了，那我先出去找东西吃了。"

　　话音落下，黑衣女人用右手撑在一张办公桌上，轻巧地跳跃几下，离开了这栋大楼。慕回雪是刻意找机会离开的，黑塔突然放出版本的更新提示，之前白若遥又说了一个极为重要的秘密。她不是唐陌队伍的人，所以不方便继续待在这里，听他们进行内部讨论。

　　唐陌今天得到的信息量非常大。

　　黑塔 4.5 版本，白若遥所说的关于黑塔和异能的信息。

　　唐陌看向傅闻夺："我不认为白若遥在撒谎。"

　　傅闻夺："我也认为，他说的是实话。"

　　如果白若遥说的话不假，那傅闻夺的异能备注上，那句被黑塔抹去的话就是——

　　"上一个拥有这个异能的玩家，通关了黑塔七层。"唐陌一字一句地说道。思索了一会儿，唐陌说道："去年我和洛风城曾经讨论过，异能到底是怎么回事，是黑塔赐予玩家的，还是人类本身就拥有，黑塔只是作为催化剂，将它从玩家体内催化出来。"

　　陈姗姗点点头："老师有和我说过这件事。我和老师的看法是，黑塔是催化剂，异能属于人类本身。"

　　唐陌："我也是这么认为的。但是如果真如白若遥所说，同一个异能，并不只有你拥有，在某个无法估计的曾经，也有玩家拥有它……那么，这个异能真的还属于人类本身？"

　　陈姗姗沉默了下："阿塔克组织在 S 市搜集资料的时候，搜集了三千多名玩家的资料。没有一个人的异能是完全一样的，偶有相似，相似处也不算大。"

　　说到这点，傅闻声也有发言权："萧队也做过类似的调查！"

　　萧季同竟然也做过一样的事？

　　众人看向傅闻声，傅小弟老实说道："大概是年初，萧队让 N 市组尽可能地记录 N 市每个玩家的异能信息。我们 N 市组当时在 N 市的势力，大哥、唐哥，你们是知道的，几乎所有玩家都会到我们这里购买游戏线索、兑换道具。萧哥用不记名的方法，搜集了一万多种异能，没有一种是一样的。"

　　陈姗姗做出结论："这个样本数量足够，基本可以判定，每个人的异能都是不同的。"

"那么……决定异能的东西，到底是什么？"

傅闻夺低沉的声音响起，所有人都陷入沉思。

不错，是什么东西，决定了玩家拥有哪种异能？

在白若遥说出"玩家拥有的异能以前也有人拥有"这条信息前，唐陌对这件事没有一点怀疑。世界上没有两个人是完全一致的，所以他们的异能不同，这点很好理解。但如果异能一致了，出现一致的原因是什么？

手指轻轻敲击着桌面，几秒后，唐陌"唰"地睁开眼，突然道："基因重组？"

傅闻夺看向他："嗯？"

这是傅闻夺的异能名称。

陈姗姗抓住了关键词，惊讶道："你是说基因？！"

小姑娘的大脑以极快的速度运转着，她如同倒豆子一般，自言自语地说出了一长串话："如果是基因的话，确实解释得通。每个人的基因都是不同的，所以基因决定异能，异能截然不同。但基因可以的话，DNA或许也可以？那么就做一个假设，异能由基因，甚至更细微的DNA来决定。那么在此基础上……异能完全相同，就意味着两个人的DNA完全相同……"

声音戛然而止，陈姗姗语气古怪道："怎么可能有两个人的DNA完全相同？哪怕是克隆人，也存在变异的可能。"

"真的不存在吗？"

陈姗姗扭头看向唐陌。

唐陌："人类大约有31亿个DNA碱基对，无论如何，一定有个固定的顺序，这个固定顺序形成了某个人。地球上只有70亿人口，产生完全一样的两个个体，概率极低，在地球上几乎无法实现。但如果把这个时限扩展到138.2亿年，范围延伸到全宇宙……墨菲定律？"

陈姗姗脸色一变："墨菲定律，只要坏事有概率发生，哪怕概率再小，也一定会发生。"

唐陌："从宇宙诞生至今，放眼整个宇宙……"声音慢慢停住，唐陌手指缩紧，说出了那句话，"或许真的存在过世界上的另外一个我。那么……黑塔到底是什么？"

黑塔到底是什么？

寂静的房间内，没有人再吭声。

有个答案清晰地映上了唐陌的脑海，那个答案是最合理的。可是如果真的是那样，他们通关黑塔七层后面对的会是什么？是真正的自由，还是另外一种形式的奴役？

在这成千上万座黑塔的背后，到底站着谁？

闭上眼睛轻轻舒了口气，唐陌看向傅闻夺："饿了吗？"

刚才唐陌和陈姗姗使用超智思维异能进行推理猜测时，傅闻夺一直站在旁边，偶尔说两句话。此时此刻，唐陌转过头看他，他也静静地看着唐陌。他勾起唇角，对两个小朋友道："找个安全的地方躲着，我们去找物资。"

傅闻声非常听大哥的话，连忙点头。

陈姗姗则低着头，刘海落下，看不清她的神情。

唐陌和傅闻夺一起离开大楼，寻找物资。陈姗姗在屋内待了一会儿，半个小时后出门上厕所，刚走到楼梯的拐角，忽然吓了一跳，看见一个高挑单薄的背影。

巨大的月亮高高悬挂于天空中，透过楼梯间的落地玻璃，将楼梯扶手的影子照得长长的、斜斜的，落在地上。一个扎着高马尾的黑衣女人坐在楼梯扶手的拐角上，单腿支着地面，抬头看着天上的月亮。

或许因为玻璃擦得太亮，那月光好像没有阻隔，完全地洒在她的身上。

陈姗姗将惊讶藏在淡定的表情后，打算绕过对方去洗手间。还没走两步，慕回雪笑着道："唐陌和傅闻夺出去找物资了？"

地球上线半年多，玩家对食物、水的要求越来越少，身体代谢缓慢，但不是对食物、水资源没有需求。

陈姗姗没有隐瞒："是。"顿了顿，她问道，"你在干什么？"

短发女生没想过能听到答案，然而下一秒慕回雪便回答她："晒月亮。"

陈姗姗一愣。

晒月亮？

慕回雪："回归者的那个地球，是没有月亮的，只有白天。太阳从东边升起，从西边落下。在落下的一瞬间，又立刻从东边升起。因为我们没有资格休息。或许对于它来说，"慕回雪指着那座被月光照耀的黑色巨塔，"我们这些回归者只是玩游戏的工具。蚂蚁你知道吗？"

陈姗姗不明白她这么问的意图，回答道："知道。"

慕回雪笑了笑，伸了个懒腰，从扶手上站了起来："我们就是工蚁。回归者的人生只有玩游戏、攻塔，不存在任何价值。60 多亿人，最后只剩下 35 万啊……"

黑衣女人俯身摸了摸小姑娘的头发，咧嘴一笑，露出洁白的牙齿："回归者大多数是身强力壮的年轻人，男人居多。上一次见到你这么小的小朋友，还是在三个月前。嗯……你是不是营养不良？看上去只有 12 岁，和那个小男孩儿差不多。"

陈姗姗声音低低的："我家里条件不是很好。"而且还挑食，所以确实可能有点儿营养不良。

后面那句话陈姗姗没说。

慕回雪没再吭声。

陈姗姗绕过她去洗手间，回首看到这个女人又躺在楼梯扶手上，双手枕在脑后，安安静静地晒月亮。

唐陌和傅闻夺拿了物资回来时，看到慕回雪，都有些惊讶。

他们以为慕回雪早就走了。

慕回雪微微一笑："我在首都人生地不熟，明天就要更新版本了，反正也没地方去。现在天黑了，等明天更新了版本我再离开。"

慕回雪绝对算不上他们的队友，但看上去也没什么威胁。唐陌和傅闻夺默许了她留在大楼里。慕回雪虽然强，但唐陌和傅闻夺不是真的打不过她。要是她真敢做什么事，唐陌会毫不犹豫地使用"一个很快的男人"异能，配合傅闻夺联手解决她。

晚上，陈姗姗在自己的小本本上记录下这次被黑塔通报的名字。

唐陌读出这个名字："西洲 1 区，正式玩家，莉娜·乔普霍斯。"

地球上线后，玩家的记忆力极好。傅闻夺道："她是西洲第一个通关黑塔一层的玩家。"

唐陌点点头："我也记得。"

傅闻夺："全球十个区，目前西洲区因为她通关黑塔五层，已经免除三天后的强制攻塔。除了西洲区，其余九个区如果三天内没人通关黑塔五层，就会强制全员攻塔。"

唐陌皱起眉毛："三天时间有点儿紧。"

因为回归者事件，在黑塔 4.0 版本更新、两个世界融合后，唐陌和傅闻夺一直没时间管攻塔的事。夏娃的游戏、圣诞老人的奇趣商业街，他们要顾及的事情极多。如果现在贸然攻塔，他们准备得还不够充分。同样，其他高级玩家也是如此。莉娜·乔普霍斯才是个例外。

他们最好的选择是三天后由黑塔强制开启攻塔，但那样整个 A 国的玩家都会被拉进攻塔游戏。

大多数玩家进步的速度远远跟不上黑塔的要求，突然攻塔，危险度很高。

不说其他人，傅闻声就很危险。他要攻略的是黑塔四层，以小朋友现在的实力，很容易出意外。而且强制攻塔是不可以组队的，谁也不敢保证自己是一个人攻塔，还是会遇到陌生的队友。

思索再三后，唐陌决定："等黑塔 4.5 版本更新，我们攻塔。"

众人休息一夜。

第二天凌晨，天色透亮。5 点 58 分，唐陌和傅闻夺同时睁开眼，看向对方。

当他们跑到窗口时，发现慕回雪也等候在那里。

陈姗姗和傅闻声在最后一分钟跑过来。没有人说话，五人一起抬头，看着远处那座巍峨的高塔。

与此同时，E 市，观平街。

一辆火红色的敞篷跑车嚣张至极地在步行街上横冲直撞，将店铺前方放着的一些小摊全部撞翻。车轮在地面上划出"嘎吱"一声难听的刹车声，地面上出现一道十数米长的黑色轮胎痕迹。这车"哗啦"一声打了个漂移，横着停在黑塔正下方。

如果唐陌在这儿或许会认出来，这辆敞篷跑车是去年 E 市某大型商场周年庆时放在一楼大堂，用作展示的，价值三百多万元人民币。

而此时此刻，坐在车上的两个年轻的外国人大笑着摘下自己的太阳镜，抬头看向那座黑塔。

似乎察觉到暗处的目光，其中一个棕发外国人朝那个方向看了眼。

坐在驾驶座上的金发男人把某奢侈品牌的太阳镜扔到地上："嘿大卫，看那些小蚂蚁做什么？他们只敢躲在阴暗的角落里羡慕地看着你和我，他们敢出来吗？不，我相信他们连再看一眼的勇气也没有。"

大卫不满道："皮特，我早说过，为什么要放这些小虫子一条生路？把他们全部杀了好了，反正在那个世界我们也是这么做的。"

皮特挑眉道："难道你想整个 E 市就只剩下我们两个人？你想，我可不想。"

大卫嫌弃地撇嘴，正准备出声反驳，黑塔忽然闪烁起五颜六色的光芒。

皮特："好了，新版本就要到来了。"

同样的情况也发生在世界各地。

只不过大部分地方，跑来观察黑塔更新的玩家都是躲在暗处，很少有像 E 市这两个外国人一样猖狂嚣张的。

这一次在更新前，黑塔由上至下，依旧闪烁出了五个白色光点。

第一个光点闪烁的速度快到连傅闻夺都没看清，第二个光点一共闪烁了三十万多下，第三个光点闪烁了五万下，第四个光点闪烁了一百多下。

而在最后，第五个光点只闪烁了一下。

这代表每层塔目前的通关人数。

当五个光点全部闪烁完毕，一道清脆的童声响起，用没有起伏的声调说道——

叮咚！2018年6月7日6点00分，黑塔4.5版本正式上线！

叮咚！黑塔4.5版本新增规则——

第一，开启"抢六模式"。前三个通关黑塔六层的玩家/队伍，将获得一条关于第七层的线索。

第二，截至6月10日6点00分，没有通关黑塔五层的区域，将强制攻塔。该区域的所有玩家（除正在玩游戏的玩家），全部进入攻塔游戏。未进入攻塔游戏的玩家在离开副本后，如果该区域没人通关黑塔五层，依旧强制攻塔。

第三，预计5.0版本开启互通模式，请玩家自行摸索。

以上三条规则，黑塔连续播报了三遍——

叮咚！396万玩家成功载入游戏……

2万玩家成功载入游戏……

游戏存档中……

玩家数据加载中……

存档成功……

加载成功……

"抢六模式"已更新……

叮咚！2018年6月7日，黑塔4.5版本正式上线，欢迎玩家进入游戏。

请玩家努力攻塔！

S市，静南路。

一个身材强壮的大汉错愕地看着那座黑漆漆的巨塔，挠了挠脑袋，转头道："博士，这是什么意思？这个抢六模式原来是要我们赶紧去攻略黑塔六层？咱们还没攻下第五层，怎么就轮到第六层了？"

首都。

这个抢六模式和唐陌想象的也不相同。

"竟然就是单纯地抢先攻略第六层？"

首都强者众多，大多数人对黑塔持观望态度。突然出了一个抢六模式，且明显是督促玩家攻塔，唐陌思索片刻，看向傅闻夺："第五层并不重要，真正重要的是第六层。通关第七层的线索，这个诱惑比所有稀有道具都大。"

黑塔 4.5 版本的新增规则并不多，只有三条，可信息量极大。

慕回雪笑着说道："黑塔更新结束了，那我就先走了。"

唐陌四人并没留下她。

黑衣女人三两步消失在现代化的钢铁大楼间，很快不见踪影。

慕回雪不是敌人，也不好说是朋友。她实力强悍，在熟悉前，唐陌、傅闻夺不可能和她一起组队攻略第五层，那样会使游戏难度大幅增加。所以此时她选择离开，倒也是一个比较好的选择。

一时间，大楼里只剩下小队四人。

陈姗姗神色严峻："三天后的强制攻塔倒是不那么重要了。在这次的更新中，抢六模式和那个 5.0 版本……唐哥，傅少校，这两点非常重要。这是黑塔第一次预告下次的版本更新。"

傅闻声疑惑道："什么是互通模式？"

唐陌："从字面意义来看，应该是某种互通交流。比如玩家和黑塔 BOSS，黑塔 BOSS 中的地底人和怪物，还有最后一种可能……是玩家和玩家间的交流。"顿了顿，他继续分析道，"目前哪怕是同一座城市的玩家，比如我们想找天选组织，没有电话联系，只能到第八十中学和他们见面。洛风城想传消息，也得派杰克斯千里迢迢地把姗姗送过来。地球上线后，人类的远程交流方式彻底断了。"

在两个小朋友面前，唐陌没有隐瞒自己和傅闻夺拥有火鸡蛋的事实："不出意外，除非是拥有我和傅闻夺这样可相互联系的道具，全球三百多万玩家，没有人可以随意地交流。"

陈姗姗插嘴道："目前应该有 396 万的玩家，还有 2 万玩家是回归者。"

傅闻声记得半个月前黑塔 4.0 版本更新时，回归者有三十多万。他惊道："这才多久，他们就只剩两万人了？"

陈姗姗："大部分回归者应该已经转化为正式玩家，还有一部分回归者，应该是死了。"

唐陌拧着眉头，反复琢磨黑塔这次更新的内容。

"抢六模式，互通模式……"

"互通模式……"

傅闻夺声音低沉："到目前为止，十个大区的玩家是从来不可以互通的。"

唐陌抬头看他。

傅闻夺："集结副本是每个小区的玩家可以见面。攻塔游戏的话，只要是A国区内的所有玩家都可能碰到。比如你攻略黑塔二层的时候碰见了小声，当时你在S市，他在N市。"

唐陌立刻明白他的意思："你是说，5.0版本后，不同大区的玩家也可以进入同一场游戏？A国区的玩家可能和西洲区的玩家组队攻塔？"

傅闻夺轻轻点头，又摇了摇头："只是我的猜测。"

但这个猜测非常合理。

不过无论如何，在黑塔5.0版本到来前，这些都只是他们的推测。

事不宜迟，唐陌和傅闻夺早就决定在黑塔版本更新后，立刻进入攻塔游戏。他和傅闻夺对视一眼，齐齐点头。目前他们位于东宁区和向阳区的交会处，想要开启攻塔游戏就必须走到紫宫正上方的黑塔附近。

四人悄悄地下了楼。唐陌的身体紧贴墙壁，小心地探出头打量周围的情况："没人。"

傅闻夺低下头，深邃的目光凝视在自家弟弟身上："一个人去可以吗？"

傅闻声用力点头："没问题，我可以过去。"

傅闻夺深深地看了他一眼，声音平静："去吧。"

下一秒，矮小的男孩儿以极快的速度蹿了出去。他每次都选择道路的阴影处，谨慎地避开他人有可能的窥视。没多久他便消失在街道的拐角，一直向着向阳区的方向而去。

傅闻声是要去第八十中学。

这里离第八十中学不算远，也不算近。昨天晚上唐陌和傅闻夺一致决定，这次攻塔，傅闻声不参与，陈姗姗一起参与。陈姗姗武力值不高，目前也才攻略了两层黑塔。换言之，她在黑塔那里没有太高的"存在感"，加上她，三人攻塔难度并不会增加太多。

除此以外，陈姗姗的大脑或许能让唐陌和傅闻夺更快地通关游戏。

他们只有三天时间。

傅闻声曾经在天选组织待过一段时间，傅闻夺不在时，他去那里躲藏是最好的选择。傅小弟自己也说，阮望舒不至于不收留他。而在刚才，傅闻夺对他说："如果三天后我们没有通关黑塔五层，你就立刻进入一场比较安全的副本游戏，不急着通关，等我们消息。"

不错，这就是黑塔 4.5 版本留下的一个漏洞。

正在参与副本游戏的玩家，黑塔没法强制他们立刻攻塔，只能等通关副本后，再强制他们攻塔。以傅闻声现在的实力，贸然攻略黑塔四层，非常危险。所以如果三天后傅闻夺没通关黑塔五层，傅小弟就可以随便找一个简单的副本先进去，尽可能地拖延时间。

傅闻声跑到一个十字路口，找了个隐蔽的小店躲着。他先警惕地观察四周，确定没有危险，才"嗖"地蹿了出去，很快来到第八十中学。

当小朋友走到门口时，忽然停住脚步，从口袋里掏出一把银色手枪，毫不犹豫地瞄准、射击。

穿着白大衣的女医生反应极快地躲过这发子弹，从门后走出来，不满地大叫道："喂喂，你这个熊孩子干什么呢？！我特意出来接你，你干吗？居然还打人！"

见躲在校门后的人是李妙妙，傅闻声紧绷的身体放松，脸色却不是那么好看。

"你来接我？"

怎么回事？他要来天选组织避难是昨天晚上的临时决定，谁都没告诉啊。而且怎么接他的是李妙妙……

李妙妙一眼就看穿了小朋友的心思，笑眯眯地耸肩："头儿说的，以你的实力肯定不能强制攻塔，傅闻夺、唐陌他们就必须快点儿攻略第五层。天塌下来有你们顶着，我们天选就不用拼死拼活地挑战第五层，等你们通关就好。他们去攻塔了，当然得找个地方安顿你。不过头儿倒是没想到，居然就你一个人来了。"李妙妙往傅闻声的背后看了好几眼，没看到其他人。"不是吧？你哥那么放心，你一个人过来没问题？"

傅小弟不服气道："我一个人怎么了？根本不会出事儿！"他对自己的实力特别有信心。

李妙妙意味深长地"哦"了一声，接着哈哈大笑。傅闻声郁闷地大声抱怨，李妙妙笑得更大声了，一大一小一起走进了第八十中学。

另一边，唐陌和傅闻夺已经来到了紫宫周围。

一个小时前，黑塔刚刚更新版本，周围或许还有玩家没走。不过他们并没考虑太多，直接走向前方，来到了黑塔正下方。

经过高架路上的那场夏娃的游戏，整个首都城的高级玩家几乎都认识了唐陌和傅闻夺。他们转念一想就明白这两人在这种时候跑到黑塔下，是做什么的。

他们本就忌惮唐陌二人的实力，如今唐陌二人想攻塔，他们更是非常欢迎。

唐陌转头看向傅闻夺，傅闻夺朝他轻轻点头。

唐陌深吸一口气，走上前方，声音平静地说道："确认，进入攻塔游戏。"

同一时刻，傅闻夺和陈姗姗也一起说："确认，进入攻塔游戏。"

刹那间，欢快的音乐声在三人的脑海中同时响起。

伴随音乐的，是黑塔清脆的童声——

叮咚！黑塔第五层（普通模式）正式开启。

多人对抗游戏开始载入……

沙盒生成……

数据加载完毕……

欢迎来到幻想之河！

刺眼的白光刺激着唐陌的双眼，他下意识地眯起眼睛。这白光越来越淡，随之而来的是一道道轻轻的流水声。这流水声十分熟悉，唐陌总觉得曾经在哪里听过，而且是经常听到。当白光彻底消散，他反应极快地扭头打量四周。然而他的脑袋还没转过去，就忽然一僵。

唐陌动作缓慢地低下头，然后："……"

察觉到身旁有人，唐陌立即看向对方，在看清对方的那一刻反射性地视线打量了一下，接着："……"

傅闻夺："……"

两人面无表情地一起走出这间破旧不堪的卫生间。

这是一条长长的走廊。走廊的地板是用发黄潮湿的长木头一根根拼接而成的，走廊的尽头就是他们刚才待着的那间厕所。唐陌看着傅闻夺的装扮，发现他穿着一件白底蓝边的制服。他再抬起自己的手臂，发现自己穿着的还是原来的衣服，没有改变。

"姗姗在哪里？"

似乎是非常习惯穿这种类似军装的制服，傅闻夺整理了一下自己的袖口，道："刚才我们是从男厕所出来的。我听了一下，女厕所里没有人，姗姗不在里面。"

唐陌："这件衣服是怎么回事儿。"

话音落下，黑塔的提示声适当地响起——

叮咚！玩家傅闻夺、唐陌已进入地底人王国的海关部门，暂时取代海关官员Ａ先生、Ｂ先生，成为该部门职员。

友情提示：玩家傅闻夺、唐陌非常擅长伪装。在其他所有人看来，他们就是Ａ先生、Ｂ先生。只有在他们自己的眼里，才是自己的真面目。

原来在进入游戏的那一刻，他和傅闻夺同时取代了这个所谓的"海关部门"的两个地底人。所以当时这两个地底人在做什么，他们俩就在做什么。

这两人当时在上厕所。

意识到这一点，唐陌的脸更黑了几分。

轻轻咳嗽了一声，唐陌道："我们先找姗姗。"

两人沿着走廊向外走。

走到一半，一阵急促的脚步声从拐角传来。唐陌和傅闻夺面不改色，淡定地继续向前走，仿佛自己真的是这个海关部门的职员。很快，脚步声的主人现了身。

一个穿着白底蓝边制服的侏儒迈着巨大的脚，如同炮弹一般冲了上来。

"该死的，你们这两个家伙在干什么？在偷懒吗！又有一批怪物要过海关了，你们到底在做什么？还不给我快点儿过来干活！"

这侏儒一边说着，一边两手抓住傅闻夺和唐陌的手臂，拽着他们往前走。唐陌惊讶地发现这侏儒的力气极大，即使是他都不好挣脱对方的桎梏，索性任由对方抓。

唐陌用眼神示意：地底人王国的海关部门是什么？你听过幻想之河吗？

没听说过。傅闻夺神色镇定，如果忽略此刻正被一个侏儒拽着走，他看上去悠闲得仿佛在散步。

唐陌想了想：海关，地底人和黑塔怪物要过海关，他们过了海关能去哪儿？幻想之河……

忽然，唐陌心里闪过一个名字。他错愕地看向傅闻夺，发现傅闻夺也想到了那个地方。

正在此时，三人离开了走廊。

湿润的风迎面吹来，一大片粉红色的河水映入眼帘。他们现在所处的竟是一座位于河水正中央的老式木头建筑，四面八方都是水。而这水，正是位于地底人王国和怪物世界交界处的粉色河流！

侏儒嗅了一下风，蹑足地咂巴嘴："啊，都是肉的气息。今天天气真好，河水真蓝。"

唐陌抓住关键词："蓝？"

或许因为心情好，侏儒放慢脚步，用古怪的眼神看他："我亲爱的 B 先生，难道在你的眼中，幻想之河的河水不是蓝色？我来想想，它是最好喝的香蕉酒的橙色，还是和你的头发一样，是肮脏的黑色？幻想之河的颜色在每个人眼里都是不一样的，你心里怎么想它，它就会是什么颜色。"

唐陌一愣，接着"唰"地扭头看向傅闻夺。

傅闻夺："……"

半年前，唐陌被黑塔强制攻略黑塔一层，进入攻塔游戏前联系傅闻夺，请他帮忙告诉自己他在攻略第一层时碰到了什么情况，当时傅闻夺用冷淡的声音亲口告诉唐陌——

"人类和怪物之间的分界线很明显，在他们的世界中央有一条粉红色的河。"

粉红色的河……

粉红色的河。

如果说他是先入为主，被傅闻夺误导，下意识地以为这条河是粉红色，那傅闻夺看到了粉红色……

傅闻夺压低声音解释道："当时负责摆渡的船夫说，这是一条粉色的河。"所以他才会看到粉色的河。

唐陌："嗯。"

傅闻夺看着他。

唐陌抬头看看他，憋了一下，忍不住翘起唇角。

傅闻夺："……"

"好了，你们还在做什么？还不快点儿给我去干活！"

湍急的河流中央，一座摇摇欲坠的破旧木屋在河水的冲刷下屹立不倒。从这座小屋向两侧延伸，一座长长的木头吊桥伸向了地底人王国，另一座木头吊桥伸向怪物世界。

在地底人王国那一侧的木头吊桥上，一个短发女生抱着一支巨大的棒棒糖，面无表情地走上吊桥。她周围站着的大多是各式各样的黑塔怪物，可他们并没觉得这个人类女孩儿奇怪，因为在他们的眼中，看到的并不是一个人类，而是他们的同伴。

"好久没看过格雷亚阁下的演出了，我真是太想念他了。马戏团真的破产了，不能再表演了吗？"一只长着兔子头、穿着裙子的黑塔怪物难受得红了眼睛，用手帕轻轻擦拭眼泪。

她的同伴是一只瘦小的仓鼠，坐在她的肩头说道："我也想念格雷亚殿下，他可真是地底人王国最帅气的绅士。"

陈姗姗跟着人流，默默地走着。她看似垂眸看着地面，事实上耳朵一直竖着，收集周围的信息。

现在的一切对她来说都太突然了，找不到唐陌和傅闻夺，任务也不见踪影，就被突然扔到这个地方，扔进怪物堆。换作傅闻声，可能早就吓得脸色煞白，甚至露出破绽。

陈姗姗淡定地跟着怪物大军走到了吊桥正中央。

陈姗姗并没注意到，怪物大军的最后方，有两个狼人模样的怪物走向吊桥。

"哈哈哈……大卫，你这样真是太好笑了。你长了这么丑的耳朵，身上还这么臭，都是野兽的味道！"

棕发男子怒道："皮特，你给我闭嘴！你现在也是一只狼！"

两人互相嘲讽着自己的队友，如果不是身处怪物大军，似乎还能直接动手。就在他们的双脚踏上吊桥的一刹那，一道冰冷的童声忽然在五个人的脑海中响起——

叮咚！发布支线任务：找到被怪物偷渡的赃物／保护好你要偷渡的赃物。

自从地底人王国在幻想之河上设立了海关部门，每天往来两地的地底人和黑塔怪物交的税，让国王赚得又吃胖一圈。这可是一笔天大的财富！小怪物喜欢去地底人王国买圣诞老人的棒棒糖，大怪物想得更多的却是……赚钱！

黑塔怪物的口号：我们不交税，我们不交税，我们不交税！

重要的话说三遍。

唐陌和傅闻夺脚步一顿，两人对视一眼，接着不动声色地继续跟在侏儒地底人的身后，向海关的方向走去。

他们的脑海中，黑塔的声音还在继续——

本次支线任务中，五位玩家一共分为三队——海关队，怪物一队，怪物二队。请注意——

第一，同队玩家可以看出同伴的真实长相，非同队玩家无法辨认出玩家身份。

第二，海关队的任务是找到被怪物二队偷渡的赃物，并将赃物扣押；怪物二队的任务是保护自己要偷渡的物品，并将其成功偷渡；怪物一队的任务是协助海关队，做一个遵守法律的好怪物。

第三，在该场游戏中，地底人和黑塔怪物都是五位玩家的敌人。

当唐陌听到有五个玩家时，立刻心中一紧，下意识地看向傅闻夺，傅闻夺也神色严峻地看他。

除了他们，这次的攻塔游戏竟然还有其他玩家参与！

一共五个人！

除了唐陌、傅闻夺和陈姗姗，还有两位玩家。

而当听到最后，五位玩家几乎互为敌人，任务相反，同时地底人和黑塔怪物也是他们的敌人时，唐陌暗道一声不妙。然而还没等他反应过来，就在黑塔的提示声说完的下一秒，只见一个同样侏儒模样的海关官员从木地板上嘎吱嘎吱地跑过来，对他们身前的那个侏儒大声说："报告长官，不好了，有人类玩家混进来了！"

侏儒一惊："你说什么？！"

唐陌手指捏紧，冷冷地看着那侏儒的背影。新来的侏儒将情况告知给这长官，长官脸色变化说道："你把偷懒的 A 先生、B 先生带回去好好管教，让他们快点儿工作。"接着转身小跑离开。

"是！"

二号侏儒用余光瞄了唐陌和傅闻夺一眼，阴阳怪气地说道："还敢偷懒？今天这么多怪物要出关，还有那些该死的人类玩家混进来，你们竟然敢偷懒？等等，难道你们就是混进来的玩家？"

唐陌双目一眯。

傅闻夺低声问道："有人类混进来了？"

那侏儒上下瞄了他俩一眼，嘀咕了一句"看上去也不像"，接着一边走，一边说道："那可不是嘛。刚刚得到国王陛下的命令，竟然有几个人类混到咱们这儿来了。据说有混进怪物群里的，也有混进咱们部门的。呵，那简直是在开玩笑！我们海关官员这么高大威猛，那些脏臭的人类能装得像？肯定一眼就会被我识破！"

唐陌和傅闻夺跟在这侏儒的身后，时不时地应和两句。

三分钟后，三人走到一扇老旧的破门前，侏儒用力推开大门，一阵湿润的水汽迎面而来，唐陌定睛一看，数十条长长的队伍赫然出现在眼前。

在打开这扇门前谁也想不到，这么一间又小又破的海关木屋，打开后室内竟然如此宽广。好像超市里排队付款的长队一样，每支队伍最前方都是一张破桌子，桌子前站着一个地底人官员。无数怪物排在队伍里，等着检查身份，过关回家。

唐陌以极快的速度扫视这队伍中的数百个怪物，没有发现一丝异常。

侏儒将他们带到标号为25、26的两张桌子前，怒斥一句："快点儿干活！"说完转身离开。

唐陌和傅闻夺各自走到一张桌子前。

两人转头观察了几秒旁边的地底人是怎么工作的，然后低下头，唐陌学着旁边一个地底人的动作，把一个怪物小男孩儿用力一推："干什么呢？转过去，检查随身物品！"

长着乌鸦脑袋的怪物小男孩儿委屈地哭泣道："你们就会欺负小孩儿！"

一旁的傅闻夺面对的是一个高大强壮的成年怪物，巨大的黑熊几乎将身体挤在屋子里，勉强才能走路。

两人发现这些地底人官员是欺软怕硬的，碰到实力差的怪物就粗鲁暴力，碰到实力强大的怪物就谄媚小心。傅闻夺抬头看着眼前这只高大的黑熊怪物，对方从鼻子发出一道热气，不客气地喷在傅闻夺的脸上。

傅闻夺右手握拳，过了半秒，松开手指，慢慢勾起嘴角："请过来，检查物品。"

黑熊怪物大摇大摆地走了过去。

二十多张职员工作桌子挤在同一个房间里，房间里地底人和怪物极多，声音嘈杂。渐渐熟悉要做的工作后，唐陌和傅闻夺悄悄地靠到一起。

唐陌压低声音道："除了我们和姗姗，还有两个玩家。我们和姗姗是组队进入攻塔游戏的。因为攻略的层数不一样，这次黑塔刻意将我们和她分开，应该是为了降低她的游戏难度，但她不可能是我们的敌人。"

傅闻夺把一双臭臭的鞋子递给一只黑塔怪物，也不回头，低声对唐陌道："所以那两个玩家是怪物二队，姗姗是怪物一队。"

这次支线任务里，唐陌和傅闻夺的目标是找到被偷渡的赃物，怪物二队的任务是成功偷渡赃物。唐陌和陈姗姗是队友，所以小姑娘绝不可能是怪物二队，只能是怪物一队。

唐陌："那两个玩家，全是怪物二队的。"

傅闻夺点头："是。"

目前海关队确定是唐陌和傅闻夺两人，还剩下三个玩家。陈姗姗肯定是怪物一队，另外两个玩家可能两个都是二队，也可能其中一个是二队，一个和陈姗姗是队友，是一队，但是……

傅闻夺："怪物二队和我们是敌人。黑塔是绝对公平的，A 国区内除了慕回雪，不可能有一个玩家会被黑塔认可为'能单独与我们两个人成为对手'。"事实上哪怕是慕回雪，可能也得不到这么高的评价。傅闻夺做出结论："所以那两个人是一支队伍的，很可能也是组队进入攻塔游戏的。"

唐陌的手指在桌面上轻轻敲击："那么问题就来了……很明显，我们现在是海关官员，处于优势，那两个玩家是劣势。是他们的实力让黑塔认可到需要给予我们优势，才能击败他们，还是说有什么变故，还没有发生？"

唐陌话音刚落，一道粗暴的男声骤然响起。

海关木屋中，所有地底人官员和黑塔怪物齐刷刷抬头，看向天花板角落里一只绿色的大喇叭——

"喂喂喂，紧急通报，紧急通报！

"尊敬的怪物先生、女士们，以及我们忠诚的地底人官员们。国王陛下发出命令，我们刚刚得到了一个令人惋惜的消息，竟然有玩家混进了我们海关之中！"

怪物们一阵哗然。

"那些该死的玩家，被伟大的黑塔掩藏了臭臭的味道和丑陋的长相，我们谁也找不出他们到底是谁。但是不用担心，海关部门已经得到准确情报，一共有五个可恶的玩家，他们藏在了海关官员和怪物之中。"

这话一落，唐陌清晰地察觉到站在自己左边那个序号为24的地底人"唰"地转头看了自己一眼，接着又看向傅闻夺。所有地底人官员都警惕地审视自己的同伴，怪物们也一样。

强壮的怪物激动得摩拳擦掌："居然有玩家敢扮成我们黑塔怪物？"这怪物贪婪地吞了口口水，"我要找到他，我要吃了他！"

广播里，侏儒官员还在播报："为了顺利抓出那五个恶心的玩家，从现在开始，地底人海关部门开始封锁桥梁。嘿，别担心，尊敬的怪物们，我们可不是不允许你们过关离开，只是不允许新的怪物踏上桥梁。

"赌上尊敬的国王陛下的荣誉，海关官员们一定会找出那些该死的玩家！"

地底人官员们大喊道："找到人类，吃了他们！"

怪物们也怒吼道："找到他们，吃了他们！"

欢呼声此起彼伏，唐陌和傅闻夺眼皮一跳，一股不祥的预感从心底涌上来。唐陌转身一看，只见刚刚还在广播里发声的侏儒长官不知从什么地方走了出来，对地底人们吼道:"都给我过来!现在,我要开始寻找藏在你们之中的肮脏的人类了。人类,我再给你们一次机会,现在出来,嘿嘿,我保证只将你油炸了吃,给你一具全尸!"

唐陌和傅闻夺的脸色慢慢冷了下去。

怪物队伍中,陈姗姗站在中间,不声不响地将黑塔所有的提示和那个侏儒长官的话都听进耳中。她的身边,许多怪物摩拳擦掌地想要抓住玩家,讨论该怎么将玩家生吞活剥。

小姑娘抱着怀里大大的棒棒糖,低下头,闭上眼睛,思考起来。

而队伍的最后方,大卫和皮特一开始还有些蒙。他们的身后,两个地底人官员将桥梁关上,正好他们站在了队伍的最末。

棕色头发的大卫不满地说道:"这是什么意思?黑塔居然给我们安排了对手?这次的攻塔游戏竟然是对抗战?"

皮特转了转碧蓝的眼珠,抚摸着手腕上戴着的一串红玛瑙手串。思考片刻,皮特阴沉地笑了起来:"亲爱的大卫,难道这不好吗?还是转为正式玩家后,你竟然失去了我们回归者的杀意,还想着和平地做一个老好人?我的朋友,我可不愿意那么无聊地玩游戏。这样多好,不知道是什么样的玩家居然敢成为我们两人的对手。杀了他们吧,这游戏可真有意思。"

大卫讽刺道:"皮特,这只是一个支线任务,说不定主线任务时我们就要和那三个玩家合作了。"

皮特不以为意地摊手:"只要在此之前杀了他们,不就没有合作了吗?"

比起自己的队友,大卫倒没那么喜欢杀人,但也不会阻止。大卫摸了摸下巴:"我只是好奇,如果说我们和海关队的玩家是对手,那怪物一队……起了什么作用?既然三队玩家互相不能认出对方,那黑塔为什么要特意搞出一个怪物一队?那个家伙又能做些什么呢?"

怪物一队存在的意义到底是什么?

陈姗姗抱着巨大的棒棒糖,脑子里反复琢磨着这个问题。

唐陌和傅闻夺猜到的事儿,陈姗姗也猜到了。

"这场游戏一共五个玩家,海关队两个人,怪物二队两个人,我是怪物一队。"

怪物一队的支线任务是……协助海关队,找到被偷渡的赃物。短发女生轻轻地叹了口气,心想,"所以唐哥和傅少校是海关队,那两个玩家是怪物二队。不同队的玩家无法认出对方,那么我的作用到底是什么……"

唐陌和傅闻夺身为海关工作人员,是最有办法找出赃物的。而她作为一个不起眼的小怪物,不被其他怪物欺负就已经很不错了。在这怪物群中,她似乎起不到任何作用，可是黑塔给她的任务是协助海关队。

"我是攻略第三层，唐哥他们是攻略第五层。我的游戏难度会比他们低很多，但同样这意味着黑塔给我降低了门槛。我可以做到的事情也更多。"

陈姗姗低着头，大脑迅速运转。

她的脑海里不断回响着黑塔刚刚说出来的每一个情报，以及地底人长官在广播里说的话。小姑娘嘴里重复着"海关""怪物""赃物"等几个字眼，当几个地底人官员从小屋里走出来，叫叫嚷嚷地让屋外的怪物们也一起挤进去时，陈姗姗忽然诧异地抬起头，惊讶道："竟然是这样？！"

长长的吊桥上，两个地底人官员拿着黑色警棍，没好气地怒吼道："快进去，长官接下来要排查混在你们中的该死的人类玩家了。"说着，一个地底人用力地推了陈姗姗一把，把她推到门口。而遇到强壮的怪物，他们又换了副嘴脸："这位先生，您请进。"

陈姗姗明白自己现在的外表肯定是一只弱小的小怪物。

外表强大会带来一些便利，外表弱小也不一定就没用。

走进小木屋前，陈姗姗的目光在身后所有的怪物身上扫过，她抬脚迈进海关木屋，同时视线在门旁边贴着的一张羊皮卷告示上停留了一秒——

悬赏：

所有怪物皆可举报偷渡者，一旦发现确有偷渡现象，根据犯罪者的偷渡金额予以奖励。

最高可获得一枚国王的金币！

——备受尊敬的海关长官，小矮人糊涂蛋

海关木屋。

怪物们一个个被带进木屋，地底人官员们却被叫到了一旁的透明小屋里。

唐陌站在官员们的边缘，看着那个矮小的侏儒长官。这长官冷笑着盯着他们，双手背在身后。将自己的属下巡视过一遍后，他大声道："现在，就在这个屋子里，混进了该死的人类！或许，只有一个人类，或许，有五个人类！"

"你们，全都是不可信的，因为你们都有可能是人类！目前，只有我肯定不是人类。"长官训斥过后，对身旁的狗腿侏儒道："你，现在去告诉那些怪物，五分钟后我们将会对他们进行搜身，让他们把随身携带的物品都交上来，领取自己的号码牌。等我们搜身过后，再按号码牌取回他们的东西。"

狗腿侏儒赶紧道："是！"

侏儒长官嘀咕道："呵，那些愚蠢又臭的怪物，不知道今天又有多少蠢货想偷渡物品，可别被我抓到。"

话音落下，他朝自己的助手使了个眼色，对方点点头，得意地走上来，手里捧着一卷厚厚的试卷模样的东西："现在我把咱们地底人王国今年的公务员考试试卷发下去。人类一定做不出来，而你们做得出来。我的同事们，抓出人类，吃了他们！"

"抓出人类，吃了他们！"

唐陌看着那地底人开始一一发试卷，手悄悄摸上了自己的腰间。

唐陌早就发现，地底人看不出来他的腰上系着一把小阳伞，这就意味着仅凭长相，地底人是真的辨认不出人类。但真要做了这份试卷，他们可能很难隐藏自己的身份。或许，他们将成为第一个被抓出来的玩家。

一道低沉的男声忽然在唐陌的耳边响起："他刚才说，每天都有很多怪物偷渡物品。"

唐陌一愣，转头看向傅闻夺，很快明白对方的意思："是，按照常理，这个海关部门每天接待这么多怪物，偷渡者应该会很常见。"

傅闻夺："能被偷渡的东西，必然是很具有价值的。

唐陌沉默了下。

傅闻夺："地底人王国的生产水平我们都知道，偏向于中世纪的西洲，水平很低下。在这种地方有价值被人偷渡的东西，并不会太多。"

唐陌："具有价值的东西本就不多，其中黑塔怪物可以倒卖的，更加不多。"

傅闻夺看着他，挑起一眉："如果每天有十个怪物偷渡，偷渡的东西，或许很相似，甚至完全一致。"

唐陌："黑塔要我们找到被偷渡的赃物，让怪物二队保护赃物。这说明赃物在他们手里，且只能在他们手里。"

傅闻夺："如果一模一样的赃物别的怪物也拥有呢？"

"不可能。"

两人互相看着对方，勾起唇角，异口同声道："黑塔要找的那个赃物，具有绝对唯一性！"

透明小屋外，陈姗姗看着屋内的二十多个地底人官员。她仔细地把每个人的衣着、样貌，甚至胸前别的小装饰品都观察了一遍，没有找到唐陌和傅闻夺。

这时，一个侏儒地底人昂着下巴，走到屋内，对着怪物们，将侏儒长官的话复述了一遍："现在，请所有怪物把随身携带物品都交上来。请你们放心，等我们搜身过后，就会按照号码牌顺序，在你们出关后把东西交还给你们。"

有怪物立即不满地抱怨起来，这侏儒浑身抖了一下，又壮起胆子："干……干什么！这是糊涂蛋长官的命令，有、有本事你去找他上诉。再说了，找出人类咱们大家都可以吃了他们。这也是为了大家好嘛！"

怪物们大多头脑简单，虽然觉得这件事很麻烦，但为了找出人类，只能忍耐一下。

陈姗姗听到身旁的一个怪物埋怨道："要不是在你们的地盘，吃人类算什么？地底人也很美味！"

那侏儒官员从最前排开始，收缴怪物们的物品。

陈姗姗抱着棒棒糖，神色平静地看他这样动作。过了片刻，她用微弱的声音说道："他一个人收，恐怕得收很久吧。"

地底人都被关进透明小屋做试卷了，只有这个侏儒出来。屋子里的怪物有五百多只，就他一个人收东西、发号码牌，实在太费力了，至少得花 3 个小时。

一只长着狐狸头的怪物听到陈姗姗的话，眼珠子一转："可不是？浪费我们的时间。这该死的官僚主义，所以我才这么讨厌那些地底人！"

陈姗姗舔了舔自己的棒棒糖："我们难道不可以帮忙收一下吗？"

那狐狸眯起眼睛，盯着陈姗姗："什么？"

在狐狸的眼中，一个长着兔子脑袋的小怪物一边抱着棒棒糖用力舔，一边对他眨眨眼："我看你也是精灵大草原上的怪物吧。"

狐狸点点头："你也是？"

根据自己以前参与游戏得到的情报，陈姗姗道："我们精灵大草原的怪物和他们怪物山谷的才不一样，他们就知道使用蛮力。地底人多聪明呀，想搜身为什么一定要把随身物品交上去？带着物品也能搜身呀。"

这狐狸本就想到了这方面，被陈姗姗一提醒，道："难道说……他是想借机看看有没有怪物偷渡赃物？！"很快，他反驳自己，"不，不对。每天偷渡赃物的怪物至少有 50 只，可地底人的海关官员都眼瞎，能发现五个就不错了。所以他只是想尽可能地多发现一点。"

陈姗姗："如果，我们可以帮他收呢？"

三分钟后，站在怪物群后方的大卫和皮特皱起眉头，看到一只狐狸模样的怪物在怪物群中不断游走。他找的怪物都是一些草原怪物，说了几句话，那些怪物纷纷露出惊喜的表情。

接着，这怪物走到最前方，和那个侏儒官员说起话来。

大卫："那个怪物怎么戏这么多？他难道是怪物一队的那个家伙？"

皮特看了那狐狸几眼："有可能，不过大卫，你忘了吗？怪物一队的任务是协助海关队。黑塔可没有说，什么样才叫协助。或许他只要找到海关队的家伙，就算协助了，任务成功。我如果是那个家伙，可不会这么蠢地暴露自己，在怪物群里这么显眼。我会隐藏自己。"

大卫想想也是："那他到底在干什么？"

一身臊气的黄狐狸搓着双手，低头看着侏儒官员："长官，您看，您一个人收，这得收到什么时候？我们这里有20个怪物，如果我们来帮您的话，最多半个小时，就肯定能全部收好。"

侏儒眼睛一瞄，咳嗽道："帮我？我又不急，就慢慢收吧。"

狐狸挤眉弄眼道："别，要是时间耽搁太久，那几只冲动粗鲁的怪物山谷的怪物发怒，大家都不好看。"狐狸把手藏在袖子下，比了个"三"的手势，"我七你三。"

侏儒先是一愣，接着狂喜。

他按捺住："不行。"

狐狸："四！"

侏儒："不行。"

狐狸一咬牙："五五分！"

侏儒窃喜道："好！"

不过多时，大卫和皮特便见到二十几个怪物拿着号码牌，开始收缴其他怪物的随身物品。起初他们还没觉得有什么异常，直到一只黄毛狐狸收到怪物群的中间，忽然高举起一只金色的怀表："长官，我举报，我举报她偷渡！"

那小鹿怪物急得眼眶一红："你、你胡说！"

狐狸尾巴一翘："我是不是胡说，让长官看了就知道了。"

侏儒长官走过来检查一番："呵，你竟然敢偷渡透明人的怀表。这东西可是不允许带去怪物世界的，哪怕你交再多的税都没用！"侏儒一边说，一边拿出三个银币扔给那狐狸。狐狸谄媚地一笑，把一枚银币塞回侏儒手中："等会儿补。"

侏儒这才满意地拿着怀表离开。

接下来，此起彼伏的声音在木屋里响起。

"你把这把弓藏在腰带里，就以为我发现不了吗？！你是想逃税！"

"好啊，你竟然敢在嘴里藏一枚戒指！长官，我举报，她想偷渡，这是赃物！"

有的赃物是不允许偷渡的，哪怕交税也会被没收。有的赃物只要怪物交了税，还是可以得到一张号码牌，回头领取赃物。

大卫松了口气："还好，我们的东西是可以带走的，只要交点儿钱就好。这两只狼的身上有钱包，里面可有不少银币。估计都是他们以前偷渡赃物时留下的。"

大卫不打算太引人注目，交钱消灾，继续隐藏自己。

他的身边，金发外国人的眉头紧紧地皱了起来。皮特闭上双眼，手指快速地抚弄腕上的红玛瑙手串，下一秒，猛地睁开眼："大卫，中计了，这是那个该死的怪物一队的玩家在使坏！"

大卫一下子愣住："皮特，你说什么？"

皮特怒道："你还不懂吗？我现在终于明白了，黑塔给我们的赃物是唯一的，它要我们偷渡的东西，是在场这五百多只畜生都没有的！否则在这场游戏里，海关队的那两个家伙几乎没法赢，因为赃物太多，谁也不知道哪个才是真正的赃物。除非这么多赃物里，其他所有赃物都是成双出现，甚至有多个，只有我们的这个，"金发男人晃了晃手里的香蕉酒糟，"这个该死的东西居然是唯一的！"

皮特一咬牙，气得捏碎了手腕上的一颗红玛瑙："我们都被那个怪物一队的混账耍了！"

玻璃小屋里，唐陌和傅闻夺并不知道外面发生的情况。

在拿到试卷前，唐陌还心存侥幸。黑塔应该不至于给他们高难度的试卷，这份试卷或许他和傅闻夺能做出来。但是拿到试卷后，唐陌看到第一题，先是一喜，再看到第二题，他突然："……"

地底人王国第九千六百一十四届公务员考核卷

第一题：1+2+3+4……+99=？请计算。

第二题：如果公主出去散步时碰到了一个穿着青蛙衣服的地底人，第一句会说什么？

A. 你这个丑陋的跳蚤！　　B. 你这个丑陋的青蛙！

C. 你这个丑陋的家伙！　　D. 你这个丑陋的小饼干！

这谁知道公主会说什么啊！

再说了，为什么公务员考试还要考这种奇葩东西！

他继续往下看，题目更加奇葩。

唐陌转头看向傅闻夺，傅闻夺朝他摇摇头：《开心问答》的题目比这个简单。"

可不是，比这个简单一百倍！

唐陌一边尽可能地把试卷上自己能回答的问题写上答案，一边悄悄地观察外界。他发现有怪物开始帮侏儒收缴物品，唐陌察觉到一丝不对，挑挑眉。很快，他发现那些怪物已经要把物品都收集结束了。

收集物品，举报偷渡者。

玻璃小屋外的世界，可比屋内热闹很多。

唐陌的目光在所有怪物身上扫过，很明显，他不可能发现陈姗姗。然而他看着那些怪物举报同伴的模样，嘴角慢慢地勾起："姗姗，干得不错。"

傅闻夺停下手中的笔，凝视着外面的情况。

过了片刻，他低声道："原本我想，如果我们写不了这份试卷，只剩下一个通关方法。那只侏儒把所有怪物的随身物品都收集了堆积在那儿，"傅闻夺用手一指，指着墙角，"有七八百样东西。你和我的鸡窝现在各可以收纳十样东西，除此以外，用窗帘，我们应该能把那些东西全部带走。毕竟能偷渡的东西，一般不会太大。不过做完这件事后，我们的身份就暴露了。地底人和怪物都是我们的敌人，还有怪物二队的两个玩家。如何冲出重围？这个游戏考验的是我们的武力。"

唐陌笑道："那现在呢？"

"现在，至少我们已经知道哪些是偷渡物，哪些是正常物品，要带走的东西少很多。或许姗姗还能帮我们发现，哪个赃物是具有唯一性的，只要拿走它，我们就赢了。"

唐陌想了想："就这样？难道我们一定要暴露身份？"

傅闻夺漆黑的眼睛盯着唐陌，嘴角翘了翘。

"这就要看，那个小姑娘能带给我们多少惊喜了。"

是的，从头到尾，对唐陌和傅闻夺而言，这个支线任务的通关方式一共有两种。

第一，他们使用武力，将怪物们的随身物品全部强行带走。侏儒长官会做出收缴怪物物品、全部整理到一处的行为，也算是黑塔给唐陌、傅闻夺最后的帮助，使他们有可能抢走所有物品。

然而这太考验他们的武力。

要在怪物和地底人的重重包围中，逃出生天，还要警惕随时可能攻击他们的怪物二队的玩家。

那两个玩家的实力可不弱，哪怕单打独斗，唐陌都不敢肯定稳胜对方。

而第二种，就是怪物一队玩家的任务了：协助海关队，找到赃物。

黑塔对找到的定义十分模糊，到底什么算找到？是看到就算找到，还是要拿在手里，才能算找到？唐陌推测，更有可能是后者。他们要从怪物二队的手中夺走赃物。

陈姗姗要做的事，其实不一定很难。她只是在攻略黑塔三层，或许她什么都不用做，只用帮着注意一下怪物群的动向，也算是"协助"了，能完成这个支线任务。

但她做了更多的事。

一个地底人官员是不可能发现所有被怪物藏着的赃物的，只有利益能让人动心。所以她煽动一个看上去比较聪明的黑塔怪物，让他召集更多人，一个个地搜查怪物，将所有可能藏起来的赃物都搜刮干净。

找到一个赃物，就可以获得一份悬赏——最高可获得一枚国王的金币。

谁都会动心。

现在，小姑娘能做的最后一件事，就是救出唐陌和傅闻夺。

图书在版编目（CIP）数据

地球上线 . 4 / 莫晨欢著 . -- 天津 : 天津人民出版
社 , 2022.1（2024.4 重印）
ISBN 978-7-201-17888-2

Ⅰ . ①地 ... Ⅱ . ①莫 ... Ⅲ . ①长篇小说—中国—当代
Ⅳ . ① I247.5

中国版本图书馆 CIP 数据核字 (2021) 第 246351 号

地球上线 . 4

DIQIU SHANGXIAN Ⅳ

出　　　版　天津人民出版社
出 版 人　刘　庆
地　　　址　天津市和平区西康路 35 号康岳大厦
邮政编码　300051
邮购电话　（022）23332469
电子邮箱　reader@tjrmcbs.com

责任编辑　伍绍东
特约编辑　蔺　欣　苏　晨　李佳骐
封面设计　Book design studio
　　　　　Contact information: qq.461084

印　　　刷　嘉业印刷（天津）有限公司
经　　　销　新华书店
开　　　本　700 毫米 × 980 毫米　1 /16
印　　　张　22.5
字　　　数　405 千字
版次印次　2022 年 1 月第 1 版　2024 年 4 月第 5 次印刷
定　　　价　52.80 元